U0898996

初恋在古铜色的广州

王麦小说电影剧本作品集

王　麦◎著

王氏三绝

尘器难尽

戴着荆冠的笨蛋

艰难收割的爱情

中国电影出版社

图书在版编目(CIP)数据

初恋在古铜色的广州：王麦小说电影剧本作品集 / 王麦著．—北京：中国电影出版社，2016.8

ISBN 978－7－106－04541－8

Ⅰ．①初… Ⅱ．①王… Ⅲ．①中篇小说—小说集—中国—当代②短篇小说—小说集—中国—当代③电影剧本—作品集—中国—当代 Ⅳ．①I1217.2

中国版本图书馆 CIP 数据核字（2016）第202706号

责任编辑：纵华跃
封面设计：紫星光
版式设计：紫星光
责任校对：张莉娜
责任印制：张玉民

初恋在古铜色的广州：王麦小说电影剧本作品集

王 麦 著

出版发行 中国电影出版社（北京北三环东路22号）邮编100029
电话：64296664（总编室） 64216278（发行部）
64296742（读者服务部） Email：cfpygb@126.com
经　　销 新华书店
印　　刷 北京玺诚印务有限公司
版　　次 2016年9月第1版 2016年9月第1次印刷
规　　格 开本 / 850×1168毫米 1/16
印张 / 21.25 字数 / 300千字

书　　号 ISBN 978－7－106－04541－8 / I · 1119
定　　价 50.00元

前言

这篇前言，我计划分两个部分来写。第一个部分是关于文学影视的一些看法，很多是常识，但是很有必要说一说，特别是对中国当代文学创作和影视剧本创作的一些看法，更有必要说一说；第二个部分是关于本书九个作品和这本书所要达到的目标的介绍。

一

（一）对中国当代文学写作现状以及文学的一些看法

我对进入新世纪以来的中国当代文学是不满意的，甚至是愤怒的。我认为它已经衰败得千疮百孔。衰败之所以产生，就两个原因：第一，人道主义精神从人的心里消失不见，这是价值观的问题；第二，写作技巧严重不过关，鸡毛蒜皮，支离破碎，废话连篇，玩弄技巧，故弄玄虚，不知所云，不知目的。文学的基本标准是简约和朴实！

严肃文学和通俗文学在西方，甚至在其他所有国家，是有严格界限的。可能只有在中国，是没有分界线的。戏说、演义、传奇、无聊情色、鬼怪、幻想、空想、抽象怪异、怪诞离奇等通俗元素严重侵害着严肃文学的健康体魄。我们的作家很迷恋情节，而这些通俗元素是铺设情节最有效的手段。很多作家打着严肃文学的旗号，实际上写出来的是无聊的通俗文学。严肃文学必然是面对日常生活的，必然是注重人物心理剖析的，情节方面是简单的。太阳底下没有新鲜事，但是人的心理在遭遇困境灾难时的波动却是“新鲜”的，很多人生真相往往就在这时闯进人的脑袋。严肃文学必须谨记这一真理。我建议这些作家不要再打着严肃文学的旗子做通俗文学的事情了。这些作家倒不如大大方方地写通俗作品，就像港台作家金庸、古龙、倪匡、琼瑶那样，写出来的东西又能卖钱，又好玩。或者干脆像网络文学那样，把通俗创作再推向一个新的高潮。严肃文学是用来关照现实困境的，是用来寻求精神救赎的。通俗文学是用来娱乐精神的，是用来卖钱的。两者的功能定位不一样，写作规则也就不一样。这样的基本常识，我不知道有多少作家会尊重。要写严肃文学，就必须接受严肃文学的创作规则和限制。

关于汉语成熟的问题。按照西方学术观点，也就是从逻辑的角度来说，汉语是一个相当不成熟的语言系统。众所周知，汉语，特别是古汉语是不讲究语法规则的，或者说它的规则很简单。到了现代，白话文运动开启之后，当时的启蒙思想家开始大规模引进英语语法规则，汉语才有了成熟的样貌。汉语生态似乎从里到外排斥逻辑和理性。这个问题是一个庞大的学术问题，在此不做详细解说。我要说的是，从事严肃文学创作的人应该试图为汉语注入逻辑和理性，就像西方经典文学那样，把强大的人文主义思想注入到汉语里去，把逻辑注入到汉语里去，把批判反思注入到汉语里去。

我认为从事严肃文学创作的人多从《红楼梦》汲取现实主义的养料，从鲁迅先生的小说汲取批判思维的养料。鲁迅先生在他小说里铸造的那个“我”，在当今中国的文学世界几乎消失不见。鲁迅先生的小说最宝贵的财富就在这个“我”身上。这个“我”是清醒的“我”，是反抗的“我”，是敏感的“我”，是关切的“我”，是呼号的“我”，是独立的“我”，是所有人内心都有的那个“我”。这个“我”代表的是一种精神的“我”。我真心期盼这个“我”在新时代继续强大；而不是在一片虚无、萎靡、混乱中淹没，沉沦。我希望有更多的“我”出现，形成一个强大的“我”之队伍。我真心期盼这个“我”之队伍不要成为“死尸”一片，荒冢一片，而要成为标杆一片，秀木一片。

我真心期盼从事严肃文学创作的人和《金瓶梅》《西游记》《三国演义》《水浒传》《镜花缘》《搜神记》《聊斋志异》等文学作品彻底割断关系。这些通俗作品在严重毒害严肃文学的健康肌体，对从事严肃文学创作的人有着很强大的诱惑力。当然，《红楼梦》也有两个严重的缺陷。首先它以神话开头，通俗文学惯用的这种手法跟它后面的高度现实主义的内容是相排斥的。这纯属作者鬼怪思维的一个产物。作者已处于18世纪中末期。放眼世界，西方启蒙运动几近完成。而我们最伟大的作家还存有这么浓厚的神话思维，这不能不说是我们民族精神的一个巨大悲哀之处。其次，曹雪芹作为中华文化的代表，对各种思想具有高度敏感性，却屏蔽掉了西方文化思想。《红楼梦》里出现了很多西洋器物，却没有出现西方文化思想。当时北京已是传教士非常活跃之地，康熙皇帝本人和传教士多有交游。曹雪芹对此却无反映，这不能不说是我们民族的一大遗憾之处。

我认为应该把中国古典话本小说和评书的那种写作腔调从严肃文学创作的园地里彻底赶出去！话本小说和评书是通俗文学！它的腔调，从严肃文学的角度来说，很招人厌烦！我甚至认为这种腔调是虚假的乐观腔调！

我认为严肃文学尽量不要用古汉语词汇和说话方式，这些词汇和说话方式放在当代语境下透露出来的多是一股酸腐气息。我认为严肃文学最好少用成语和歇后语等语言成分。由于话本小说和评书影响极深，很多作家不自然地就会使用这些语言成分。这些语言成分放在通俗文学里没什么问题，但是放到严肃文学里真是招人厌烦！

有作家说小说已死。我对这种看法真是觉得暴怒，这种言论实在怪异和吓人！我不知道他说的是什么类型的小说已死。通俗小说怎么会死亡呢？中国的网络文学创作已经成为一个世界奇迹！严肃小说怎么会死亡呢？我再说一遍，严肃文学永远是关照人的精神在现实中的困境和迷惑的。这个情况到了任何时代都会存在。严肃文学是关照人性罪恶的。这个情况到了任何时代都会存在。严肃文学是关照人的探索和追求的。这个情况到了任何时代都会存在。并且到了任何时代，人都是要看书、看文学作品的。如今这个时代是一个复杂多变的时代，是孕育伟大作品的时代。但是我们却没有像样的作品出现。这也是中国送给世界的一大奇迹！

有一些作家有浓厚的乡土情结，在写乡土。但是很多作品里的“乡土”和“人物”和实际情况相差甚远。我认为这些“乡土”是“假乡土”。更有一些作家在炫耀自己关于“乡土”的生活见闻、博物见闻。我很想问问这些作家，能不能多关注一下人物和人物的精神，能不能以人物为重心，而不是以博物见闻为重心，能不能把作品的博物见闻引向人物的精神，把“博物见闻”当做人物出场活动的背景和氛围来写，能不能尽量少用轻松调侃的这种虚假的乐观语调来创作，能不能在创作心态上多一些严肃性。即使想多写一些轻松幽默的东西，能不能不要把轻松幽默当做人物心理的中心和重心，能不能按照西班牙名著《堂·吉诃德》那样来写。我始终觉得实际生活中绝大部分人的心情在本质上是单调、沉闷、严肃的，轻松幽默不常有，或者只是表面现象，尤其是在当前这个时代环境和氛围下！

所以，对于那种字里行间充斥着冲淡平和的文学作品，我一直想不明白这种作品究竟是怎么产生的。著名编剧芦苇在《电影编剧的秘密》一书里说得很对，能够把尖锐和悲悯两种精神品质完美融合的只有契诃夫。在我看来，尖锐和悲悯是文化产品最核心、最该面对的两个品质。我真不知道中国的文学作品有多少在坚守这两个精神品质。

写到这里，我对很多貌似严肃文学的作品提出严厉批判。这些作品单看题目就显得极其无聊、抽象、怪异。我把这种题目看成是眼瞎的题目。眼瞎的题目必然预示着作品正文干枯贫瘠，支离破碎，不知所云，没有明确的中心指向。这样的作品是眼瞎的作品！

（二）对中国当代影视剧创作现状以及影视剧的一些看法

关于中国世态人情的问题。中国经过三十多年的改革开放，物质生活和精神生活发生了天翻地覆的变化。但是中国在本质上依然是一个严肃传统的国家。这个情况永远不会改变。浪漫轻松只是生活的点缀。社会出现各种争吵和问题，除了众所周知的原因，除了金钱利益的原因，主要是国人还存在很多愚昧的观念。在这样的国情下，就影视剧市场来说，传达严肃内容应该成为创作主流，正确健康的价值观引导应该成为影视剧的最基本功能。这不等于说不能有轻松幽默，但是轻松幽默应该要保证文化质量。轻松幽默也是分品级的。充满人文关怀的幽默搞笑是属于最高品级的。用怪异夸张病态的形体动作来博取笑声，真是令人作呕。用卖弄愚昧无知来博取笑声，用充满匪气、呆萌弱智的话语来博取笑声，甚至无情嘲讽社会弱势群体来博取笑声，真是丧失人性，这些轻松是最下流的品级。影视剧有两个功能，一个是文化功能，一个是商业功能。文化功能的意思是要用正确的价值观去规劝引导观众反思并改善自己的生活。这个功能实现了，才可以保证商业功能的实现，也就是能够卖钱。但是在中国，情况似乎不太正常。有相当一部分影视剧依靠怪异价值观和垃圾剧情卖了很高的价钱。这个现象真诡异！可是大家都知道，这并不诡异。现实生活太苦闷单调了，现实生活太剧烈躁动了，很多人在遭受底层之苦，很多生活富裕安逸的人强烈地想要向全世界表明自己很幸福。理性、宽容、朴实、宁静、节制这些健康的品质在这样的世道人情面前被扔在了屏幕之外。我始终觉得影视剧应该关注表现善恶交织的人性，这样的人物角色才是有强大市场的，才能发挥引导规劝的作用。

可能是处于转型期的原因吧，影视从业人员的素质千奇百怪。但是再怎么怪，文化素质是必须要具备的，基本的价值观判断能力是必须要具备的，这是这个行业的硬性规则。可叹的是，基本的价值观判断能力似乎成了影视行业的一件奢侈品！

我认为，悲喜剧也就是正剧类型应该成为影视剧创作的主流，社会问题剧应该成为影视剧创作的主流，家庭伦理剧和爱情剧类型应该成为影视剧创作的主流。因为目前中国正处于转型期，社会上出现的问题太多太复杂，这些问题大多会在家庭和男女关系上集中呈现，影视剧作为流通面最广最快的文化品种应该发挥规劝引导作用。在这样的一个实际环境情况下，我认为悲喜剧的创作原则即适当悲伤适当乐观是最合适的。适当悲伤适当乐观的心境是最经得起考验的一种心境，它和虚假的矫情乐观有别，和绝灭无望的极度悲观有别。我希望这样的心境能够成为影视剧的创作主流。喜剧类型最好是用喜剧的糖衣包裹严肃的内容，就像印度电影《三傻大闹宝莱坞》那样。悲剧事件更适合用小说、纪录片的形式来表现。

金钱猛然间变多了，小到个人，大到社会，一时间会很难适应的。很难适应，就意味着会出现很多问题。所以金钱对人心和人际关系的影响，是我创作关注的核心内容。探索健康的金钱观和良好的人际关系，是我创作的一个主要兴趣点。通常所说的精神困境，所说的梦想，大概指的就是这些内容吧！无论是小说创作，还是剧本创作，我都严格遵循“反映人生，暴露人生，批判人生，指引人生”的原则。我相信这样的作品多了，中国人的精神世界会得到一些改善，即使得不到改善，也会对恶劣的情绪、心理和观念形成制约！文化产品能够发挥这样的作用已经非常了不起了！

二

（一）小说介绍

1.《戴着荆冠的笨蛋》

《戴着荆冠的笨蛋》是个中篇小说。这个作品关注的对象是：农村大学生。自从高校扩招以来，数量庞大的农村孩子能有机会读大学，但是其中有一些人不能够在城市工作、定居生活，他们回到了农村。但是他们的回归不可能是安心在农村“本分”生活了。他们遭受着很大的精神压力，他们戴着眼镜“笨手笨脚”地生活着。他们被人讥笑，大学生这个词在他们身上变成了贬义词。我试图剖析出这个群体的精神困境，让人们对他们多些了解和宽容。

这个作品既有外在世俗人情事件的细节叙述，又有内在精神惊心动魄的思考之记录。我希望读者能够沿着外在行为和内在思考之永恒矛盾这条线去阅读去理解这个作品。那么，读者会看到主人公在思考汉语纯洁性这个根本问题时，却又身处底层流动污浊的环境之中，这样的一个剧烈反差不只是主人公在经受，我相信读者也会感受到！

另外，这个作品是可以跟捷克著名作家赫拉巴尔的名作《过于喧嚣的孤独》一决高下的。有兴趣的读者可以对比着阅读。

2.《王氏三绝》

《王氏三绝》是个短篇小说。这个作品关注的对象是生于20世纪四五十年代的农村人。众所周知，中国人口在这个时间点出现了暴增。这批人经历了建国后的一系列重大事件。这些事件已经远去，对这些人的很多影响也已经远去，但是有一个很现实的问题一直存在着：这批人中有相当多的人是光棍。关于这一现象，社会学、历史学应该有记录和研究。这些光棍如今已经到了生命的晚年。因为没有家庭子女，他们的生活极其艰难。很多人甚至惨死。我在这篇小说中对这些人的生活做了记录和剖析。我希望用文字把他们保存下来，让人们记住这个特殊的群体！

3.《搭伙》

《搭伙》是个短篇小说。这个作品关注的事件是拆迁。进入新世纪以来，中国的城市化和工业化进程加速推进。占地拆迁在全国范围内剧烈地上演着！很多社会问题因此出现。一笔数目不小的补偿款发到农民手中。可想而知，这会造成什么影响！这无异于给农民打了一针强心剂。因为金钱骤然增多，家庭关系势必发生深刻变化，甚至恶性事件频发。这个作品讲述了几个农村家庭因为拆迁补偿款发生了崩裂，以至于社会关系发生重组。

4.《破落户之死》

《破落户之死》是个短篇小说。这个作品关注的对象是城市贫民。中国城市剧烈发展三十多年（注：时间从1978年算起），这期间很多人因为各种机遇或者拆迁先是富裕安逸了一段时间，然而在以后的发展中，因为观念落后或者挥霍浪费等原因，沦落为贫民。他们在物质生活上经历的剧烈变化势必造成精神上的恐慌和压抑。通过这个作品，我试图把城市贫民的精神困境剖析出来。他们也是一个特殊的群体，很有必要把他们保存在文学世界里!

5.《行动绝非仓促》

《行动绝非仓促》是个短篇小说。这个作品关注的是中国当代底层青年男女。这个小说的创作动机源于一个新闻事件。这篇新闻讲到四个来自不同地方的青年男女在城中村出租屋烧炭集体自杀。看到这篇报道，我受到刺激了。我很想把我见到的、听到的、感受到的和思考到的注入到这个事件中去，来对这个人伦惨剧做一个深度剖析，以警世人!可是面对这样的人伦惨剧，我的心境会突然陷入无边的荒凉和自责。文学在这个时候到底该发挥什么作用?!可能它只是给我一个拐棍，不让我摔倒在地上!又或者是借用这个事件来卖弄我的见闻，博取名声?我为了这样的一己私利来写这个和四个死者没有关系的作品，来写对这四个死者没有任何作用的作品。我真是软弱和无耻啊!

这五个小说作品集中关照了边缘群体的异常情绪和心理。我认为这是中国当代文学创作最迫切需要关注的主题和内容，是极具价值的东西。因为环境剧烈变化，社会问题丛生，人的精神也在发生剧烈变化，作家应该对这些做出描写和分析。

（二）电影剧本介绍

1.《还乡》

《还乡》是一个农村题材的电影剧本。这个剧本关注的主要对象是当代农村青年男女。在中国的人口结构中，农民是绝对的主力部分。他们是国家的根基，承担着大量的基础性工作。农民的地位和作用，不需要我细说，大家都知道。我要说的是，在中国的文化产品里，农民严重缺位这个现象是不能原谅的。我们的文学影视作品不关注农民，这个问题说得难听一些就是“数典忘祖”，就是背叛“土地”。众所周知，在中国，农村题材的影视剧作品和文学作品对农民一直存在着过度美化或者丑化的弊病。我用这个剧本来呈现农村人的真实生活面貌，也借助这个剧本宣告：请涉及农民的文学影视作品不要再美化或者丑化农民了，请用正常的创作心态面对农民，面对他们的真实境遇!

触发我创作《还乡》这个剧本的另一个动机是：我打算用这个剧本向苏联著名作家、导演舒克申的作品《我的兄弟……》致敬。由于众所周知的原因，我对苏联文学以及影视作品有一些误解。但是当我看到舒克申这个电影剧本以及那部很有名的电影《莫斯科不相信眼泪》的时候，我的态度发生了变化。我没想到这些作品能够比较真实地反映苏联当时的世态人情。尤其是舒克申的这个剧本，它里面那浓厚的乡土气息和生活场景把我带回到了华北老家（注：我是在广州写这个剧本的）。它里面讲到的那些事情，在今天的中国，不是也在时时刻刻上演着吗？我受感动，联想到自己的实际情况，写了这个本子。我要借助这个剧本把农村人，特别是把农村青年这个群体介绍给广大的读者观众。在今天的中国青年中，农村青年是绝对主力。他们的思想情感和生活应该，而且必须在文学作品和影视作品中得到展现。通过这个作品，我要说的是，农村青年是一个有血有肉的群体，是一个懂得思考的群体，是一个情感充沛的群体。

同时，我写这个剧本也是向日本著名导演小津安二郎的家庭伦理电影如《东京物语》致敬。大家都知道，从剧本到电影，这是一个复杂的生成过程。那么，就剧本这个层面来说，《还乡》可以媲美《东京物语》。

《还乡》讲述的是这样一件事：主人公张小志六年前因为一桩盗窃案被迫离开家乡到南方打工谋生，六年后，母亲病危，他又回到家乡；张小志这次回家不只是要处理母亲的丧事，还要处理落在他身上的多重的紧张的人际关系。六年前的盗窃案毁掉了张小志的婚事，未婚妻被迫嫁给了本村的另一个青年，他给未婚妻造成的心灵伤痛需要他去道歉和化解。案件中的三个当事人恰在张小志回家之时也从监狱刑满释放，三个家庭对张小志充满了敌意和误解，因为三个年轻人是开着张小志的摩托三轮车去偷东西的；据一些人说张小志在案发之时躲在某处，以便坐收渔利，到底张小志和这桩盗窃案有没有关系？他需要向当事人做出说明；如果有关系，他更需要做出大胆的道歉，以求获得精神的救赎。

从情节设计的角度来说，按照美国剧作理论家麦基在他的名著《故事》中的分类，《还乡》属于靠近大情节的农村生活故事片，但是吸收了多情节的架构。从类型上来看，《还乡》这个剧本是正剧类型，是社会问题剧，是家庭伦理类型、救赎类型、爱情类型和犯罪纪实类型的融合。这个本子坚守了文化属性。但是它的商业属性，我持悲观态度。因为考虑到观众的欣赏口味（注：在我看来，这极有可能是一些投资人士自己假定的欣赏口味，内容优质的农村题材电影是有市场的），农村题材的电影剧本连拍摄成电影的机会都很小。我很希望有浓厚乡土情结的导演可以将它拍成电影！

另外，我希望以后能有机会把这个剧本改写成长篇小说。

2.《尘嚣难尽》

《尘嚣难尽》是一个县城题材的电影剧本。这个剧本关注的对象是县城居民。

在我看来，县城是农民转化成市民的一个过渡地带，是一个半乡土半城市的地带。这里的居民必然呈现出半乡土半市民的特点。在中国的影视作品中，这个群体也很少露面。我试图把这个群体引进电影，让人们对这个群体有一个了解。

触发我创作《尘嚣难尽》这个剧本的另一个动机是：我打算用这个剧本向法国了不起的电影《游戏的规则》致敬。当我看到电影《游戏的规则》时，我是受到震撼了。导演用镜头扫描了当时法国各个阶层的人物，把他们巧妙地安排到乡间别墅，进而剖析了当时法国社会的一大运转机制——制造谎言。导演的创作野心竟然在一部电影里得到完美呈现。这激起了我内心的斗志。我也试图把中国当前各个阶层的人物汇聚在一部电影当中，对这些人物的精神状态做一个扫描，特别是对暴富阶层人士的生活以及他们的价值观做一个透视与扫描。通过收集资料和阅读作品，联系自己曾经看到的、听到的以及发生在自己身上的一些事件，我为这些人物找到了聚集的场所和理由，那就是县城，那就是暴发户的别墅，那就是金钱。在这个作品里，大学生、打工仔、农民、暴发户、诈骗犯以及神职人员都出场了。他们因为一个共同的东西即金钱聚集到了暴发户韩鑫的别墅，上演了一场场闹剧或悲剧。这个故事我原计划写成长篇小说，但是由于创作时间有限，权衡之下，我把它写成了电影剧本。这个剧本承载的我的创作野心可以说很大！

《尘嚣难尽》讲述的是这样一件事：主人公于峰因为父亲住院缺钱去久未来往的表哥韩鑫家借钱，在韩鑫的别墅，他遇到了早已失去联系的高中女友即韩鑫的现任妻子柳丝丝，并引发了一场情感风波；与此同时，经常在周末到韩鑫家免费吃住的银行工作人员也来到了韩鑫家，来给韩鑫送开光佛器的年轻和尚也来到了韩鑫家，来向韩鑫索要工友死亡赔偿金的打工仔也来到了韩鑫家，试图用钱扫平求职路上的障碍的韩鑫的女儿带着诈骗犯“男友”也回来了，甚至远在美国留学的韩鑫的儿子因为在北京惹祸而急需用钱来解决问题也偷偷回来了；在韩鑫的乡间别墅，这些人上演了一出出闹剧和悲剧，最终他们或达到目的离开，或黯然离去，或“平静”离去。

从情节设计的角度来说，按照美国剧作理论家麦基的分类，《尘嚣难尽》属多情节的生活讽刺故事片。从类型上来看，《尘嚣难尽》这个剧本是正剧类型，但吸纳了闹剧元素，是社会问题剧，是家庭伦理类型、爱情类型、幻灭类型和救赎类型的融合。这个剧本坚守了文化属性。因为有了闹剧元素，又是县城题材，故事主要发生地在别墅，并且探讨了金钱对人际关系和人心的影响，所以商业属性较强。我希望对中国当前社会现状有深切关注和思考的导演可以把它拍成电影！

3.《初恋在古铜色的广州》

《初恋在古铜色的广州》是一个大城市题材的电影剧本。这个剧本关注的对象是生活在大城市的青年男女。在中国的行政区划结构中，大城市起着发动机的作用，是金字塔塔尖发光的部分，是最具吸引力的部分。在中国现有的实际情况下，大城市是竞争最激烈的地方，是最接近国外发达国家生存真相的地方，聚集了各种经济形态，是商人活跃之地，因此，也是青年男女实现梦想的最佳之地。这个剧本是在这样的背景下产生的。它对准了刚刚步入社会的大学生青年男女的恋爱、工作、生存和梦想问题，对准了商业人士，对准了金钱对男女关系的影响。这个剧本承载了我的一个极大的创作野心：我要用影像来深入剖析记录当代中国复杂的男女关系。看完这个剧本，读者观众能够谅解何莹莹这个半清纯半精明的女主人公“羊入虎口”的不易遭遇，能够感受到男主人公张希内心的痛苦，我也就心满意足了。

触发我创作《初恋在古铜色的广州》这个剧本的另一个动机是：我打算用这个剧本向国外优秀的作品如美国电影《毕业生》、美国小说《了不起的盖茨比》、《麦田里的守望者》、法国小说《茶花女》、歌德小说《少年维特之烦恼》等致敬；我也打算用这个剧本向《红楼梦》致敬。我不大同意青春片类型这个电影分类。但是，如果按照这个极其狭隘单薄的术语来看，列举的这些优秀作品对准的确实是青春，但是这些作品里的青春二字是拥有深厚社会内容和意义的青春。因此，我创作这个剧本就是要赋予青春深厚的社会内容和意义，打造一个高质量的青春题材的剧本。我对当前中国出产的关于青春的电影和文学作品是相当不满意的，正如很多人说的那样，其中一些影片纯粹是垃圾片，是弱智片，是迷幻剂，是毒药。因此，我创作这个剧本就是要扭转这个恶劣现状，为“青春电影”，为“青春文学”正名。在这个剧本里，青春是厚重的，而不是单薄无聊的。这个剧本里的年轻人是心智正常的人，而非呆萌弱智的人。我也借助这个剧本传达一个观念：远离虚荣浮夸，尽量过朴实节制的生活。青春是一块丰富的宝矿，但是我们的一些影视从业人员不珍惜这个宝矿，破坏性开采资源，生产出很多垃圾内容。现实情况也确实如此：青春二字已经被糟蹋成废墟，青春市场已经被败坏了，中国的青春片已经成为烂片的代表。这让以后想要认真开发青春市场的脚踏实地的人怎么重获消费者的信赖呢？就像塞万提斯用《堂·吉诃德》结束了庸俗无聊的骑士小说之命运，我想用这个剧本来结束中国当前庸俗无聊的青春题材的烂片之命运，能吗？这个故事我原计划写成长篇小说，但是由于创作时间有限、紧迫，权衡之下，我把它写成了电影剧本。

《初恋在古铜色的广州》讲述的是一个由爱生恨以致酿成惨剧的爱情故事：作家李铁在一次偶然机会下遇到大学校友何莹莹；李铁发现何莹莹竟是已故好友张希生前曾苦苦追求的那个女孩儿；何莹莹究竟与张希有着一段怎样的感情纠葛，以致酿成张希自杀的惨剧；出于愧疚和好奇，两人共同追忆了与张希有关的那段岁月，希望寻得张希自杀的动机和真相；追忆结束时，两人在精神上有了深刻的反思，并重新调整了各自的人生规划，以求得到精神上的救赎。

从情节设计的角度来说，按照美国剧作理论家麦基的分类，《初恋在古铜色的广州》属靠近大情节的爱情故事片。从类型上来看，《初恋在古铜色的广州》是爱情类型、家庭伦理类型、成长类型、幻灭类型和救赎类型的融合。这个剧本坚守了文化属性。因为这个剧本讲述的是都市男女爱情纠葛，剖析了复杂的男女关系，最后有反思改正的精神弧光之变化即救赎，所以商业属性很强。

4.《艰难收割的爱情》

《艰难收割的爱情》是一个横贯大城市、小城市以及乡村的电影剧本。这个剧本关注的对象是生活在大城市的青年男女。时下，年轻人的恋爱婚姻问题是一个非常值得关注的热点问题。特别是在大城市，年轻人有恋爱难、结婚难的强烈感受。并且因为经济发展，物质昌盛，人心变化多端，矛盾丛生，年轻人又感慨获得一份纯爱更是难上加难，正如剧本里抛出的那个问题，“你还相信爱情吗？”这个剧本探讨的就是大城市青年男女恋爱难、纯爱难的现实问题。

触发我创作《艰难收割的爱情》这个剧本的另一个动机是：我要表达乡愁、漂泊之苦以及感激之情等情感。如今中国的城市化在大规模推进。乡愁几乎成了每个人口中甩不掉的词语。“回不去的故乡，融不进的城。”这种悲伤和无奈似乎笼罩在每一个外出工作奋斗的人身上。就我自己来说，我也有这样的情绪。就像这个剧本里抛出的那个问题，“对家乡，你究竟是爱还是恨？”我的答案首先是恨，我恨家乡保守封闭愚昧。但是保守封闭愚昧在大城市、城市也一样地存在。在我看来，保守封闭愚昧是日常生活的同义词和内在本质。我深知，不管在什么样的城市、地方和国家，一个人一旦进入日常生活，他也就和愚昧保守封闭相伴了。可能，作为新移民的你，对你所安居的新地方会持续一生地爱着。但是恨这个情绪必然地会在你的下一代心里产生。你所安居的这个新地方就会成为你的下一代眼中的旧地方，他们会时刻想着离开这个旧地方。说到底，我们都是“生活在别处”的人，我们都厌烦现实中所处的这个地方，我们都幻想着一个无忧无虑的地方，我们都是精神上的幻想者乃至流浪者，我们都希望现实所处的这个地方不再有日常生活之争吵、琐碎和芜杂。所以恨也意味着爱。我也爱家乡，我希望家乡和自己在精神观念上不再有冲突排斥，而是能够相容在一起。我也希望自己的心能够在大城市、小城市获得安宁。可我深知这样的希望是幻想。可是人总得有希望，总得有幻想，不然就没办法活下去！在我心里，有三个地方是我非常感激的。它们分别是我的家乡、桂林和广州。我的家乡深处华北平原，是养育我二十多年的地方。桂林是我接受大学教育的地方，是我精神上的故乡。广州是我踏入社会后颠簸流离的地方，是开启我人生志向并为之奋斗的地方。所以这个剧本又是在这样的背景和动机下写成的，是用来表达我内心的这些情感的。

《艰难收割的爱情》讲述的是富裕男青年林风、出身中产的单纯女孩儿韦纯纯和流浪男歌手刘浪三人之间感情纠葛的爱情故事。具体情节如下：出身富裕家庭的男青年林风释放归来；他的前妻吴欢被父母催逼又回到广州，要求和林风复婚；林风不同意复婚，原来林风坐牢是由于跟吴欢的情人白驰决斗所致；为了医治林风心灵上的伤痛，好友刘艺想了很多办法，最终决定把表妹韦纯纯介绍给林风做女朋友，并让韦纯纯尽快来广州和林风见面相识；然而好事多磨，林风和白驰又起冲突，白驰出车祸死亡，林风惹上麻烦；紧接着林风父亲去世，林风回家奔丧；韦纯纯一次次被突发事故阻碍无法顺利前往广州，这时父亲韦清明邀请她去杭州游玩，作为大学毕业之旅；在杭州，韦纯纯和流浪歌手刘浪偶遇并相识；韦纯纯从杭州来到广州，刘浪也随之来到广州；为了击退刘浪这个突然出现的情敌，林风执意要求刘浪和韦纯纯去桂林即刘浪的家乡游玩，目的是揭露刘浪说谎的本性并让刘浪的家庭矛盾暴露在韦纯纯面前，让韦纯纯厌弃刘浪，不料，林风的家庭矛盾被刘浪揭发也暴露在韦纯纯面前；最终韦纯纯因为不能承受林风和刘浪复杂的人生经历而宣布从这段微妙的三角关系中暂时退出，三人相约半年后在广州见面……

通过这个剧本，我向读者观众推出中国版的哈姆雷特，剧中人物林风是一个典型的哈姆雷特性格的人物，我坚信读者观众会爱上这个角色的！

从情节设计的角度来说，按照美国剧作理论家麦基的分类，《艰难收割的爱情》属标准的大情节的爱情故事片。从类型上来看，《艰难收割的爱情》是爱情类型、家庭伦理类型、成长类型、区域风光片类型和救赎类型（注：哥们救赎类型明显）的融合。这个剧本坚守了文化属性。因为这个剧本讲述的是来自不同阶层的三个青年男女的爱情纠葛，面对了很多实际问题，比如生存和梦想问题，最后有反思改正的精神弧光之变化即救赎，所以商业属性很强。

以上是我九个作品的介绍。这五个小说是我庞大写作计划的一个开端。这个写作计划包括：7个长篇小说，50到70个短篇小说，1个诗集。这个写作计划会花费我10年到15年的时间。这些作品，尤其是长篇小说，用曹禺先生创作《雷雨》时的一句话来形容，“情感的迫切性”，我太急着想要把它们写出来了。

与此同时，在剧本创作上，我也为自己开列了一个庞大的写作计划。我认为长篇电视剧会成为一个有着强大生命力的文化品种。所以，我计划写一个长篇电视剧，选取的主角是商人，时代背景选在明清或民国时期。就按照韩国电视剧《商道》那样的格局和精神品质来写这个电视剧。如今中国已经步入工商时代，这个有关商人的电视剧必然是有强大市场的！

另外，电影剧本方面的计划是：从夏朝到民国这12个朝代，分别针对每个朝代的早中晚三个时期写三个剧本，来全面反映王朝兴衰情况。就按照日本导演黑泽明创建的日本历史剧那种质量来写，来打造中国的历史大片。但是由于人的一生时间精力有限，这个历史剧本创作计划估计只能实现其中的很小一部分了。我现在对东周春秋时期的一个历史事件和清朝乾隆时期的一个历史事件很感兴趣，很想把这两个事件写成电影剧本！

最后我要说的是，这本书可以达到两个目的。第一，这本书里的三篇小说是严肃文学作品，它们可以向关注中国当代文坛的外国评论家证明中国当代文学不是垃圾。第二，这本书里的四个电影剧本可以保证电影实现文化价值和商业价值。

然而，我更希望这本书能够激起一股力量，形成一种斗志，组成一支文学志士之队伍，努力做出高质量的严肃文学作品和影视剧本！能吗？

目 录

小说集

电影剧本集

小说集

搭　伙

王大娘领着孙女从大门出来，向村外走去。她们要去洗浴中心洗澡。再过五天就要过年了。按照B城的习惯，这个时候，大人小孩都会去澡堂子洗个澡，为的是洗去旧的一年累积在身上的灰尘。事实上他们身上没有扎眼的污垢，他们的生活已经改善了。他们去洗澡图的是一个吉利，为的是给来年准备一个好心情。即将过去的一年实在太辛苦了，留在他们心上的坏情绪太多了。从后面看，王大娘走路还算稳当，感觉挺正常的。可是如果是在前面看到她，你会吓一跳。她的脸上隐藏着太多的内容：善良，勤劳，辛苦，紧张，寡言，怒气，哀怨。这些情绪和性情复杂地交织在一起，神秘地隐藏在一张布满褶皱而蜡黄的脸皮下，就像食品饮料里的化学添加剂一样，不去细心检测是察觉不到的。草草看上一眼，你也只是会被她的难看面色惊吓一会儿而已。随后你会认定她是一个普通的中国底层农村妇女，你最多只是感叹生活不易就赶快走自己的路了。我们再来看看她的孙女。小女孩马上就七岁了。因为生存的压力要在十几年之后才会掉在她的身上，所以她看起来细皮嫩肉的，走起路来不像她的奶奶那样，她是轻松欢快的。

她们已经走在公路边上了。因为来往的车辆很多，并且这个国家的人民明显还没有具备跟轿车相匹配的良好开车素养和技术，所以王大娘带着怒气大声吆喝了几次自己的孙女。漂亮的轿车、落后的素质和坑洼不平的路面形成的混乱路况对人尤其是对活蹦乱跳的小孩子来说是十分危险的。有一个情况是极有可能发生的：一个家庭刚刚还是幸福美满的，突然一个车祸便把一切毁掉了。忙着哭泣，忙着追缉肇事者，忙着索赔，忙着打架，忙着分割赔偿款，忙着改嫁，忙着再婚，忙着怀孕……侥幸的是，这些只是设想中的灾难，它们此时没有发生。我想说的是，生活在这样的一个时代，我们总是会悲哀地发现幸福只配健康的人拥有，幸福只是昙花一现，幸福是一件多么可怜的东西啊。小女孩很听话，听见奶奶在吆喝自己老实多了。王大娘看到孙女眼睛里有了泪花立时变得异常烦躁起来。王大娘非常忧虑小女孩的未来。小女孩爱哭。本来哭对于小孩子来说不是什么大问题。可是在王大娘的小孙女身上，它似乎成了一种非常危险可怕的毛病。这个毛病背后有太多的辛酸和坎坷。或许我们说辛酸坎坷这样的词语是神经过敏，显得过于言重了，但是对于王大娘这样的人家来说，辛酸坎坷是客观存在的。儿子和儿媳妇是普通人，他们的生存能力一般。和其他人一样，儿子有时候很懒，爱抽烟喝酒，又爱吃点儿。儿媳妇似乎在附和着儿子这种过日子的节拍，对挣钱不怎么上心，对花钱也不怎么上心（一时兴起就会大手大脚地花钱，事后头脑清醒了才知道自己不是富翁），做事情又总是丢三落四、拖拖拉拉的。这样的一对男女结合在一起，然后生育了自己的孩子，不顺心和摩擦就会时时出现。在外人看来，儿子和儿媳妇总是无缘无故地吵闹打骂。小孩子倒霉了，经常不能正常吃饭，作业经常是在父母营造的动荡环境中完成的。有时候她干脆就躲在角落里哭，或者发呆。那么，王大娘在哪里呢？她坐在窗户外面的台阶下生着闷气呢！“你们打吧，你们再这样下去，别说大人的日子过败了，连孩子也得被你们糟蹋了。”王大娘的话听起来很刺耳。但是这些话已经刺进不了儿子和儿媳妇的心里去了。儿媳妇有时候会捎带着叫骂几句王大娘，“我被你们家骗了，一家子骗子，你小子都是被你惯坏的！”王大娘什么苦都能吃，但是唯独这种伤害自己尊严的苦吃不下。面对这样的辱骂，她是必须要还击的，“我们家是骗子？你们家也好不到哪里去，一家子文盲，一家子拖沓鬼，懒蛋鬼，都是些不要脸的烂货……”大人嘴里吐出来的这些恶毒的话就这样一天天堆积在天真无辜的孩子身边，以至于孩子自己也不知道什么时候变得爱哭了。王大娘有时候实在气不过，也会对着孩子骂上一句很难听的话。就像今天似的，她又忍不住骂了一句，“哭什么哭？好日子也会被你哭穷。”小女孩今年七岁了，很多成年人的话已经能够听懂了，所以她更加胆小安静了。

王大娘和孙女一前一后来到洗浴中心的大院里。院子不算大，停着很多车，有廉价的轿车、面包车、货车、自行车、三轮车和电动车。就像我们眼前看到的这些种类繁多的车一样，它们的主人，也就是农民，已经不再纯粹单一。他们的生活已经改善了。他们的生活五花八门，就像车的颜色和样式那样复杂精彩。王大娘平静地环视了院子一圈，眼光落在了门口。就在她们进来不久，一个将近八十岁的老太太开着电动三轮车进了院子。老太太动作很麻利，下车一点不费劲。她招呼着车厢里的另一个老太太下车。车厢里的老太太岁数不大，也就六十岁。看样子她腿脚不好，起身的时候让人感觉到是在用很大的力气。开车的老太太小心地扶着她下了车。两个人有说有笑，互相搀扶着向厅堂走来。她们经过王大娘身边的时候都笑着看了一眼王大娘。王大娘不自在地站立在厅堂的玻璃门外，把眼睛稍微瞥向了右边，没有正眼看她们，但是脸上勉强露出了一丝微笑，向她们微微低了下头。

在厅堂柜台处，孙女已经把棉鞋脱下来换上了拖鞋，小女孩很懂事，帮着王大娘脱鞋换鞋。王大娘的眼睛不时地偷偷地瞥向旁边的两个老太太。她们互相帮着忙脱鞋换鞋，又互相搀扶着进了澡堂子。“她们是啥关系呢？是母女？姐妹俩？婆媳？街坊？亲戚？看样子都不是。到底什么关系呢？”王大娘闷闷地在嘴里念叨着，完全没有听见孙女在跟她说话。小女孩有些不耐烦了，催着奶奶赶快进澡堂子。王大娘像是被收走了魂儿一样，被孙女拉着进了澡堂子。

在喷头下，王大娘使劲搓着孙女的后背。小女孩这几天太兴奋了。因为要过年了，家里准备了一些年货。小女孩吃了一点好吃的，就爱跑到街上去玩耍。她感觉到整个世界这个时候是属于她的。真是天真的孩子！就像天真的大人一样，一旦发迹了，没了吃饭穿衣的忧虑，他们就打心底里高兴，认为这个世界是美好的，他们是这个世界的主人。不同的是，大人的天真快乐要依靠艰苦奋斗，甚至是投机取巧才能获得。而小孩子，只需要给她一块糖就可以帮她获得。小女孩太高兴了，玩得出了很多的汗，所以她身上脏兮兮的。王大娘足足给她搓洗了二十分钟。她看着孙女瘦弱的身体搓出了这么多的泥，心里又是一阵酸苦。她丢下手巾，一只手扶着墙壁，一只手捂着嘴巴。她突然间觉得头晕，并且又觉着胸口难受想要呕吐。小女孩看到奶奶难受的样子，便来搀扶。王大娘用劲力气紧皱了一下眉头，然后又松开了眉头。她微微睁开眼睛，捂着嘴巴的那只手也垂了下去。她弯着身子干咳了几声。可能咳嗽的声音太刺耳了，小女孩被吓哭了。这次小女孩的泪水没有在眼眶里逗留，直接跑出来了。

“哭什么哭？我还没死呢！”王大娘恶狠狠地吆喝了孙女。孙女很懂事，赶紧止住了哭声。她的眼泪也识趣，跑回了眼里。

过了一会儿，王大娘挺直了身子。孙女已经把手巾捡起来了，她便扭动阀门开始给孙女冲洗身子。小女孩被突然掉下来的热水烫着了，尖叫了一声。王大娘又是一声严厉的吆喝，“一个热水也怕，真是没出息的货。”

在休息区，孙女躺在床上看着电视，王大娘坐在床边低着头想事。这时那两个老太太也从洗漱区出来了。她们经过王大娘身边的时候，其中那个岁数大的老太太滑了一跤，险些摔倒。王大娘早就发现她们两个向自己这边走过来了，看到老太太快要滑倒赶紧起身扶住了她。老太太脸上堆着笑，推开了王大娘的手，“我没事，就是摔一跤也没事，我这身子骨结实着呢！”老太太的声音很洪亮。她说完后，像个孩子似的大摇大摆地走着转了一圈。周围的人看到这一幕觉得很有趣，便都凑了过来。有个人就问她，“您这身子骨真是不错，今年多大岁数了？”老太太笑呵呵地说自己过了今年就八十一岁了。老太太的回答惊住了众人，尤其是把王大娘给惊住了。王大娘这时候才看清楚老太太的样貌，刚才在院子里留意的只是她的穿着和电动车。老太太身材矮小却很肥胖，给人印象最深的是她脸上浮现着的那种来自心底的幽默。她的脸是一张笑哈哈的脸。你看了她的脸会感觉很有意思，并且很亲近。周围的人大多就是冲着老太太的笑脸和粗实幽默的声音聚拢过来的。她很招人喜欢。

王大娘却没有过多的精力欣赏这样的爽朗笑声，她完全沉浸在了自己复杂愁闷的心思里。她的脸会告诉你她的生活很不顺心，如果你的眼光停留在她的脸上两秒钟的话。她的脸总是哭丧着。这和她的好强心性是分不开的。王大娘是一个倔强要强的人。按照农村人的说法，她的这种性格叫做争强赌气要把日子过得好好的。那么，这种把日子过得好好的方法途径，对于农民来说，主要是把农活干好。王大娘干农活顶得上两个庄稼汉，她干农活非常好。关于王大娘干活干得好的例子真是太多了。其中有一个事情非常神奇，也是至今还在村民口里经常念叨的。大概是十五年前的秋天，按照 B 城的气候和种植白菜的习惯来说，立秋前的四五天是种白菜最好的时间。眼看后天就立秋了，王大娘家准备用来种白菜的地还没有规整呢。两亩多的地杂草重生，乱糟糟的。按照一般的速度计算，这块地要规整好需要一个白天，并且要借助现代化的耕地设备，还得需要两个人手。可是王大娘硬是靠着一个人的力量用了不到一个晚上的时间就把地规整得好好的。第二天凌晨五点钟，有早起的村民去地里干活，发现了这个神奇的现象，“哎，奇怪啊，这地昨天还是乱糟糟的，怎么过了一晚上就完全变样了？”等到七点多的时候，王大娘和丈夫来到地里顺顺利利把菜种子播下去了。后来有人说他晚上看见王大娘是点着蜡烛干活的。这样，点蜡烛干活这句话就在村民口里经久不衰地被念叨着、传递着。其中有的人是在嘲讽王大娘命苦，“摊上了一个使不上劲的丈夫，又有两个得给他们盖房子结婚的小子，负担这么重，迟早得累死她。”这些人确确实实是在嘲讽王大娘，可是心底里还是佩服王大娘的能干。也算老天爷开眼，王大娘并没有累死，她这不是还活着呢吗！

“喂，喂……大妹子啊，我在跟你说话呢，你听见了吗？”那个岁数大的老太太一只手握着王大娘的手，另一只手拍打着王大娘的肩膀。这时从周围聚拢过来的人们已经回到了自己的小床上。

王大娘一时没有反应过来。小孙女惊慌地喊叫着奶奶。小女孩害怕跟陌生人说话，她没有能力也没有心理准备和陌生人打交道。就算眼前的陌生人是善良的，可是在小女孩眼里，他们似乎随时会变成可怕的会攻击人的怪物。“奶奶，奶奶，你怎么了？有人在跟你说话呢。”小女孩的喊叫声又变成了哭腔。

“真他娘的没出息，一天得哭多少次才有个完？！”这话好像早就压在王大娘心底准备好了似的，就等着一个合适的时机随口把它给扔出来。

王大娘其实知道有人握住了她的手，在拍着她的肩，在跟她说话。她是一时不能把心思从浓厚的怒气和愁怨里抽离出来。王大娘对着老太太笑了笑。这笑是温和的，也是勉强的。老太太向王大娘做了介绍，说她姓李是L庄的，跟着她的那个老太太姓曹也是L庄的。老太太很热情，让王大娘喊她李大姐。老太太着重介绍了自己的幸福生活，说她现在的生活是每天骑电动三轮车带着曹妹子就是身旁那个去赶集。周边附近的十几个大小集市她都逛过。她说她现在吃的喝的什么都有，甚至超市里见不着的东西她都能买来吃。李大姐还向王大娘展示了自己身上穿的衣服，“都是名牌，全身上下里里外外都是我和曹妹子一起去买的，还别说，这好衣服穿着就是舒服，怪不得人人都想着发财做有钱人呢！”

王大娘听着这些话，心里很不是滋味。这些话就像一颗颗炸弹扔进了王大娘的肚子里，然后又闷不做声地响个不停。王大娘觉着更加难受了，肚子里掀起了一阵阵苦水。这些想吐又不能吐出来的的苦水搅得王大娘异常烦躁。她真想恶狠狠地瞪瞪眼前这两个幸福的老妇人，能扯开嘴巴骂上几句更好，“有他妈什么好显摆的啊，你们？！看看你们这副穷酸样，生产队的时候一个个都是饿死鬼的样子，你们刚吃饱了几天肚子啊就装大款，装幸福。”可是王大娘是要强的，是倔强的。她尽量挤出一丝温和的笑意，简单说了下自己姓王，是Z村的，今年五十八了。

“我说大妹子啊，你知道我为什么主动跟你打招呼吗？其实我刚才一进院子就注意到你了。刚才洗澡的时候我又注意了一下你。你苦啊，大妹子。你看看你这双手都成什么样子了？！”李大姐端起王大娘的右手，仔细端详着；王大娘的手确实不像样子了，黑不溜秋的干哧哧的，像一片片烧焦的鳞甲，“你活儿不轻啊！这是你孙女吧？”李大姐把王大娘的右手放下，用手指了指小女孩，王大娘点了点头，“你现在还去地里干活？”

“早就不干了，有六七年了吧。”王大娘冷冷地从嘴里甩出了这句话。

李大姐毕竟老了，心态很安稳，她接住了王大娘的话，“大妹子，一看你这手就知道你活儿不轻啊。我就纳闷了，你说你不干农活了，怎么更忙了呢？嘿嘿，你不说我也知道，洗衣服做饭看孩子……这些活不比农活轻啊，依我看是操心又费力。”

这些话就像一把把尖刀扔进了王大娘的肚子里，五脏六腑只要稍微动一下就疼得要命。可是王大娘是倔强的，是要强的。她忍住了。她比谁都清楚自己的境遇，有什么法子呢？自己家的日子过得不好能怨谁呢？除了怨恨自己，还能怨恨谁呢？她最近有一个很强烈的想法，特别想出去找点活儿干。不管怎么说，农活是干不了了。这话不是说王大娘对农活陌生了，而是说现在村里人基本上不种地了，很多人家的地甚至都撂荒了。准确点说是大家只种一茬玉米，然后再种点儿够自己家吃的菜，别的什么都不种了。现在村里人讲究的是去厂子里上班。Z村地理位置不错，村南边挨着一条省级公路。因此很多冒着浓烟、散着臭气和吐着脏水的厂子一个个掉在了Z村附近。王大娘也想着去厂子上班，她觉着自己挣了钱就会多些自由和权力。可是她走不开。家里的活儿实在太多了。小孩子要她来照顾，一家人的吃喝拉撒睡的杂活儿要她来安排。夏天的那一茬玉米也要她来种，要她来张罗收割。这些活儿王大娘越干越来气。不给钱就算了，连句好话都不给，儿子儿媳总是夹枪带棒地对她说话，要么就是拉丧着脸冲着她。这种气实在不好受。可是王大娘是善良的。她忍住了。她只好天天生闷气！

有时候，闷气憋得实在太多了，王大娘就干脆坐在屋檐下的台阶上沉思。她用右手托着下巴，眼睛直直地望着门口。不知道内情的人看到这副表情会认为王大娘像个发呆的孩子。或许这样的判定是对的，王大娘的心里确实生出了一个小孩子的想法。她想要不声不响地离家出走，随便到什么地方去，只要不再看到她熟悉而又厌烦的这个家就行了。有一次，王大娘已经离开家门口十几米了。然而后面传来的孙女的那稚嫩叫喊声把她的心从遥远的地方拉回来了，“奶奶，你陪我去买根冰棍！”

“大妹子啊，咱们老了，比不上年轻姑娘了，可是咱们也得学会享受生活，也得学着保养。你这手得抹抹护肤品。”

王大娘脸色平静地看着李大姐，什么话也没说。她真想说话，可是她说不出来，她太难受了。王大娘是倔强的，是要强的，她不能说。

李大姐今天也不知道是怎么了，说话的兴致特别浓，见了王大娘就像见到了故人似的。她又拉起王大娘的手，低着头仔细端详着，“大妹子啊，这样吧，你有空吗？你跟着我回家一趟吧，我那儿有护肤品，好东西，是名牌。你去的话，我给你一瓶。”

王大娘还是头一次听人家说要免费给她东西，而且是护肤品。她看着李大姐的手，心里又是一阵刺痛，怨愤的气流猛烈地冲击着她的喉咙。李大姐的手白白胖胖的，根本不像八十岁老人的手。她又假装不在意地偷偷细看了老太太的脸，怨愤的气流开始猛烈冲击她酸苦的两只眼球。李大姐连同旁边的曹大姐脸色红扑扑的，这样的脸色不需要观察者有犀利的眼力便可知道是好营养调养出来的。“真是在过神仙日子啊！她们日子怎么过得这么好呢？一定是儿女孝顺家庭和睦啊！”王大娘心里使劲揣摩着她们的好日子到底是怎么得来的。可是她心里一点也不羡慕她们。她是安分的。她认为自己的双手一天抓十块钱是自己的命，别人的双手一天抓一百钱是他的本事，没什么好羡慕的；一个人能自力更生就好，至于赚钱多与少那是另外一回事。如今在她体衰力竭的时候，她认为晚年的幸福只需要年轻人多些关心和安慰就足够了，不需要用物品来表明他们多疼惜自己。她是通情达理的。可是她的儿子儿媳显然不通她的情和理。她的心受伤害太深了。

“喂，大妹子，明天吧，明天你来我们村找我吧。我请你来我们家做客。我们家可好了。你来吗？”

李大姐正式向王大娘发出了热情的邀请。王大娘依旧是脸色平静地看了看李大姐，这回她微微笑了笑，并且轻摇了下头。王大娘心里有一种强烈的感受，她非常反感并排斥这种来自陌生人的热情邀请。“这里面肯定有问题。哪有这种事儿，没说上几句话就邀请人家去她家里做客？她们想从我身上捞点什么呢？我是个穷老婆子啊。她们干嘛要邀请我呢？肯定不是好事。”

李大姐这时似乎看出了一点儿名堂，笑呵呵地说："大妹子，我和你曹大姐我们的日子过得好。我们两个村的地不是占了吗？我手里有二十万呢。"

王大娘一听这话心里咯噔了一下，"二十万？这人真是奇怪，净说些没头没脑的话。"

"曹大妹子手里的钱比我还多几万呢！"李大姐说话的时候眼睛直盯着王大娘，王大娘似乎没什么反应，"大妹子啊，一看就知道你在受儿女的气啊。我劝你看开些，我们这把岁数了能活几年呢？开开心心的。实在过不到一块，就离开他们自己过。"

王大娘真想扯开嗓子骂她几句，她这话明显是在示威炫耀，"她这是站着说话不腰疼。有什么了不起的？二十万块钱就让你说话这么得意。有什么好得意的？还不是喝着后代子孙的血过着现在的神仙日子！"

"大妹子啊，我一看见你就觉得跟你很投缘，我理解你。这样吧，你明天来吧，真的，你明天来我们家看看吧。我们给你做一桌子好吃的，然后细聊聊。今天是不能细聊了，我们得马上回去了，家里还有事呢。"这时李大姐的手机响了，接了电话后，她才说出了这番话。

王大娘终于开口说话了。她尽量鼓足了力气说道："我不去！"

这话像一块冰块被王大娘使劲地扔出来了。然而李大姐和曹大姐没有介意。她们穿的外套是羽绒服很鲜亮，一看就知道是名牌，穿着肯定既舒服又保暖。李大姐和曹大姐互相搀扶着离开了休息区。

在大堂换鞋的时候，王大娘透过玻璃门向院里偷偷盯了一眼。李大姐正在开着电动车调头。王大娘赶紧把眼睛收回来了，她不想让她们发现她在看她们。其实王大娘没有看她们，她在看那辆崭新的电动三轮车。"两个胖家伙坐在上面车的劲头还那么足，好车啊。"王大娘暗自赞叹车的质量好。她忍不住又偷偷向院子瞟了一眼。这回她只看到了车尾巴，李大姐已经开着车驶出了院子。过了很久，她才把看似贪婪的目光收了回来。压在她心底的那个沉重的想法又被勾了上来，她的心异常气愤。王大娘很想拥有一辆电动三轮车。大概两年前，她感觉走路轻飘飘的，走一截路就气喘吁吁的。再后来，她感觉到走路实在辛苦，并且经常伴有头晕呕吐的症状。她年轻时干活太急了，又不注重保养，病根早就埋下了。到现在一股脑儿全都爆发了。她很不愿意面对一个事实，但是这个事实已经发生了：她老了，她的力气在过去几十年的艰苦劳作中几乎被耗尽了。虽然她远离了农田，不需要走很长的路去田里了；可是她每天必须接送孙女上下学。这段接送的路并不比去农田的路顺畅，在她看来更长更累人。她弄不明白幼儿园这种玩意儿怎么会在农村兴旺起来了。“看来农村人的生活真是改善了，什么都在跟着城里人学。”王大娘有时会苦笑着暗自这样感叹。她不敢马虎，眼睛总是盯着孙女。小孩子在路上万一有个磕磕碰碰的，王大娘要被儿媳嘟囔好几天。这种气实在不好受。可是王大娘忍住了。王大娘是倔强的，是要强的，是通情达理的。然而为了接送孙女上下学方便，有一天她还是硬着头皮郑重地向儿媳提出要买一辆电动三轮车。

“买电动三轮车？你还真会想啊，我都没有呢。再说了，你会开吗？你老老实实在地上迈步吧。”

儿媳的态度非常恶劣，儿子就坐在一旁看着电视抽着烟闷不做声。夫妻两个把王大娘惹恼了，气得她摔门离开了儿媳的房间。那是她第一次发火。那天晚上是她有生以来最伤心的一个晚上。丈夫去世的时候她都没有流泪，那天晚上她竟然流泪了。她很想找个人说说话。可她想来想去也没想到可以跟哪个人说说话，“老二吗？哎，跑到老远的地方去打工，已经两年没回家了，肯定是难啊。他没心情听我念叨啊。红英姐吗？哎，她家也是一摊子事说不清道不明的。回娘家跟老娘说说？哎，我一辈子要强，这要哭丧着脸回去还不得被大哥大嫂挖苦死啊！算了吧，自己造的孽自己忍着吧。这些苦水都是自己酿的，自己吞在肚子里吧。”王大娘真是好样的，第二天她又跟平常一样，只不过善良温和的脸皮多了几种颜色，主要是蜡黄色和苍白色。她看起来像是营养不良。

王大娘和孙女回到家的时候已经是下午五点钟了。很奇怪，儿子和儿媳早早下班回来了。他们在厨房里忙着做菜。孙女被叫去摘菜洗菜了。王大娘在自己的房间里静静地坐着，她面前的电视机是上个世纪九十年代的老彩电。屏幕上的人晃来晃去的，有时候会出现短暂的休克。声音刺刺拉拉的，有时候会有尖锐的穿心声音。王大娘觉得胸口发闷，头也不争气地一阵疼一阵晕的。她把鞋子脱掉，没有脱衣服就钻进了被窝里。尽管身体很不舒服，但是她很快睡着了。刚才在澡堂子的时候，她就被暖气熏得有些睡意了。她本想躺在休息区里的小床上睡上一觉，可是那两个老太婆太可恶了，言谈举止处处都是挑衅。还是这个时候好，没有人打扰，她终于可以清净地躺会儿了。

六点钟的时候，孙女来把王大娘叫醒了。小孙女很懂事，她对奶奶很亲近。但是她的懂事和亲近有时候会隐藏得无影无踪。有父母在场的时候，她像是一个直挺挺的小雪人，可爱却十分的冰冷。或许大家厌恶了这样的比喻说法，那我干脆直白地告诉大家，有父母在，小女孩就不再是她自己，她说什么、做什么以及吃什么都要请示父母。她从小被父母糟糕的关系吓坏了胆子，总是拒心自己的言谈举止出错会惹怒父母或者身边的人。在儿子的房间，儿子和儿媳已经动筷子吃了。很奇怪，这次小女孩在没有经过爸爸妈妈的同意下，夹了一个鸡腿放到了奶奶的碗里。儿媳狠狠地瞪了一眼自己的女儿，“鸡腿这东西你奶奶吃了不消化，赶紧夹出来。”

小女孩被这不顺耳的关心吓哭了。王大娘本来睡了一小觉之后心情还算舒畅，看到眼前这一幕，睡之前的那些怨恨和怒气一下子又回来了。很奇怪，这次她没有忍住。她浑身上下不自在，她浑身上下在瞬间失了控。她把碗和筷子狠狠地摔在了餐桌上，扯开喉咙骂开了。这次她直接骂了儿媳的八辈祖宗，还骂道，“烂货，有娘生没爹教的，我活了大半辈子就吃不起一个鸡腿了？傻王八，去死吧。”

王大娘骂完气呼呼回了自己的房间。儿子在一旁惊住了，他以为自己在做梦。儿媳也惊住了，她还以为是电视机里在播放什么家庭闹剧。

这个晚上是静悄悄的，是奇怪的。王大娘双手捂着脸，在板凳上坐了一晚。这个晚上她的屋里很冷，没有暖气。这个晚上她的精力真好，两只眼睛一直用力闭着，她一点儿也不觉得累。儿子的房间里，餐桌没有收拾，剩下的饭菜还在上面摆着。屋角的炉子里还有火星不时地亮一下，最终它们沉灭在了灰烬里。他们早早就躺在床上了，电视机没有关，灯还亮着。院里黑乎乎的，几只老鼠跑来跑去。不知什么情况，在洞口老鼠发出了尖细的嘶叫声。可能是它们在钻洞的时候发生了碰撞，有了摩擦。天空还算看得过去，稀疏的星星和清白的月亮安分地缀饰着它。今晚没有风或者雪来打扰它们缀饰天空。但是它们的光亮不足，扔给大地一片一片清冷的暗色……这个晚上是静悄悄的，是奇怪的。似乎一切都没有发生，发生的一切又似乎都没有结束……

第二天一大早，王大娘来到了门口，她没有进儿子的房间，她立在大门外等着。儿子和儿媳今天也起了个大早，他们一前一后推着各自的电动车出了大门。他们看见王大娘吃了一惊，没有搭理她，准备骑车离去。王大娘叫住了他们，直接向他们要钱，说这钱是用来买电动三轮车的。王大娘语气平和，脸色镇定，一点都不像昨天晚上的那个样子。可是这并没有换来儿子和儿媳的理解和认可。他们已经骑上车了，并扭动了车钥匙，准备转动车把走人。王大娘快步走到了他们的前面，挡住了路。儿媳冷冷地丢出了一句话，“买车？你买个屁吧，老家伙。”

王大娘平静地看向儿子，儿子也是冷冷地丢出了一句话，“别理她，我们走！”说着，儿子转动车把飞快地从王大娘身边划过。儿媳也跟着转动车把强行从王大娘身边划过去了。骑出十来米后，儿媳回头大声地向王大娘发出了命令，“别忘了给琪琪洗衣服。”

儿子和儿媳瞬间消失。王大娘不再平静，破口骂了一句，“让我洗衣服？洗你妈吧。”

王大娘真的伤心了，也绝望了。七年来，她就是在儿子儿媳无声的命令中活过来的。王大娘是勤劳的，是通情达理的。不等他们开口，她提前就把所有的家务活儿干了。这次是儿媳第一次命令她干家务活儿，很不幸，也是最后一次命令。王大娘决定不再过这种日子了。她需要的很简单，一声安慰就可以了。但是儿子儿媳从来没有给过她。她回到屋里生气地转来转去，不知道自己要做些什么。小孙女来找她，要她陪着她一起去买铅笔和橡皮。她带着怒气冷冷地把孙女训斥了一顿，“真他娘的没出息，自己不敢去买东西吗？还要大人陪着你去。”

其实王大娘误解孙女了，小女孩很懂事，她知道大人之间发生了什么事情，她来麻烦奶奶是为了和奶奶说说话，是为了和她亲近亲近。她很怕有一天奶奶突然消失了，以后再也见不到奶奶了。这不是说她明白了死亡是怎么回事。而是说她的感觉很灵敏，奶奶一直温暖着她。

王大娘还在转来转去，手忙脚乱的，生着气不知道自己在做些什么。小孙女突然说了一句，“奶奶，我们去外边转转吧。”

这句话提醒了王大娘要做什么了。“去那个肥老婆子那里看看。”王大娘的这个决定不是一时兴起做出的。晚上的时候，她心里翻腾了很久。她非常忧虑，她思考了很多重大的问题，比如死亡，比如命运，比如活着是为了什么。然而像她这样的底层妇女不可能对这些问题思考出个什么奇言妙语来。她思考的结果很直观。她觉得自己坚强了一辈子，到头来只是一场空，什么都在远离她，她没有任何可以亲近的东西或者人，只有一肚子的疼痛和她相伴，只有这断不了的一口气和她亲近。她甚至觉得这一肚子的疼痛、这断不了的一口气和她也没有关系，她不知道自己是谁了。她感觉到自己脑子里空荡荡的。她几乎要精神崩溃了，她陷入了恐慌。可是她不怕死，她一点都不怕死。用宗教家的话来说，她此时的心情是巨大的幻灭感。但是她不知道幻灭这个词语，她只是感觉到有一个东西也就是幻灭感在残酷地折磨着她。她不怕死，她一点都不怕死。她只是想找个人听她说说这么多年来积压在她心里的苦。她是要强的，她不能接受屈辱，她不能接受平白无故地死去。没有人知道并理解她心里有多么苦她就永远地离开了这个世界，这种奴隶式的死亡她是绝对不能接受的。她非得把心里的苦吐出来，找个接受它们的地方，然后才会心安。她不怕死，她一点也不怕死。她只是想要讨个说法，给她即将过去的这一辈子讨个说法，“人这一辈子到底是为了什么？人真的是一死百了吗？”她不甘心，她总觉得死后还有很多事情不会结束。可是没有人可以帮她。所以她忧虑，她恐慌。或许聪明的人会在这个时候给她一个光明的建议，她需要寄托，她需要信仰。可是在她的周围，在她的心里，寄托和信仰在哪里啊？她就是想找个人听她说说话。可是人们就算闲死，也不愿意听和自己无关的事情。因此，她最终想到了那个老太婆。“去她那里看看。”王大娘暗下决定。

王大娘把孙女留在家里，独自去了L庄。王大娘向一个村民只说了老太太又矮又胖这一个特征，那个村民就知道她问的是谁家了。那个村民回答得很干脆利落，但是眼神似乎很复杂。他是一个六十来岁的老头，说话的时候眼睛上下左右打量着王大娘。王大娘以为自己碰到了一个老色鬼，心里使劲骂了一句，“臭不要脸的，老了还这么色。”

王大娘顺利地找到了李大姐家。王大娘看着眼前这座破宅子，心里长时间地冷笑着，“这就是她嘴里说的‘我们家可好了’的那个家？吹个三级风，这房子还不得塌了啊！纯粹是满嘴胡说八道。”

王大娘后悔来了，想着便要扭头离开。可是李大姐在院门口看见她了，笑呵呵地走过来把她拉住了。李大姐真是个聪明的老太太，她看穿了王大娘的心思。她啥也没说，直接把王大娘领进了屋里。等到了屋里，王大娘被彻底惊住了。这屋里摆满了水果和食品，并且装扮得也很漂亮。崭新的大平板电视清晰地播放着她爱看的戏曲《穆桂英挂帅》。一对真皮沙发座椅非常扎眼。大衣柜上的大镜子映现着她瘦弱的身子。李大姐让王大娘坐下，然后问她喜欢喝什么饮料。王大娘坐在柔软的沙发椅上直摇头。李大姐在墙角处的一堆饮料里拿出了一瓶奶茶和一瓶核桃露，把它们打开后塞在了王大娘的手里，一手一瓶。王大娘没有喝，把它们放在了茶几上。她不是贪嘴的人。多少年的艰辛日子过去了，她不大认识也不习惯吃这些新时代的新食品，她只喜欢吃红薯玉米粥，只喜欢喝自己家的井水。可惜红薯很久没种了，井水也早就没影了。

曹大姐也进来和她们说话了，她住在另外一间屋。王大娘很想问问她们什么关系，这个问题现在更加强烈地袭击着她。李大姐看出了王大娘隐藏在心里的种种疑虑，她非常热情地一口气把自己和曹大姐的情况告诉了王大娘。

“大妹子啊，”李大姐打开了一瓶奶茶，喝了一口后继续说道，“大妹子，你信面相这东西吗？跟你说，我信。昨天我一看见你的面相，我就想起两年前我的样子来了。两年前，我跟你的面相是一样的，太面善了，脸上刻着太多的不顺心啊，身子骨太虚弱了。我们都是受儿女的气啊。我不是跟你说过了吗？那些兔崽子实在不像话，我们就离开他们自己过。有谁没谁呢？你别怕笑话，我们老了，我们还能活几天呢？我们不要再活在那股子气性上了。别人笑话你命苦不会教育孩子，你就让他们说去，到了这把年纪还在乎这些风凉话吗？我们做老人的就是太善良了，就是太为孩子们着想了，可到头来一个个都是白眼狼。白眼狼就白眼狼吧，我们离他们远远的。你不要怕死了以后怎么办，死了你都没知觉了，你还担心什么？孩子不埋你，你就让你的尸体臭了、烂了。”说到这里，李大姐盯看了王大娘足足有一分钟。王大娘脸色震惊，她心里不再反感李大姐了，她基本接受李大姐的这番话。

“我有三个儿子两个女儿，儿女多又能怎么样呢？原先以为总会有个好样的孝顺的，结果没一个好东西，都在死盯着我手里这份补偿款呢！你说他们真够贪心的，他们得了自己那份钱还不满足，天天想着法子把我的钱给骗了去。我算是看清楚了，我的钱一旦掉进他们口袋里，我真得要渴死在大街上。这种事不算新闻了。我们村有一个老太太把自己的那份钱分给几个儿子后，那几个王八蛋谁也不沾边了，老太太活活被气死了。我现在躲得他们远远的。这房子是我租的别人家的。我今年八十一了，我身子骨调整得很好，我还有力气。我算过了我一年花一万，我手里的钱还能花二十年呢。我天天买好吃的，你也看到了，我什么都敢买来吃。曹大妹子的情况跟我的情况基本相似，儿女们也是想着法子把她的钱给骗过去，然后肯定是躲她远远的。她也想着从儿子家里搬出来。我们两个一合计干脆一起租个房子吧。这样更好，两个人搭伙过日子，有个照应，生活方便多了。”

李大姐接着跟王大娘说了儿女恶待她的很多琐事，又特别提到昨天急着回来是因为有一个送货的来给她送食品和饮料。曹大姐话不多，不过也说了一些类似的事情。王大娘听了她们的话后心里舒畅了很多，她也把她们当成了自己的聆听者，她也说了很多心里的话……

半天的时间，三个人成了交心的好朋友。中午到了，李大姐和曹大姐给王大娘准备了一桌子的饭菜。王大娘只吃了一道菜，她不知道这道菜叫什么名字，只知道它是用油炸熟的腿。它是羊腿。

王大娘吃完饭后在李大姐的床上躺了下，这一躺竟然睡着了。等她醒来后，时间已经是下午四点钟了。她心里本能地想着要回家。她想开了。她想着赶紧回家去收拾自己的东西，然后找个房子搬进去。她想着赶紧离开儿子儿媳远远的。她不需要他们了，他们也不需要她了。她向李大姐和曹大姐道别。李大姐说开车送她回去，她觉得不好意思执意不让送。

"大妹子，你不让送，那我就不送了。我就想问你一下，你今后是怎么打算的？"

王大娘把自己的想法跟李大姐说了，李大姐拉起她的手笑呵呵地说道："这样吧，你来我们这里住吧，我们这里还有一间空屋子呢。我们三个人一起，这样就更好了，你来做洗衣煮饭这些家务活儿吧，不用你交房租，包你吃住，就当照顾我和你曹大姐。"王大娘听了这样的邀请心里不答应，可是当她不小心碰到自己的衣袋后，她答应了。她从衣袋里拿出了一个陌生的瓶子，李大姐忙笑着说这是她答应送给她的护肤品。

下午将近六点的时候，王大娘回来了。经过儿子房间时，王大娘稍微向屋里瞥了一眼。儿子和儿媳跟昨天一样已经回来了，并且准备了一桌子饭菜。他们一家三口正在吃着呢。王大娘更加坚定地向自己的房间走去。她没有多少东西可收拾的，她捡了一包衣服，又包了一条被子，把自己的身份证等一些文件装在了她的小皮包里。然后她就像外出务工的人一样，大包小包背在身上拿在手里向门外走去。

在离开院门五六米的时候，小孙女在后面喊了她一下，"奶奶，你要干什么去？是去找我叔叔吗？我妈说了有种去了就别回来了。"这回小女孩的声音听起来冷冷的，她似乎不认识远处的奶奶了。

王大娘平静地回应道："回去告诉你爸你妈，我不回来了。哪里的黄土都养人，哪里的黄土都埋人。到时候就是你们用八抬大轿来抬我，我也不回来了。"

王大娘说完，在已经黑下来的夜色中，在一盏盏衰弱的为了过年才安装的路灯的斜视下，一步一步远去了。她身后的那座她辛苦一辈子为了给儿子结婚而盖成的房子好像从来就不认识她似的，冷漠地僵硬地站立在越来越厚重的寒气中，一动不动！

戴着荆冠的笨蛋

一

我每天早上三点钟起床，先去蔬菜批发市场，我要在那里找到满意的蔬菜，然后去菜市场把趸来的蔬菜卖给那些赶早市的人。为了减少成本，也为了抢先买到质量好的菜，我是不进批发市场的，我在离批发市场门口远远的地方等着。我太困了，我需要抽一支烟；我太困了，我用手拂了拂地面的灰尘就躺下了。我迷迷糊糊听到了过路人的嬉笑和吵闹，我听惯了黑夜中这些打发无聊行程的声音。有人说，“小王，昨晚又喝了几两啊？”我躺在地上没有理会，心想：“王八蛋，老子的酒量早就到一斤了。”反正天还早，我先眯瞪会儿……

我躺在地上似乎是睡着了。那些跟我熟悉的来卖菜的村民把我喊醒了。他们叫醒我不是为了把他们手中的好菜卖给我，是为了向我借个火。因为这个，我不知道丢了多少个打火机。我竭力恳求他们把菜卖给我，这次真是走运，他们竟然同意把菜卖给我。我掀开盖在菜上的草，仔细查看菜的品相。“这菜真他妈的好，不错，我全要了。”我一边说，一边去找我的三轮车。咳，我的三轮车哪里去了？我的三轮车呢？不好，真他妈的见鬼，难道又……那些准备卖菜给我的村民一阵狂笑，“小王，你的三轮车呢？这是丢的第几辆车了？”“小王，昨晚又喝了几杯啊？到现在还没醒呢？！”车丢了，生意还得照样做，我请求他们把菜卖给我，他们一哄而散，带着菜进了批发市场。

我坚强乐观的心突然觉得一片昏暗，我左右摇晃了几圈栽倒在地上……还是世上好人多，有个人过来把我叫醒。他戴着白头巾，腰里拴着一根绳子……我的天啊，真他妈的见鬼了，这是什么地方来的哪个年代的人啊？怎么这副打扮？“老弟，前面就是批发市场了吧？进市场要交多少钱呐？”“最多就交几块钱吧。”一看这人的打扮就知道是个没怎么进过城的土包子，为了省掉那几块钱，他问我要不要买他的菜。车丢了，生意还得照样做。我一掀开草马上有了一肚子火儿，这么一车好菜全糟蹋了，菜被挤得不像样子了。我瞅着这人，不说话。这人脸上嘀嗒着汗水，战兢兢的，微低着头，不说话……

我没把肚子里的火儿撒出来，我直接把菜价压倒了最低。我要求这人把菜给我送到菜市场。到了菜市场，我把菜钱给了他，然后打发他走了。我本想着请他喝碗豆腐脑儿的，我没请。一路上他说的愧疚话太多了，我估计这顿早饭两个人一起吃肯定要吃到中午，他的那些话就让他一个人在回家的路上去说个够吧。我像往常一样来到饭馆，要了半斤油条和一碗豆腐脑儿。我一口气喝完了豆腐脑儿，我又要了一碗。走来走去的店老板说他很忙没空儿，让我自己去盛。

我来到厨房，满屋子都是菜，满屋子都是漂浮的油腥味……不好，真他妈的见鬼，胆子太大了，一只耗子竟然大摇大摆地从我脚边走过去，它没跑，还回头向我瞅了又瞅。我想着给它点颜色看看，一个正忙着摘菜的小伙儿制止了我，“让它去吧，你干嘛跟一只耗子过不去。”幸亏小伙儿制止了我，地上一层黑乎乎的油污差点儿把我滑倒。我没有立即去盛豆腐脑儿。我看到铝锅旁边一堆菜很不错，这些菜的品相太美了：茄子亮得可以清晰照见我的脸，黄瓜身上的小刺也是清晰可见。这是我做菜贩子以来不曾见过的好菜啊！我忍不住想过去摸摸，我的嘴巴和鼻子快要贴在它们身上了。

我的鼻子被黄瓜身上的小嫩刺刺得痒痒的，我站在那里不动了。摘菜的小伙儿过来将我一把推开。他的手像是两块铁板，不怕刺痛，直接抱起黄瓜和茄子扔在了水盆里。真他妈的见鬼，这么好的菜，应该是轻轻地拿放，怎么可以这样粗鲁？我劝小伙儿动作温柔点，可是我说了几句话，小伙儿不理我……我看见厨房外面，也就是饭馆后院架着一口大黑锅，我被那口大黑锅吸引住了。大黑锅底下窜着火星子，可能火太大了，锅底上的锈热得一大块一大块往下掉。一个中年男人在揉面切面，并往锅里放面条。一个中年妇女在用“黑钳子”往外夹油条。

呛鼻子的油香味向我扑过来，那些油条黄迹迹的很漂亮。油条的品相真好，怪不得生意这么好。我来到夹油条的中年妇女旁边，看着她夹油条……哎呀，真他妈的见鬼，我被溅出来的油星烫着了。我用力甩了下手，夹油条的中年妇女侧过脸来讥笑我。她让我看她的双手，她的双手像是在烟囱口熏过一样：黑乎乎的，皱巴巴的，又带着点黄。她还用诡异的眼神示意我看看大黑锅里面——锅里的油像黑泥似的沸腾着。为什么黑油炸出来的油条不是黑色的，而是黄色的呢？这是一个深奥的问题。我问了他们两个，我想得到简单明了的答案。他们两个对视着笑了笑，谁都没理我。

我等了一会儿，他们两个只顾着忙自己手里的活儿。我回到厨房，去盛豆腐脑儿。摘菜的小伙儿已经把菜洗好了，他正在切肉……真他妈的见鬼，他怎么不洗洗肉就直接切了？我看见砧板上放着好几条熏肉，熏肉上面长满了一层软软的白毛，而且还开着几朵绿色的小花……我胃里一阵恶心想要呕吐，小伙儿却先于我吐了一口痰。他先是使劲咳了一下嗓子，咳的声音像是要炸开喉咙管，然后才吐的。我使劲将向上翻动着的液体向下咽了咽，没有吐出来……几条小虫子从肉里爬了出来，它们的嘴巴张得像血盆大口，眼睛瞪得像探照灯……我被惊得僵在那里了……小虫子们已经集结成一支彪悍的军队，它们拿着武器：有长豆角，有短豆角，有长茄子，有短茄子，有圆辣椒，有尖辣椒，有苦瓜，有黄瓜……它们还戴上了菜叶帽子，它们开始排兵布阵，在它们屁股和脚底下飘荡起了很多黑绿色的颗粒物……哎呀，真他妈的见鬼，怎么可以随地吐痰？虫子们像是洗了个澡，更欢快了。小伙儿嘿嘿地奸笑了两声，“这算什么？在这地方，我没有撒泡尿就对得起你们了。有时候我会在肉馅里加上几口痰，说不定饺子的好口味就是这么来的。”“去你娘的，你真他妈的恶心！”

豆腐脑儿我也不吃了，我把碗直接摔在了砧板上，碗被弹了出去，掉在了水盆里，水盆里的水向外溅了出来。虫子们这回真是洗了个痛快澡，它们扔掉武器，全都跑到阴暗的角落睡觉去了……我颤抖着双腿往外走，饭馆厅堂里吃饭的人太多了。正当我被人们推来挤去的时候，我想起我的菜篮子落在厨房了。我必须马上回去拿我的菜篮子。它里面不仅装着一堆数不清数目的零钱，而且还装着一本诗集。在菜市场，我养成了一个习惯，空闲的时候我会看看书，最近一段时间我在看那本诗集。我怕菜篮子像三轮车一样莫名其妙地丢了，便疯了似的往厨房冲去。在厨房门口，我转动着已被闷气冲得有些眩晕的脑袋寻找我的菜篮子。怎么，那是谁？那不是摘菜的小伙儿，他已经踪迹不见。那是谁呢？我看见一个人抱着我的菜篮子蹲坐在墙角那边，他的眼神和面容都十分颓靡阴郁，他嘴里好像在嘟哝着什么——他是大诗人波德莱尔！可是我今天并没有喝酒，我只是又丢了一辆三轮车，我只是刚才在这里受了些气，难道这也会让我出现幻觉？这是幻觉吧？！不管是与不是，我很兴奋，我终于见到他了，我有很多问题想要问他，尤其是想问问他“恶之花”这个名字到底是怎么想出来的。我还特别想向他表达敬佩之情，尽管我不是特别认可他和他的那些怪诞的诗歌。因为每当我面对一部优秀作品时，我的口水就不听使唤地流出来了，失态的样子比狐狸看到葡萄还要严重。可是我很清楚这些“葡萄”永远不会属于我，我也没有狐狸那样的本事，我如今是个笨拙的“农夫”，做着倒卖蔬菜的活儿，我倒是时刻想着拥有一串属于自己的“葡萄”，可是我很笨，我真的不知道怎么栽出自己的那串“葡萄”，——我想“葡萄”想得快要发疯啦！……诗人捂着嘴巴不说话，我就像虫子爬在菜叶上粘着他不放，嘴里叽里咕噜地说着我自己也听不清的话。他似乎对我忍不可忍，站起身并向我靠近，我的心怦怦地响个不停。他这是要干什么？！他用鼻子使劲在我周围闻着什么，然后去了砧板旁边抄起一条熏肉猛咬了两口。我在他嘴里看见一朵朵绿色的小花和细细的白毛被他嚼烂咽到了肚子里，我看见一只只小虫子打着哈欠刚要开口说话就被他咬断舌头吞到肚子里去了——他说名字就是这么想到的！

我的胃又开始剧烈运动了，我感到实在太恶心了。我大声咒骂着，骂他是个肮脏小人。那些诗歌怎么会是他这个鬼样子的人这样写出来的呢？！他也不示弱，也大声咒骂起来。他说不让这些腐臭的东西填满他的胃，他的脑子就会被它们填满。他说他的胃早就碎掉了，他早就不知道胃痛是什么感觉了。我连忙制止了他，让他不要再说了。我要赶紧去卖菜了，我怕再听他说下去我的脑子会碎掉。我不想死，我得赶紧离开，我的一车菜还在外面，我必须去卖菜了。诗人似乎冷静了很多，脸色变得温和了，他向我宣布他的诗作从此与他无关。我一听又来了一股怒气，堆积在心里很久的话像洪水一般冲决着我的喉咙。我懒得理他，拿起菜篮子边往外走，边在心里怒骂着，“咳咳，你这话说的真他妈的轻巧，‘我的诗作从此与我无关！’是啊，你死了当然是和你无关了，你的那些诗作留下的是是非非却像鬼影还在大地飘荡着。你的那些优美的诗作如今就像一堆屎丢在了大地上，你养活了一大批嚼吃着粪便却自以为美味的屎人。他们是一群消化不良的人，把波澜壮阔的现实生活嚼在肚子里，却排泄出了一堆粪便。他们是一群冲动的人，空有一股热情，空有一脑子美好崇高的理念，却不懂得怎么表达，也不思考如何洁净地表达，偷懒地找到了拉屎这样的污浊表达方式。他们是一群急于功成名就的人，建立的功业却是拉出了一堆屎，浊臭熏人，却幻想着听众也来品尝他们排泄出的‘美味’。”来到饭馆外面，我从篮子里把那本诗集拿出来，把它塞在了腰带里。这些文字像狗皮膏药贴在了我的肚皮上，缓解着我的胃痛……

我回到菜摊的时候，赶早市的人慢慢多了。一个老主顾买了四根黄瓜，还是原来的老价钱，正好三块。这次他没有爽快地扔下钱，他不停地问我多少钱。我跟他说了很多遍，他还是问。我气得破口大骂，“你他妈的是怎么回事？跟以前一样，三块钱。”“老弟，真是对不住啊，我今天出来急了，忘记带钱了，明天再给你吧。”我向他甩了甩手，让他走。他蹬起自行车就走了。因为今天的菜很差劲，我就马马虎虎的不怎么用心了，大家就更加乱糟糟地把我围住了。通常这种“混乱”的情况只有在我喝了酒的时候才会出现。旁边同样是卖菜的贾先生向着已经走了很远的几个中年妇女追过去，并且相互之间大吵起来。贾先生咆哮着咒骂她们，说她们偷了他的茄子。几个妇女觉得委屈，捋起袖子冲上去撕扯贾先生的衣服和脑袋。围着我买菜的人瞬间跑过去看热闹。我也跟着过去了，“你们先把菜钱给了吧！”大家乱吼着，像是在看街头杂耍，他们不理我。于是我进到他们里面，就像戏台子上那个黑脸的张飞一样尖叫了一声。我这一叫很奏效，他们全都沉默了。我像卖艺的那样，挨次向那些买我菜的人要回了菜钱。

一场吵闹很快过去了……不管过去不过去，都与我无关了，我得赶紧把菜卖完，一个是今天的菜真是不像样子，另一个是我中午有一件重要的事情要办。我已经三十三岁了，我还没有结婚，跟我家关系不错的一个张姓大婶给我安排了一次相亲，已经说好了在今天中午见面。大伙儿很照顾我，不到九点菜就差不多卖完了。市场管理员过来向我收卫生费，我从一堆零钱里随便拿了两张扔给他。他对我的动作还是像以前那样不满意，我还是像以前那样不怕他。“老弟，你别牛，这条街上你以为就你一个人给钱是痛快的吗？”“老兄，我习惯这样了，你也得习惯。”我把剩下的几个茄子装在一个大塑料袋子里，然后给了他。他笑嘻嘻地觉得不好意思，“天天这样，这怎么好意思呢？！”“没啥好意思不好意思的，破了相的菜你不嫌弃就行，不然就给后面来的清洁工了。”管理员挺着胸脯，仰着脑袋，费力地拎着菜走了。

准时来清理垃圾的清洁工用她那把大扫帚把我扔掉的菜叶子和草一股脑儿收进了垃圾车。“阿姨，辛苦了，天天都有这么多烂菜烂草。”“小王啊，说实话，我还更愿意收拾菜市场，这里多干净啊。你看外面街上那都是些什么玩意儿呀？人的排泄物都在路面上了，黏糊糊的不好扫啊。”清洁工阿姨说的排泄物是人们嘴里的痰，偶尔或者经常的时候我也会吐几口。“如今我挺羡慕你们农村人的，能吃饱了，住的也舒服了。”“羡慕我们？你别逗了，我们整天穿得脏兮兮的，吃的东西油星子没多少，住的也不像你们高楼大厦的，羡慕我们什么呢？”“你别装了，你骗不了我的，我也是从农村出来的，农村的情况我很清楚。我们住的那地方也没有什么了不起的了，说好听点是高楼大厦，其实就是破楼烂户的，跟贫民窟差不多少了。自从失业后弄了这么一个清洁工的差事，我算是看透了，什么农村城市的，都他妈的是一样的，有时候觉得在城里活着更受罪，等我不干了我就回农村去住。”“我没装，说实话，真不如你们，哪方面都不如啊。”“你们穿得脏怎么了？又不是肚子里脏。我们就惨了，也不知道一天吃多少脏东西。”“我们吃得更差，更脏。”“少骗我，你们吃得干净啊，就拿那边卖的那些桃子来说，别看它们干干净净漂漂亮亮的，没准儿是掉在树下粪堆里捡来的，你们擦擦就拿来卖了。”“阿姨，不是这么回事儿，我们都是挑着最好的拿来卖的。”

清洁工阿姨跟我抬起杠来了，她非要赢我不可，“你骗不了我的，除非你拿着掉在粪堆上的桃子吃下去，我才信你。”我气得破口大骂，“去你娘的，你真他妈的恶心，你爱信不信。”清洁工阿姨吓得赶紧住了嘴，忙着去扫垃圾了。我是没空理这些人了，我现在满脑子想的是相亲的事情，我心里挺焦躁的。家里已经给我张罗了十几次相亲，我都没有成功。这次相亲，我必须成功，不然他们对我的关心会变成彻底的忧心。我曾经试图说服他们让我自己来解决我的婚姻问题，他们说我除了学习问题其它的什么也解决不了。我回到出租屋，脱下沉重的衣服，衣服上的黑泥足有一斤重。我打开水龙头看看水流大小，今天的水很足，我可以放心洗澡了。我把剃须刀插在插座上，就进了卫生间。我泼了两盆水，然后开始淋浴。我使劲搓着身上的每一个地方，我似乎永远也搓不完身上的泥，搓完一层又是一层。我冲掉了五层泥，我要搓到第七层。我不能像上帝那样工作六天，我必须每天都要工作；所以上帝身上的泥是六层，而我身上的泥是七层。我搓到第六层的时候，身上的泥越搓越多……真他妈的活见鬼——怎么又停水了？！我继续搓泥不肯停下来，我搓了很久还是没有来水。身上的泥已经被我搓成干乎乎的灰尘，它们飘满了卫生间。

我被呛得难受死了，我停下搓泥的活儿，走出卫生间开始剃胡子。我的胡子很久没有剃了，我想把胡子留长，就像马克思那样。为了让胡子变长，我一有空就使劲捋下巴和两腮。但是我的胡子长不成马克思那样，我觉得是基因的问题。我的络腮胡连个影子都没有；我嘴唇上的胡子越长越弱，几根毛稀稀拉拉的，最后成了八字胡；我下巴上的胡子也是越长越弱，几根毛稀稀拉拉的，最后成了山羊胡。我照了照镜子，没有什么可留恋和感伤的，我毫不犹豫地把胡子剃掉了。我等了很久，水终于来了。我把第七层泥搓出来，然后倒了两盆水冲洗。我整个人精神倍增，就像干旱的茄子地浇过水似的，耷拉的茄子叶瞬间挺了起来。我还不能马上去见面。在去相亲之前，我得先去买辆三轮车。

我也不知道这是第几次来买三轮车了。车店老板看见我又是惊又是喜的，“小王，又把车骑烂了？你再来，我都不敢做你的生意了。我前几天向厂家反映了，他们说今年出的车保准骑上一年都不烂。新车已经到货了，你算是来对了。”我不好意思接车店老板的话茬儿，“怎么着，不请我喝两杯？”“你先挑车，把车挑好了，咱们再喝，我那儿摆的几个小菜还没动筷子呢。”跟以前一样，我挑了一辆蓝色的中型三轮车。把买车手续办好后，我和车店老板坐在了小方桌旁边。桌子上的菜还真是没动呢，因为待会儿要相亲，我就只喝了一口白酒。车店老板执意让我再喝一杯，我抓起酒瓶子咕咚咕咚把里面的半斤酒喝光了。不错，真他妈的不错，这酒够味够劲儿！我吧唧着嘴，口水流出来了。

我把车店老板的一瓶好酒喝光了，他很生气，“你他妈的是怎么回事儿啊？一见到酒就没命了，你悠着点儿啊，我的祖宗。”我不爱听他这种腔调的话，我把嘴一擦扭头就走了。我感觉今天蹬三轮车蹬得特别轻松，是新车的原因？还是马上要见到漂亮的姑娘了？我蹬到见面的地方时，我的眼睛、脸上、身上和腿肚子像是撒了一层热油火辣辣的。我迈着神仙步，轻飘飘地来到姑娘面前。张大婶是邻村的，又是见过世面的人，能说会道的。她见我这个样子，马上露出了严厉的面色，“树啊，今天又赚了不少钱吧？！就是再高兴也不能喝成这个样子呀，让人家姑娘看了多不好，以为你是个烧包呢，以后跟姑娘过日子了可不能这样了。”我看了面前的姑娘一眼，还算是个美人样子，就是不知道性格怎么样。张大婶又叮嘱了我几句，我偷偷给她塞了一百块钱，她踮着脚走了。

张大婶的工作做到位了，见面的地方我都没有想到，是老城区的一个小茶馆。茶馆很安静，几个不算太破旧的沙发、坐椅和铁茶几更能显示出它的典雅和清幽。我心里消失很久的那种浪漫情绪在慢慢燃烧起来，我把姑娘撇在一边，踱着小方步来到窗前遐思。我嘴里默念着一些曾经很熟悉的纯洁而美丽的词语。自从做了菜贩子之后，我慢慢地把这些词句扔在了烂菜叶子旁边，我光顾着卖菜了，我光顾着扔菜叶了，烂菜叶子越堆越高，美丽的词句最后在我的视野里消失了。我感谢今天的相亲，我感谢今天见面的地方，我感谢张大婶和姑娘，是她们把我身旁的一堆烂菜叶清理掉了，是她们让我重新看到了美丽的字符。我回到姑娘面前张着大嘴不停地夸奖她，她没有什么反应。我心想，“她该不会是个聋子或弱智吧？”这种情况是极有可能的。有一次相亲，我就碰上这种怪事了。

一旦有漂亮的姑娘肯坐在我面前，我就抑制不住内心的兴奋，我们的谈话总是被我引到高深和纯洁的境界。我喜欢读艰深晦涩的哲学书籍，总是说上几句黑格尔或者海德格尔的名言；我喜欢读纯洁的爱情诗歌，总是深情朗诵几句莎士比亚或者勃朗特夫人的诗句。自从做了蔬菜贩子，我喜欢把苏轼先生的“十年生死两茫茫”挂在嘴边。我不是像苏轼那样在哀悼自己的亡妻，我是在抱怨那些美丽清新的词句和我之间有了一堆越来越高的烂菜叶子——我是在抱怨没有纯洁美丽的姑娘恋慕我！真他妈的活见鬼，似乎那些纯洁美丽的姑娘都躺到达官贵人的怀里去了。我身上太脏了，我衣服上的黑泥足有一斤重，她们不可能躺到我怀里。躺到我怀里，她们就得一天从早到晚洗个没完，她们就只能洗澡美容不能做别的了……那次奇怪的相亲，我朗诵的爱情诗句和说出来的哲学名言把那位姑娘的耳朵震聋了，姑娘崇拜我不嫌弃我想跟我好。真他妈的活见鬼，我嫌弃她，我不想一辈子对着一个聋子说话，我不想成为只有一个听众（这唯一的听众是我自己）的哲学家或者诗人，我想成为至少有两个听众的哲学家或诗人。今天这次相亲，我必须克制自己，尽量少说些话。成功之后，我再加倍地说。

我面对着姑娘开始保持沉默，我虚心听她说话……十几年了，我发现自己不会说话了，我只会说哲学家或者名人的几句经典话语，我不能自由独立地表达自己内心的意思了，我只会用哲学家常用的语调和词语来表达自己的想法。我会把自己说过的话记录在笔记本上，我想着让这些话成为经典的哲学著作。十几年了，我的“哲学著作”已经累积了一大桌子。我看到这些著作心底就高兴，有时候我又很失落惆怅，我的著作要是被我敬仰的哲学家看到会是什么情况呢？估计他们看不懂摇摇头走了，或是气得心肺破损……我面对着姑娘不说话，我虚心听姑娘说话，我要了解姑娘的内心，我要了解姑娘的性情。姑娘看起来是一个善解人意的人，说出来的话都是温心暖肺的话。

我问姑娘对我有什么看法，我想着赶紧把两个人的情侣关系定下来。姑娘说我不善言谈，说我是个不懂人情世故的人，更严重的是她怀疑我整天骑个三轮车能不能养活自己。我没有生气，我恭恭敬敬地掏出一个边角皱卷的黑乎乎的笔记本，我把姑娘的话记在上面。姑娘斜着眼睛看了一眼我的笔记本；我对她说这是伟大的著作，将来会留名青史。“真他妈的活见鬼，你一点男子汉气概都没有，将来怎么养家？”我最厌恨女孩子说我没有男子汉气概，她的意思我明白，不就是说我没有赚钱的能力吗？不像饿狼那样去找食吃，却像一只软绵绵的笨鸟等着别人喂食物。这次相亲不能再失败了。我从旁边的菜篮子里拿出一只小瓷碗来，小瓷碗是母亲从娘家带过来的，据母亲说小瓷碗是我外婆的陪嫁品。显然这个小瓷碗有一定的历史了。母亲觉得小瓷碗既包含着浓浓的亲情，又是一件值钱的古董。我总是认为它就是一件民国时期的家常日用品，尽管我很想认为它很值钱。不管怎么样，母亲非常珍惜它。这次为了让我相亲成功，她把它拿出来给我用。我镇定地对姑娘说，“喏，这碗归你了。它是我外婆的陪嫁品，然后给了我母亲。先不说它值不值钱，我主要是用它来表明我和我家人的诚意，收下吧。”姑娘接过碗后哭了，“以后这碗就用来装我的泪水吧，我等这一天等了很久，我流泪流了不知有多少。以后你就在我的碗里遨游吧，我的泪水已成诗海。”

我才想起姑娘是个大学生，是个老姑娘，已经三十岁了。她的话我不觉得新鲜，反而觉得厌烦。我不喜欢女孩感伤沉思，感伤沉思像一副鬼面具。我只能接受自己戴着鬼面具，然后单纯的女孩乐滋滋地跟我生活在一起。所以我不要她了，“我们的约会到此结束吧，我要回去休息了，我的头很晕。”姑娘又变回温柔的语调，“我们在一起吧，你不觉得我们俩很般配吗？我就要你了。”“那你要答应我一个条件，以后你就做个哑巴吧。”姑娘答应了我的要求，我们的情侣关系正式确定了。离开茶馆后，我骑着三轮车带着姑娘游览老城区。今天的天气不错，阳光不算足，到处都能见到阴凉的影子。在一棵大槐树下休息的时候，姑娘去了厕所。厕所是个低矮塌损的小平房，其实就是几堵破墙和一条挖得极浅的土沟。真他妈的活见鬼，得赶快离开这个地方。天空飘起了雨，污浊的脏水从平房出来，像决堤的洪水向四周奔跑。姑娘从厕所出来没发觉泛滥的脏水，她不慌不忙地看着四周的风景向我走来。我让她赶紧上车，我猛踩脚蹬子上了马路。我回头看，地面的脏水混合着雨水流向了菜地。路边的茄子叶和黄瓜叶像喝了兴奋剂在高兴地向我们点头致谢。

冒着雨，我把姑娘送到了家门口。姑娘用迷离的眼神看着我不愿进屋，而且眼泪大把大把地流着。我从她的麻布袋子里拿出小瓷碗来，我把小瓷碗放在她的下巴下面接着她的泪水。姑娘抓住小瓷碗扭头回家了，一句话也没说。傍晚的时候，我回到离着城区大概四十里路的老家。我要把相亲成功的事情及时告诉家人，让他们高兴高兴。因为我的婚事，他们的心快麻木了，父亲天天猛喝白酒，母亲天天烧香磕头。我每次面对他们总少不了吵架，我甚至咒骂他们迷信愚昧、多管闲事。这次，我们不会吵架了。我和他们面对面坐在饭桌旁。“小子，今天我跟你喝一杯，我们从来没有一起喝过高兴的酒。”父亲高兴，拿起装着二两酒的酒杯两三秒钟把酒喝完了。我也来了兴致，拿起剩下半斤酒的酒瓶子咕咚咕咚把酒喝完了。可能是喝得太猛了，父亲吐了。母亲在一旁着急，“老头子，可别这样了，你都五六年没正常吃饭了，天天拿酒当饭吃。”我不愿意面对这种亲情忽冷忽热的场景，我不愿意被这种愚昧而浓烈的亲情关系捆绑住。我知道父亲得了厌食症——我也得了厌食症。我还多了两样病，厌食症好了之后，我就得了暴食症，我在厌食症和暴食症轮替之间得了忧郁症。把父亲搀扶到床上后，我去了自己的房间。我的房间到处是书。每次看到这些书，我就想起了被丢弃的一堆书，那可是三大麻袋的书啊！高中的点点滴滴，尤其是写在高考参考书和试卷上的那些心灵波动，都在里面。我计划着多年后重新翻看这些书籍和卷子，我要把它们加工成一部伟大的文学作品，里面写满青春的忧伤和高考前后的心灵异变。据母亲回忆说，她是在一个阳光明媚的中午把三袋子书卖了，卖了一百多块钱。我问她里面夹着的那本“鲁迅小说集”是不是也卖了，很幸运，当时这本书没装在袋子里，是在袋子外面。

二

我躺在床上抚摸着鲁迅的小说，心里的怒气和嘴里的酒气让我的头晕乎乎的。这个时候我感觉到我的身体像是消失了，轻飘飘地飞走了，只剩下我的灵魂沉重地躺卧在床上。好像房间里不只是有我的灵魂在，也有其他的灵魂在：苍老的闰土坐在板凳上唉声叹气，披着散发的祥林嫂佝偻着身子在呻吟，穷酸的孔乙己眯着眼睛在反复嚼着一粒茴香豆……哎，我快成闰土了。谋生不易，我天天都在忧虑吃饭，我天天都在为填饱肚子起早摸黑，我的额头纹已经很深了，我的白发长满了后脑勺。哎，我不要成为闰土。我就算被艰难的谋生弄得麻木，也不会去找香炉和烛台。我不会去拜那些没用的神灵佛祖；我不会崇拜那些偶像；我不会亲近那些死物，那些陌生的东西。从我知道谋生不易的时候起，我就知道我和这些神灵偶像们生疏了。我不会像闰土那样生很多孩子，如果有可能，我想单身一辈子。唉声叹气的闰土用呆滞的眼神看着我，“不结婚？那不就是光棍了吗？你在农村可怎么待下去啊？你是要把父母气死不成吗？你真是一个怪人。”“我不是不想结婚，我没条件结婚呐。我和你不一样，我是个读过书的人，我多少有点虚荣心，我的自尊心很强。我觉得我做的这个摊贩工作不算是一个正经工作，我的收入不稳定。我即使有钱也不能买车买房。现在的汽车都要停到荒郊野地了，挺好的菜地也都种满房子了。我这样的人都去买车买房，哪里还有地来种菜？哪里还有菜来卖？闰土老兄，你比我幸运啊，我的压力比你大多了，精神的、物质的、思想的、理想的、现实的、愚昧的、光明的东西都压在我头顶上了。”

闰土站起身拍了拍屁股，摇着头走了。我说的话不中听吗？我说的都是很实际的生活问题，闰土怎么走了？我唉声叹气，心里怨恨连闰土都不理我了。穿着破大褂的孔乙己过来安慰我，“子曰：‘饮食男女，人之大欲存焉。死亡贫苦，人之大恶存焉。故欲恶者，心之大端也。’年轻人，这个生活嘛不要紧的，君子固穷……”“去你娘的，你他妈的别说这种鬼话了，我现在只要听到你这种说话的腔调，我就恶心想吐。因为你的穷酸腔调，我患上厌食症了。”哎，我快成孔乙己了。我发现在村里没有一个人可以交流，他们都是一群脑浆浑浊、愚昧不堪的人，他们背地里也讨厌我，他们当着我的面总是露着诡秘的笑夸奖我。我觉得村里人说话的语调土了吧唧的，我操着从大学学来的一口流利的普通话腔调跟他们说话。他们说我长本事了，他们羡慕我马上就要成为城里人了。一次，我路过菜地看见他们聚在地头闲聊，“那傻小子怎么成了那副德性？连个话都不会说了，腔调怪里怪气的。”“谁说不是呢？连路都不会走了，那步子迈得够费劲的。”我知道了，在这些土包子面前操着流利的普通话说点儿新鲜事、新鲜词，就像粪便一样让他们大倒胃口。哎，我不要成为孔乙己。难道我只能用文绉绉的腔调来证明我是一个与众不同、拥有高贵修养的文化人吗？去见鬼吧，什么他妈的狗屁高贵教养，我现在明白了只有钱才能证明我是一个与众不同的能人。我不会成为孔乙己，我是一个蔬菜贩子，我是一个会辨认蔬菜的人，我是一个能干苦力活儿的人。孔乙己被我骂得畏缩在墙角，我看他那副样子不觉得他有多么可怜。我甚至认为嘲笑孔乙己的那些人是先知，是伟大的革命家，是他们革了文言文的命。我不再觉得那些人可恶可恨，是他们这些伟大的民众抛弃了迂腐不堪的文言腔调和陈腐的说辞。他们不是麻木的看客，不是尖酸刻薄的小人，他们是行动着的革命家。

孔乙己蜷缩在墙角悲伤地流泪哭泣，声音细小凄切。祥林嫂以为是她的阿毛在哭着喊娘，急匆匆进了我的房间。我被祥林嫂如同吊死鬼的惨白面容吓得闭上了眼睛。祥林嫂好像没有看见蜷缩在墙角的孔乙己，她好像在冲着我说话，“阿毛，我的阿毛，是你在哭吗？你在哪里了？”我睁开眼睛恶狠狠地说道，“去你娘的，这里没有你的阿毛，快滚出去。”哎，我快成祥林嫂了。我曾经在南方的一座大城市工作过或者说游荡过很多年，我曾经像祥林嫂一样见个熟人就问灵魂和地狱的问题，我特别喜欢在他们面前大谈我对灵魂和地狱的理解，我会把世界上所有关于灵魂和地狱的高深见解说给他们听，比如柏拉图的灵魂说、基督教的天堂地狱说。我的这些高谈阔论没有给我带来什么实际的好处，我没有享受到阔论的乐趣，人们越来越讨厌听我说话，我也越来越讨厌对他们说话。到我天天喊着要发财致富的时候，大城市的经济大门已经对我关闭了，“第一桶金，我的第一桶金在哪里？是你们请我来的，你们怎么可以辞退我？”“去你娘的，简直是个疯子，都不知道你天天在说什么、忙什么，美名原来是个臭名。”哎，我不要成为祥林嫂。我不再逢人就说有关灵魂地狱的话了，我也不再逢人就说我的第一桶金在哪里了。我要丢弃嘴上的疯话，做个踏踏实实的可以吃饱饭的活儿，现在我成了一个蔬菜贩子。祥林嫂被我训斥得畏畏缩缩，嘴里念叨着在往外走。哎，我不要成为祥林嫂。我不会像她一样穷死的，但是我刚才的态度确实恶劣，我得把那些丢弃的话重新捡起来，我得把这些话说给祥林嫂听，“祥林嫂，人死之后是有灵魂的，而且也是有地狱的。我知道你为什么问这些深奥诡异的问题。你是觉着你的阿毛不在这个世界了，他的灵魂一定在另一个世界了。你是觉着你这辈子做了错事死后要被扔进地狱，你见不到不在地狱的阿毛了。你是觉着你以前信仰的那些神灵偶像们都不理你了，恐怕他们早已经被扔进地狱了，你是觉着死后不要和他们在同一个地方见面。不会的，你不会和他们相聚的，你和你的阿毛去的地方和他们去的地方不一样。你们去的地方是天堂。”“去你娘的，真他妈的让我听着来气。我活着的时候不跟我说，死了再说有个屁用。”祥林嫂发现了蜷缩在墙角的孔乙己，拽着他的破大褂往外走，“没出息的玩意儿，哭什么哭，你不要死在这里，死也要死在大家看得见的地方，我好歹死在了大家都知道的雪地里，你死在阴角里算怎么回事？不要让那些活着的人觉着你的死都是偷偷摸摸的。你的死要光明正大的，要死在大家看得见的地方，死也要死得有出息。”

祥林嫂拽着孔乙己走了。我的话还没说完，我想着再安慰他们几句。我为他们感到痛惜。他们没有获得纯正的信仰。一旦贫寒民众没了纯正的信仰，他们就真的是一无所有的贫寒了，他们没有安慰，他们没有信心和意志，他们就是彻底的软弱无力被强权人士任意鱼肉了。我想对他们说，“信仰的权利是人的最后一项权利，信仰的权利是贫寒人士战胜灾难的依据。”我抱怨起那个少爷来了，我怨恨他胡乱地回答了祥林嫂的问题。如果认真回答，祥林嫂会获得坚强的意志，她就不会死了。那个少爷太冷漠了。我甚至觉得封面上的鲁迅很可恶，他是既想着直面苦难又想着舒心畅然地享受美好生活。鲁迅先生突然拽住我的手，用我的手使劲撕扯他的肚皮。哎呀，真他妈的活见鬼，这里面怎么是这些东西？鲁迅的肚子里什么也没有，除了一棵西红柿秧子和秧子上挂着的西红柿。我摘了一个大个儿的西红柿咬了一口，却咬出来一个虫子。青虫在西红柿里吃得肥嘟嘟的，西红柿里面被它咬了一个长长的小隧道，快咬到底部了。其它的西红柿也是一样，被咬坏了。我又仔细查看西红柿秧子，一片叶子轻轻一碰就掉了，其它的所有叶子也跟着掉了。我再看秧子的茎秆，真他妈的可恨，虫子饿得都来吃茎秆了，秧子的茎秆快被咬断了，就剩下一层薄薄的青皮。

我搂着小说哭了。屋外，有一个黑影先是拿着刀朝着窗户一阵乱砍；然后又在窗户旁边一阵乱砍，砍出来一个小门洞。今晚的月色很美，静谧的月光和月亮从被砍的窗户口溜进了我的眼睛。那个黑影这个时候成了一个清瘦的书生，他左手拿着一把尖刀，右手拿着一只毛笔，毛笔是用铁做成的。他含着愤怒的眼神从窗户口跳进屋里向我走来，他这次没有用刀，而是用铁毛笔挑开我微闭着的眼皮。“你是狂人？哎呀，我太想念你了。”我不哭了，兴奋地在地上小跳。“对头，我是狂人，我还以为你早就把我忘了。怎么样，这些年过得如何？”我停止小跳，向狂人诉说了这些年我的经历。我首先向狂人道歉，“狂人大哥，我忘了你大概有十五年了。自从离开高中的校门，我就不记得你了。我在大学的四年享受着美好生活，在初进社会的几年狼狈忙碌地生活着，我是在这两年做蔬菜贩子才偶尔想起你来。”狂人大哥微微地点了点头，“总算我没有看错你，可你怎么会沦落到今天这种地步了？如今社会昌盛，不打算发财致富，该是也要考考功名才对，不要浪费了你的大学资历。”我听到功名两字，心里的酸楚直往上涌，“狂人大哥，真他妈的难以启齿，我也不知道问题出在哪里，我太笨了。功名我也是考的，可是我就是考不过。我的作答自认水平超绝，可是得分总是极低。”“该不是受我的影响让你想不到出彩的句子吧？优秀的八股文要看看，那里面定是有极多出彩的句子才征服了监考官，你去模仿模仿。”“应该不是，我尽量在文章里遮蔽了你的影子，我还是尽力秀了我的文采。”狂人略作沉思，从我手中拿过小说翻看了一会儿，“我明白你不中的原因了，你的字迹太过潦草，该是要好好练练字了。”“狂人大哥，你看我这双黑手还能握住纤细典雅的毛笔吗？我不练了，也不考了，功名是看不上我丑陋的长相的。我现在做着小贩生意，虽然不能大富，也能吃上几口饭。”“我差点忘了，怎么房间没有门呢？还好我刚才给你砍了一个小门洞出来，以后你自己再把它修好看点吧。”“我跟你学的啊！门原是有的，我用砖头堵上了。如果可以，我连窗户都不要，一个人漆黑地在屋里过上一辈子。”“那可不成，还是要出去经常和人走动才是，不然会在屋里闷出心理病的。”“我也不大有时间在屋里的。没有一个人是可以交流的，把我放在人潮中心也是漆黑一片。”

狂人看着我写在《狂人日记》末尾的两句话非常喜欢，“太阳进不了的门，月亮可以进；月亮进不了的门，人可以进；人进不了的门，狂人可以进。没有漆黑封闭的屋子，只有漆黑封闭的人；起来，拿出你的勇气来，争做一个狂人吧！”狂人念着念着流下了泪水，他握紧我的双手，“老弟，临走之际，我送你两件礼物，我的刀和铁笔都给你了，我该退出舞台了，我以后再也不会像鬼影那样去纠缠你们了，该轮到你们登上舞台了。”我不答应狂人，虽然我接了他的两件礼物，“狂人大哥，你可不能一走了之啊。我觉得除你之外再也没有什么朋友了，我的周围全是愚蠢的家伙，他们除了饮食男女就什么也不知道了。我有很多的疑问想要跟你倾诉啊。我以前为之疯狂的那些话，到现在我都不明白它们该怎样纠正现实生活，或者根本就不能纠正，就比如说：古典时代的中心性和权威性已经消解，归纳的演绎、演绎的归纳不再涤荡人的内心，一切变得无意义，人们猛然进到后现代，权利的义务、义务的权利不再被人关注，失去本体的个体的荒诞和怪异肢解着头顶的道德律，绝对的、相对的、怀疑的、虚无的充斥在单向性的和双向性的非逻辑的人性中……还有那句‘诗意地栖居在大地上’的话曾经把我迷晕乎了，可如今我怎么发现自己像块秤砣一样在浑水里越沉越深啊。哎呀，我有太多迷糊的地方了，我有太多问题了……狂人大哥，你可千万不能走了就不再回来了。”

狂人被我的话惹得火冒三丈，“真他妈的难受，你说的话我完全听不懂，我真是要走了，我不能待在这里受折磨了。”——我没有来得及向狂人表示感谢，我想对他说，“感谢你，狂人，我是吃了你才成为今天这个样子的。我觉得吃人是必须的；但是要吃人的精神，不是吃人的肉，要感谢吃的是谁的精神，要后悔吃的是谁的肉。我们要养成吃精神的良习，我们要废弃吃肉的恶习。昔日的中国是在人们互相吃着对方的肉中才败落的，今天的我们只有互相吃着对方的精神才会强大。可是我们有精神吗？我们只会俯首称臣，很少表达自己的心声，我们的精神连个影子都没有。”狂人回到了他手中的小说里，书啪的一声掉在了地上，封面上的鲁迅哭叫着喊疼。一个留着辫子、罩着黑大褂的小老头在一旁大笑，“尔可知罪？莫非再摔上一摔？”喊疼的鲁迅慨然大笑，“林老，到今天您还是不改初衷。试看今日中华大地之繁茂，哪里还有文言的影子，文言哪里还能适应经济的繁荣，文言哪里还能装载人们越来越多的心声和诉求？文言只是统治阶级和附属文人的文字把戏，不再适合今天公民社会的需求了。”一位穿着燕尾服的西洋人也跟着讨伐道，“你把我的《茶花女》翻译成什么鬼样子了？我那汹涌澎湃的情感、复杂多变的情思和自然流畅的叙述全让你的文言毁掉了。”他们三个你一言我一句争相论辩。

守旧的林纾，竟然用文言小说来反击白话文运动。他死后的灵魂归处必然是可怕的。一个个优美的文言句子成了一根根立柱，围成了牢笼将他圈住。林老头，请原谅我对你的诅咒，我不想说出这样的恶语，可是我内心的怒气实在太盛。文言徒有其表，徒有其美，实则文言不仁慈。贫苦没文化的老百姓在实际生活中不是早就抛弃了文言的说话方式了吗？不是早就使用通俗易懂的白话文交流了吗？文言在老百姓看来是冰冷的，是和他们的生活没有关系的；文言只和统治阶级有关，只用来表达统治阶级的美意。百姓的哀乐疾苦难道用几个优美的文言句子就能表达尽了吗？腐朽冰冷的文言必败，它再也担负不起民众内心的愤怒了。民众的独立意识已经觉醒，民众不再是统治阶级的附属，民众有太多的话想要说，民众要用白话文来自由表达他们心中的渴望和诉求。中国历史上灾难重重，最大的祸首是语言，是紧缩雅致的像钢丝绳的文言句子。民众的独立人格和独立意识全被这些钢丝绳绞杀了。我们要抛弃文言，我们要激情澎湃、表达更加自由的白话文。你们是腐朽的人，你们只顾着赏玩文言的优美韵律，却罔顾民众的苦难。是人民的苦难葬送了文言，中国人有希望过上好日子。新的时代来临了，一切从语言开始，从白话文开始……

我也加入到了他们的争论之中，最终林老头招架不住想要逃走，我拽住他的袖子不放。林老头苦苦哀求，“年轻人，如果当初你我相识，并且一起在菜市场贩卖蔬菜，我也不至于守旧到死。我诚然有误，但是西洋文明之精华我是认可的。诚然那些文化薄弱的老百姓很少阅读我的译著，但是那些文化人却是喜欢阅读我的译著，我把西洋文明介绍给了他们。”鲁迅和西洋青年微笑着点了点头表示认可，“看来您也是认可白话文了，您方才的话不正是一段言辞恳切的白话文吗？况且您没有读书人易变的品性，您是个志节之士，至死都在守卫您的文言文，我敬重您。”鲁迅先生主动上前去握林老头的手。我松开了林老头的袖子。他们三个人紧紧拥抱在一起，彼此寒暄了一会儿便走了……屋子里恢复了平静，整个屋子唯独躺在地上的书那里是亮的，月色柔和地流动着。

我清醒了许多，我的心却久久不能平静，他们三个人怎么走了？我还有很多话要跟鲁迅先生说，“先生啊，我敬佩您的汉语成就，您的汉语是纯正无私的汉语。但是我想问您一个问题，您的母亲看过您的几篇文章呢？她老人家为什么那么喜欢看张恨水的言情小说呢？我不觉得张恨水的汉语成就有多么大，您倒是应该创作一部优秀的爱情小说来和张恨水作个对比，或许您的母亲在看过您的爱情小说之后会把您所有的文章都拿来看看，您又多了一个最亲近最重要的忠实读者了，您的汉语成就会更有说服力。”或者创作爱情小说是鲁迅先生的一个心愿，只是精力有限，他没来得及完成。可是鲁迅先生是写过爱情小说的，可是那篇《伤逝》怎么看怎么不像是爱情小说，倒像是柴米油盐的家庭生活小说，窒闷的气息太浓烈了，纯美的爱情被现实生活彻底埋葬了，到头来让读者觉得纯美的爱情像是水中月不能亲近又不忍远离。好吧，鲁迅先生，我来替你创作一部真正的爱情小说吧。我尽量不写柴米油盐，我尽量不让庸俗肤浅的生活琐事败坏了爱情的美好；但我尽量不回避爱情遇到的现实挑战，我会用舒缓温和的笔调把爱情里的忧伤喜乐写出来。

三

现在的爱情小说有大段大段的性描写，说得很真实，就像经历过一样；作者是在非常享受地吐露着那些文字。我遇到了挑战，我不只是没有结婚，我连女孩儿的手都没有牵过，我是一个可怜的人，我是一个老男孩，这怎么会写出动人的爱情小说呢？我需要一个老师让他来指导我怎么写好爱情小说；或者一本写作教材也行。家里人对我的评价是深刻的；我不能解决别的问题，学习的问题是绝对可以解决的……今晚是一个折磨人的夜晚，临到半夜，我想到了一件神圣的具体的工作：我要为自己的爱情小说寻找灵感和素材；明天我给自己放一天假，不去卖菜了。我心里有了一种暖暖的安谧感……

四年前，我从南方那座城市回到家乡发展，我给家里人和村里人留下了一个不好的名声，大家暗地里叫我“半瓶子货”。半瓶子货是个贬义词，大意是说一个人做事没有恒心，做的每件事都不能坚持到底。这话要是对着孩子学生讲，是没有多大恶意的。可如果说的是一个成年人，那问题就严重了。在做蔬菜贩子之前，我确实做过很多工作，每个工作都没有超过一个月。因为工作的时间都很短，工作单位是一毛钱的工资都不会给我的。倒是我的父母很用心，我在白天睡大觉的时候，他们就跑去我曾经工作过的单位去讨要工资。到底他们有没有要到工资，我是不知道的。我只知道他们因为我也背负了恶名，“泼妇和癞皮狗又要为他们的半瓶子货去要工资了。”这话我曾亲耳听到过，我经过村子牌坊时，几个村民偷偷撇嘴嘀咕着说出来的。也是为了我，父母不知道跟这些人吵过多少次架，甚至还动用了农具，比如铁锹。“孩子啊，咱们以后别总是这么三天打鱼两天晒网的了，行吗？”父母声泪俱下，甚至要跪倒在我面前。我的心不是铁长的，我的心是肉长的。我在他们跪下之前先跪倒了。接受过高等教育的我很厌恶这种封建礼教的陋习。以前跟他们有思想观念上的冲突时，我会用长篇大论把他们击倒。可是这回，我实在是一个字都说不出来了。

我流着泪，他们也坐在了地上。最后我们三个人抱在一起哭了一整夜。第二天清晨，邻居们纷纷来敲门，他们以为我家出事了。母亲不顾泪水在她脸上留下的伤痕有多么疼痛和难看，冲着邻居们大笑，“我的娃儿找到了一份不错的工作，他过两天就要去忙活了。这回是千真万确的，不骗你们，收入挺好的。”邻居们带着诡秘的笑容离开了。因为我，父母承受了很大的压力；为了挽回我的形象，他们硬着头皮向邻居们撒了谎。于是，我下定决心：下一个工作我一定要坚持住。可是我的下一个工作是什么呢？母亲可是当着众人的面说了我要在大约两天后去糊口谋生了。在两天的时间里，我没有回家，我一直在市区的大街上溜达着，我等待着工作找到我。两天的时间里，我几乎把市区的街道都走遍了，我没有敲响一个门。我总是觉得大门里面的人都是一副甜瓜脸或者茄子脸，笑容灿烂得让我觉得很虚伪，或者脸色铁黑让我觉得很压抑。我是不是很无用呢？这个问题我已经问自己十多年了，自从离开大学校门之后。这样的自问时间久了，我几乎快要没了自信。我只会安然地进出大学校门，别的门我不敢接近。别的门不敢接近，我几乎快要被淘汰了。可是我非常怀念大学，我怀念校门里的一切。是校门里的那些神圣的东西维持着我最后的一点自信和希望，让我骨子里不屈服，让我坚信自己在某些方面是高人一等的，是可以出人头地的。两天后，我回到家向父母报喜，“你们以后可以少为我操一半的心了，给我六百块钱吧。从明天起，我开始做蔬菜贩子。相信我，我一定会坚持下去的。”

我用父母给我的六百块钱买了一辆三轮车，我又去城中村找了一间最便宜的出租房。不是因为它最便宜，我才选择了它，而是因为它配了一个小卫生间，这在北方的 B 城城中村是极少见的。这户人家和其他人家是一样的，院子四周盖了四排平房，大概有十六间房子。因为院子面积适中，又在院子中间盖了两排房子，总共有六间。我租住的房间在院子北边这排，院子的门口在东北角。这个房间是房东自己住的，不知道出于什么原因，她见我在门外东张西望的没有斥责我，而是直接把我领到了这个房间里。她问我，“小伙子，喜不喜欢？我给你一个最低的价钱，我再给你配一张新的小书桌。”我点了点头，就稀里糊涂地住进了这个房间。我很感谢房东给我提供这么一个好的房间，这样我的洗漱问题就可以在自己的房间里解决了。另外房东又给了我一把厕所的钥匙。在院子西南角有两个低矮简陋的并排着的小房间，它们都是厕所。这两个小房间都安上了木门，其中有一个木门是上了锁的。这个有锁的厕所是专门给房东家用的，另一个是给租客用的。我更加感激房东了，这样我就不用和其他租客共用一个厕所了。因为曾经在南方读书和工作过，我早已经习惯了南方的居住环境，起码在南方的城中村每个房间是有卫生间（兼具厕所功能）的，在北方却不是这样。每次看见那些男女老少在厕所的木门外等着，我就暗自高兴。我认为自己开始走好运了，从这座城市的这个房间开始，从我做的这个蔬菜贩子工作开始……我每天早上三点钟起床，然后忙到晚上九点钟。我一天只吃两顿饭，早上一顿，下午一顿。在出租房里，我会看书看到十点。当最后一个女人的高跟鞋响过之后，我就睡了。这个女人住在我隔壁，她的脚步声是那种刺痒人心的声音，我听着总是想着打开窗户看看她是什么样子。每次她回来，我总是做着最激烈的思想斗争，“要不要打开窗户或者出去跟她打个招呼呢？”真他妈的活见鬼，每次打开窗户，我总是看不到人，就只能闻到一股香水味。因为心里痒痒的，我就整夜整夜地失眠。半年下来，我整个人完全变形了，我瘦成一根细绳子了。因为强逼着自己闭上眼睛睡觉，我的眼睛肿胀得很厉害。我每天早上三点钟起床，我的眼睛就是我的探照灯。我摸着黑收拾东西，然后吃力地踩着三轮车来到批发市场附近。我太困了，我要眯瞪一会儿。

做蔬菜贩子两年多来，我不记得自己什么时候休息过。即使是在大年三十和大年初一，我也照样踩着三轮车在城区转悠，我总是觉得这几天的生意是好做的，菜会卖个好价钱。但是我转悠了一天，连一两菜都没有卖出去。我很伤心，我蹬着车来到一个大型超市旁边。我想着把菜卖给进出超市的穷人们，我料想他们在超市里也是如同在菜市场一样转来转去总是嫌这嫌那。他们在花生堆里挑来挑去，把“金豆子”装在了一个塑料袋里，可是最后还是找了一个理由放弃购买。接着，又一伙儿穷人在装着“金豆子”的塑料袋里继续挑选。可是最后他们看着花生个个饱满肥大感觉甚是不安，“这是不是报纸上说的转基因食品呢？！”他们稍微轻松地扔掉塑料袋离开了。他们在鲜美的蔬菜里摘来摘去，把“金枝玉叶”紧紧地攥在手里，可是最后还是把菜扔回去了。接着，又一伙儿穷人在攥得不像样子的菜里继续挑选。可是最后他们发现这些菜似乎是产自郊区某村，“那里的菜也敢拿到超市来卖高价？还不如自己多走两步去那里买呢，就是菜市场也好过这里啊。”他们稍显不满地扔掉菜走开了。反正物美价廉跟他们是没有关系的，他们也知道物美价廉跟他们没有关系。可是他们不死心，还是抱着一丝希望费力地在超市转来转去，最后手无一物地骂骂咧咧地走出超市。这样的情景不是我想象出来的，我在菜市场卖东西经常遇到类似的情况。今天我就是奔他们而来的，今天我要把物美价廉的菜卖给他们。超市外面的车还真多啊，车水马龙也难以形容这种壮观的场面。它们从超市门前的停车场一直排到千米之外的荒地里了。这样的场景真是不多见，我感觉到了人们疯狂购物的快乐，这种快乐在腐蚀我车里的鲜菜。偶尔经过的几个老太太破口大骂，“这哪里是超市啊？这是有去无回的阎王殿啊。人们都疯了，都来拼命地烧钱来了。”我等了很久，没有一个人走过来光顾我。我很灰心，把车上的菜全倒在了超市门口旁边。一些人围拢过来看情况，而我趁着人群杂乱猛踩着三轮车跑掉了，后面的保安追了几步就不再追了。天空飘起了雪花，我在马路上狂吼着。回到出租房的时候，我才想起该回家了，家里正煮着热腾腾的饺子呢，父母正等着我回家吃饺子呢。

做蔬菜贩子两年多来，我偶尔会想着偷懒休息一天，我就拼命地想理由。但是我再也想不到什么理由了，几乎所有的理由都被我用光了，什么看书学习准备考试啦，什么感冒发烧啦，什么肚子不舒服啦，什么天气寒冷炎热啦，什么刮风下雨啦，什么睡眠不足啦，什么朋友婚丧嫁娶啦。我用尽这些理由来为不干活儿作辩护，我用尽这些理由来延缓自己进入工作的轨道……

今晚，我终于想到了一个理由，而且是一个多么神圣的理由啊，我要做一项伟大的文化工作，我要写一部伟大的爱情小说，我要把鲁迅先生的汉语成就延伸到爱情小说里，我要为爱情小说搜集材料，我可以偷懒休息一天了。

第二天早晨五点钟，我就起来了。我要趁着村民们还没走上大街去地里干活的时候赶紧溜出村子，我不想让他们看到我在他们面前路过的样子。以前他们在路边闲聊的时候，我总是目视着前方在他们面前走过，有时候我干脆就戴一项帽子把自己的脑袋遮得严严实实的。为此，他们说我是一个高傲的不懂礼貌的家伙。他们的原话我是听见了一些的，“那是那谁家的大学生吧？怎么大夏天的戴帽子呢？脑中风了？”“上大学怎么上成这个鬼样子了？一副臭德行，奶奶的。”我是想着跟他们打招呼的，可是我实在不知道该说些什么。我多么想让他们忘了我是王树啊。我只要跟他们搭上话，他们就会刨根问底地问我是不是赚了很多钱。可我只想跟他们说我在大学了解到的那些新鲜有趣的知识见闻——最好只谈哲学和文学。进了大学之后，我对田园泥土有了浓浓的诗意情怀，我写过很多赞美田园的诗歌，可是如今我对乡村现实有了深深的厌恶，我觉得它太土了，太愚昧了。让我更加痛苦的是，我现在必须时不时回到它的怀抱，我成了一个真正的农民了，只不过是在城里做着倒卖蔬菜的活儿。没有办法，我是被自己的无用无能遣返回农村的。我必须老老实实做一个农民了，我必须老老实实做一个蔬菜贩子了，我必须脚踏实地过日子了。可是我实在无法忍受村民的指指点点、不理解和急功近利。我在他们眼里就真的是彻底的失败吗？这个问题我不敢面对，我就拼命地想要逃离农村，我就偷偷摸摸地回到农村住上几天，然后又偷偷摸摸地溜出农村。

当我走到村口的时候，一个人突然从路边跳出来吓了我一跳。我仔细瞧了瞧，没有认出是谁来。这个人嘴里冒着酒气，手里还拎着半瓶酒。看他的样子，他应该是一整晚都在喝酒没有睡觉。他失眠后的样子跟我差不多，脸面绷得很紧，青筋快要从肉皮里跳出来了。“小老弟，好多年不见你了，差不多有十五年了，你这是怎么个情况，这么急匆匆的？”他这么一说话，我大概猜出他是谁了，他是我家后院的邻居陈大哥。“可是他怎么还能认出我来呢？”我边嘀咕，边回忆有关他的事情。他如今大概已经四十二岁了，他以前是在市里一家建筑公司画图纸的，最近三四年才回村的。听说他这两年一直呆在家里没干过活儿，最要命的是他染上酗酒的毛病了，喝白酒跟喝水似的。这些都是母亲告诉我的。我对他的印象还停留在十五年前，记得那时他是一个意气风发的英俊青年，很招女孩儿喜欢。可是今天看到他这个样子，我有些吃惊，却又在预料之中。他的面容已经颓靡得像一块秋后的茄子地，满脸的阴湿，满脸的腐烂。

我本想劝劝陈大哥把酒戒掉，可是现在我有事情要办，我顾不得他了，我简单说了句“改天有空再聊”便继续赶路。他趔趄着脚步走到前面把我拦下，“老弟，陪我说说话吧，在这里很久没有人听我说话了，我快憋死了。”我的心是肉长的，不是铁长的，“陈大哥，你的话非说不可吗？”“是啊，老弟，听我说说话吧。我昨天去了一趟乡政府，在那里大闹了一场，说了很多的话，把他们骂了个狗血喷头。我真是觉得痛快，从来没有那么痛快过。”“你怎么去乡政府了？可是有人会让你进去吗？或者他们怎么会任凭你大闹一场呢？又或者谁会听你说话呢？”“什么？小老弟，你也认为我是没用的废物了吗？难道我就只会喝酒了吗？难道我就不能解决点实际问题了吗？我去乡政府是解决问题去了，我是要证明自己还是个有知识头脑的人，我是给我那出生已经三年的孩子办户口去了，他们死活就是不给我的孩子上户口，难道我不该骂醒他们吗？”“听说你的女儿都已经是十几岁的大姑娘了，怎么现在你又要了一个孩子？”“没听说吗？我已经离婚了，这个孩子是我二婚生的。”“可是你今天这个样子，怎么还想着生孩子呢？”陈大哥被我问住了，沉默的时候，他举起酒瓶子咕咚咕咚猛喝了几口，“哎，我在这里不生孩子还能做什么呢？我在这里除了喝酒还能做什么呢？他们让我回来不就是让我离婚、结婚、再生孩子的吗？那好，我就按他们的意思离婚、结婚，再给他们生个孩子。他们如愿了，我却绝望了。我感觉自己像是一个废人，我每天除了睡觉就是喝酒，只有喝酒的时候才会清醒一会儿。”“父母不愿意看到你变成这个样子的，他们的意思也是为了你好，你不该这样糟蹋自己。”“我还有不糟蹋自己的理由吗？我抛弃了她们母女，我怎么忍心自己去过完整的家庭生活呢？老弟，我爸妈为什么那么憎恨她们母女呢？她们母女心挺善良的。就是因为她是个有主心骨的人，所以我爸妈就讨厌她？老弟，你能回答我吗？”“这种耗费心力的家庭矛盾，我真是不清楚怎么解决。我和你也差不多了，我只能解决一些学习问题，似乎别的问题什么也解决不了。陈大哥，我只能告诉你一点，这些家庭矛盾都是愚昧造成的。”“倒也不是什么愚昧，是钱的问题。母亲抱怨我把工资都花在她们母女身上了，母亲说我的工资她连个影儿都没有见到。难道我不该给她们母女一个好的生活吗？难道我要把钱全给了她才会出现影子吗？离着家远，总是有很多事情解释不清。我也是定期回来看望他们二老的，他们就总是抱怨她们母女只认得娘家的门自己家的门恐怕认不得了。这些个琐碎细小的烂事儿真是折磨我啊。”“我最怕陷入这种琐碎争吵的家庭生活。在这样的矛盾里生活久了，人会患上惧光症，人会成为彻底的睁眼瞎，要么痴痴傻傻，要么冷酷无情。”“小老弟，你说得太对了，已经有人喊我疯子了。我该怎么办呢？是继续喝酒清醒着还是睡觉糊涂下去？”“陈大哥，如果你能一天睡二十四小时的觉，或者一天喝二十四小时的酒，你就没有这么多的忧虑了。可是你不能，你到底该怎么办，我也说不清楚，我连我自己的事都说不清楚，我又怎么能把别人的事情说清楚呢。或许人来到这个世界上就是来受罪的，人活着就不会有快乐的事情。”

我说着话脸色忧伤了，陈大哥把酒瓶子递给我，“你来喝一口吧，辣乎乎的，真他妈的过瘾！”“谢谢，可是陈大哥，我不大习惯这么喝酒，有点小菜或者其它的东西再喝酒会好受些。你经常这么喝吗？你的身体受得了吗？”陈大哥从他的口袋里掏出一把米粒的东西塞到我手里，“别的没有，就只有这个了，很好吃的，嫩嫩的，粘粘的，嚼久了会嚼出香香的汁液来。”真他妈的活见鬼，这是什么东西啊，都已经长毛发霉了，绿的，黑的，黄的，白的……什么颜色都有。“陈大哥，这是什么东西？好像烂了，能吃吗？”“老弟，怎么读书读傻了？连麦粒儿都认不出来了。没事的，我已经这样吃了好几年了。有时候我没钱买酒就天天吃这东西，这东西比酒还美味，那汁液有一种说不上来的好味道。”我是记得麦粒的，我是知道麦粒的样子的，我怎么会不知道呢？在我的童年记忆里，有关麦子的记忆是深刻难忘的：初夏冒着太阳拿着镰刀割麦子，在打麦场被到处乱飞的糠皮刺痛眼睛，吃上一根冰棒都要高兴很久。在春末，当麦穗还没变黄的时候，当麦秆还有绿色的时候，当麦芒软软的时候，我就干脆躺在田埂上待上一整天，到了深夜才回家。我常常静悄悄地等着小鸟回巢。可能也是嗅到了粮食快要成熟的味道了吧，很多小鸟，比如麻雀、布谷鸟和灰喜鹊，它们在麦子成熟期间经常把窝搭在麦地里。仔细找的话，会找到鸟蛋或者小雏鸟。我想抓一只大鸟，可惜总是抓不到。在我靠近的时候，大鸟扑哧飞走了，刚孵出来的小雏鸟我是不忍心拿走的。我怎么会忘记呢？麦粒我是经常吃的。有时候中午饿了，我就扯下几个麦穗剥着麦粒吃。嫩嫩的，硬硬的，青绿色的，土黄色的，哪一种我都吃过。可是陈大哥给我的这把麦粒儿我是真没有认出来。它们太不成样子了，品相太差了，我看着它们只觉得恶心。我没有把它们扔掉，我把它们装在了口袋里。我从陈大哥手里拿过酒瓶子咕咚咕咚把剩下的酒喝光了。“真他妈的辣，这是几毛钱一斤的酒啊？！我的胃难受死了。”陈大哥看着我直发笑，“哪里还有几毛钱一斤的酒呀！我这是两斤麦子换来的一斤酒。”陈大哥说着让我看他的怀里和裤腿儿，我恍惚地看见他身上都是麦子，一些麦粒似乎长在了肉里。“陈大哥，为什么把麦子藏在身上，不觉得难受吗？”“老弟，我现在没有一分钱，爸妈实在可怜我的时候才会给我几块钱。我的心不是铁长的，我的心是肉长的。我已经好几年没有给女儿抚养费了，我把好不容易得到的几块钱给了女儿。可是我实在馋得慌，酒瘾我是想着戒掉的，可是我戒不掉。谁让闷气老是在我心里呢？每年收割麦子的时候，我都会在街道和麦子地去捡掉落的麦粒和麦穗。老弟啊，你看你把我的酒喝光了，我又要去集市上换酒了。可是我最近害怕得很，我害怕出门，我总觉得昏天暗地的……哎，小老弟，我跟你说啊，我是个彻底没用的废物。我不能挣钱，所有的罪恶都来了，所有的骂名都来了……哎，我现在生不如死，我难受死了……啊，啊，啊……我难受死了……”陈大哥像发了疯一样，朝着路边的玉米地狂奔而去。我没有去追陈大哥，我也觉得昏天暗地的，我觉得身子在乱颤。

我头脑昏沉，摇摇晃晃不知道是走到了哪里。我像是在走路，又像是在停歇着；我好像是栽倒了，又好像是稳稳地站立着。我喘着粗气，心在疯狂地跳动着。我大概确定自己处在了昏迷之中……我看见一位优雅的仗剑士大夫正在给一个神情落寞的胡子拉碴的洋人剃胡子，剃须刀是优雅男士手里的那把剑。只见那个洋人不耐烦地说道：“真他妈的疼，你这剑多久没用了？”那位优雅男士生气地说道:“老弟，你耐心些吧。我的剑只用来断水，顶多是吟咏诗歌的时候用来作陪衬的，不曾用来剃胡子，这种活儿怕是要脏了我的剑。我实在心疼，你却这么无礼。”洋人咒骂道:“真他妈的活见鬼，把剑带在身上就只是为了好看? ”洋人从优雅男士手中夺过宝剑，像模像样地练了几个把式，“老兄，我曾经参加过战斗，你可能不知道，我的超人意志就是来自我的战斗经历。看你这副愁眉不展的样子，我实在厌恶。来吧，做我的信徒吧，我会给你强大的意志。”优雅男士捋了捋他的小胡子，“老弟，你糊涂了，该是你做我的徒弟才对啊，怎么反倒是让我做你的徒弟呢? 看你脸皮萧索，就知道你曾经是兴奋过度了，你肯定是很久没有好好享受过黑夜的美丽和安宁了。来吧，做我的信徒吧，我会给你安宁的夜色和睡眠。”“你怎么给我安宁的夜色和睡眠? ”“老弟，你忘了不成? 我是月亮的宠儿啊，我是夜幕下的精灵啊。我不曾像你那样精神崩溃，又彻底失眠。”“请你直接回答我，你怎么给我安宁的夜色和睡眠? ”“啊……这个……光是看看我那些伟大的诗歌，就知道我是多么享受黑夜了。你以前的生活没有黑夜，没有月亮，只有太阳，只有酒水。我会用吟咏月亮和夜色的最神奇的词句来清除你心中的热毒，来给你的脑子降降温，来给你的生活增添些柔和的夜色。我还会教你如何优雅地有品位地吃酒。”“老兄，你的生活就是这样子的? 怪不得你死在了月亮的怀抱里。你啊，要是早一天认识我，一定会成为一个骑着马、吟唱诗歌的得志将军，你的剑就不只是用来作陪衬的。”“老弟，你是到死也是这么想的吗? 怪不得你是在疯狂中死去的。你啊，要是早一天认识我，一定会成为一个优雅的长命诗人，你的胡子就不只是在精神病院里才会疯长。”

这两个人互不相让，我在一旁看得欢心。“我们以后怕是不能见面了。”“老弟，为什么这么说? ”“你们这里只有月亮和黑夜，没有太阳和白天。我总看不见你们，总觉得你们是黑夜里的鬼影。”“我们是鬼影? 你们又是什么呢? 我总见你们是赤身裸体的，你们真的是太丑陋了。”洋人实在气不过，却只好转为平和，“茫茫大地，谁的灵魂独放异彩，谁的灵魂却是黯淡无光? 我们身在何处，我们又要魂归何处? 李白老兄，我们不要再争了。你说服不了我，我也说服不了你。我们各自走了吧。”“傍晚黄昏，村旁的油灯已然点亮，我的火把可以熄灭。马儿嘶嚎许久，亲人在路边伫望。尼采老弟，不争了。可要我搭你一程吗? 我的马儿强壮又迅捷。”名叫尼采的洋人看见马儿在嘶吼，赶紧跑过去抱住了马的脖子，“啊，我的受苦受难的兄弟啊，啊……”洋人一时气没有喘上来，晕倒在了马腿下面。那白马显然是受了惊吓，一脚把晕倒在旁边的洋人踢开了……

“哎呀，哎呀……”我疼叫着睁开了眼睛，一个五十岁出头的庄稼汉正在用脚踢我，他有一脚是踢疼我了。“真他娘的见鬼，你是哪里来的醉鬼？醉了好好躺着就算了，还到处乱滚，你看你把我家地里的棒子苗糟蹋成什么鬼样子了？”我爬起来向周围一看，果不其然，大概三米范围内的玉米苗都趴在了地上。我又赶紧蹲下查看玉米杆是否断了，幸好时节在仲夏末，玉米苗有了很强的韧劲，它们只是断了几根。“大叔，真是对不住，我自己都不知道自己刚才做了什么，我可能真是醉昏头了，那酒太他妈的辣了，辣得我心里直冒火，我是太难受了，所以在地上乱滚。您就原谅我这次吧。”“帮我把棒子苗扶起来吧！酒这玩意儿有事的时候可以喝两口，没事的时候最好别碰，不是个好东西。”满头银发的大婶从地头那边急匆匆地走过来说道，“老头子啊，你可不能这么说话，我倒觉着没事的时候可以喝两口，有事的时候说什么也不能碰，碰了就离着死不远了。”“放你娘的屁，你知道个啥？”

大叔和大婶两个人只顾着争吵，我就一个人把倒下的玉米苗扶正了。我微笑着向大叔大婶告别，他们还在争吵，我没再说什么静静地离开了。我没有忘记今天的任务，我要为自己的爱情小说寻找灵感和素材。我没有和女孩子有过亲密的接触，甚至连手都没有牵过。但是这不能阻碍我写出优秀的爱情小说，反而这会促使我写出优秀的爱情小说。如果爱情小说只是肉与欲，那么我认输，我写不出这样的小说来。可是如果爱情小说中最宝贵的东西是情，那么我不认输，我一定会写出优秀的小说来。可是为了小说能够畅销，我又不能逃避肉欲描写。可是就算描写肉欲，我也不能写得那么粗俗和露骨，我要把性写得唯美浪漫纯粹些。可是究竟怎样才能写得唯美纯粹些呢？可是无论如何，在性的描写上，我必须守住汉语的干净，不能让人读了我的文字便有了罪恶的念头，而是读了我的文字会生出美好纯善的念头。我该怎么办呢？

我带着深沉而浓烈的思绪来到市区的一个公园，公园的名字叫五一公园。五一公园很大，里面种满了花花草草，一条小河蜿蜒着流淌在园子的中轴线上，好几个现代化的游乐场挤满了人。虽然如今已经是另一个天地和时代了，但是园子里还残留着几条上个世纪六七十年代的标语。除了这几条标语不合时宜之外，在园子中间的位置，也就是小河南岸有一段老城墙也显得很古怪，据说这段城墙已经有上千年的历史了。对了，这几条标语就写在了城墙上。我来到小河南岸，在离着城墙不远处的一个小石凳上坐了下来，我仔细观察着周围来来往往的人们。如果不是为爱情小说寻找灵感和素材，我是没有机会来这种地方的。来这里的人们大多是享受五天工作制的人，甚至很多人已经退休了。我和他们不一样，我没有休息日，我也没有退休的可能性。要想有休息日，我就要自己给自己放假；要想有退休，我就只能干脆不干活了。我看着那些迈着稳当小步的人们满脸惬意的笑容心里颇不是滋味，我觉得我和他们根本就是两个世界的人，荒唐的是我们却在同一个地方，我望着他们，他们不大注意我。为了能找到灵感和素材，我必须集中精力观察周围的一切，我不能让这些无聊的愁思嫉妒分散我的注意力。

一个穿着十分讲究、头发梳得锃亮的男人和一个穿着花色连衣裙的散发着浓浓香水味的女人从我身边经过。他们大概四十多岁了，男人一脸正派模样，女人的脸面除了眼睛冒着火光其他地方倒也平静贤淑。两个人半拥着恨不得成为一个人，他们向城墙那边走去。就在他们靠近城墙的一个门洞的时候，两人停下来热烈地拥抱在一起。女人踮着脚尖像一只老母鸡那样把男人裹在了怀里，男人背朝地弯着身子好像一棵倾斜的树被彩衣包裹了一般。女人甩动着她那飘逸的长发疯狂地亲吻着男人的左脸、右脸乃至嘴巴，男人就不断地拍打着女人翘起来的屁股。两个人拥抱之后便是半拥着继续前行，而后又是热烈拥抱亲吻，如此反反复复直至消失在我的视野里。我心里既亢奋又咒骂着，“好一对狗男女，肯定不是夫妻，竟然跑到公园偷情来了。”四十多岁的夫妻不是早就过了这种身体接触上的亢奋期了吗？如果还有这种亢奋，为什么不在家里直接抱个够呢？怎么偏偏跑来公园拥抱呢？可是这些怎么写进我的爱情小说里呢？这样的偷情行为只配赤裸裸的性爱照片或者镜头，要是在文字上为它写出一些浪漫唯美的东西来，可真是对不起我的双眼。哎呀，真他妈的伤脑筋，我该怎么办呢？再继续看看吧……

我实在坐不住了，便来到了河边。我一直为自己的视力好没有戴上眼镜而自豪着。想想看，有多少大学生是戴眼镜的啊！可是今天我的这种自豪感没有了，一对青年男女就在我的眼前，我偏偏没有看见他们。等到我看见他们的时候，我觉得自己像是犯了罪一样冒犯了他们。年轻女孩儿蹲在河边草丛里张开着双腿在撒尿，我先是听见了“水流”的声音，而后才看到一个身材高大的男子站立着守护在女孩儿身旁。似乎这个男子的视力也不大好，他明明是在东张西望着，却没有看见我已经来到他们身旁。倒是蹲在草丛里的女孩儿机警，她噌地站立起来，红色的内裤连着人一起从草丛里飞了出来。男子这时才猛地快速晃动着脑袋查看周围的异动，我吓得赶紧往城墙那边跑去。那对男女没有追过来。我躲在门洞里很久之后觉得安全了，便出来了。真他妈的活见鬼，这是什么啊？！我的脚底沾满了粪便！我心里立马憋了一团火，我咒骂着。这是一对什么样的男女呢？竟然在公园小便，是不是房事也会在小便之后捎带着做了呢？可是这么粗俗、臭气熏天的场景怎么写进我的爱情小说呢？这样的场景连赤裸裸的照片或者镜头都不配，谁要给这样的场景来个照片或者镜头只会让人大倒胃口。要是在文字上为这样的场面写出浪漫来，可真是对不起我的鼻子。哎呀，真他妈的恶心，我该怎么办啊？

我实在没有心情继续留在这里去寻找什么灵感了。我沿着城墙往公园东门走去，到了城墙末尾，一个老头儿挡住了我的路。他前额倚靠着城墙在大声地哭泣。不是他的哭显得别扭，而是他身上穿的那套老式破旧军装显得不大合乎五一公园的现有情调。这样的军装大概出产于上个世纪某个年代。“喂，老伯，您怎么回事？怎么哭呢？”我看着老头儿哭得伤心便打了招呼。“我怎么能不哭呢？你看看这墙都成什么样子了？我伤心这片墙再过几年就彻底消失了。”我不大懂得这片墙的意义，我倒是懂得它上面的那些字迹的意义。这些粉色的字迹已然是土灰色了，因为字大，所以是容易辨认的。“真是奇怪，怎么会为了墙哭泣呢？墙倒了，再来和新泥建新墙。”我劝慰着老人家。老人家却是倔强得很，“我是怕以后再也见不到这些字了。见不到这些字，我就觉得心里空荡荡的，我整个人像是没了魂儿一样。小伙子，你太年轻了，你不明白我说的话，你真的是太年轻了。”“老伯，我不像您有很深的人生阅历，可是我的感情不比您弱。我不大有机会来五一公园，今天来了一次又是这么无聊和恶心。我刚才踩到了粪便，但我不觉得粪便恶心，我觉得这片墙恶心。墙里墙外除了粪便还有什么呢？只剩下光秃秃的几棵树。这片墙除了遮挡人们房中要行的事情，还能做什么呢？就只能招来眼睛和嘴巴的厌恶和咒骂。这片墙已经没有生命了，光是看它身上披着的厚厚的黄土就已经证明了这点。”“小伙子，我也是不大有机会来这里的，我只是想到它了就来这里转转。”“老伯，您来这里不只是哭吧？”“小伙子，你说得没错。我曾经是一名军人，在年轻的时候赶上了那个年代，我现在是给一家厂子看大门。最近十来年我养成了一个读书的习惯，我拼命地读以前的革命小说。可是读书带来的热情填不满心里的空荡。我只有来到这个地方，才会觉得舒服些，又总会唱上几句。”“老伯，您的话怎么说得这么怪呢？”“不怪的，等你到了我这个年龄，就会觉得世上的一切事情都是正常的，都是可以理解的。我原先关心着别的，如今我只关心自己。可是不管是关心别的，还是只关心自己，我得到的结果都是一样的：空虚和恐惧。”“您还真是可怜啊！原先是心饱，胃不饱；现在是胃饱，心不饱了。您的心还在过去，可是过去早就把您抛弃了。倒是现在的生活更加真实。老伯，以后再来公园不要哭了，就是单纯地吼吼嗓子当作健身不行吗？就像您说的，如果真是只关心自己的话，您照我说的做了，我觉得您会更长寿，您的面相会越来越好。”“我们说的怎么都是些苟活的话了？说着什么长寿胃饱之类的俗语，俗人总是用尖锐的欲望和追求来搅浑这个世界。咳，我也俗气了，不说了，不说了……”

老伯苦笑着向我告别走了。我没有和他同行，虽然我也想着马上离开五一公园。我不愿意和他同行，我很讨厌衰老的气息，尤其是今天这种情境下的老伯的这种复杂的衰败之气。到了公园东门，我没有出去，我想着等老伯走远了再离开。我来到东门旁边的一个小亭子，亭子聚集了很多中老年人。这些人各自拿着不一样的乐器在联合演奏，在他们中间站立着一位化着浓妆的中年妇女。中年妇女搭着一个马尾辫，穿着一身红色的丝质舞蹈服，看样子年轻的时候是一个标致的古典美人——她在唱歌！我听了几秒钟就听出他们是在演奏《红楼梦》里的曲子。我猛然想到了我的爱情小说，心里荡起了一种异样的兴奋感。如果我的爱情小说能写成《红楼梦》这种小说，那是顶好的。可是听闻这种小说一般人是写不了的：作者的功力要具备，没有功力就意味着没有恰当的词语和修辞方法；作者经历的灾难要经历，不经历大灾难是断然没有那么深的哀叹；还要脑瓜儿灵活，脑瓜儿不灵活意味着不能把美妙的文字、精致的画面和深切的哀叹组合起来。这些条件我具备吗？好像我都沾点边儿，又似乎什么都不具备……我的头又有了剧痛感，我陷入了困境，我想不出办法，我心里实在焦急……我觉得耳边的音乐变成了咒语，在咒骂我是个笨蛋，在咒骂我是个疯子，在咒骂我是个耗费人生的闲人……我听不出音乐的美了，我听到的是乱哄哄的嘶叫声……啊，我使劲挠着头顶，我的头……

我醒来的时候已经躺在了床上，在十几个人一个房间的医院病房里。我感觉到右手背被针扎得有些疼，医生们早已经给我吊上了输液瓶。我听见楼道里不太安静，隔壁有水流声。我的床靠近房门，我闻到了一股尿臊味，我确定隔壁应该是厕所。病房里也不安静，我旁边有几个人在大声说笑着。一个穿着蓝色条纹衣服的老头儿被围在中间，他的声音最大。我揉捏着额头喊疼，那老头儿扭过脸来笑嘻嘻地对我说，“醒了？”“啊，你怎么也在这里？这是怎么回事？”老头儿是我在五一公园碰见的那个抚墙哭泣的老伯。“我在厂子门口看书看到精彩的章节时一时兴奋过头，手舞足蹈地晕倒了。他们说我病了，让我来做个检查。我真是生气……看门的同事和身边的老朋友总是嘲笑我。他们岁数也不小了，还不正经，整天不是说某某贪官的风流韵事，就是说自己当年多么风流潇洒。孩子们不理解我，让我去找战友走走后门谋个差事。找什么啊？人家都已经退休了，我就是现在想去也没什么用了。他们说我有的时候严肃正经得像个老顽固似的，有的时候又兴奋得像个小孩子，说不知道我整天在想什么。为了耳朵和心里清净，也为了自己的健康着想，我就进来住几天。我这不是闲不住吗？就到处串游找人说说话聊聊天，没想到在这个房间看见了晕倒的你。我就在隔壁，我以后不会寂寞了，可以常来找你聊聊天。”“啊……请问这里有工作人员吗？工作人员在哪里？我想我该走了。”“你拍床板拍得大声点儿，她就来了。”我使劲拍着床板，不一会儿一个年轻的瘦弱的女护士来到了我身边，“护士小姐，您好！我确定我的身体没事了，那么麻烦你把我手上的针头拔掉，我会万分感谢的。”“什么？身体没事了？我看你是脑子有事吧。两个小时前你晕倒在五一公园，嘴里喊着‘小说，我的爱情小说，贾宝玉你教教我’这样的话，据说还吐了白沫。是几个好心人把你送过来的，你就安分些吧，把液输完，然后健健康康地离开。”“怎么还吐了白沫？我病得很严重吗？我感觉现在身体有力量，脑子思路清晰，不像是生病的样子。”“倒不是什么大病，你嘴里酒气挺重的，胃里都空了，再加上天热，像是饥饿加中暑。你觉得有力量是因为给你输的液发生作用了。你脑子清晰的话，就该安分地躺在这里，就该想想治疗费的事情。”“哦，对不起，我把最重要的事情忘记了，我的治疗费……如果不是很多的话，我随身带的钱就足够了。”

本来他们是要留我观察一晚的，凭着我清晰的谈吐和及时的付费，他们认为我的身体没有什么大碍，便放我走了。临走时女护士还不忘叮嘱我，“听他们说，你晕倒前还跳了舞，说了些话，‘叫我教你？让我的老师教你会更好，你可知道我的老师是谁？我的老师是西门庆。’大哥，我看你是读书读得太投入了，以后少读些书，不然又要晕倒送过来了。”我被女护士的话羞得脸上一阵发热，“谢谢你，我想我以后会注意的。看得出来你似乎对我有很多的话要说，可是我现在想去一趟厕所。从厕所出来后，我就不跟你道别了。”我进了隔壁的厕所，我实在难以忍受厕所的卫生，我看着到处裸露的粪便根本尿不出来，我只好憋着一泡尿离开了医院。

离开医院后，我去了一趟书店。既然我晕倒前说了那些话，既然贾宝玉的老师是西门庆，那我干脆就去买本《金瓶梅》吧。我搜寻了书店的所有角落也没找到《金瓶梅》。我来到柜台直接询问店员，“请问《金瓶梅》在哪里？”店员一时没有反应过来，反问了句，“什么？”“请问中国古典小说《金瓶梅》在哪里？有还是没有？”我加重了语调。女店员听明白后显然是有些疑惑的，稍后她去了书店西北角，接着打开了一道门，从门里翻找了很久才回到收银台。“喏，就只有这一套了，你算幸运，价钱是原价的二十倍。”女店员把沾满了灰尘的两本书递给我。我接过后赶紧看了一眼书的原价，心里骂着，“太他妈的黑了，这是怎么做生意的？”我不打算买了，但是又实在舍不得把书放下……我是第一次买这么贵的书，也是第一次领教了书也是可以卖出古董价的。可惜它真不是什么古董，它的年龄也就十几岁。我带着这件“古董”回到了出租屋。

四

整个夏天，我是在特别忙碌中度过的。时间过得真快，转眼到了秋天。天气凉爽了，人也变得精神多了。晚上在宿舍的时候，我可以读书读到十一点了。我的生活依旧是凌晨三点钟起床，然后买菜，接着卖菜，回到宿舍，然后看书，最后是睡觉。自从上次去了五一公园之后，我就没再向自己请过假。跟我相过亲的那个女孩总是会来找我，她不说话，就是在旁边帮我卖菜。我们确定恋爱关系了，她遵守约定总是听着我说话。我每次喊叫她的时候，总是叫她‘哎”。她觉得别扭，我也觉得无礼。我该怎么称呼她呢？我的嘴巴太笨了，总是叫不出“亲爱的”或者“丽丽”。我决定给她另起一个名字，一个我叫着舒服的名字。女孩总是穿着一身浅蓝色的粗布裙，并且拿的包也不是时尚的那种，而是挺另类的。她的包像是和尚们常用的那种布袋，不过她的包是灰色的，而不是黄色的。根据她的穿着和携带的包，我给她起了一个名字叫布袋女孩儿。每次我喊她“布袋女”的时候，她总是微笑着，她很喜欢这个名字……

似乎我是走桃花运了，大概是房东女人认真观察了我很久。一天晚上，也就是十一点后，在我像往常听完了高跟鞋的声音后，有人敲响了我的房门。我刚刚把窗户关好，这时来了敲门声，我心里有些惊慌，“谁？”房东女人在门外温和地笑着答话。我赶紧打开房门把她迎进了屋子，“好久没跟您说话了，就是交房租的时候也是最多说不上三句话啊，真是陌生啊，不该这样！”“小伙子，没关系的，你忙嘛，我见你天天忙得要死，我也是不忍心跟你多说一句话呀，怕分了你的心累着你。”“那您今晚这是？”房东女人笑呵呵地在房间里走来走去，频频地点头，“不错，我没看错人，总算是没有脏了我的房间。就是有点乱，也不怪你，你就是太忙了！”我低着头边羞愧地笑着，边道着歉，“听到您的话，我算是安心了，谢谢您的理解。我以后会把书放整齐些的。”“还有你的床被，就是床上脏了些，要赶紧讨个媳妇儿来照顾你才对啊。怎么样？有媳妇儿了吗？肯定是没有，没见你带女人回过宿舍。”我想把布袋女孩儿的事情告诉房东女人，来证明我不再是单身。房东女人紧接着又开了口，“我知道一个女孩儿，她特棒的，就是人单纯了点……也不是我夸她，她真的是挺好的。说起来，你们早已经认识了。”“认识？这话怎么讲？我好像在这里不认识别的女孩儿。”“是认识了，你不是每天晚上都在特别地期待着她的出现吗？就是你打开窗户早已经没了人影儿却留下浓浓香水味的女孩儿啊！”我一阵脸红，房东女人可真够可以的，说话这么直接，“我也不是特别期待啦，就是想看看是谁这么勤奋总是这么晚才回来，该是一位很好的女孩儿吧。”“脸红什么？不会连女孩儿的手都没牵过吧？人嘛，心里特别期待是很正常的嘛。这样吧，就今晚了，我现在把她叫过来让你们见个正面。”房东女人急忙出去了，很快她领进来一个女孩儿。我万万没有想到女孩儿的尊容竟是这样——漂浮在窗外的香水味彻底迷惑了我的判断力。女孩儿穿着一件单薄的白色针织开衫，只是领口那里系了一个扣子，肥胖的胸前裹了一件粉红色的肚兜儿。她的下身穿着黑色的瘦身裤。她的脚上穿了一双水晶色高跟鞋，鞋跟儿尖得像两根钉子。我想她穿着这样的高跟鞋是很受罪的，她的体重大概会有一百六十斤，身高却才一米六左右。这样的人穿着高跟鞋，像是陀螺在地上不平稳地旋转着，随时都会跌倒。我担心她崴过脚，或者跌伤过。她的样子倒不是特别难看，还算过得去。可能是身体太胖的缘故，她的脑袋显得有点儿小，五官好像长在一起了。更为特别的是她那双眼睛画成了熊猫眼。

我从房东女人的介绍中了解到：女孩儿已经三十岁了，高中学历，高考参加过三次都失败了；曾经有过五年在家闭门不出，每天看书写日记，要么就是吃零食，到后来身体肥胖了；她如今是在一家娱乐场所做兼职服务员。“小伙子，当初我第一眼见你的时候就知道你是一个大学生，样子有点儿呆。我就想到了自己的闺女，她也是有点儿呆，她就是太单纯了，思想单纯，情感单纯，身体单纯，手脚单纯，连走路都单纯，不会扭扭屁股拢拢头发的，完全没个女人味儿。说实话她已经把我愁坏了，我每次想到她以后的生活，想到她的婚事，我的心就咚咚咚地响。别看我脸上笑呵呵的，我心里苦啊，我的心全操在闺女身上了。”“所以您就把她送去娱乐场所工作，让她去见识什么是女人味儿，也让她的脑子沾沾香水味儿。”“没错，虽然不是什么好办法，可是我能怎么做呢？她不能老守着我生活啊，她将来是要守着她的丈夫生活的。哎，我能有什么办法呢？她似乎对外面的世界不怎么上心，还是只知道看看书写写日记。有时候我恨不得把她的书和日记全烧了。”房东女人像是在哀诉。很抱歉，我实在没有办法帮助她，我早有了布袋女孩儿，我总不能抛弃了布袋女孩儿然后再来接受这个陀螺女孩儿吧。

看样子房东女人很心疼她的陀螺女儿，为了促成女儿的恋爱，总是有意无意在说着她的庞大家产，也就是她的二十多间出租房。我没有明确地向房东女人说明我内心的意思和我实际的情况。陀螺女孩儿在一旁不说话，她显得很沉静，脑袋向着窗户那边半耷拉着不知道在想什么。我觉得可以和陀螺女孩儿做朋友，因为我们有一些共同的爱好，比如看书和记笔记。可是我关注陀螺女孩儿爱好的目的仅限于追忆自己的高中生活，我的高中生活已经被母亲卖掉了，卖了一百多块钱。我能怎么办呢？我心里抱怨母亲，可是抱怨再多也无法找回我的高中生活了，我的高中生活全在那些书本、卷子和笔记里了。我能怎么办呢？如今看到一个女孩儿如此热爱并珍惜她的高中生活，并且把她的高中生活延续了长达十年之久，最主要的是她的高中生活没有丢失，没有被母亲卖掉，反而她的母亲帮着她保存着她的高中生活，我能不感动吗？我很想和陀螺女孩儿成为好朋友，我想从她那里找回自己高中生活的点点滴滴。这些伟大而实际的交往目的今晚是不能跟房东女人和陀螺女孩儿详细交代了，“借着今晚美好的初秋月光，我向你们表达我内心真实的心声，我愿意成为你们的好房客、好朋友，我们的友谊比月光还要纯洁明亮，愿今晚的美景常在你们心间！”房东女人和陀螺女孩儿也向我表达了美好的期待和祝福，然后她们就离开了。然而当我再次打开窗户的时候，我发现今晚的月光并不是很明亮，月亮模模糊糊的，而且刮起了不小的风，风里夹杂着一些灰尘小石子等垃圾飘进了我的房间。我猛然感觉到了一丝羞愧，刚才对房东女人说的那段美词水分太多了——哎，现实啊，美景啊，你们怎么就不能配合一下我的嘴巴和舌头呢？！我没有马上关上窗户，而是倚靠着窗栏面对着夜色游思了一会儿……今晚我第一次觉得自己弥散在了整个大地和空际，没有任何的碰撞和敲打，我的心很静。今晚我没有汗迹，我可以和衣而睡了。

由于房东女人对我的信任增加了，更是因为她期待着我和她的陀螺女儿之间的友谊能够更进一步，所以我的生意有了很大的变化。她自己并且她还总是号召她的所有房客来买我的菜，她的左邻右舍的房客也会经常来买我的菜。这样我每天趸来的菜有一半是在市场上卖掉的，另一半则是回到住处卖给她们。我可以每天下午两点钟的时候回到住处了，比以往提前了六七个小时。我从来没有在白天的时候回到过住处，我只有在黑夜短暂地停留在房间里。作息时间的改变一时让我无法适应。下午回到房间，我可以美美地睡上几个小时的觉了。可是我睡不着，我已经很久没有在白天在自己住的房间里睡过觉了。以前困得难受的时候就在菜市场上靠在三轮车的后轱辘上眯瞪一会儿，我不敢睡得特别死，我怕自己的三轮车被偷走。可是以后这样的担心就暂时没有了，我白天早早回到住处可以舒服地躺在床上眯瞪会儿了，甚至可以死死地睡上一觉了。但是美好终究是想象出来的，我已经无法在白天在自己住的房间里睡觉了。我躺在床上总是有一种深深的恐惧感，我怕自己以后的物质生活会很差劲，我怕自己会变得懒惰了。劳动者的白天应该是在外面度过的，不是吗？如果这样的担心是多余的，那么我对环境的陌生感是实实在在的。我发现了我的住处很多隐藏的秘密，这些秘密在我晚上回来的时候是没有的。然而在白天这些秘密却一个又一个像尖锐的楔子那样暴露出来了：比如墙面上的白灰，它会定时地一小块一小块地脱落；比如墙角的壁虎，它会定时地从书桌下面的书堆里爬上书桌，然后沿着书桌沿儿往窗户那边走；比如屋内的气味，先是短暂的清新的味道，而后是长久的浑浊的煤烟味儿，再后来是刺鼻的烧垃圾的味道；比如房外的嘈杂声，总是有一个女人和一个婴儿的声音先是温柔的呵护和咿呀的回应，然后是大声的哭闹和尖细的谴责。这么多的陌生，这么多的秘密，我无法一一讲述。我觉得自己以前不曾在这里住过，我觉得自己好像是来到了另一个地方，这个地方分裂了，我也跟着分裂了，我对这个地方以前的印象被砍掉了。

出租屋的白天给我带来了无尽的烦恼，就在我遭受着这样的烦恼之际，也就是下午四点半的时候，我的生活增添了一项新的内容：陀螺女孩儿临上班前总是会来我的房间坐上一会儿。她依然是不大爱说话，话头总是由我来挑起。我们的话题自然总是在高中生活上。有一次，我向她回忆了我的一个高中生活片段，这个片段深深地烙印在了我的脑子里，“有一次自习课上，我在历史书的扉页上唰唰唰地写下了‘知识改变命运’六个大字，恰巧我们的历史老师来班上给大家临时安排一个作业，她经过我身边的时候看到我写的字了，就停下来微笑着向我低声说道，‘没错，知识确实能够改变命运，尤其会改变农村孩子的命运！’我们的这位历史老师是一位非常美丽的女性，她身材高挑，人也是特别的善良。我听了很感动，发自肺腑地说道，‘谢谢老师的鼓励，我会永远记住您的话！’你知道吗？其实我最想说的不是这句话，我最想说的是，‘老师，您的口臭实在让我觉得恶心！’我们的这位历史老师真的很好，唯一的不足就是她有口臭。恰巧那次，我知道了她的这个缺点。但是我没有跟其他人说过这件事，这是我第一次跟别人提起这件事，你有福了。”陀螺女孩儿听完我的讲述被逗笑了，她的话匣子也慢慢打开了。作为回礼，陀螺女孩儿也向我回忆了她的一个高中生活片段，“王树大哥，我也有一个跟你类似的经历，可是我就没有你这么幸运了，我多想读大学让知识来改变我的命运啊！记得高一元旦的时候，我们没有放假，学校要求各班在自己的教室组织晚会。十二月三十一晚上七点，我们班的元旦晚会正式开始了。大家把桌子重新摆放了，教室中间空了出来，那是留给同学们表演节目和说祝福话的地方。快到八点的时候，我们的校领导大概是三个人吧，来到教室向我们祝贺新年，班主任安排我为校领导敬献新年礼物，其实敬献的礼物就是代表全班同学发表‘努力学习，回报母校’之类的誓言。我在教室中间发表了大约三分钟的激昂誓词，获得了校领导、班主任和同学们的热烈掌声。就在掌声响起的时候，可能是因为激动吧，我放了一个响屁。我心里懊恼死了，我怎么会在那个时候放了屁呢！我大概确定放屁的声音除了自己没有被其他人听到。可是没有听到屁的响声，一股异味却瞬间弥漫在我的鼻子周围。我看见大家擂动手掌的时候鼻子有些异常。我大概确定异味已经弥漫在了整个教室。我十分确定这股子难闻的味不是来自我，它是来自别人。很可惜，我不知道这个人是谁。这个经历给我留下了阴影。以后的高中生活，我是在揣测和惊恐中度过的，我总以为我的美好形象被那次元旦晚会的那个响屁毁掉了，我总觉得周围的同学在用异样的眼光盯着我，‘嘿嘿，看她，还美呢，放屁女孩，怪味女孩！’我的精神越来越差，我的注意力已经完全不能集中在学习上了。本来我的学习成绩是顶好的，是奔着名校去的。后来接连几次我的高考成绩总是在二百分左右徘徊。本来我以前长得挺清纯可爱的，是奔着校花去的。后来在家里的那五年，我硬是把自己吃成睡成忧虑成现在这个样子了。我真的很辛苦，我的高中生活并不美好。可我的高中同学都已经过着当爹当妈的美好生活了。我还在这里，我还在为当年的那件事忧心着。我不服，我心里真的很不服，为什么一件小事把我弄成了如今这个样子呢？一次在商场买衣服的时候，我碰见了毕业后就没再见过的班主任，她也在买衣服。当她从试衣间出来的时候，她问我，'花花，你带纸巾了吗？'我把随身带的纸巾拿给了她，她不好意思地说，'花花，闻到异味了吗？我这几天有事，可巧我没带纸巾。记得那次元旦晚会，我也是一样的，估计当时大家都闻到异味了吧。真是不好意思，丢丑了。哎，当时你离我那么近应该首先闻到了吧，你应该第一个告诉我才对啊。不是那个叫静静的女生后来提醒我，我还不知道自己原来在那么欢快的场景中丢丑了呢。哎，你应该首先提醒我才对啊。'我听后差点气疯，这他妈的是什么老师啊，怎么会这样呢！我忧心了十多年的糗事瞬间消失了，消失得那么快。可是我的人还在这里，没有消失。那个老师的那股子怪味儿彻底埋葬了我的高中生活。哎，我的大学在哪里啊？我的大学在梦里，这梦到现在还在做着。呵，我真是一个可怜人。王树大哥，我觉得自己真是太可怜了，我的心真的很辛苦！"

陀螺女孩儿心情沉痛地向我回忆了她的高中生活，她真的很辛苦，她的言语表情便是证明。我对陀螺女孩儿说，"花花，我今天很正经地告诉你一件事，你活得越久就越会发现一个事实：在这个屎一样的世界里，没有哪个人是优雅的，都是屎样。原谅我直说，你就是心气儿太高了，是个完美主义者，容不得自己在众人面前有一点瑕疵。可倒好，如今你真的成了众人面前的'瑕疵品'了。但是我觉得你还是有希望的，把以后的生活过好。这么多年了，心里的那股气儿也差不多没了。你现在的问题就是不要自卑，把心态调整好，狠着心把自己的身体往原来的样子调整吧。我觉得你可以的，一定会重拾以前丢失的美好。至于那个什么大学梦，以后就不要做了。错过了就错过了，没什么好伤心的，没进大学校园不意味着你没有大学可上。哎，我现在这个情况也只能向你说句挺俗挺苍白的话了，你的大学在社会，社会这所大学才是真正的大学。从此忘记高中生活的不愉快，永远记住不愉快的原因吧。你一定可以的，你会获得重生的。"我的宽心话起作用了，陀螺女孩儿的眼睛有了期待的美好眼神，"王树大哥，先不说了，把更重要的话留在以后慢慢说吧，我要去上班了。如果可以的话，我以后想听听你嘴里的文学，我想听听你嘴里的社会大学，还有你的经历。”陀螺女孩儿踩着高跟鞋左右摇摆地走了。

陀螺女孩儿走后，我苦笑不止，我不想跟人谈论什么文学和社会现实的话题，我只想跟自己谈论，我觉得除了自己没有一个人是可以交流这些话题的。我坐在书桌前开始翻阅我买来的“老古董”——《金瓶梅》的词句实在招人厌烦，说不上几句话就奔情欲性爱场景而去了。作者也是古怪得很，好像这《金瓶梅》的所有文字都不是出自他手，他只是在一旁冷静地观察着。这本书实在是失败，像是中国古代房中术的一次集体展览，作者给这次展览粉刷了唯美浪漫的色调。最有趣的是作者俨然成了一个活宝，他把自己打扮成观世音菩萨，托着宝瓶在这些香艳的文字和性爱场景上不停地泼洒圣水，“罪过，罪过，忏悔吧，改了吧！”——哎呀，真他妈的不巧！如果我和作者认识，我倒是可以助他一臂之力，他宝瓶里的圣水没了，又实在找不到水的时候，我可以借给他水，我这里的水随时都有。几个月过去了，我在医院憋的那泡尿让我得了尿急的毛病。我想这个兰陵笑笑生是不会介意的，他的宝瓶当尿壶正合适……

我放下《金瓶梅》，心里不是滋味。看来我的爱情小说不太容易写了，这个西门老师怎么就成了贾宝玉的老师了呢？这完全是两个极端的人物嘛。我可怎么办呢？我的爱情小说要怎么写呢？我可是信誓旦旦地说过要写一部伟大的爱情小说。连贾宝玉的老师西门庆都帮不了我，我还能向谁求教呢？我承认我的智力有限，我看不懂他们到底是怎么成为师徒的。我又不能从现实中汲取养料，我才刚刚开始恋爱啊。哎，我的布袋女孩儿又不经常在我的身边，我该怎么办呢……我逃离浓重的思虑去了菜市场，在菜市场我不会有思想上的疑虑，我会集中精力盯在蔬菜的品相上。可是今天我是去看看当我不在的时候是谁在占用着我的摊位，我早就听说有人在占用我的摊位卖东西。我的摊位不是免费的，我必须适当收点儿摊位费。到了菜市场已经是晚上七点钟了，我一眼就看到了我的摊位，我还看到一个瘦弱的女孩儿畏缩在摊位西南方向的角落里，她的前面也就是东北方向停着一辆小型面包车。真他妈的欺负人，是谁把一堆烂菜叶子扔在了台子上？我从路口走过去，边走边骂。这个菜市场其实是一条露天的小街道，晚上的它不再是单纯的菜市场，而是成了一个小商品市场。这个时候菜市场上的人多是晚饭后出来闲逛的人，他们偶然来了兴致才会买东西的。我来到女孩儿身后大叫了一声，“喂，你是怎么回事？”女孩儿颤抖着身子惊恐地转向我，“没怎么的，我就是……王树哥……”“布袋女孩儿，怎么是你？！人们说的那个霸占我摊位卖东西的人原来是你啊！”布袋女孩儿畏缩着身子没有站起来，她并拢着双腿低着头，像是有意要钻到面前的小桌子底下去。可是她不能，只能是小方桌躲在她的身子前方。我蹲下身子看着小方桌上摆放着的那些发卡、耳环和香水，我心里难过极了，它们的样子太难看了，它们都是些不讨人喜欢的劣质品。在这么一个被汽车遮蔽的角落里，布袋女孩儿怎么可能会卖出东西呢？我把小方桌抬到了面包车前面，提着嗓子大声叫卖。约莫两个小时后，我把这些劣质饰品卖了大半，不是我做生意的手腕有多么高，我是本着几乎不要钱的价格卖的。“王树哥，我以后该怎么办呢？我做客服的钱实在太少，可是我除了客服的工作不会别的了，我能有什么办法改善自己呢？我不想以后依赖你，我想依赖我自己。”“你整天和人聊天解释产品问题，这样的工作多好啊，是最能了解客户心理的一个好工作，这是帮你成为生意人的好工作啊。”“可那是网上聊天，现实的情况又是很复杂的。我看着现实的人心里就恐慌，甚至有一种想要逃离的感觉。”“呵，听着，你不要这样，你能逃到哪里去呢？我要求你以后跟着我的时候多说话，不要再做哑巴了。你话多了，以后再卖东西的话，就能靠着自己把货卖出去了，说不定会卖个好价钱。”

我骑着三轮车把布袋女孩儿送回了家，她进门之前深情地拥抱了我，我是第一次被女孩儿主动拥抱，我很激动。“王树哥，虽然和你有了恋爱关系，甚至可以高兴地期待着和你结婚，但是我还是需要认真考虑一下我的人生了。我不想依赖任何人，我只想依赖我自己。原谅我，可能未来一段时间，我们不会再见面了。在这段时间内，我要静静地想想，我不打算做那份工作了，我想多多的和现实的人接触，或者跟着你卖菜，或者自己开个小店。王树哥，谢谢你。我想我的人生不至于会太失败，起码我认识了你。我很感激你今天对我的鼓励，我没有理由伤害你这份善良的心意。”以前总是她哭，我来安慰她。今天布袋女孩儿把我感动哭了，我含着泪不停地说着谢谢。布袋女孩儿拿出我送给她的小瓷碗放在我的下巴下面，我的眼泪连同她的眼泪混合在了一起，我把她抱得更紧了……

初秋的日子，我过得很舒心，我的工作轻松了许多，我的感情生活也丰富了。虽然暂时不能见面了，但是我心里时刻记挂着布袋女孩儿。我一想到她对我的认可，对我的那份依恋，我就美滋滋的。我脸上的笑容转移到了嘴角，我也不知道自己是在说什么和唱什么，总之就是美滋滋的。我和陀螺女孩儿继续交往着，我们互相有了越来越深的了解，陀螺女孩儿甚至拿出了她以前的日记让我看。我对陀螺女孩儿有了更诗意的认识：她的文笔在高中的时候是最清澈最动人的，只是稍微有些陈词滥调和稚嫩的哲思；在家闭门不出的五年是最激愤最浑浊的，间或夹杂着纯真的期待，只是这期待如今看来是幻灭。陀螺女孩儿依旧是在每天的下午四点半来到我的房间，这个时候我的房间有着难以形容的美，温煦的一撇阳光照了进来。可是我说的美不是阳光金色的美，也不是静谧的美，我说的是一种凉意的美。这个时候，我穿上了厚厚的衣服，我感觉到秋天的凉爽已经胜过冬寒了。我的话不是诗意的话，我是在说我的身体似乎出问题了：只要脑子稍微一动，我的身体就紧接着颤动一下。陀螺女孩儿不再是低着头偏向窗户，她向着屋里，“王树大哥，你好像着凉了，要不要去看医生呢？”“我没什么大碍的，看到你们我就高兴，我的心就暖和。这样吧，今天我们不说什么稀奇古怪或者高深莫测的话题了，我们念念以前写的东西吧。你念你以前的日记，我念我以前的书中批注，你看怎么样？”我从书桌上拿起陀螺女孩儿的日记还给了她，那是她在高一时写下的厚厚的日记，黄色牛皮纸封面装着一大车的清水，里面的黑色钢笔字像刚孵化出来的鱼儿游来游去。“王树大哥，你想听什么时候什么天气的日记？”“现在是秋天了，就听秋天的吧。如果有午后阳光的天气，就听午后阳光的。或者秋水薄雾的天气也是可以的。”陀螺女孩儿轻笑着边说有边翻找，“王树大哥，我念两段吧，它们都是诗歌，第一首是关于午后阳光的，第二首是关于薄雾的。《午后的阳光中，我的人儿不会守候在你的身旁》：初秋的一天，你哭着对我说秋天来了。/我说是啊，你是怎么知道的？/你说早上的凉气到了午后还有，你说在午后的阳光中看到了露水。/我说这样的景色怡人心田，可是你为什么哭呢？/你说你怕醉了，这样的景色总是让人一睡不起。/我说睡着的人是幸福的，可是你为什么厌恨醉呢？/你说你怕再也见不到我了，你不想迷醉在秋日美景中。/我说假如你沉醉不醒，我的人儿会守候在你的身旁。/你说这个时候就来守候吧，我说午后的阳光中我不会守候在你的身旁。/你哭着问为什么，我说我的人儿会化成午后的露水。《薄雾中，我爬过了一道篱笆》：薄雾中，我爬过了一道篱笆/不像白衣女尼说的那样，我没有任何的心理负担/也不像她说的那样，“草莓，真甜！”/我看到的是快要凋谢的葡萄叶/我好不容易找到了一串葡萄/它们不是腐烂就是味酸/哦，亲爱的，我运气不算太差/上帝对我不薄，你看——/秋风吹干了秋水，呈现金黄一色！”

我起初看到这两首诗了，自己读的时候并不觉得它们有多么美。陀螺女孩儿念给我听的时候，窗边的她被风轻吹着似乎要哭了。这样的情境中，我觉察出了诗歌的美，我对陀螺女孩儿说，“语言的美原来是自己发现不了的，是要别人来传达给自己的；语言的美在互动中，在诉说和聆听之间绽放着。你应该继续坚持写日记，日记写得真静真美真细腻！你可有笔名？有了笔名，意味着你的日记有了永恒的艺术生命了。”“王树大哥，我的笔名是沧海，中听吗？”“中听。可是沧海无果，愿意的话，我把沧海的果给你补上，可好？”“咦，听着有趣，但不知你是怎么个补法。我总是以为沧海难变桑田。”“沧海，你是聪慧的。以后你的笔名改叫桑田，用桑田来写收获的日记。以前的沧海漫浮了那么久，也该变成桑田了。”“王树大哥，我的桑田在哪里呢？我的桑田会是什么样子呢？我看是没有了，以后也没有了。”“你的桑田在你心里，你的桑田在窗外，窗外就是你的桑田。你也看到了，高一的时候你是多么热爱自然，多么热爱窗外的生活。窗内的生活也该结束了，窗内的生活虽然曾经淹没了窗外的生活，但是如今窗外的生活已经浮出水面，并且越来越广阔，它的生机越来越蓬勃。你行的，窗外的桑田需要你亲自去耕耘，你的收获已经开始了，你要有勇气去摘取收获的果实。”

陀螺女孩儿欣然接受了我的意见，该轮到我念批注了，“桑田，我高中的时候是不写日记的，但是我会把每天发生的事情记录在书本和卷子上，就像是散布的星星。当时我给自己许下了一个愿望，多年后我要在书本卷子里搜寻这些星星，我要把它们汇集起来，然后做成一本青春小说。可是我的愿望不能实现了，我的那些书本已经被当作垃圾卖掉了。我曾经一度很心疼，我的心只能在追忆中得到一些慰藉。”“王树大哥，当年的星星到了现在未必是星星了，没准儿是让人难以直视的臭蛋，追忆中的星星或许才是永恒的星星，你需要的是永恒的星星。那么你现在要念的是什么批注呢？”“桑田，我把写在《狂人日记》旁边的一条批注念给你听吧，听起来它似乎也像是一首诗歌。还有一个是我追忆的一个场景，那个场景我曾经做过记录。《狂人日记》读感：太阳进不了的门，月亮可以进；月亮进不了的门，人可以进；人进不了的门，狂人可以进。没有漆黑封闭的屋子，只有漆黑封闭的人；起来，拿出你的勇气来，争做一个狂人吧！《在你步履蹒跚时，我把纸条塞给了你》：金色的秋天没有为你传来收获的喜讯，它把最沉痛的悲哀给了你。／你却步履蹒跚地走在操场上，阴冷的秋风给操场铺展了一层湿漉漉的枯叶。／女孩，人们搀扶着你不是怕你摔倒。／我知道她们是怕自己摔倒。／可是能怎么办呢？你哭了又哭，不停地哭。／／操场墙角的老坟不像以往那样惹人惶恐，它把杂草堆在了自己的身上。／你却总是有意走在它的旁边，阴冷的秋风给墙角送来了来路不明的尘土颗粒。/女孩，人们见了你都说你瘦了。/我知道失去亲人的痛在削减着你的形神。/可是能怎么办呢？你哭了又哭，不停地哭。//于是我偷偷地把纸条塞给了你，在你步履蹒跚时。/我知道纸条会在很久之后打开，我知道你看着纸条会偶尔泛起一丝笑容。”“王树大哥，你念的批注我大概知道是什么意思，念的诗我就不知道是什么意思了。我很好奇，你送给女孩儿的纸条该不是情书吧，又或者是什么安慰的话？”“不是情书，也不是什么安慰的话，只是一句话而已，‘我向你报喜，人们因为你而获知什么是亲情；我向你报丧，人们因为你与亲人之间的诀别之痛而惧怕与你为伴。’”“王树大哥，我听着心里不是很舒服，总是怪怪的。那个时候你怎么会说出这样的话来？这样的话匪夷所思，感觉挺伤害那个女孩儿的。她能明白你的意思吗？就是后半句，挺伤人的。”“抱歉，我当时只写了前半句，后半句是我在追忆的时候加上去的，算是虚构了。当时我看她伤心的样子便认定她是世上难得的好女孩儿，是一个珍惜并懂得人伦之情的好女孩儿。后来，我不这样认为了。人应该相信总有一天自己会和逝去的亲人相聚的。既然相信了会有相聚的那一天，我们就不该过分地伤心于亲人的离去。”“王树大哥，带着这样的想法你不觉得累吗？”“桑田，你问得真好，我确实挺累的。我的想法似乎是无情的，在挑战着一些观念。”“王树大哥，你以后写写爱情诗歌吧，不要写什么爱情小说了。现在的你已经不适合写爱情小说了。爱情小说总是要把琐碎的细腻忧伤的儿女情长无限地放大。可是你的想法不能容忍这种琐碎了。还有一点，你似乎有意在劝人接受另外的道德观念，所以你在纸条里写的话道德意味特别强。可是精彩的爱情小说哪有什么道德感呢？不都是三角恋、四角恋或者乱伦吗？你在思想观念上早已经排斥了这样的行为，你又怎么能在小说里写出精彩的爱情故事和细节来呢？人生在世，就是一个逐渐堕落的过程。你思想上却不接受这个事实，总是想着说教、劝人为善，想要逆反这个实际过程。这怎么能行呢？估计你写出来的爱情小说会是糟糕透顶的说教文章，很虚假的那种，没什么人会喜欢看的。”“我的天啊，你这些话是怎么得来的？别打断我……我突然明白了一件事。我的天啊，谢谢你，你才是我的老师，哪里是什么西门庆啊！桑田，你知道吗？我明白西门庆为什么是贾宝玉的老师了。西门庆必定对贾宝玉说过，‘青少年的你清纯不是什么稀奇神圣的事情，试问哪个青少年不是清纯的？问题的关键是，你成年后怎么办？你的选择是对的。你不去做和尚的话，那你就会成为我。记住我的话，不当和尚的贾宝玉会成为另一个西门庆。人生在世是一个逐渐堕落的过程，这个过程你逃避不了。想要逃离，你就只能选择当和尚，或者提早离开人世。’曹雪芹真是一个聪明人，他参悟了人生的真谛，他学到了兰陵笑笑生的精髓。曹雪芹是热爱生活的，不是悲观厌世的，所以他让贾宝玉出家了，他没有让贾宝玉自杀。的确，人要靠着信仰才能摆脱沉沦的过程。谢谢你，桑田，你今天的话教会了我许多东西。”

陀螺女孩儿的话真是及时，解开了我的疑惑，让我不再把时间浪费在爱情小说上。可是又一个搅扰人心思的问题出现了，我的信仰是什么呢？贾宝玉的信仰绝不是我的信仰。我该怎么办呢……陀螺女孩儿和我走动更加紧密了，但是我心里只当她是朋友。一天下午，陀螺女孩儿拎着一瓶白酒来到我的房间。她见了我比往常高兴很多，“王树哥，我准备了一瓶白酒和几个简单的小菜，我们今天喝一杯吧。”陀螺女孩儿拿来的白酒是装在了一个不大不小的花瓶里了。陀螺女孩儿倒满了两个酒杯，然后把准备好的三个小菜摆在了书桌上。“桑田，你什么时候会喝白酒的？没听你提起过。”“王树哥，高二的时候我就会喝了，我也学会了抽烟。你很惊奇吧！我向妈妈隐藏得都很深，所以你更加看不出来。”陀螺女孩儿咕咚咕咚连喝了两杯，比我见过的陈大哥喝得还要猛烈。在我喝过一杯后，陀螺女孩儿彻底敞开了心扉，“王树哥，我们恋爱吧，让我做你的女朋友吧。我的话是真心的，我是很认真的。”我隐隐约约中预料到会有这么一天的，因为我没有明确向陀螺女孩儿和房东女人表明我的态度和我的实际情况。“桑田，我们之间了解越深，我就越发觉你是一个难得的好女孩儿。很多人以为你是一个经历过于简单的人，以为简单的经历把你坑害了，以为你是一个和社会脱了节的人。我真不觉得是这样。你太聪明了，聪明得像晶莹的露水，像午后的阳光。聪明的人怎么会脱离社会呢？可能是因为你太聪明了，也是因为你年轻的心承受不了一些忧伤的事情，所以老天爷让你的身体变得这样肥胖。你走路总是像一个陀螺那样不平稳，你的聪明和你的身体有冲突了。我想是你的身体让人们误以为你是一个脱离了社会的人。以后你试着关心自己的身体吧，不要总是关心自己的脑袋，下狠心试着让身体和脑袋取得平衡……”“停停停，王树哥，说了这么多，你是嫌弃我太丑了吗？”“啊，不，我不是这个意思，我的意思是我不能接受你的爱，我已经有恋人了，她是一个拎着布袋的女孩儿。我说上面的话是劝你把身体尽量恢复成原来的样子，我是说肥胖的身体不属于你，你的身体应该像你的脑袋那样精致美丽……”“够了，真他妈的憋气，你怎么也学会油腔滑调了？”陀螺女孩儿把气撒在了白酒上，一口气儿又连喝了三杯。这会儿，她是顶不住了。她坐到地上摇晃着身子和脑袋，嘴里呼哧呼哧吐着酒气，手拍打着胸口似乎想要呐喊或者痛哭一场。再过了一会儿，她干脆躺在了地上，手上的动作没了，嘴里的动静也变小了……

我叫来房东女人，和她一起搀着陀螺女孩儿回了房间。我向房东女人表达了歉意，并向她表明了我的态度和实际情况。房东女人没有责怪我，她反而向我表达了歉意，她希望我和她的女儿继续交往，她希望我继续做她女儿的好朋友，她说她女儿不是一个爱钻牛角尖的人，她说她女儿钻牛角尖的劲儿早已经耗尽在高中和以后的五年生活里了。我听了房东女人的话心里颇不是滋味，我更觉得有些对不住陀螺女孩儿了。怎么办呢……时间过得真快，冬天到了。我不再卖菜了，我改卖花生、核桃、红枣之类的干货了。北方的冬天总是干冷的，新鲜的蔬菜是有，但是进货的价格贵，并且只要把菜稍微露出一点来就会冻烂了，我用五条被子包着菜也是不顶用的。我的作息时间又改变了。人们对干货的需求不像对蔬菜的需求是每天必需的，干货这东西可吃可不吃。所以房东女人、她的租客以及她的左邻右舍的房客不能像夏末秋天时那样帮助我了。我必须从早到晚在菜市场呆着。真他妈的活见鬼，入冬不到一个月，我整个人就变了样子，浑身冻伤了：脸上红一块紫一块的，手指肿痛得不利索了，脚丫子痒得发热。我的鼻孔和嘴巴像是工厂的排污口，污浊的液体流不完吐不完。真他妈的憋气，这是过的什么日子呀？因为我的作息时间改变了，我便很少见到陀螺女孩儿了。可能是冬天到了，娱乐场所的生意冷淡了，陀螺女孩儿不再去兼职了，十点之后我听不到她的高跟鞋声音了。起初我偶尔会照旧打开窗户，后来也就不再打开窗户了。外面的寒气太重了，我的房间里没有暖气，屋里湿漉漉的一层水汽，就连被子上也是一层水汽，我在被窝里要哆嗦很久才能安定下来。房间真他妈的冷啊，水汽的味道真他妈的难闻啊！我心里难受极了。这个冬天怎么会这么冷？！以前的冬天还是可以将就着熬过去的，这个冬天实在熬不住了。真要生个火了，不然就要在这个房间里死掉了。我买来了炉具，房东女人看见后制止了我，“小伙子，你不要命了吗？这么冷的天儿，你生火不等于是在自杀吗？太不安全了，炉子里的煤气味儿会很重，万一中了煤气该怎么办啊？这样吧，你买个电热毯，还是冷的话，就安个空调吧。”我安空调？真他妈的说得轻巧，我还享受不到有空调的生活，我顶多能享受一下有电热毯的生活。我的床底是铺了电热毯的，可是它只能管住身子下方。我的身子上方还是冷。我的头也不敢露出来。一旦把头露出来，寒冷的水汽就会给我的头部洗冰水澡。我用一条破旧毛衣裹住了脑袋和脖子，我不能长时间把头缩在被窝里，我需要露出鼻孔呼吸一下寒冷的空气。我又买来一条双人电热毯，我把它铺在了我的身子上方。我知道这么做是危险的，可我能怎么办呢？我太冷了。我是不会安空调的，就算将来日子好过了，我也是不安的。自从安了空调后，隔壁女人家的窗户就没再打开过了……空调阻隔了偷窥者的眼睛，却也破坏了一些正常的东西，不是吗？我的生活里不会有空调，我尽可能让生活原始些、正常些。

五

腊月下旬的时候，我找了一个理由说服自己歇了一天。我先是去了布袋女孩儿家，我已经很久没有见到她了，大概三个月了。她只是偶尔给我发来短信，说上几句贴心的话。我太想念她了，我想要急切地看到她、拥抱她。布袋女孩儿的母亲招待了我，我是第一次见老人家。老人家说布袋女孩儿去了乡下一个亲戚家，估计要到来年春末才回来。布袋女孩儿怎么去那么长时间呢？老人家的身体不太好，这几天正在咳嗽，走路也是慢慢腾腾没了精神气儿。我给老人家带来了几棵白菜和一些卖剩的干货。她让我把白菜搬到布袋女孩儿的房间。我是第一次进女孩儿的卧室，布袋女孩儿的房间摆满了花花草草，不过都是些无名的野花小草。这个时候是冬天，它们都枯萎了。我在墙角看见一个烂花盆，花盆只剩下大概三分之一了，但是它里面的土却很完整，土里没有草或花。“丽丽喜欢什么花草，告诉你了吧？！”我被老人家问住了，布袋女孩儿从来没有跟我说过花草的事情，她在我面前当了很长时间的哑巴。“丽丽喜欢白菜花，你把白菜放到那个烂花盆旁边吧。来年冬末春初的时候，当白菜开出小黄花的时候，估计她就回来了。”老人家边说话边咳嗽着。我挑了一棵大大的白菜放在了烂花盆旁边，“丽丽的喜好真是稀奇古怪，怎么会喜欢上白菜花呢？我实在糊涂了。”“丽丽就是有股子奇怪的脾气，所以她才会是今天的这个样子。她一方面坚强得要命，一方面又特别脆弱。哎，我这个女儿不让我省心。如今刚刚谈了恋爱，又一个人躲着去外边了。我发愁呀，一想到她我的心就咚咚咚地响。”“她过了十八岁，您就不必操心了。她的路要自己选择，她的生活要自己来过。看着她收获果实，您就高兴。看着她有了不幸，您就自己多多安慰自己，让自己不要太伤心。丽丽是一个不错的女孩儿，她的心很透明，藏不住东西，没有什么阴影。可能是缺少锻炼，也可能是太想证明自己了，她看起来很宁静，其实心里憋着一团火。或许暂时的离开是她发泄心火的一个方法。她会回来的。”“我是不懂你们年轻人了，真不懂了。但愿你们有一个好的结果，我就是看着闺女有了归宿心里才会好受些。她爸和我的身体一年不如一年了，老人能有什么盼头儿呢？就是看着活着的人少受罪，盼着死去的人能有个好梦来托给我们，这样我们心里就通畅些。我们不是小家子气，我们的胸怀还是有的。我们的退休金还算可以，生活不算太艰难，我们就是喜欢看着你们经常来我们身边走动走动。”老人家说着话又是一阵咳嗽。我不愿意沉入到这种家长里短的情感谈话中，我甚至是反感的。我总是觉得这样的情感会像锁链把我的脑细胞一一捆绑住。每当面临这样的情感谈话，我都感到窒闷难受，我会变得语无伦次，甚至成了哑巴。

告别老人家后，我急着往老家赶。我很长时间没见过父母了。这么冷的天儿，他们一定特别挂念我。走到半路的时候，天空飘起了雪花。我蹬三轮车蹬得更有劲儿了，我心中涌起了一股莫名的冲动，我想到了陀螺女孩儿给我的写诗建议，我想起了载着布袋女孩儿游玩老城区的情景。“《献给远方的布袋女孩儿》：雪一片一片地飘坠，它们落在了我的头顶，也调皮地进了我的眼睛，洁白的雪花洗涮着我浑浊的眼水；我看见它们也进了你的唇角，在你唇边印上了冰凉的吻；我看见它们也落在了你的窗前，来年春天你的窗外必是鸟语花香；我看见你在愁眉不展，你却问我在哪里；是啊，我在哪里呢？我要在哪里等着你回来呢？”我把反复吟唱好的这首诗发送给了陀螺女孩儿，我想借机向她汇报一下自己的“工作”，也顺便把两人的关系恢复到正常。陀螺女孩儿很快给我回了短信，“王树哥，你发来的文字我看不懂了。我以后不再写日记，也不再写诗，我想我的世界从此以后不再有诗了，愿你在你的世界里珍重！”我念着这些字心里直发懵，“‘我的世界不再有诗，愿你在你的世界里珍重。’这是什么话呢？奇怪。我怎么回她？”——哎呀，疼死我了，真他妈的倒霉！我心里胡乱琢磨分散了我的注意力，三轮车撞在了路边的一块矮石头上，三轮车和我整个儿翻在了路边的土沟里。真他妈的气死人了，我干嘛骑这么快呢！不然不至于人车翻倒啊。

我推着三轮车回到了家。父亲见我身上沾满了雪和土，并且走路又是一拐一拐的，生着气大声吆喝了我几句，“王树啊，你真是个不长进的东西啊，怎么会摔成这个样子？！我是真服你了，我算是没法子了。”父亲的话很难听，却也是担心我，“怎么不见我妈呢？她去哪里了？”“你妈去后院你陈大娘家了。”“去了陈大娘家？她这几年很少去后院了，怎么回事呢？”“不算大事，可就是熬人心呐，谁看着都揪心难受。别人说是个没用的废物，那是仇恨和冷漠。父母说是个没用的废物，那是关心和绝望。”父亲说着话进了屋子，他的身体更瘦弱了，走路也不稳当了。父亲让我进屋帮他生火，我没有进屋，而是悄悄地来到了后院。后院离着我家大概有两百米的距离，但这两百米的路并不好走。要去到陈大娘家只能走一条挨着河沟的曲折小窄道。小窄道坑坑洼洼的，放满了柴禾。算算看，我也是十几年没有走过这条路了。自从上了高中后，我就不常在村里走动了，我似乎不再是村里人了，而是城里人了。我顺着河沟走着，心里极不自在，周围的一切仿佛非常陌生。以前河沟就是个河沟，有些水；现在枯干了，又扔了半坑垃圾。以前河沟东北方向的边沿上种满了柳树，现在却是光秃秃的，没有树了。以前河沟尽头很荒凉，现在那里盖起了很多房子，大概有了七八户人家。我来到陈大娘家门口，却没有进去。一辆银色面包车堵住了门口，我怀疑这辆车是从空中掉下来的，它怎么开进来的呢？陈大娘家院子里很热闹，大概是有五六个人在争吵。我挤进面包车头部和门墙之间的一条缝隙缩着身子往院子里看，果然有一群人在争吵着。我先是看到了母亲搀扶着一个满头白发的老太太。哎呀，那老太太就是陈大娘了，她怎么老成这个样子了？！她也就是六十多岁，却像个八十岁的老人家了。两个年轻小伙儿站在两边用手架着一个人，他们全都背对着我。被架着的那个人不老实，想要摆脱两个小伙儿。一个中年男人则在旁边训斥着，“真他妈的会装呀，真他妈的折腾我们啊。老人家，你也看到了，你儿子真没病。我们的诊断很权威的，你又不信。我们只好走程序了，我们必须得把他送回来。我也真是纳闷了，一个好端端的人怎么会喜欢呆在那种地方呢？对一个正常的人来说，那真不是一个好地方，说不好听点就是人间地狱啊。你儿子怎么会有这种癖好喜欢上那个地方了？！我们向你发出明确的正式通知，以后你们不要再把他送过来了。”陈大娘哭丧着脸，“他怎么没病了？他都成这个样子了还不是精神病？我儿子就是有病，他就是得了精神分裂症，他还有严重的酒瘾。你们是不是要看着他在大雪天被冻死？我们是没有能力看着他了，他老婆走了，丢下一个‘吃屎’的孩子给我们，你们这么做是想要我们的命吗？”中年男人很生气，“你这是在胡搅蛮缠，你懂吗？你不能把他往那里一塞就什么也不管了啊。你就把他留在家里吧。”被架着的人一下子挣开了年轻小伙儿的搀扶，跑着去了院子西南角。过了约莫一分钟，被架着的那个人，也就是陈大娘的儿子陈大哥手里抓着一把粪便来到众人面前吃了起来，而后他又抓起一把雪往嘴里塞，他边吃边呵呵地傻笑。这个时候我才看清陈大哥的正面，他已经没了人的样子，活像一个蓬头垢面的野人，身上穿着的单薄衣服被撕扯得到处露肉。来的那几个人显然是被惊着了，主要是恶心反胃了，都扭过脸去捂着嘴巴和鼻子。陈大娘扯着嗓子哭开了，母亲依旧是搀扶着她。我虽然没有闻见臭味儿，也觉得恶心反胃。其实也根本就没有臭味儿，冬天的粪便都冻成冰块了，哪有什么臭味儿呢？过了一会儿，领头的那个中年男人开口说道，“好啊，跟我们来这一招儿，你们真是什么办法都想得出来做得出来啊。好了，我们今天再把你儿子带回去，你们也别高兴太早了，马上我们就会把他送回来的。老人家啊，你要好好反思反思，怎么把一个人糟蹋成这个样子了？多好的一个小伙儿啊，怎么会弄成今天这个样子了？你不要总是想着把自己制造出来的负担扔给别人，扔给我们。老人家，你儿子的事情我算是有了一个大概的了解了，我劝你好好反思反思。我们还会再回来的，下次之后我们就不会再见面了。”

陈大哥疯跑着来到门口，把车门拉开，钻进了车内。那几个人也随后跟来了。母亲搀扶着陈大娘没动。一个年轻女人跟我打了招呼，“喂，怎么会在这里遇到你呢？真是缘分呢。”我很诧异，猛然间才想起这个女人是谁，‘怎么，你不是医院的护士吗？怎么，我上次去的不是医院吗？”“是与不是你是应该知道的，你走的时候没有回头看看门口的牌子上写的是什么字吗？”我的脑袋嗡的一声顿感天旋地转，“他们怎么把我送去那种鬼地方呢？我都没有注意这个事情。进那里的条件是什么？你们怎么随便接诊人的？”“也不是随便接诊的，进去的条件挺复杂的，有时也挺简单的。怎么你最近还在看书吗？又看了什么书呢？有没有再晕倒过？或者你可以来那里找我，我很想和你继续聊聊上次没有说完的话题呢，顺便再把进去的条件告诉你，也当是给你普及下常识。再顺便给你报个喜信，自从上次见了你以后，你给我留下了深刻的印象，我的脑子一刻也没有闲着，我在研发一种新的病症……”“去你娘的，真他妈的活见鬼，我怎么可能去那里找你，还跟你聊什么没有说完的话题！我告诉你，我们之间没有缘分，我以后都不想再见到你。滚远点，他妈的扫把星！”我咒骂着离开了陈大娘家，他们开着车在曲折的小窄道上像只被冻僵的虫子蠕动着。我捡起一块石头扔向了车头，然后又把散落的柴禾凑成几捆扔在了路中间。我向他们做着气人的鬼脸，大声地诅咒着，“一群蠢蛋，去死吧，我再也不想见到你们了！”

我回到家不久，母亲也回来了。她见父亲生火的样子便来了气，“我一会儿不在家，一个好好的火就让你给弄灭了，怎么几十年了还是这么笨呢？真是没用的废物，我算是服你了。滚开，我来生火。”母亲变成了一个火药桶，举手投足间都在冒着火星子。我和父亲远远地避开了母亲身上的火苗儿，可还是被烧着了。我们两个都很沮丧，耷拉着脑袋……下午四点钟的时候，房间又渐渐暖和了。他们知道我今天回来，特意准备了几个小菜。母亲收拾桌子摆放饭菜，父亲忙着倒他的白酒，我在一旁看着他们两个忙活。这顿饭吃得很顺畅，三个人都不怎么说话。“陈大哥怎么会成了那个样子？我夏天的时候见过他，那个时候他还没事儿，怎么到了冬天就成了这个样子？”我问道。母亲叹着气，“他夏天的时候就被送进去一次了，今天这是第四次进去了。听说那次去乡镇换酒喝，人们不肯要他的麦子。哎，他那哪是麦子呀？都烂成那样子了，听说还在上面撒了尿，这不是找挨打去了吗？他就抢了人家的酒，当场喝掉了一大壶，好像是五斤的酒。喝完撒了酒疯儿，可人家还是暴打了他一顿，还被送到了派出所。看他像是真疯了，家里人不管他了，派出所也没办法，只好送进了那里。后来不到一个星期，人家那里开车把他送回来了，说他有说有笑，吃喝拉撒睡都挺正常的。你陈大娘呢，就说他脑子真出问题了，后来又把他送进去几次。双方就这么相互扯来扯去的。你陈大哥算是毁了，别说家里人了，就是我们这些外人看了也是心疼，也是没办法。怎么就成了这样呢？”“我看就是陈大娘把他害成这样的，为什么逼着他离婚呢？为什么她看上眼的媳妇儿才是好媳妇儿呢？”“孩子啊，也不能这么说。也就是奇怪了，一些人的性情就是容不下别的人，总要想着法子找对方的错儿。你陈大娘死活就是看不上她，你陈大哥能怎么办呢？逢年过节的时候父母不见他，这滋味是挺难受的。所以啊，你陈大哥就离婚了。”“我看不是性情的问题，是陈大娘太自私了，眼里没有别人，只有她自己。本来陈大哥读了书，有了好工作，又有了美满的家庭，在自己的人生道路上走得风风火火的。可陈大娘硬是要把陈大哥拉到她设定的路子上，这不是害人吗？她一个六十几岁的人了，她知道什么呢？她知不知道她设定的人生路是很狭窄很黑暗的呀？她也就是生了陈大哥而已，别的真是什么也不是了，整个一个糊涂鬼，她真是要把陈大哥害死不成啊！”父亲憋着气在一旁开了口，“你是在怨我们吗？”“我不是怨恨你们，我是抱怨在中国为什么每个家庭会有这么多难念的经。这经毁掉了人的多少精力啊，甚至是毁掉了多少人的命啊。经不是来排忧解难的吗？经不是来拯救人的吗？号称文明古国的我们不是宣称有很多经吗？到头来落在老百姓身上的是这些难念的经。可见那些经不是真经，是虚伪的经，是杀人的经。可中国人还在乐此不疲地念着那些虚伪的经。我倒是希望有一些真经赶紧来到这片黄土地上，来扫荡落在老百姓身上的这些难念的经，好给大家一个通畅和明快。那么家庭悲剧也就少很多了。有的时候是混账子女太依赖父母了，总是想着办法抠父母。有的时候是糊涂父母太专制了，总是以为自己是皇帝，子女永远要听他们的，到了子女的子女还是要听他们的，过度干涉晚辈的生活。一个善良的英俊小伙儿，一个有能力在外扒饭的小伙儿，一个有着美满家庭的小伙儿，怎么就成了这个样子呢？也是啊，陈大娘儿子多，对陈大哥有生杀予夺的权力，没了陈大哥，她会照样活得快乐。可是陈大哥呢？陈大哥就只有他们一个爸一个妈。我看谁也别嫌谁，谁也别依赖谁。父母把儿女养到十八岁，就告诉他们以后给他们的钱是要还的。长辈和晚辈之间早早把经济利益分清才是好事，省得双方在这个问题上互相纠缠。陈大哥就是心太软了，我倒是要建议他把父母的养育之恩折算成金钱给了他们，父母不见就不见，在经济上不亏欠他们了，在情感上又不是他的错，把自己的生活过好比什么都强。”父亲不耐烦地看着我，“这些话又是你在那些没用的书上看来的吧？你就是嘴巴上讲得好，实际上你又是怎么回事呢？我看你就是能看书能背诵，别的就什么也不会了。”我听父亲这么贬损我，立马生了气。我和他大声争执了起来，我把自己能解决的问题一一讲给他听。他不激烈地反驳，就只是说，“钱呢？没挣到钱没什么，媳妇儿呢？没有媳妇儿也没什么，名声呢？没有书本给你带来的学识渊博的这个家那个家的名声，你还跟我争什么呢？！我看你就是满脑子不着调的做梦家。”

谁说我没有媳妇儿？我不是早有了布袋女孩儿了吗？谁说我没有学识渊博的名声？科学家啊，舞蹈家啊，歌唱家啊，作曲家啊，画家啊……这些我是做不成了。以我的经历来看，我还是可以当个作家的，或者当个思想家也是可以的，只要你有足够的想象就行。父亲说的话不算太刻薄，我的确是一个做梦家。我要想尽办法把我的梦想用优美芳香的方式表达出来，我要努力练习我的表达方式。我早就开始写作了，我的文章不算太差，成为作家、著名作家是迟早的事情。我只是还没有找到适合自己的优美表达方式而已，我说话就像我的身体似的很酸臭。哎，这也没什么，这不是生活的重点。生活的重点是……哎，我只是没有赚到钱而已。没有赚到钱，接受了高等教育的人便是犯罪了吗？什么时候不赚钱成了读书人的罪名了？怎么读书读着读着就犯了这么一个莫名其妙的罪呢？可是话说回来，哎，我的第一桶金在哪里呀？我真的注定是一个穷光蛋了吗？读了那么多的书，知道了那么多的真理，拆穿了那么多的命运之类的虚幻说辞和迷信，到头来自己落入了一个莫名其妙的命运圈套。读书人不该相信命中注定这类荒谬的说法，可是为什么我现在却说自己命中注定是穷光蛋呢？我学到的那些知识和真理抵挡不住身无分文带来的尴尬和无奈吗？哎，我的第一桶金在哪里呢？谁能告诉我，我的第一桶金在哪里呢……

天色还有些亮，我不能这个时候离开村子。我到了自己的房间，从书堆里翻找《海子的诗》，我记得是有这本书的，我很久没有翻看过了。为了给自己给自己脑袋里的知识找回一点尊严，为了证明自己没有白读书，我必须认真阅读这本书，我必须成为一个作家。我想短时间内我是赚不到我的第一桶金了，我也不可能把布袋女孩儿带回来给他们安安心，我能怎么办呢？我只好认真看书，成为一名作家。我知道诗歌是最容易写的，尤其是现代汉语诗歌更是容易写的，只要写一段话然后分成行就是一首诗了。虽然在形式上诗歌是容易写的，但是我不能掉以轻心，我必须找到诗歌方面的好老师，海子便是我需要的好老师。有人说我跟海子长得很像，这话是嘲笑吗？还是赞叹？我的胡子早就剃光了，我呆板的眼神变得油滑了，我的灿烂笑容不常有了。我的身体也日渐肥胖了，思想火花不常有了。倒是浓眉大眼是相似的，而且前不久我配了一副大眼镜。看起来我们倒真有几分相似。可我必须澄清一点，我和海子不一样：他终究是卧轨自杀了，死的时候才25岁；我还活着，我今年已经33岁了，我比他多活了八年。听说他死的时候还带着书呢，真是了不起的书迷，我佩服。没记错的话，那几本书是《孤筏重洋》《瓦尔登湖》和《圣经》吧。他怎么随身携带的都是外国的书呢？怎么没有带一本中国的书呢？《孤筏重洋》里的几个年轻人是纯洁的，他们的行动目的也是纯洁的，他们富有纯洁的热情。这样的他们如果是在中国做那样的事情是会被骂死的，他们的纯洁理念和纯洁行为也不可能在中国大地出现。中国大地上的愚昧短视、极端功利的观念和行为会把他们那样的理念和行为扼杀在摇篮里。《瓦尔登湖》的作者更是可笑，没有几个中国人会认可梭罗的。中国的隐居者要么是些腐臭的沽名钓誉之徒，要么是些心脏狂跳不安的人。梭罗的心太宁静了，静到可以和自然万物贴在一起。梭罗的心太躁动了，躁动到可以和他所反抗的弊端社会一刀两断。关于《圣经》，我在大学的时候翻看过。那几本《圣经》（大概是三四本吧）静静地怪异地躲避在图书馆的一个阴暗角落里，那一排的书全是老旧得快要碎掉了，而且灰尘味特别重。所以我对《圣经》总有种隐隐约约的心理上的排斥感。虽然说翻看了不少，却不能熟悉它的精髓。而海子临死的时候把《圣经》带在了身上，我想它大概跟《孤筏重洋》和《瓦尔登湖》有着类似的精神气质：宁静，明确，不妥协。海子的文字和这些书的文字在精神气质上是相同的，所以他在自杀的时候也不带上一本中国书籍，他是不是觉得汉语到了20世纪已经是污浊腐臭不堪了？他不想让腐臭的中国书籍脏了他的身子？他还是可以带上中国书籍的，鲁迅先生的书还是可以带着的。我认定自从白话文运动以来汉语诗歌写得最好的是海子，他和鲁迅的汉语成就是最高的。海子从污浊腐臭的汉语中找到了纯洁剔透的汉语，他在诗歌的道路上把跌落在路旁河沟里的汉语往上拉了一把，让人看到汉语原来可以这么纯洁神圣、富有热情……

等到天色完全暗了，我便偷偷地离开了村子。我不想让村里人看见我，村里人看见我准是又会掀起一阵狂论，“那不是那谁家的大学生吗？听他妈说现在一个月赚很多钱的，有出息啊，估摸着是大房子漂亮媳妇儿都有了，这孩子从小就聪明。”“也不一定，我好像在城里见过他，蹬着一辆三轮车瞎逛游，脏兮兮的哪里像大学生呀。”“可能是这么回事，前不久我跟他妈提起过他的婚事儿，他妈言语里想要我帮着介绍一个媳妇儿呢。哎，也不见得有什么出息。”“应该打个招呼的呀，怕我们向他要烟抽要酒喝吗？”这些话不是我胡乱猜忌揣测出来的，我的耳朵成了顺风耳，村里的话听得真真切切。我试图堵住自己的耳朵，这些声音却像嘶叫的细针刺进了我的心里……因为急着离开村子，又急着回到出租屋，我蹬三轮车蹬得太卖力了。在寒冷的冬夜，回到出租屋的时候，我的额头直冒汗珠子，我浑身湿透了。房东女人和陀螺女孩儿在院子里清扫垃圾。房东女人见了我还是那么热情，“这是从哪里回来的？出这么多汗，是感冒了吧？”“我从家里来，刚才骑车骑得太猛了，是热得，不是感冒。”“赶紧回屋歇着吧，这么冷的天气，小心别感冒了。”我回到屋里，房间像一个冰窖寒飕飕的，我赶紧把电热毯打开，我没有脱衣服就钻进了被窝儿。我太累了，可我今天没做营生的活儿，怎么会这么累呢？我先眯瞪会儿吧……“王树大哥，王树大哥……”好像是陀螺女孩儿在叫我，“你喜欢外面的世界吗？告诉你，我讨厌外面的世界。那里有争吵，有喧嚣，有咒骂，有谎言，有抱怨，有放纵的男女，有污浊的垃圾，有肮脏的粪便，有撕心裂肺的喊叫……我想要的一个都没有，花香在哪里？绿树在哪里？清澈的流水在哪里？夕阳在哪里？携手晚归在哪里？赞美在哪里？宁静在哪里？黑乎乎的一片，到处冒着冰冷的烟气。我的世界不再有诗歌了，我以后绝不再写日记了。我的文字怕是要脏了白兮兮的香纸。啊，王树哥，你听见了吗？你怎么不回答我？我在跟你说话呢，我在问你呢，你怎么睡得这么死……”模模糊糊中，我看见陀螺女孩儿正站立在门口，而我是在床沿儿上坐着，并没有在被窝儿里了，“桑田，这是怎么回事？你刚才叫我了，然后问我问题了吗？”“王树大哥，以后不要叫我桑田了，换回以前的叫法吧，叫我陀螺女孩儿或者花花会好受些。我刚才只是叫你开门，你就东摇西晃地开了门，然后就坐在床上迷糊着。我看你累累的样子，就问你洗不洗澡。”“没有问别的吗？”“我也不清楚了，刚才我也有些迷糊，我忘记刚才的情景了，不记得还问过你什么了。怎么了？”“我刚才大概是做梦了，又或者你问了我一些奇特的问题，我回答得也有些奇特。不说这个了，你怎么会来找我？”“妈妈让我来给你送热水，这是两壶刚烧开的水，你洗个热水澡吧。”

我用陀螺女孩儿送来的两壶热水洗了一个热水澡。我很久没有洗澡了，自从入冬后。我身上的泥不只有七层了，我用力地搓洗，身上的泥像是永远搓不完。我意识到泥土造人是不虚的，可是上帝为什么要用泥土造人呢？难道就没有其它的造人材料了吗？用石头也好过泥土万倍啊。卫生间被水汽充满了，冰冷的和热乎乎的水汽混合在一起。一个白胡子老头隐约出现在了浓密的水汽中，他对着我严肃地微笑着，“你的问题实在太多了，竟是些刁钻古怪的问题。也怪我，当初不该向着泥土叹气，谁叫我没有降雨呢？地上太干燥了，尘土飞扬的。我被飞扬的尘土呛着了，所以打了个喷嚏。都怪我，喷嚏一出啊，泥土就有了生命。日后这泥人的后代都在怨恨我，骂我为什么要把你们造出来让你们受苦受累。我知错了，我及时给你们造了伊甸园，让你们永世安居在那里。谁叫你们违逆我的命令呢？是你们自己把自己逐出了伊甸园，和我无关。”“什么？和你无关？怎么会跟你没有关系呢？你对着石头打喷嚏不成吗？我们是从石头来的多好啊，就用不着洗澡了，就用不着发愁身上会脏了臭了。”“听你这么一说，幸亏我当时对着泥巴打喷嚏了。你们嫌弃身上脏了臭了，才会痛苦，才会想着我，才不会远离我，才不会继续违逆我。换成石头的话，你们不是要彻底造我的反了？我也痛苦啊，看到你们说话出气夹杂着‘土渣子’，我就愤怒。我不想我的气息永远是混杂着土渣子，你们要想远离脏臭就要先恢复我的气息的洁净。我把洁净的气息给了你们，你们要守护它的洁净，不要继续让它脏了臭了。只要你们维护我的气息洁净不脏，我就保证你们远离脏臭和痛苦……”

这个冬天太冷了，两壶热水的热度很快消失了，卫生间里只剩下冰冷的水汽。我打着哆嗦钻进了被窝儿，过了很久我也没有睡着，我失眠了……第二天六点钟的时候，我还躺在床上没有起来，我浑身打着冷颤，忽冷忽热的，我想我生病了……我拖着疼痛的身子往大街上走，来到天桥底下的时候，两个年轻人举着牌子在对路过的人们发出神圣的邀请，“来吧，来信耶稣吧！耶稣是我们生命的主人，只有他才能让我们获得永生！”我看着他们举着的两个牌子，上面有字：神爱世人，耶稣是我们的末日救主。我被“末日”这两个字吓着了，我的身子颤颤巍巍地险些栽倒。其中一个年轻人走过来把我扶住，她一脸严肃，“大哥，我们来交流一下吧。你知道这个宇宙是怎么来的吗？你知道自己来自哪里吗？你知道你还有一位天上的父吗？”我脱开年轻女孩儿的搀扶，用力站稳了，“啊，你的问题太深奥了，我只知道自己来自城西四十里之外的小村庄。”另外一个年轻人凑到我身前，他似乎有些不满，“大哥，所以你没有明白自己是怎么回事儿，你活得糊涂愚昧啊。来信耶稣吧，耶稣会给你一个全新的生命，让你获得重生。”“怎么，我现在不是在活着吗？”年轻男子又挨近了我一步，小声说道，“你是活着，不过你是在过着罪人的生活。耶稣会让你远离罪恶的生活，让你过上洁净的生活。”我听得一头雾水，冰冷的水汽仿佛进了我的脑壳在给我的脑细胞洗澡，脑细胞被冻得到处乱蹦，“我不妨碍你们了，我要去看病了。”年轻女孩儿拦着我说，“一看你的样子就知道你病了，你确实该看看医生了。怎么样，跟我们回去详细了解一下吧？”“你不是说我病了该去看医生的吗？怎么还说跟你们回去详细了解一下，你们是医生吗？”“我说的是你的精神生病了，耶稣会帮你治好病的。来吧，跟我们走吧。”“去你娘的，你的精神才生病了。我的身体快疼死了，你们却在我面前说着莫名其妙的话。真他妈的活见鬼，滚开！”我急着上天桥，年轻男子在后面追上来，“不要觉得我们莫名其妙，其实是你自己莫名其妙。给你一个小册子和一本《圣经》，拿回去看看吧，看了之后就不觉得莫名其妙了。有需要的话，可以来找我们。你会来找我们的！”“怎么？这书是免费给我的吗？别是什么陷阱吧？”“哎，让我说什么好呢？人病得真是不轻了，怎么每句话都是怀疑和冷漠呢？本来神的话语是免费给人看的，但是为了让人警醒神的话语不是廉价品，所以会象征性地收五块钱的成本费。你看这么厚厚的一本书，不止五块钱的成本了。今天我们有缘，就算是免费送给你了，回去好好看看神的话语。你会来的，我们到时候见！”我收下了年轻人送给我的小册子和《圣经》，小册子我不感兴趣，但是《圣经》我恰好缺一本。从纯粹看书了解的角度来说，我也需要一本《圣经》。我拿着厚重的《圣经》匆匆离开了，我没有向他们道谢……

冬天的这场病，我连续去诊所去了十天。在这十天的治疗期中，我的病情像是一条波浪线，总是反反复复，一会儿好转一会儿恶化。医生见了我就说，“今天少输点吧，就三瓶液吧，以后再给你把量降下来。”“请问以后是什么时候，能说个准确的日期吗？”“你不要急，看效果吧。你这个身体跟天气似的，总是反复无常的，神仙下凡也测不准你什么时候晴什么时候阴的。去那边等着输液吧，我这边很忙。”“去你妈的，忙你妈呀。我以后再也不来了，那些药留着给你和你全家输吧，王八蛋！”我说完便往外走。在门口，一个穿着时尚的摩登女郎迎面叫住了我，“嘿嘿，我们真是有缘呢，怎么在这里也见到你了？”女郎对着我诡笑，我穿过她脸上厚厚的脂粉看清了她是谁，“我也奇怪，为什么在不痛快的地方总是会见到你呢？你怎么会来这里？”“我是治病救人的嘛，不痛快的时候正是需要我的时候呀。我来这里是来考察学习的，交流交流经验可以增强我的业务能力嘛！”“你来这里考察学习？哎呀，我真他妈的笨啊，我早就应该看出来了。这家诊所总共就一个医生和一个护士，那医生的办公桌上放着一个牌子，牌子上写着全诊两个字，内科、外科、儿科、妇科等等他都能看。我起初当笑话，现在算是明白了，那医生还真就是神仙下凡。你是应该跟他来交流学习一下。你要跟他好好学学怎么想着法子给病人多输几瓶液，好好学学怎么给病人说一堆模棱两可的话。那位‘天气医生’确实有东西教你，可你也要小心，小心别被雨水冰雹淹着砸着了。我要走了，不耽误你考察学习了。”“慢着，上次跟你说的那件事儿，我有成果了。我最近研发出一个新的病症，叫做古典人格受损症，是精神受损症里的一个新病症。我觉得在这个事情上，我们可以交流交流。你不是总看古董书的吗？你不是老爱唠叨那些老掉牙的东西吗？我看你符合这个新病症的特点……”

女郎的话我起初不在意，后来不知怎么的像个鬼影总是偶尔会来到我身边缠着我。“真他妈的活见鬼，都他妈的是什么玩意儿呀！”我咒骂着，我生活着，我成天成夜在菜市场和批发市场之间走动着。我将近两个月没有回出租屋了，不，我也是偶尔回去的，只是不记得回过几次了，不记得每次停留的时间有多长了，反正时间短得几乎可以不计。我讨厌出租屋，我只要躺在床上就会感到莫名其妙的恐惧。一天早上，我在菜市场正眯着的时候被人叫醒了。市场管理员说我在台子下好像眯了一整夜了。我已经虚弱得起不来了，真他妈的活见鬼，我的三轮车又丢了，大概是在昨天到今天的某个时间丢的，又要去买三轮车了。我请求市场管理员把我送回出租屋，可是他带着我找了一个上午也没有找到我住的地方。他嘲笑我说，“你该不是一直都睡在大街上的吧？就为了省那几个房租钱？可别把身体糟蹋坏了，不值得。”“什么？我一直都睡在大街上？谁说的？我是有房子住的。可能是我太累了，一时想不起准确的地址了。”“你用不着争辩什么，我知道人都是好面子的。”“争辩？我没有争辩，我是真有房子住的。”“好了，我还有事要做，只能帮你到这一步了，也算是偿还了你以前送给我的那些菜了。”市场管理员走了，我强撑着身子继续寻找我的住处。我怎么可能是睡在大街上的呢？！我睡在台子下是因为我太累太不想回出租屋了。在一个空旷的小街中间，我来回看着南边的一排黑乎乎的房子。我对小街两头很熟悉，中间这里我好像不怎么记得了。这时从黑乎乎的房子旁边，也就是这户人家的门口走出来一个中年妇女，她拐着腿激动地向我走来，“哎呀，小伙子啊，你可回来了，我的天呐，你可回来了，我还以为你不在人世了。哎呀，我的天啊。”“原来是房东啊，这是怎么回事啊？”“哎呀……我该怎么跟你说呀，我的女儿走了，我的这排房子也差不多烧坏了。”房东女人嚎啕痛哭。

房东女人平缓情绪之后向我讲述了已经发生的悲惨事情，“我的女儿大约一个半月之前走了，是掉在不远处的一个臭水沟里淹死的。警察鉴定的结果是她醉酒回家，在路过河沟时，不慎跌入溺死。她确实是喝酒了，找到她尸体的时候手里攥着一个白酒瓶子。可是我不信女儿是不慎跌落河沟溺死的，那河汯根本就没有什么水，可偏不巧那天有一家缺德的厂子排了很多的污水，可我还是怀疑是有人谋杀。警察说调查结果没有问题，不存在他杀的任何可能性。后来我就打官司，控告河沟周围没有安全防护措施。我得到了一笔赔偿金，河沟旁边也装上栏杆了。哎，河沟有了防护措施，我的这排房子却毁掉了。一个月前，租房子的人差不多都回家过年了，剩下的也不知道跑哪里去了。也不知道是哪个该死的，他房间里的电器没有关好引发了火灾，就烧成这个样子了。”“怎么会烧成这个样子？没有救火吗？”“我当时不在家，忙着官司的事情，周围的邻居大概是窝在房里在准备新年吧，大火烧到一半的时候才有人来救火……后来就成了现在这个样子了。”“没查查是谁的房间先着的火吗？”“我查了，好像是你的房间，也许是我女儿的房间，反正烧得都不像样子了。我不较真追究是谁的房间先着火了，可能是我女儿的魂儿回来睡觉了，走的时候忘了关电器了。这个事情我不追究了，女儿走了，我受的累也要到头了，我想清静清静。”

我确定大概是我的房间先着火的，早上出去的时候，我经常不会关掉电热毯的。房东女人回屋拎出一小袋子书来交给我，“这袋子里的东西是从你屋里和我女儿屋里捡出来的，主要是我女儿的，她生前说过你很喜欢她的日记，恰巧她的日记没有被烧烂，可也不像样子了。全给你了，当是‘物归原主’吧！”“房东啊，我想继续留在这里住，行吗？我突然觉得自己很困，脑袋晕，我身子快支撑不住了。”房东女人答应了。我的房间已经烧得黄一片黑一片了，屋角的床只剩下铁架子和黏在上面的灰烬了。房东女人给我抱来一卷草帘子和一张薄木板，并且还帮我铺好了，“如今这天气虽说暖和一些了，总归还是冷的，你也要留着心，将就着吧，最好还是赶快找个新的住处，小心别睡出毛病来。”房东女人又给我找来一些破旧不穿的衣服和一条破棉被。我太困了，我已经顾不得冷不冷了，能有个地方躺着睡觉就行了，睡在这里总比睡在菜市场体面些、好受些。我用破棉被和旧衣服把自己包了好几层，我没有脱掉身上一连穿了好几个月的衣服，可我还是哆哆嗦嗦的，我在不停的哆嗦中迷糊地睡下了……

可能是在菜市场昏睡过，我的身体坏了。我的后背总是刺痛刺痛的，甚至轻微动一下都会刺痛。我硬撑着身子卖了一个半月的东西，我实在撑不住了，到最后只要屁股坐在三轮车的坐垫上，我就全身疼痛到僵持在三轮车上不能动了。我不得不停下来休息了，我不知道这次休息会是多久。这次我没有为自己寻找休息的理由，理由它自己出现了。这次休息的理由也不再是费尽脑子想出的什么神圣的理由，它活生生地在我身上。我一天到晚憋在房间里翻看着《圣经》，白天缩在被窝儿里看，晚上缩在被窝儿里点着蜡烛看。我身上的刺痛因为天天窝在被窝儿里减轻了很多，可是脑袋又添了疼痛的毛病。我没有去医院，我自己给自己做了一次诊疗，我得出以下结论：脑袋疼痛是因为长时间憋在屋子里。为了医治疼痛的脑袋，我必须要到外面去呼吸新鲜空气，我差不多已经在烧焦的屋子里待了十天了。我去呼吸新鲜空气的第一站是教会聚会点，这个决定是我毫不犹豫做出的。我来到天桥没有发现送我《圣经》的那一男一女，于是我顺着路边的店铺询问聚会的地点。我问了五个人就不愿意再问了，进出店铺的人们张着血盆大口似乎已把整个世界吞下，可是他们脸上仍旧洋溢着饥饿的表情。真他妈的见鬼，我的肚子被他们吓得在乱叫了。我开始沿着路边寻找最实惠的小吃。在路口，一个中年妇女推着小车在卖熟食。很多人都在买她的食物。我凑过去向她买了一条蒜肠，她找给我钱后便低头去看书了。我一眼就认出她看的是什么书了，那清亮的白纸上面是密密麻麻的小黑字，“您可真有意思，做生意的时候都要看《圣经》呀？！”“对的了，要时刻聆听神的话语，不然就糊涂了。”妇女很安静凝神，我自觉不便和她多说闲话，就直接向她询问附近有没有聚会的场所。她抬起头用手指着西北方向跟我说，“那边那栋四层小楼就是了，看到了吧，外面墙上写着字呢，还画着十字架。”我顺着她指的方向看见了一栋小楼，外面墙上的确写着“神爱世人”四个大字，字的上面画着一个彩色的十字架。我谢别卖熟食的妇女后便来到了小楼楼下。这栋小楼非常简陋，每层有三间房，聚会的场所在四楼。四楼是一个大厅，没有被分成三个房间，里面也没有装修，地面和墙壁还是水泥的样子。我来的不巧，时间已经是上午十一点了，恰好举行的一个深度学习会已经接近尾声了。大厅里的人们开始说笑起来。我向大厅里边走去，他们像被劈开一样迅速让开了一条道。我越是往前走，他们退避得越远。我来到大厅中间靠前的位置，对着那里一个戴着眼镜、身穿大褂的中年男人说道，“请问您是教士吗？”“这样的叫法很陌生，我是服侍上帝的事工，是祂的仆人。”“意思是一样的，请问，您可以让我呼吸到新鲜的空气吗？我最近一段时间看《圣经》看得头疼，先给我说说《圣经》和合本的翻译工作吧，怎么会把白话文用得这么好呢？那里面的汉语真干净啊！据我所知那些翻译者都是外国人，没有一个是中国人，我觉得他们是搓澡工投胎来的。”“什么？搓澡工投胎来的？我们的信仰里没有这样的词汇和观念，你来错地方了。再者，你的问题似乎太偏僻了，我没有关注过翻译的问题。请原谅，我不能回答你的问题。”“我没有来错地方，他们前世肯定是搓澡工。”“你是来捣乱的吗？我说了我们的信仰里没有前世和投胎这样的词汇，你快点离开吧，免得大家待会儿脸红脖子粗的。”“我不是来捣乱的，我是来求证的。你们不觉得汉语圣经很干净吗？我觉得那些翻译者最少给汉语洗了七遍澡。之前的汉语太脏了，臭烘烘的，身上的黑泥太厚了，跟我的身子是一样的脏。我身上有七层泥，所以汉语身上最少也有七层泥。他们的搓澡技术太好了，完全合格，真是把汉语洗了个剔透、干净和清香！”“所以相比之下你觉得自己不会洗澡，所以你现在就是臭烘烘的，你大概很久没有洗澡了吧？”

教士提醒我，我才注意到自己身上的酸臭味，的确我很久没有洗澡了。教士邀请我下次再来，他说他会仔细考虑我的问题。同时他要求我来聚会前先洗个澡，这样对大家对聚会都是一个尊重。我带着一丝羞愧离开了他们。出来外面，天空已经飘起了小雨，就是北方初春时的那种小细雨，这种雨总是下不大。按照计划，我该去看望我的布袋女孩儿了。初春的季节，她的白菜花早就开出来了吧？！她也应该早就回来了吧？！和上次一样，布袋女孩儿的母亲招待了我，布袋女孩儿不在。“丽丽还没有回来吗？她的白菜花都要谢了。”我看着布袋女孩儿卧室里的白菜花已经快蔫了，花盆里的土湿润润的了。“姑娘大概不会回来了，之前来过几个电话总是叮嘱我要把这些盆景看管好，尤其是白菜花到了腐烂的时候再扔掉它们。我跟她说了今年的白菜花比往年的黄，也比往年的壮。”“她没有提到我吗？她不回来，那我怎么办呢？我该怎么办？”“她提了你，只说你是一个好人，她还说无法接受自己曾经在你面前发过那样大的火，她不该给你压力。姑娘还提到一件事，你送给她的碗不知怎么的把她的手指割破了，她惊得失了手，碗掉在地上摔破了。”老人家说的发火应该是指我和布袋女孩儿初次见面时的那档子事，可是我早就不把它当回事了。受气的人都不当回事了，她又为什么一直放在心上呢？“她是不是钻牛角尖了？我都忘了那回事了，她怎么会因为那个无法原谅自己呢？她要回到我的身边来，我去找她，我要把她带回来……”“你怎么找呀？我们做父母的都找不回来，你又怎么能做到呢？她的脾气我知道，她不会回来了，她又不是第一次离家远行，估计要到我走的那天她才会露面。”我欲哭无泪，我真的很想念布袋女孩儿，我已经半年多没有见到她了，我的心里天天拥抱着她，可是她半年前就弃我而走了。我是第一次有这样强烈的感觉，觉得我们已经分不开了，但是她只用了一句“你是一个好人，我不该在你面前发那么大的火”就把我远远地抛开了。我甚至觉得是自己太专制了，是让她在我面前做个哑巴的专制要求把她吓坏了。等到我解除专制命令的时候，她的伤口已经不能愈合了。为了不让伤口在我面前暴露出来，她远远离开了我。我把对布袋女孩儿的思念使劲往外挤，尽量挤出眼球，可是思念溜出了眼球却又跑上了脑门，我的额头纹更深更多了。我该走了，布袋女孩儿开满绿色的卧室已经没有我落脚的地方了，老人家不顾腿脚不好执意把我送到了楼下，她怕我以后不来了，“常来……”

下午两点，我戴着帽子偷偷回到老家，母亲又不在，只有父亲在家。“怎么这个脏样子？像个要饭的，真是不像话！”父亲的话还是那么刺激我，我没有回话……我没有进屋，而是壮着胆子去了外面，我毫不犹豫地把帽子扔在了院子里。我很久没有真正舒心地去田间地头看过了。自从上了大学之后，我和田野隔得很远很远了。我有很多话想要跟田地说，跟果园里的桃树说，跟桃园边上的篱笆说。我迈着稳健的小步向村边的地头走去。路上我遇到了很多村民，我没有跟他们打招呼，他们走了很远之后还在回头看我。我满脑子是要跟田地和桃树说的话，这个时候我不想跟任何人说话。我来到了桃树地，桃花还没有开，枝条在抽芽，一层湿润的绿色像个大罩子盖在了桃树地上。我从西走到东，又从南走到北。每一棵树我都摸了又摸，闻了又闻，对它们说了很多我自己也听不清的话。我又围着桃树地走了两圈，我抚摸了两遍篱笆。篱笆是用花椒树和干树枝围成的，花椒树也在吐绿抽芽。在篱笆口，我从花椒树上折了几根旧枝条和新枝条。虽然枝条上有刺，可是我不怕。我想起了童年趣事，小时候经常用柳树枝编成环戴在头上玩捉迷藏。可是如今在村里几乎看不到柳树了。我用折下来的花椒树枝条编成了一个环，我把带着刺的没有花朵的花环戴在了头上。我感觉很舒服，我戴着荆冠又绕着桃树地走了两圈。然后我戴着荆冠往家走。路上我又碰见了很多人，我依旧没有跟他们打招呼，他们三三两两聚在一起冲着我指指点点。“没错，我是王树，我是王树……”我迈着稳健的小步，边走边自我介绍。突然，前面出现一个小男孩跑过来问我，“叔叔，你知道我爸爸去了哪里吗？”稚嫩的声音证明他只是一个四岁左右的孩子。我不认识这个小男孩，“啊……我不知道。”“我知道他去了哪里，他搬到地里住了。喏，你看，就在那边，我捧着他去的。叔叔，爸爸他真瘦真黑，像只小黑猴子。可是怎么又成了一堆灰呢？！”小男孩指的方向有一个新坟头，坟头上的花圈还是新的……我不由地打了一个冷颤，从戴着荆冠的美妙感觉中清醒了过来。“叔叔，我每次想爸爸的时候，就去那里跟他说说话，可是他不搭理我。我刚刚又去了，他还是不搭理我。”我很惊恐，赶紧跑回了家。母亲已经在家了，“你怎么这个样子？人不像人，鬼不像鬼的。赶紧把身上的衣服脱下来换套干净的，那里有水先洗把脸。”

一直到晚饭结束，我还沉浸在惊恐中，饭一口也没有咽下去。在收拾碗筷的时候，母亲告诉我陈大哥前一阵走了，“他这疯病有一段日子了，早走少受罪。哎，留下一个‘吃屎’的孩子，以后这日子过得更难了。”我心里的惊恐一下子跳出来把我整个人笼罩住了，我跑回房间，把窗户关闭锁死，然后钻进了被窝儿。我的身子从上到下、里里外外都在冒火，汗水像冰水一样把我冻成了一根缰绳。不久之后，被窝里全湿了。我觉得难受，把身上穿的和身上盖的全踢到一边去了。我更冷了……我用力撕扯带回来的《圣经》，把撕下来的纸贴在身上，像是穿了一件纸衣服。我更冷了……我又去撕扯别的书，把它们撕成了一座纸山，然后钻了进去。我还是冷，我模模糊糊地喊叫着疼…… “早就料到我们还会见面的，老早我就觉得他是得了古典人格受损症了。放心吧，在这里他不会乱来的。”“你说的那是什么病啊？再说一遍吧，我们没有听清……不管怎么着，你们一定要把他治好啊，他才三十多岁……我这当妈的看着真是心疼啊！”——“哎呀要命呀，真是个没出息的货，都三十多岁了，还要麻烦人。哎，你就骂我这当爹的心狠吧！我都瘦成这个样子了，我的腿脚轻了，实在没力气了，以后不能让他再这么依赖我们了……”——“我说王树的家长进来下吧，是这样的，你们给他换一套衣服，另外给他擦擦身上。怎么可以这样脏呢？比旁边的厕所还要脏，哎呀，我的妈呀！”

“嘿嘿，呸，活该这样！我早就看他不顺眼了，见人不打招呼，是瞧不起我们这些农村人了吗？还美滋滋的，看他就是一个十足的傻子，还真就进去了……”——“叔叔，爸爸怎么老是不搭理我呢？我想把他挖出来。”——“王树哥，我的白菜花烂了吗？我以前就是闻着它们腐烂的气味度过初春的，那股子酸味太好闻了……”——“小老弟，告诉你呀，我前天在换酒喝的麦粒上撒了一泡尿，那些傻帽儿……”——“小王，你别蒙我，我也是农村出来的，指不定你给我的菜是粪堆上捡来的。”——“小王，我今天又忘记带钱了，明天再给你吧。我跟你说一件事啊，昨天我看见有个家伙骑的三轮车好像是你丢的那辆，那家伙你也认识的，就是在你旁边卖菜的那位。”——“小老弟，以后你的房间还是要开窗的，不要封着窗，门也不要堵上，做个狂人也要先得保住身体呀，我担心你的身体在阴暗的房间里呆久了会出毛病。”——“小王，今天该是没喝酒吧，你看那几位大妈快气死了，她们从你这里偷不走菜了。她们把目标对准我了，总是在我这里瞎转悠。我贾哼可不是好欺负的！”——“王树大哥，我不喜欢外面的世界，我讨厌外面的世界。那里有争吵，有喧嚣，有咒骂，有谎言，有抱怨，有放纵的男女，有污浊的垃圾，有肮脏的粪便，有撕心裂肺的喊叫……我想要的一个都没有，花香在哪里？绿树在哪里？清澈的流水在哪里？夕阳在哪里？携手晚归在哪里？赞美在哪里？宁静在哪里？黑乎乎的一片，到处冒着冰冷的烟气。我的世界不再有诗歌了，我以后绝不再写日记了。王树大哥，我难受死了，白酒真他妈的烧心，我的胃难受死了……”

我的耳边实在嘈杂，我的心里实在胀痛……我使劲挠着头，使劲挠着肚皮，叫喊着，“告诉我吧，怎么样才能把文章写得那么干净啊？教教我怎么给汉语洗澡吧！”仿佛又有一个声音响起，“年轻朋友，自从上次见面后，我就害怕见到你。哎呀真是要命，上次你说的那个偏僻问题我还没有弄出答案来，现在你又扔给我一个更古怪的问题。不过这个问题，我可以马上回答你。我觉得你应该先懂得什么样的话是干净的才行。赞美上帝的话啊，真话啊，都是干净的。而那些忤逆上帝的话啊，假话啊，都是很脏的。还有那些诅咒恶行的话勉强算是干净的，为自己利益受损瞎抱怨的话是最恶心的。年轻朋友，你先得懂得这点啊，你得先学会说话啊，你要先管好自己的嘴巴啊。看你一肚子牢骚，满嘴脏话，又自言自语的。我估计你永远也写不出干净的文章来。办法只有一个：来吧，来参加聚会吧，来信耶稣吧！别再闷在屋子里一个人瞎鼓捣了，你自己一个人能鼓捣出什么东西来呢？来吧，来聚会吧，我会教你怎么给汉语洗澡！”

……

“王树的家长赶紧过来帮帮忙，他又在乱喊乱动了，赶紧把他按住。真是病得不轻，说什么要去参加聚会，看来镇静剂要加量了！”

行动绝非仓促

“自杀，嗯……”他在被窝里拉长闷声闷气的声调，直到满头大汗才暂时忘了这个黏糊糊的念头。他翻了一个身，被子像是受到极端虐待似的滑到地上去了。早已充斥整个屋子的湿气像是发现了新大陆拼命地朝他扑来，瞬间咬透他的全身，渗进他的血液，以至于他的精神连同他的身体黏在床上已经整整两天了。他就这么不吃不喝地躺在床上两天了。屋子里一直都是黑乎乎的，而外面像是事先商量好了一样先是长时间的吵闹而后是短时间的安静，然后又是吵闹……没错，他住在城中村。这个村子是这座南方城市里的一座孤岛。住在这里的人们每天都要漂洋过海地往返于岛内岛外。他们用尽力气把那点可怜的东西运回来，然后想方设法保住它们，享受它们……所以，这里汇集了各种嘴巴：某地人似乎有着很多难言之隐的无聊俏皮口音，某地人带着泥块的辛酸油滑音调……西装革履的男子没有节制的夸耀之词，沧桑妇女白天咒骂男人没用的声音以及偶尔深夜里传出的淫叫声；各种气味：诱人的饭菜味，让人呕吐的垃圾味……从女人胸脯和丝袜里流出的香味，和男人没来得及抖掉的身上的灰尘味；各种道路：干净的水泥路，附着黑泥的烂路……性感女郎神秘的创收之路，和微露羞愧神色的男人的奋斗之路……所有这一切，在这个人们忙着踏青的奇特季节一股脑儿压在了他的身上，并试图挤进他的心里……

“哎呀，他妈的，你这是怎么了？！该死的。”他突然用右脚狠狠地踢了一下贴着地板砖的墙壁。墙壁正在往外流“眼泪”，他已经感觉不出湿和凉了。疼痛或许也是有的，可是他已经完全沉浸在那个可怕的念头里了，对生活的诅咒也不允许他有别的感觉。

突然，门外传来重重的敲门声。“喂，有人吗？”一个男人的声音像一道刀光从门缝射了进来。他像是被割了一刀，身子颤了一下。他似乎清醒了许多，“狗杂种，是来要房租了吗？”他屏住呼吸，静静地注意着……

“喂，有人吗？”男人又连续喊了几声，他依旧没有回话。

“老板，装不装啊？”又一个男人急切地问着。

“装啊，你们不想赚钱了吗？先到隔壁房间装吧。”被叫做老板的男人训斥道。

“还在睡觉吧？你得用力点敲，肯定是个懒鬼，睡得死啊。”那个准备装东西的男人说了一句。

门外突然陷入了短暂的安静。他瞪着两只眼睛依旧注视着那条有人随时会往里扔刀剑和毒蛇的门缝……

不一会儿，电钻吱吱的声音从隔壁房间传来。又一会儿，敲门声和叫门声又来袭击他了，“喂，有人吗？装窗帘啦！”

“直接拿钥匙开门进去得了，费这劲干嘛？”那个装窗帘的男人向老板提着做小偷的建议。

“也是。”老板好像有了很大的胆子，钥匙相互碰击的声音刺耳地响了起来。

他明显被外面的声音刺疼了，“你们要干嘛？！我都住四年了，你们现在才想起给我装窗帘来了，去死吧，不装。”

“哟哟，里面有人啊！真他妈吓人！”那个装窗帘的人半开玩笑地说着。

“我说你赶紧开门，不只是装窗帘，待会儿还得给房门刷油漆。我们这是做生意呢，要定期装修的，你懂不懂？你不装，你就给我滚蛋！”老板也急了。

不知怎么的，他一下子变得极其配合：开灯，穿衣服，开门。装窗帘的人强忍着在屋里忙活着。老板则在门外不时地往屋里偷眼瞧一瞧。他在屋里站立了一下，带着满脸的呆滞神情直接穿门而去，把说话声留给了没走的人，“什么人啊？真怪！”“老板，装好了，这个门……”“我来锁吧。”……

那是谁呀？又是在做什么啊？在校园门口，那样流连忘返，那样害羞，那么孤单，那么贪婪，——恨不得把整个大学吞进自己的嘴巴里！

“我不会进去的，我不会进去的，我绝不进去……”他反复地念叨着，像个失了魂儿的人，盯看着自己心爱的“姑娘”却不能把“她”拥进怀里，——他怎么可以拥抱“姑娘”呢？！“姑娘”根本就不知道他是谁！强行拥抱，是要犯罪的——可是拥抱一次又何妨呢？！就当个观光客去看看“她”又何妨呢？！他是要强的，是固执的，——他铁了心要以“姑娘”合法的“男友”身份去拥抱“她”！可是那个“姑娘”真美啊……

“真美啊！”一个面容姣好、身材苗条，穿着一身职业套装的女孩儿从他身边走过，他不由地发出了一声赞美。“她肯定是个华人，新加坡或者什么地方来的，以前只有在电视剧里才会看到的女孩儿，今天看到了，她真美……”他心里开始默想开了……

“李梦醒！”一个英俊帅气的年轻男子从轿车里出来，冲着还没走远的姑娘喊了一句，“加油，今晚的最佳主持人肯定是你的！”

“哦，她叫梦醒啊，多好的名字啊！哦，她原来是要参加今晚的主持人选拔大赛啊！”他用劲力气，把眼睛睁到最大，把脖子伸到最长，终于发现了贴在校园门口里侧一棵树上的一张起着指引牌作用的纸。“我也可以的，我可以去参加男组，最佳男主持人肯定是我的，没准儿我还可以认识她，还可以去她生活的地方去看看，去看看更繁华的大都市到底是什么样子的……”他心里又开始默想开了……

突然，一个声响把他从美妙的云雾中摔到了地上——那个年轻帅气的男子发出声响地吻了一下女孩儿的脸颊，这一吻就好像一颗子弹“啪”地射进了女孩儿的肉里……

“哎呀，你这是在干什么啊？他妈的，你又在犯病了吗？该死的幻想！”他疼痛难忍，跌坐在地上，眼泪大颗大颗地掉了下来……他似乎在遭受巨大的痛苦——的确，他是在遭受巨大的痛苦！一个农村孩子，在西部念了一所他都不愿意在心里提起名字的大学，便想着去东部继续读一所名牌大学的研究生。为了给自己鼓劲儿，他又去了北方。瞻仰了那里的两所名牌大学后，他又来到这里继续瞻仰这里的两所名牌大学。就像被摄取了魂魄一样，他刚来到这里，还没进去看看“她”内部到底是什么样子，便被眼前的“她”彻底迷住了。所以，他决定驻扎在“她”身旁，发誓一定要把“她”拿下。可如今，他栽倒了，他没力气去拿什么了……倒不如说得更直接一些，他在遭受“分心”的崩裂之苦。五马分尸的疼痛，他今天终于尝到了！来自西边和东边北边南边四个方向的贫困力量和诱惑力量联合起来在撕扯他脆弱的心！可是还有一个方向的力量啊，它在哪里啊？他用头使劲碰地，似乎想要把脑袋碰得更清醒些，“为什么？为什么要让我见识这么多？为什么？就是为了把我飘起来，看看我是怎么摔在地上的吗？他妈的，全是骗人的！”……

因为在校园门口的“长时间”滞留，他在街上没走多远，一下子就把白天走没了……这座城市的黄昏真美啊：红霞像女人嘴唇上的口红掉一小块碴儿都会引起轩然大波，又像喷出的一口心血把天际变成了一幅永远得不到的无价画作。如果是有钱人，会觉得这座城市的夜景更美，吃喝玩乐……然而他没有欣赏夕阳江景，更不可能想到夜景的种种美妙了。他沿着江边走，好像要去寻找什么……

“他最多十几岁，我记得清清楚楚，他说过自己的年龄。”他那上下两片发黑发干的薄嘴唇飞速地撞击着，嗫嚅着，“父母把他生下来做什么？就是让他活几年，然后死掉吗？”他突然停住，像中了邪一样在原地转动着身子，大声地咒骂着，“该死的，把他生下来干什么？！跟发情的猪一样不小心生下一窝猪崽子，看着他们挨饿吃屎吗？”……

他来到江边一棵大树下。有几个闲人早就坐在树下的围砖上了，他们很有可能是从这个城市的破砖烂瓦里钻出来透气的。他们在谈论着上个世纪九十年代的事情，手里把玩着上个世纪末时髦的科技小产品。他一眼就盯住了他们中的一个小男孩，“该死的，他还在这儿。”他也坐下了。

“请问，你那里要人吗？我没身份证不好找工作，多少钱我都干。”小男孩向着一个闲人紧靠了一下，偷偷地问道。

闲人说完了他要说的话后，才回过神看了小男孩一眼，“大街小巷到处都在招工，你只有嘴巴没有脚吗？”

闲人不流利的普通话和闷声闷气的语调显然不是小男孩要的答案。小男孩安静了一会儿后又朝着他这边紧靠了一下，偷偷地问道：“请问，你那里要人吗？我没身份证不好找工作，多少钱我都干。”

“请问，你是怎么活过来的？三个月了，你还在这里，还在问着相同的问题。”他瞪大眼睛瞅着小男孩，“你没有回家过年吗？你父母是猪吗？为什么要把你生下来？把你生下来就是让你来这里做这些事情的吗？”

小男孩被问住了……他不是不想回答，而是不知道该怎么回答。说他稚嫩不懂人事似乎也是妄断，不然他怎么会一个人跑到这座城市来？还想要工作谋生。小男孩不知疼痛地向他简单讲述了自己的情况：讲到他是如何地讨厌上学就想尽办法拿着几百块钱坐车跑出来了；讲到他那个村子是如何的安静和热闹，谁谁在外面赚钱发财了，有别墅了，不回来了，谁谁好像早就死在外面了，只是家里人嘴严一直没说，到了逢年过节才闷在家里窝在被窝里哀叹哭泣，谁谁死了连个抬棺材报丧的人都没有；讲到他家是如何地被瞧不起，父母过得一天比一天疲惫，哥哥姐姐早已不知踪影；讲到他是如何地憧憬外面的世界，迷惑于没有见过外面的世界却好像跟它很熟悉了似的……最后，小男孩说，"我觉得人有前世，我上辈子就是在这里的，肯定过得很好，可是怎么会一投胎就把我扔那么远扔到荒郊野地去了呢？下次再投胎会把我扔回来吗？"

他听着这番时断时续、时而清晰时而模糊、时而欢快时而昏暗的老调陈词，他嘴巴上的声音在空荡荡的肚子里像无头苍蝇到处乱撞，撞得到处疼痛难忍。他干呕了一下，紧接着是疼痛，他用手使劲抓着前胸以便快速击退这疼痛。他缩着身子，声音像是经过了九曲十八弯费劲地从两片贴靠不到一起的薄嘴唇中间歪歪扭扭露出了它的丑态，"你爸妈是猪……除了会在窝里拱土，除了会生孩子，他们什么都不会。死掉算了……你……想死吗？"

小男孩反复咀嚼着这些个不能解决饥饿干渴的词儿，可是暂时的咀嚼会生出一堆见不到的气体，把空荡荡的肚子鼓起来……小男孩安静了，他也安静了，闲人早已离去……

时间在不知不觉地流逝着，可是饥饿干渴却是有知有觉的，它们在猛烈撞击着这两个人身上的每一个地方，伤口到处可见，鲜血却不见踪影……

"妈妈，去买菜，做饭吃……"一个淑女模样的优雅少妇牵着一个三岁左右的小女孩路过，小女孩的声音像一把鲜嫩的青菜丢在了他们面前。

"小可爱，又饿了吗？现在没有卖菜的啦，去买水果吃吧。"

"为什么没有卖菜的呢？"

"因为吃饭的时间过去了，而水果一天到晚什么时候都可以吃的呀。"

远处母女的对话像是热油干锅，瞬间把丢在他们面前的那把青菜给烹炒熟了，香味在无情地飘溢着……

"我想吃口东西，喝瓶矿泉水，吃那种有鱼丸牛肉丸的快餐面。"小男孩咽了几口干燥的嗓子，嘴唇上冒着烹煮食物的烈火，"我都听你的，带我离开这里，哥。"

"哥……"这个陌生的词让他打了一个冷颤，他心里咒骂的声音冲破了喉咙，"我没兄弟，我什么都没有。他妈的，该死的……"

他怎么会没有兄弟呢？！他怎么会什么都没有呢？！他只是惭愧，那种实实在在黏在他身上甩也甩不掉的愧疚……

刚刚过去的这个春节，十年来，他头一次提前回家了，是农历腊月二十三到的家，然后腊月二十六他又回到了这个城市。他是带着奄奄一息的意志和苦闷的心情回到那个交织着他爱恨两种相反情感的家乡，也带着不知道从哪个破烂厂房生产出来的时髦的垃圾科技产品送给了他的老父老母——家里人实在高兴了一阵。可是面对用欺骗换来的这种高兴，他只有愧疚……所以，他又带着这种像刀子一样在心里胡乱刺滑的愧疚在家人的殷切祝福下回到了这座城市……当然，最关键的是，他带着一笔钱回来了……他答应家人今年如果再考不上研究生，他就工作，然后结婚。他在狂乱的期盼中度过了两个多月，直到考试结集出来——欢迎您下次报考我校——他才彻底恢复了安宁，散发了最后一点火光能量的灰烬此刻填塞在了他的鼻子、耳朵、嘴巴、瞳孔……和心口。连续考了四年研究生而失败，这能说明什么呢？他时不时就会听到有人大声说考研的本质是躲避就业……他躲在图书馆那个安静的角落里听着门口传来的这番话，开始不以为然，后来不知从什么时候开始好像认可了。

“他就是要求太高了，他就不能降低要求吗？报考那几个顶级名校，靠谱吗？结果说明一切。”一个戴着眼镜的男人，好像是过来人一样，在图书馆门口不痛不痒地说着他的高见。另一个男人不住地点头似乎表示同意……

突然，他出现在门口，从两人中间穿过，像一把飞速转动的电锯瞬间锯断了两人的谈话……

“你真蠢，你是个白痴……”他低垂着脑袋，像精确定位的子弹划过弯曲的巷子射向自己窝了四年的巢穴。

“我今年29了，没有工作，没有媳妇儿，什么都没有……”他躺在床上开始胡思乱想、狂躁不安起来，而身体却越来越紧紧地黏在了床板上，直到两天后房东来敲门装窗帘，他才起身，出门……

远处传来一阵阵歌声，迷人的灯光从对岸飘来……

“走，去对岸，我知道那里有一家便利店，他们就卖你说的那种快餐面。”他猛然起身，摸了摸自己的内衣口袋，“我还有钱，我请你，最后的晚餐，来吧……”

便利店在一处美妙的对外免费开放的游览区内。他和小男孩坐在铁凳子上吃了好几碗快餐面，喝了好几瓶矿泉水……这些食物就像丢进了下水道，瞬间变质变味了。没错，下水道不知道这是食物。下水道只管流通物体，没有疼痛，除非一下子倒进太多东西，它才感觉到涨肚打嗝，以至于散发着恶臭的垃圾流出地面……

他们两人呜哇呜哇地狂吐着，吐得铁凳子周围到处是难闻的液体……

“哎呀，你们这是在干嘛呢？该死的王八蛋，脏死了。”一个蹲坐在矮树丛旁边的年轻女人猛然起身，向着他们两人叫嚣着。

两人刚才经过矮树丛时远距离地连续吐了好几口痰，全部命中目标……两人赶紧跑到路边另一处矮树丛躲了起来……

那边又传来了女人尖锐的叫骂声，可是却没有脚步声……女人没有追来，她在打电话，她的叫骂声是对着电话那边说的……两人仔细地听着……

“你是个疯婆子。”他突然站在女人面前，斩钉截铁地说道，“死掉算了！”

年轻女人瘫坐在地上，像是在附和他，“我真是疯婆子吗？为什么你们每个人都这么说我？！哈哈，疯婆子？刚才那个臭不要脸的也这么说我，死贱人，死三八……”

刚才确实有个臭不要脸的女人在电话那头和她对骂了几句，然后那边就把电话挂掉了……她就打电话给另外一个女人，从她之后的通话中可以明确推测出她是在跟室友讲话，在讲之前那个死贱人的种种劣迹——她陷入了与室友的矛盾中。矛盾起因是那个死贱人对她的瞧不起，说她是个有伤疤的难看女人，说她是个土气的女人，说她是个脏女人，不会拖地，不会煮饭炒菜……而她就说那个死贱人是个好吃懒做的女人，是个淫荡的女人，一连几晚不见人影，回来总是在深夜，甚至说好几次看到听到那个死贱人在梦里发骚，这种女人可能已经染上艾滋病了，更是个脏女人……她们就在这些或有事实根据或有心理根据的琐碎事情中暗自较劲咒骂着，以至于某天两个女人当面动了嘴，动了手，动了刀子……而那个居中调节的室友听完了她的控诉，就去听另一个女人的控诉，然后又返回来听她和那个女人的控诉……最终的结果是：她离开宿舍，离开工作……离开这座城市……

“死了算了！”年轻女人坐在地上大声哀叹着，“我是个失败的女人，是个离过两次婚的人。别人春节回家是为了和家人团圆，可我回家是去离婚的。我没有家庭，没有孩子，什么都没有……”

沉默片刻后，突然，年轻女人扯开了自己的上衣，露出了半个乳房，又把右手臂露了出来，大声叫喊着，“我是个有伤疤的难看女人，你们看啊，你们谁会要我？！”

的确，这个年轻女人是个有伤疤的难看女人：乳房上面有一条长长的大疤痕，右手臂上方的疤痕也是这样。她是有过什么不幸的复杂经历吗？不，她的经历很简单，两道疤痕是在两次工伤中留下的。她从16岁起就离开家来到沿海，常年在一家又一家工厂打工，至今已经15年了……刚刚过去的这个春节，她完成了两件大事：一件是和第二任丈夫离婚了，据悉那个男人在打工的地方又娶了一个媳妇儿，孩子都四岁了，可她一直用自己打工赚来的钱维持这个家庭早已超过四年……另一件是她决定改变自己的生活方式，头一次正式投身这座繁华都市的热闹生活，可是她走进这种生活似乎并不顺利：她老是控制不住自己用在以前生活中养成的大嗓门对着身边的人乃至客人说话，好像这个世界全聋了就她自己没聋一样……

“我看看！”小男孩没等年轻女人答应，就凑上去摸了她的手臂和乳房上的疤痕。

“你不难看，可这两道疤痕真的让人很不舒服。”小男孩又摸了一会儿就把手收回来了，脸上没有什么特别表情。

“全都是废人，死了算了！”他沉默了很久又一次说了这句话。

“在哪里死？怎么死？”年轻女人收整了自己的衣服，然后问了一句。问话是那么轻，一点重量都没有。

他没有回答，无望已经把他推进了极异常的平静思绪中，他此刻已如同躺在海面上了……

这时一个年轻女孩儿从远处走来，像是大声喊叫着年轻女人——女孩儿的确是来找年轻女人的。她们是同事，年轻女人是在刚离开的那个工作中认识她的。女孩儿是来找年轻女人倾诉的，她才20岁多一点儿，她有一个极强烈的梦想——她要读大学！对于经历过的人来说，这样的梦想实在可笑；而对于没有经历过的人来说，这梦想又显得那么纯真！女孩儿自卑于自己的中专学历，更自卑于自己的家庭出身——她是被养父母养大的。她读中专已遭养母反对，费劲读完，大学更是没门！所以她跑到这座城市来打工要自己赚钱读书！柔弱已经渗透在她的一言一行上。可是今天她来的目的不是来说这些过往经历的，她是来请教怎么回避一个男人猛烈追求的——似乎身世的不幸和梦想的催逼已经把情欲二字从她身上割掉了……

“你真蠢，你是个白痴。”他坐在地上木讷地说着。

女孩儿想反驳，却被身旁怪异的氛围制止住了：年轻女人仰面躺在地上，微闭着双眼；小男孩坐在石凳上，呆呆地看着前面的凉亭；而她自己缩着不高的身子慢腾腾地转动着脑袋，浑身散发出柔弱的迷惘气息。

“你还读什么书？你没救了，去死吧，死了算了！”他又说了一次这句话。

“不行，我要弄明白一件事，为什么要剥夺我这么多的权利？为什么？”女孩儿尖着嗓子使劲喊叫着。

大家死一般沉默着，谁也没有回应她……

“好吧，蠢蛋，让我来告诉你为什么吧。”很久之后，他回应道，表情更加木讷了，语调极其平静，可内容要义并不平静，“你本来就什么都没有，还说什么被剥夺，你再活下去会失去更多。一个人出生就三种情况：要么是自信心膨胀的产物，要么是愚蠢的产物，要么就是道德败坏的产物。你很倒霉，你父母把你生下来本身就是个愚蠢的行为，或者这样说也行，他们根本就不知道把你生下来是干什么用的，更不知道怎么把你养活。你够呛活到现在，长本事了，会思考为什么了，还想着读大学，真是荒诞。大学永远不会告诉你为什么会被父母生下来。而这个问题是你首先必须要解决的。所以你读大学会更加绝望。那里只会扔给你一些更加荒诞的东西。大学课堂里的那些东西是一个又一个像你这样苦到极点的人堆积起来的关于人类历史愚昧腐朽的材料。那些讲授材料的老师们为了吸引学生，就把材料一堆又一堆的在学生面前烧掉，烧到最后，他们会告诉学生，‘燃烧自己吧，光明就在自己身上，别处都是黑暗！’离开学校，学生进入生活巨流的深渊之中，可心却永远趴在烧材料的火光之上。他们就陷入了这种精神和肉体的分裂带来的巨大痛苦之中。而那些老师继续复印材料，烧材料，甚至还把这些离开的学生做材料，烧，烧，烧……这样循环往复。所以你面临的问题不是读大学，而是生活。而生活给你的是两条路，要么继续活在幻想里，拖延死亡的时间，要么现在直接死掉……”

这番稀里糊涂的话像一剂迷幻药倒进了女孩儿的嘴里。也不知道她是怎么吸收这段话的，可结果却能说明一切……

“自杀是罪，我是昨天晚上才知道这句话的，那是我第一次去教堂。”女孩儿安静地躺在铺着床单的地板上，从她嘴里轻轻地飘出了这么一句话。其他三人并排躺在她的身边。

“你还要说什么吗？”他静静地说道。

屋里不再有正常的动静……他点燃木炭，毒气渐渐增多，屋里不再有动静……

几天后，隔壁屋，整栋楼，整个城中村，整个城市，整个社会大概知道了一件事。这件事先通过鼻子，再通过眼睛，然后通过嘴巴，之后通过电波，最后被记录在了纸上，定格在了屏幕上：四个年轻人在城中村某出租屋烧炭集体自杀……身份有待确认，轻生原因暂时不明……

我关掉手机屏幕，收紧衣被，躺在床上陷入一阵又一阵的胡乱猜测之中……

破落户之死

他已经两天没有回家了……他也不知道自己这两天是怎么过来的，自己究竟做了些什么。他从城西走到城东，又从城北走到城南。他不是在旅游，他早就没有心思欣赏这座城市的历史古迹和现代建筑了。甚至每时每刻从街边不知什么地方飘出来的时尚浪漫气息已经成为令他心碎的恐怖气息。可是这两天他已经不再感到恐慌了……他是这个城市的老居民。从曾祖父那时候起，他家就在这里扎根落脚了。可是这个时候，他在飘来飘去，像一股臭风，像一坨垃圾。可是这股臭风太微弱了，这坨垃圾太渺小了，以至于经过他身边的人都感觉不到他的存在。他就突然咧开嘴大笑几声。这不是人声，这不是哗众取宠，这只能算是一个生理行为。路过的人偶尔会惊讶地看他一眼，然后就当没事一样走开了。他也跟着这些人走开了，他也不知道自己这两天跟随过多少人了。他大概是感觉到太累了，于是就躺在了一个花丛里。这一躺就是一个上午。直到给花丛浇水的园林师傅拿着水管喷了几下，他才噌地一下跳起来。

“哎呀，他妈的热死人啦！”他冲着园林师傅狠狠地甩出了这么一句话。

园林师傅把他当成神志不清的流浪汉了，没有生气，只说要喷水了，让他赶紧躲开。

可是他不再迷迷糊糊了，他已经清醒了不少。不然刚才这句话是怎么回事呢？！你听，“去那边酒店吹吹空调！”这是这两天以来从他嘴里飘出来的第二句人声。他清醒了！

这个破落户刚走了几步，天上就倒下了一盆盆雨水。这是不是老天爷看着什么东西恶心反胃了，没能忍住就把肚子里的酸腐臭水吐了出来？大雨激怒了这个万念即将成灰的清瘦男人。从他嘴里飘出了一句更加恶毒的话，就是人们生气打架时常常吐出来的用生殖器攻击对方母亲的那句淫荡话。这表明他更加清醒了！

他已经被淋了个里外尽湿，他像是从河里被猛然抛上岸来的一条鱼，蹦蹦跳跳、摇摇晃晃地来到了酒店门口。接着，他就像没有脑袋只懂执行命令的机器人一样直接走向了酒店大门。这家酒店显得很高档，旁边的保安打扮得像空乘人员那样帅气，大门是那种玻璃旋转门。很不幸，他因为长时间没有接触过这样的场所而被这种奇怪的大门顶了出来。这一顶把这个底层人顶疼了。他大叫了一声，嘴里又骂了一句。但是这样的举动没有引起周围人的注意。时尚男女们正沉浸在幸福之中。他们的嘴巴和手都没有空，他们的眼睛稍微瞥了他一眼，他们的身子远远地避让了他一下，紧接着他们就进了酒店。他只引起了一个人的注意。英俊挺拔的保安警惕地盯看了他一会儿，却没动。其实在他往门口飘的时候，他就本能地打算过去把他拦下。这不没等他动，大门就把他拦下了，还把他顶了出来。

破落户还沉浸在疼痛之中，雨继续下着。一个穿着白裙的中年流浪女走过来递给他一把伞，“喂，给你。”流浪女说完就冲着他傻笑。这种笑是一种正常人看了会顿生恐惧和厌恶的精神病笑容。不止这样，她还露出了一口烂得吓人的黄牙齿，并且她的腿上还穿了一条肉色紧身丝袜……

他看着眼前这个脸色枯黄、瘦得像一根竹竿的女人，心里直翻腾……他哇的一口吐出了胃里仅有的一点东西，医学上把这个叫作胃酸吧？！他的胃像是被撕了一下，他弯下身子又骂了一句，“滚蛋，神经病。”

不知为什么，他骂完人后拿着流浪女给他的雨伞紧跟在一对男女后面朝酒店大门走去。眼看就要进去了，突然，他被人猛地往外拉了一下。这一拉又把他拉回了雨中。

“喂，离远点儿，穷鬼。”高大的保安从他那英俊的脸庞下射出了这句足以刺穿人心的话。以前他时常在远离社会的射击场上发射实弹，如今他在人们经常进出的社会场所发射这些同样具有杀伤力的话。

奇怪的是他没有生气，他呆呆地看了一会儿保安。然后他又走过去了。这回他是迈着稳健的绅士步伐走过去的。他的身子恢复正常了。可是他身后的那几个人都已经进了大厅，他还没有通过大门呢！他又被拦下了。

“喂，你不准进去。”

“为什么？”他问了一句正常人该问的话。

“你太脏了，身上的水又多。这里是酒店。”保安做出了合理解释。

“脏就不能进去吗？我要住酒店。”他说出了正常人有时候都说不出来的应对话。

保安一下子愣了几秒钟。他想了想，无奈地摇了摇他那以前很轻松如今却很沉重的脑袋。“你等一下。”保安说完进了酒店大厅。不一会儿，他出来了。“把你的伞给我，我给它套一个塑料袋。还有，你的脚也得套上塑料袋”他把伞递给了保安，保安给了他两个塑料袋。

也难怪保安拦他。他的脚太脏了，黑乎乎的。脚上的凉鞋烂得这里缺一块那里缺一块的。他给自己的脚套上了塑料袋，然后拿着雨伞顺利地通过了酒店大门。

直到他在大厅里侧消失后，外面的保安还在盯看着他……他的鬼影儿。

他来到大厅里侧的一个走道。走道中间有一个石桌，桌子旁边有四个石凳。他把靠近墙壁的那个石凳又往墙壁那边移动了一下，然后就坐下了。他脊背顶在墙上，右手掌紧紧掐着额头，弯着身子沉默着。只要看他一眼，你就能判断出他正沉浸在愤恨之中。人的精神气息通过肢体动作最能生动地展示出来。此时他的肢体动作就是愤怒的。

可能是天气的原因吧，走道上的人不多。不一会儿，来了一个四十多岁的拖着行李箱的漂亮女人。她看了看他，又看了看旁边另外三个石凳，她选择了离他最远的那个石凳坐下了。女人可能是来旅游的，她在电话里说的话不是这座城市特有的腔调。他斜着眼睛看了一眼女人。女人整个身子香喷喷的，从头发到脚趾都是香的。女人似乎感觉到后背被什么东西叮咬了一口本能地回了一下头。看到这个怪人似乎是斜着眼睛在看自己，女人身子哆嗦了一下，赶紧站起身来。这时，她的好友过来了。两个漂亮女人直接进了对面的一家婚纱礼服店。

“这些女人没别的事情可做，不是逛商场就是来这种地方！”他把手掌放下，将愤怒的眼光投向对面的婚纱店，然后抛出了这个惊人的判断。

他的话像是一声闷雷直接响在了婚纱店里，女服务员和刚才的两个漂亮女人朝着他这边惊恐地看了几眼。他把眼光收回来了，像刚才那样又用手掌掐着额头沉默了。他想起了自己的那个家和家里的那个女人，身子僵硬地扭动了几下。“怎么会那么胖呢？！真要命。”他嘴唇动了一会儿，就不再动了，而是紧紧地闭着。

他的愤怒跑到了嘴唇上。是啊，他怎么会不愤怒呢？他的那个家已经破败到让他麻木很长一段时间了，这个时候他才稍微正常了一些，感觉到疼痛了。他家里的那个女人原先也算是一个苗条的女人，可是后来不知道从什么时候起，她就瞬间变成了现在这个样子：身体胖得可怕。穷人应该是瘦的才正常啊！她怎么会那么胖呢？他不知道她的胖多一半是因为他，生活上的不如意和生的气全部跑进肉里不出来了。她那不是胖，是虚胖，是臃肿，是生气。她已经干不了别的了，她如今只会做做饭洗洗衣服，在家门口挂几件不知道从哪里弄来的残次品衣服卖，然后就是长时间地叹息……

他伸直右腿，从裤子口袋里摸索了半天摸出来几张纸币和一张彩票。他一张一张地将纸币捋了捋，那是三张一元纸币和三张一角纸币，一共是三块三毛钱。他盯看着这笔钱，脸上露出一丝笑容，“还能买一张彩票。”他又仔细看了看那张彩票。彩票已经差不多湿烂了，可是他还能念出上面的一组数字，“19680828。”这是他的生日。这组数字已经在彩票上连续出现十年了，可是它们还没有给他带来过好运。最大的也是唯一的一次好运好像是发生在七年前，那是七八千块的奖金吧。那个时候他不是特别穷，所以感觉不到特别大的刺激。他摸了摸衬衫口袋，口袋已经不那么湿了。于是他把纸币和彩票放进了衬衫口袋。他又恢复了原来的样子，继续用手掐着额头，带着愤怒沉默着……

走道还是那么安静。酒店保安从他身边来回走了几次，没有走近他，也没有赶他，只是斜着眼睛不正常地盯看他一会儿就离开了。保安离开不久，一个干净利落的老头儿领着一个小男孩儿过来了。老头儿坐在石凳上腰板挺得很直，他一脸慈祥地看着小男孩儿。小男孩儿坐不住于是围着石桌来回跑。

“吵死了……”他好像是嘟囔了这么一句。

小男孩儿没有听到，就算听到了他也感受不到这话里面的情绪。小男孩儿仍旧跑来跑去，同时还发出了嬉笑声。然而小男孩儿的爷爷却听到了。老头儿警惕性地侧脸盯看了他一眼，身子不由地哆嗦了一下。他脸上的那层慈祥立马被疑虑和恐慌覆盖住了。老头儿赶紧起身，拉着小男孩儿去了旁边台阶。小男孩儿不知道出了什么事情，就在台阶上蹦来蹦去，嘴里还说起了英语单词和句子。

“还会说英语……”他又嘟囔了一句。这回除了他自己谁都听不到了。“唉，怎么会那么笨呢？！”他放下手掌，扭动着身子，斜着眼睛盯看着旁边的那个小男孩儿。他说得没错儿：这个时代，有些人变得越来越聪明了，相应的有些人变得越来越傻了。可是最不该变傻的是他的儿子啊，他才十一岁，可是怎么会那么笨呢？！真像一些人说的那样，长期的穷苦会让人变傻吗？他的儿子反应越来越迟钝了，尤其不能让人容忍的是他不喜欢和小朋友在一起玩，他整天和那个越来越胖的女人腻在一起……

“咳……”他在石桌上重重地拍了一掌，“怎么会那么爱睡觉呢？！”这一掌拍在石桌上应该是很疼的，可是他没有喊疼，他完全沉浸在了自己的愁思中。他又斜着眼睛盯看了一眼那个清瘦很有精神的老头儿，可惜他看不到老头儿的脸了，老头儿紧紧拽着小男孩儿走开了。“怎么会那么爱睡觉呢？！”这回他大声地冲着头顶半空喊了这么一嗓子。真凑巧，这时不知道什么人从楼上撒下来一堆小卡片，卡片上是各式各样的消费信息。

“上来啊，吃饭，喝酒，健身，洗澡，睡觉，一起帮您解决。”从楼上飘下来这么一句话。

“你们这些死仔，又乱扔东西……”一个清洁女工跑过来冲着楼上大声训斥着。

楼上的人就用口哨和嬉笑声回应着这个清洁工……

可是这些跟他又有什么关系呢？！他睁大眼睛在想自己的父亲。老头儿整天和那把安乐椅黏在一起，除了吃就是昏睡。“他这样下去会彻底变傻的，他会睡成傻病！”他冲着眼前的清洁工喊了一句。清洁工正在清扫小卡片，被这突然来的一嗓子吓住了。这时，楼上又飘下来一堆小卡片。清洁工又开始和楼上的人对喊起来。

可是这些跟他又有什么关系呢？他僵硬地站起身来，转身离开了。他面无表情，眼睛出神发愣……他似乎又失去理智了，不知道自己是在哪里，要去做什么……

他在一条小巷子里走走停停，有时傻笑一声，有时坐在墙根儿待一会儿。他不知不觉来到一家包子铺。“喂，来一个包子。”他这是又清醒了吗？我们不得而知。

“还差五毛，一块五一个。”店老板警惕性地盯看着他，包子还在他手里呢。

“不是一块吗？”他盯着店老板手里的包子。

“那是两年前的价格，要不要？”店老板准备把包子放回去。

“太贵了……”他把那张一块钱的纸币放回衬衣口袋，又仔细数了数里面的钱。

“这还嫌贵，嗐……”店老板犹豫着要不要把包子放回去，“你那里不是有两块吗？”

“不买了……”他摇着头转身准备离去。

店老板把他叫住了，“卖给你一个吧，一块三，把你那三毛钱也给我。”

他艰难地把一块三毛钱掏出来，数了数，然后递给店老板。店老板随后把那个已经凉了的包子递给了他。他想必是饿坏了，两口就把包子吃掉了。他盯着放包子的笼屉看了一会儿，然后离开了。

其实，他已经回到自己曾经熟悉的那个地方了。他的家就在不远处。他这是要回家了吗？应该不是。如果要回家，他为什么还要躲在一棵大树后面偷偷向着那个一家人混居在一起的小店张望呢？家人都在呢，不要张望啦。可是他还在张望。妻子就像一坨软乎乎的泥在挪动着她那笨重的身子，儿子像一片树叶黏在了泥上，他们在收拾挂在店门外的那些已经很久无人问津的衣服。父亲还是跟往常一样躺在安乐椅上睡觉。他偶尔会翻一下身子，好像还用手拍了一下大腿，大概是蚊虫叮了一口他那枯瘦的小腿儿。看不出他们有什么异常啊。他可是两天没有回家了啊！难道他的突然离去对他们根本就没有任何影响吗？他临走前可是拿着家里仅有的一点儿钱走的啊！难道说没有钱人还可以继续活着吗？

不要张望啦，可他还在张望呢。妻子给儿子盛了一碗饭。儿子吃了一口就不吃了，闷闷地躲到一个角落去了。妻子又给父亲盛了一碗饭。老人家慢腾腾地睁开眼睛看了一眼，什么也没说，又慢腾腾地把眼睛闭上了，他又睡了吗？妻子自己吃起来了……

不要张望啦，赶紧回家吧，你刚才不是很饿了吗？他将身子向外挪了挪，继续张望着。突然，妻子像是发了疯一样把手里的碗筷砸向地上，又把身边的小饭桌推翻在地上，接着就是一阵撕心裂肺的哭喊。老父亲没有受到什么影响，他慢腾腾地睁开了眼睛紧接着慢腾腾地闭上了眼睛，他竟然又睡了。儿子这回反应不迟钝了，他流着眼泪，蜷缩着身子躲在角落里，惊恐地看着母亲。妻子彻底放开了自己，像哭丧一样整个身子晃动着……

“哎呀，这还叫家吗？真他妈的要命啊。哎呀，我要疯了，啊……”破落户像是着了魔一样一口气跑了几百米。他在一个废弃的立交桥上停了下来。他躺在地上直喘气……

“我也风光过啊！”他冲着桥下大声喊了一嗓子。

的确，他风光过。那是上个世纪九十年代的事情了。当时这座城市的经济春风是从他住的这片区域开始吹的。他有过一笔补偿款。他拿着这笔钱做过贸易，开过饭店……他还去了外省一个有名的旅游城市开了一家大酒店，是跟一个情人一起去的。后来他把钱赔光了，情人留在那个城市，他自己跑回来了。再后来，他就一直萎靡不振，靠着买彩票来度过还有一线希望的日子，而他的家人就这样过着越来越没有希望的生活。是不是当年那场经济的春风来得太突然刮得太猛烈了，就像台风来袭，这里的人和建筑一时无法适应，以至于台风过后，地上满目疮痍？如今这场经济的春风已经吹向城东，那里到处是高楼大厦，那里的人个个昂首挺胸；而这里的建筑已经东倒西歪，这里的人像是被抽走了灵魂一样无精打采的……

他狠狠地吐了一口痰，眼神更加尖厉了。如果离他近一些，你会看到他已经浑身长满了刺，并且像一团火在燃烧。他捡起一块砖头砸向桥下石柱上一个大大的缝隙里。这些缝隙里冒出来的都是贫穷的脑袋，他似乎想一砖头把这些脑袋砸回去。

“我还有两块钱，我还有希望。”他暗自鼓着劲，脸上浮现出惨白的笑容。他像一团鬼影一样飘走了……

他盯看着墙上的走势图，嘴里反复念叨着自己的生日，“啊，我中了十块钱。”

“喂，我中了十块钱，给我钱。”他从衬衫口袋里摸索了很久才把那张已经烂掉的彩票拿出来，然后递给了售票员。

售票员头也不抬，瞥了一眼彩票，又只顾着盯看他的手机，“彩票烂了，不能兑奖。”

“什么？”他喊叫了一声。

“彩票烂了，不能兑奖。”

“不能兑奖，不能兑奖……”他反复念叨着这句话，开始来回转圈。

“你能不能别转了，要转出去转。”旁边几个在看走势图的人训斥着这个破落户。

破落户如同丢了魂儿一样，冲着训斥他的人重复着那句话，“不能兑奖，不能兑奖……”

“哎呀，烦死了，老板，赶紧把他轰出去。”一个中年男人似乎是忍无可忍了，声音听起来很痛苦。

一个准备离开的老头儿不小心碰了破落户一下。破落户像是疯了一样，发出凄厉的惨叫声，“谁敢轰我……啊……”

紧接着，他抄起凳子在小屋子里乱砸了一通……再接着，他跑出去了。之后，他跳江了……

几个路人围了过去……不久，救护车来了，他的家属也来了……

他们在做什么啊？他已经不知道了……

王氏三绝

或许善良的人们会把今天发生的事情记在心里，在闲暇的时候或严肃的情况下讲给他们的子孙。他们会讲到本村东头有户人家，这户人家今天死绝了。善良的人们会感叹这户人家的不幸……

他们是兄弟三人，生于建国前后的四五十年代，长得都是一表人才，说不上有什么大本事，但是吃饱肚子似乎可以勉强。因为青年时期遭遇了那个年代特有的多重灾难，他们兄弟三人无一幸免都成了光棍。就这样，人们给他们兄弟三人起了带有极强诅咒和讥讽意味的外号。老大叫大绝，老二叫二绝，老三叫三绝。意思是他们没有结婚，算是绝后了。那么为了叙述的方便，我在下面也姑且喊叫他们的外号。这样喊叫他们还有一个原因，那就是他们的正名实在有些名不副实。他们的正名分别是王保权、王保财和王保安。我在想，如果称呼他们的正名，我觉得倒像是在诅咒和讥讽。他们的名字没有给他们带来任何的权力、财产或者安全，反而称呼他们的外号就不算是诅咒或讥讽。有读者质疑了，“他们没有辈分的吗？看样子他们是辈分不小的人，尊敬地称呼他们伯父叔叔等不是更好吗？”我非常高兴读者能有这样善良的质疑，确实他们是有辈分的，他们的辈分在王姓族人中算是很大的。按照辈分来说，很多同龄人都要叫他们叔叔。但是在实际的情况下，他们撑不起叔叔这样的辈分，他们没有权力，他们一贫如洗，他们能力很一般，所以就连刚会说话的孩子都会冲着他们大声地不尊重地喊叫一声……你瞧，一个走路还不稳当的孩子在喊着，“大绝，去哪儿了？”大绝见一个孩子都对他不尊重，心里非常生气，可是脸色依旧平静并且面带微笑，他对着孩子的母亲说道，“你是王明家的儿媳妇吧？算起来我是孩子的太爷了，你可得管好小孩子的嘴巴，以后不能这么叫我了。”年轻的媳妇儿故意吆喝了几声自己的孩子，可是孩子根本没有把吆喝记在心里，以后见了大绝照样叫他大绝。大绝总是不嫌麻烦地教育孩子，让孩子管好自己的嘴巴要有礼貌。有时他会塞给孩子一块糖，只有这个时候孩子才会乖乖地叫他一声太爷。大绝见有人叫他爷爷眼泪唰地掉下来了。没有人在意他的眼睛在往下掉眼泪，只有他自己在意自己的周围多了一份亲切。可惜这种亲切瞬间即逝，消失得无影无踪。

大绝是一个面容慈祥的老头，他的体貌之中头型最有特点。那么他的头型是怎样的呢？简单来说，他的头型是典型的伟人头型，就是那种后背头。大绝在五十年代当过民兵，所以对当时的伟人有很深的崇敬，到了年老的时候他给自己留了一个后背头，就像我们在伟人的画像中见到的那种头型，只不过大绝的头发是灰白的，而伟人的头发是黑色的。兄弟三人中，大绝在为人处世方面是最好的。他说话带有一些官腔，但是他的官腔中有着很强的公正和关怀。改革开放后，大绝去了城里，有人说他是给一家厂子当门卫，这一当就当了二十多年。期间他回村的时间很少而且也不固定。大概在清明的时候他会回来半天，给父母上完坟就走了。他的宅子因此空了很多年，成了几乎无人敢靠近的鬼屋。只有他的弟弟二绝偶尔会去看看，然后就是调皮的孩子们。农村的孩子喜欢玩捉迷藏，有时候他们玩得会很疯狂，经常钻进柴火垛或者空宅子。大绝的宅子成了孩子们藏身的最佳去处。虽说大绝不在家住着，但是他的宅子并不空，干活的农具都有，屋里被子衣柜等都有。调皮的孩子们会把衣柜等翻个底朝天，然后把衣服和棉被等撕扯成垃圾堆。他们还嫌不过瘾，干脆就在炕上地上大小便，用尚好的衣服包住他们排泄出来的“粮食”，然后放回衣柜。时间一长，大绝的屋子真就成了垃圾屋、粪便屋。可是这个情况二绝是不知道的，他过来哥哥的宅子是来取农具的，屋子他是从来不进的。等到大绝实在想家的时候回来一看，他的眼泪唰地掉了下来。他没有去到街上大声叫骂，他是懂礼貌的一个人。他生着闷气从早上忙到傍晚把院子屋子收拾了一遍。当他最终收拾衣柜的时候，当他打开那几件幸存的衣服的时候，他彻底失控了，他崩溃了，他发出了尖锐刺耳的让人听了像是在遭受剧痛的喊叫声。没有人在意这所宅子，没有人在意这所宅子发出的任何声音。在人们的眼里心里，这所宅子可有可无。大绝原本打算住一个晚上的，这种情况下他已经没了这种心思，他收拾完宅子，然后把眼泪擦干，就默默地从家门出来回自己工作的那个地方了。路过大街的时候，很多人还是认识他的。乡邻们有声无心地跟他打着招呼，问他要去哪里，埋怨他怎么刚回来就又要走了。小孩子们则是来回奔跑着喊他大绝。他面带微笑地向着人们点点头，没说什么就走了。但是这一走并不是一走了之再也不回来了，大绝还是经常回来的，他还是像这次一样收拾自己的宅子，然后跟乡邻简单说几句话，有的时候给孩子塞几块糖就走了。

大绝是在七年前走的，有人说是六十五岁，有人说是六十八岁……反正岁数不大。人们最后一次见到他的时候他已经被火化并被装在红匣子里了，——这个怪物是由他的一个远房亲戚带回村子的。这个亲戚在大绝的地里随便挖了一个坑就把他扔在了里面。人们对这种不尊重的行为非常愤怒，但是这种愤怒只表现在脸色上，没有表现在具体行动上。其实从人们嘴巴歪扭的形状可以推测出人们真正愤怒的事情是大绝手里的一笔钱如同他的身体一样彻底消失了。最保守的估计，我们也能够确定出这笔钱的数目应该是五万元左右，甚至会更多。毕竟大绝在外工作了二十几年，他生活非常节俭，年头多了，一年剩下两千，乘一乘就知道是多少了。几年过去了，人们还总是念叨着大绝，说他不地道，“怎么这样傻啊，生病了不知道回村吗？村里大家伙看着也比别人强啊。”“可不就是个十足的傻子嘛，他那笔钱让我们这些侄子辈孙子辈的花了多好啊，到了什么时候都会说他一声好的。这回可好了，让一个王八杂种羔子骗走了。”“别说了，越说越来气，真他妈的是个傻子，怪不得那样的一个好样子却打了光棍。”……

大绝的弟弟二绝始终没有去地里看过哥哥。他甚至不知道哥哥被扔在了哪里。他只是听人们说大绝死了，在某个神秘的下午由一个不知来处的亲戚就是一个三十来岁的小伙子挖了一个坑，然后扔在了里面。之前这块地一直是他种着的，这样一来，二绝不敢种了。从此他再也没有靠近过这块地。哥哥的那所宅子也是一样，他再也不敢进去取农具了。爱玩捉迷藏的小孩子们像是没事发生一样照样进去捣乱瞎闹，尽管大人一再嘱咐说不要去那里玩了。后来从外面传来的消息说大绝是在一间小屋子被活活疼死的饿死的，断气的时候已经是个干瘪的皮包骨了。消息传来，人们就真的愤怒了，他们对死去的大绝不再嘴上留情，总是咒骂他，说他是个不吉利的东西，更加诅咒那个把他弄回 Z 村的狗杂种。我倒觉得这个被人们诅咒的狗杂种还算是有良知的，他没有把大绝的骨灰随便丢在哪里，而是把它带回了故土Z村，算是让大绝落叶归根了吧，虽然我们不知道这个根到底有没有或者是什么。由于大绝被人传讲说是变成了饿死鬼，这就把那些捣乱的孩子吓坏了，以后几乎没人敢去大绝的宅子玩耍了。

今天之前，Z村的很多年轻人并不知道他们是兄弟三人，还以为只是兄弟两人。是今天发生的事情才让年轻人知道他们还有一个弟弟。那个不幸的年轻人在十几岁的时候掉进一口深井淹死了。其实淹死这个说法并不准确。因为凶案现场是井并且极深，所以人们都本能地相信三绝是淹死了，反正就是死在了井里。那个时候的人们都很忙，可有的时候也闲得要死，并且因为各种原因而死亡出事的人特别多，人们没有花太大的心思精力去理会三绝的事情。那些见过三绝掉进井里的人对刚刚发生的事情说不清道不明，讲的都是断断续续的片段，这些片段只能确认三绝掉在了井里，其它的都不能确认。据说当时大绝和二绝在井口守了一些日子，后来就不了了之了。有人说他们把三绝的尸体捞上来了，至于埋在了哪里不清楚。有人说他们守在那里根本不是为了打捞三绝，而是在观察什么人或者什么事情，然后再做下一步的行动。如此一来，三绝的事情变得缥缈而神秘。当时相熟的邻居还是非常严肃地感叹了一会子，感叹三绝那么一个英俊灵活的小伙子怎么突然就没了。然而时间久了，人们便把三绝光明的一面忘记了，他留给Z村的是一口越传越恐惧的枯井。如今这口枯井已经被掩埋了，它紧紧地贴靠着一户人家的西墙根。这户人家在砌西墙的时候唯独在它这里拐了一个弯，把它隔在了墙外。从远处看这户人家的西墙，我们会发现这堵墙非常怪异。巧合的是，这种怪异还发生在了这户人家的人身上，男主人不久出了车祸去世了。据出事现场的人回忆说他就像中了邪一样去往车轱辘底下送死，人们怎么喊叫他也不管用。在不断的追问和反思后，人们坚信男主人的死和三绝有关。所以男主人的媳妇儿改嫁后这所宅子就荒废了。往后人们看到这所宅子和西墙就不由地心生恐惧和厌烦，还会顺嘴说上一句，“妈的，真晦气，赶紧走，可别被三绝子缠上了。”

这样看来，二绝是兄弟三人当中最长寿的一个。他最近三年是拄着拐杖度过的。他已经不去地里干活了，他的地全部由前院的一个邻居种着。这个邻居跟他是同姓，是孙子辈的。邻居第一年种二绝地的时候还经常给二绝送些瓜果蔬菜的，到了后来就什么也不送了，甚至见了二绝的面也是爱理不理的，“二绝，怎么又出来瞎晃悠来了！”这话怪里怪气的，像是责骂，像是问候，又像是在提防什么。邻居只要在二绝的地里干活时就有事没事地大声说道，“这地二绝爷爷租给我了，我一下子给了他二十年的租钱了，谁要不信的话，我手里有文书。”他说话的时候很多人刚巧经过，他明显是在申辩，可是人家根本没有控告他什么。于是，人们都在暗地里琢磨着这个人到底是用了什么方法把二绝的地给弄到手里去了。有一个长期暗中观察的人道出了一个惊天秘密，“你们还不知道吗？嘿嘿，就是他媳妇儿呗！”人们一听就知道这话是什么意思了。这邻居的媳妇儿有一段时间总是频繁地出入二绝的宅子，小媳妇儿那段时间特别反常，用俗语来说就是特别骚。人们经过充分的思考和论证最终确定了这一事实：小媳妇儿用美色诱骗了二绝，二绝在神魂颠倒的时候写下了那份文书。

一些心性饥渴好色的人就使劲地在想二绝到底有没有碰过那小媳妇儿。这些人认为二绝是没有碰过的。他们认为二绝顶多就是抱了抱亲了亲小媳妇儿，至于进一步的动作是绝对不可能的。“你让他干，他还能干吗？都当了几十年的光棍了，那东西早就没用了吧。”这话他们有时候就在大街上大声地乱哄哄地说出来。这个时候二绝正好拄着拐杖慢腾腾地移动着，他身后托拉着一个大口袋，口袋里装着几块湿乎乎的烂纸板子。二绝似乎没有听出这些人是在嘲讽自己。本来吧，这话也算是事实，没有什么好反驳的。他那满是污垢的脑袋稍微动了动，他停住不走了，突然间他一下子坐在了地上。这个动作可把那些说风凉话的人吓坏了，他们以为二绝要死了，马上跑开了。其实二绝只是走累了，想着坐下来休息一下，更重要的是他想起了自己的老婆和孩子，他坐在地上满心地悔痛，他难受，他走不动路了。

原来二绝很久之前有过一个媳妇儿，那媳妇儿还给他生了一个儿子。他是在上个世纪八十年代娶的媳妇儿，当时他已经差不多四十岁了。因为之前的贫困年代太长了，人们的性格中普遍有了一种根深蒂固的节约意识，这种意识直接催生了他们的节约行为。这种节约的意识和行为在之前是迫不得已，但是在八十年代就显得有些病态了。在如今看来，似乎更是可怕。二绝把媳妇儿娶到家后，一天三顿都是面条清汤。清汤里漂浮着几根菜叶子，没有一滴油水。最奢侈的时候也就是过年的时候他会放上一滴极细的香油和一小勺子酱油。媳妇儿嫁给他的时候目的很明确就是为了温饱，没想到这日子过得还不如旧时期了。某天，忍了三年的媳妇儿抱着孩子悄悄地走了，从此再也没有回到过 Z 村。二绝也是怪了，他像是没事一样，以后就过着光棍的生活了。

二绝最近老是不由自主地就往下掉眼泪。他的心总是剧烈地震颤，疼得他异常难受。他心里最近有一个强烈的想法，特别想要拥有一个家庭。但是他也清楚自己的性格和生活已经容不下其他人了。村里普遍有一个说法叫做光棍难伺候，意思是光棍独居久了所有的心思和精力只花在自己身上不会舍弃半点给旁人。这是一个可怕的说辞，它为我们呈现的是一个封闭的世界，这个世界里只有光棍一人既做主人又做奴才。这个世界里的孤独、寂寞、辛酸和恐慌怕是旁人永远都无法了解的。

“妈的，都去死吧，哼，全都是他妈的骗子，全都是狗杂种。”二绝一边嘴里嘀咕着，一边抓起了地上的双拐。这副拐杖跟他一样也是脏兮兮的，并且也是歪曲得不成样子了。他双手用力握在了横木上，然后将拐杖底部顶在了地面上的两个浅坑里，之后屁股使劲向上抬起，同时左脚在地上狠狠地蹬了一下，他唉哟了一声又恢复了跌坐之前的样子。

二绝继续像可怜的蜗牛一样向前移动。看到他这副样子，我们甚至没有心情把他比喻成蜗牛了。可怜的人啊，他真的很可怜，他活得连蜗牛都不如了。一场风雨过后，我们会在路边草丛看见一个个顶着光滑漂亮的壳子的蜗牛悠然地散着步，它们伸展着身子恨不得甩掉身上的壳子去飞翔。而我们眼前的这个可怜的人他在风雪过后只有挣扎着更加艰难地向前走。他身后拖着的那个大袋子在雪地上滑出了一道深深的歪扭不齐的伤口……

二绝来到一个垃圾堆旁边，他用右拐划拉了一遍又一遍这堆怪物。突然他的眼睛一亮，他发现了一个好东西。在怪物最底下有一个压扁了的大塑料瓶。他放好右拐，慢慢低下身子去捡这个塑料瓶。当他把瓶子拿在手里的时候，他的肚皮一阵伸缩差点把胃里的酸水吐出来。他使劲咽了一口干唾沫，并屏住呼吸，然后拧开瓶盖将瓶口向着地面倒了倒。瓶子原来的主人大概是个调皮的孩子，他把一只小老鼠塞在了里面。这只死老鼠像一块烂泥掉在了地上，把洁净的雪衣砸碎了。死老鼠的恶臭顿时向四周散去，伴随着阴冷的空气。一个来倒垃圾的本村人赶紧捂住嘴巴和鼻子，远远地把垃圾扔过来，临跑开时还顺带着骂上一句，“怎么这个鬼样子？！真他妈的是个十足的傻子，还在那儿杵着呢！”这话的声音很沉闷，但是二绝的耳朵很灵敏，他听见了。他对着远去的那个人的背影骂道：“去死吧，狗杂种。”

雪又下起来了，二绝拖着破烂疲倦的身躯慢慢向家里走去。他在门口的时候肚皮又是一阵强烈的伸缩，这回他不是闻见了死老鼠的味道，他是闻见了炒菜炖肉的香味。今天是正月初四、新年的第四天，邻居们在忙着煎炒烹炸招亲待友。他的舌头使劲顶了顶门牙，最终还是没有伸出唇外，他再一次把一口干唾沫咽进了胃里。这回他的肚子受不了了，从鼻孔进去的两股香气像两条毒蛇把二绝的五脏六腑咬得到处是窟窿。二绝哎哟着进了院子，他把系在腰上的用来拖拉袋子的绳子解下来，然后佝偻着身子进了屋子。他再也挺不起身子了，也许是因为饥饿，也许是因为疼痛，也许是因为疲倦，或者这些原因都有。

二绝用尽最后一丝力气上了炕。他很想吃口东西，可是身子一沾到炕沿就不想动了。再者他已经好几天没有烧火了，他这几天每天就是吃点儿干挂面，嚼片白菜叶子，然后喝口冷水。他把已经黑得发亮的黏糊糊的棉被裹在身上，脑袋也窝在了里面，然后伸出右手在墙角乱摸着。他这是在寻找电褥子的开关，他摸了很久终于摸到了开关，并拨动了那个让人心碎的按钮。二绝听到拨动按钮的响声心里踏实了一些……

不知道过了多久，二绝发现被窝不是越来越热，而是越来越冷。他伸出脑袋，瞪着眼睛看着电褥子的开关。漆黑的屋里，他没有看到开关的显示灯在亮。他生气了，向着开关使劲拍了又拍，砸了又砸。然后他反复地拨动开关。最终还算幸运，显示灯向这个可怜的光棍屈服了，它亮了，然而却是忽闪忽闪的。二绝管不了这些了，他把头缩进被窝，和这个冰冷的屋子一起睡去了……

初七这天一大早，很久没有光临过二绝家的诚子来了。他就是那个被人们传言用美色骗取二绝田地的女人的丈夫。诚子是来告诉二绝一声的，他这几天要在大绝的宅院里搭建一个鸡窝。诚子在烂栅栏前喊了几嗓子没人应，他骂骂咧咧毛毛躁躁地进了院子，他的眼睛向着门缝看去，整个屋子静悄悄的，他没有感觉到什么异常。他用左脚猛地踢开了房门，一股微弱的烧焦味道向他飘了过来。这时诚子才稍微吃惊了一下，然后边喊叫边往里屋走去。在他掀开一块破布做成的门帘后，一幅惨景突然掉在了诚子面前。可怜的二绝已经死了，炕上烧了一片，二绝的那条废腿和那条好腿一起被烧焦了……诚子没能忍住惊恐，他像丢了魂一样向外跑去。

诚子用了大概十分钟的时间从村子东头跑到了西头。如果认真听的话，几乎每家都会听到外面大街上诚子异常的喊叫声，进而了解到这个村的村民二绝死了。可惜的是这个时候大家都憋在家里忙着喝酒，抽烟，聊天儿…… 或者在做别的乐事，总之他们在使劲拉住这个隆重的节日的尾巴。诚子实在有些怕，他怕自己担上什么不白之冤。所以他带着晦气挨次进了跟二绝血缘关系近的几户人家。这些人听了很生气，对着诚子就差破口大骂了，他们哼着鼻子回应说待会儿就过去看看。诚子见他们也不抬腿送送自己就明白怎么回事了。他来到大街上来回打着圈，始终不明白自己接着要去做什么。

这时一个村干部拎着一桶垃圾从家门口出来了，诚子看见他马上靠近过去把二绝的事情说了。村干部很严肃地反问道，“跟那几家关系近的人说了吗？我看那是人家的私事。万一王家的人不管他了，我们村委才好出面管管。我看你还是回家去好好呆着去吧，别多管闲事了。”

诚子没办法只好带着忧虑的心思跌跌撞撞回家了……

临近傍晚的时候，有人来叫诚子让他去二绝家一趟。二绝家院子聚集了很多人，他们大概是半个小时前到的。众人见诚子来了，都瞪大了盯贼的眼睛。其中一个装模作样的老头儿首先问了二绝的邻居。邻居们的回答颇具神秘性。有人说好像听见过二绝喊叫过，至于喊叫的内容不清楚。有人说好像见过二绝在院子里爬动过，至于在做什么不清楚。有人说好像夜里梦见过二绝使劲地哭喊他饿了冷了快要死了，还说他特别想妈妈，甚至大声地痛哭着说这个世界上只有妈妈对他最好，至于二绝什么时候去见了他的妈妈不清楚。

老头儿又装模作样地闷闷地向着诚子问道：“你是什么时候知道二绝子死的？”这个将近七十岁的长相阴沉的老头儿是王家的族长。大家看见族长这个词语一定觉得别扭。确实族长这个头衔是老头儿自封的，除了他自己和他的家人之外谁也不把他当回事。我们很清楚“族长”这类可怜的东西早在五十年前就被彻底扫进了档案馆。就算那个时候不把它们扫进档案馆，如今迅猛发展的经济也会这么做。

诚子向大家说了早上的经过。大家似乎厌烦了，都没有什么疑问。只有族长老头儿向诚子说出了一个严肃的疑问，他连续问了三次诚子早上有没有碰过或者搜过二绝的什么东西。诚子严肃地向大家发了毒誓说没有。族长老头儿立马吩咐一个年轻人去把王家的各户当家人叫到这里来开会，另外他决定和两个好朋友去二绝的三间破房里看看。

慢慢悠悠地，各户当家人陆续来到了二绝家。屋里那三个来回走动了近一个小时的人一脸丧气地出来了。族长老头儿向大家严肃地表达了他对二绝老叔离世的悲痛，接着他向大家说道：“各位，这会儿把大家召集过来就是跟大家商量一下怎么办二绝叔叔的丧事。大家都可以把自己心里的想法说出来，然后投票决定。我个人的想法是这样的，现在都在提倡节约，我觉得二绝叔叔的丧事干脆就不办了，这办体面事都是演给活人看的。他一个已经死了的光棍有什么好办的呢？另外我们三个刚才在屋里看见他的两条腿被烧得不像样子了，是电褥子露出来的铜丝给弄的，上半身倒是没事……我看干脆就再节约些，就那样把他送去火化得了。你说他好几年都是那身脏衣服了，冷不丁儿给他换上一身寿衣估计他受不了。大家伙儿说我这想法怎么样？”

有一个人像被扎了一针似的反问道："那棺材和骨灰盒的钱怎么弄？”

大家七嘴八舌地吵吵起来了。他们的话说来说去无非是一点，那就是他们不想为二绝的殡葬出一分钱，甚至一分力气都不想出，他们只想着赶紧离开这个倒霉的地方。

这时族长老头儿又说话了，他竭力向大家展现自己的聪明、善良和权威，“这样吧，就把他的宅子还有大绝的宅子给卖了吧，他的那几亩地也找个人承包出去，这样钱就有了。棺材那东西太浪费了，那么大一个东西再装一个骨灰盒，你们说说这有多浪费啊。骨灰盒呢尽量买实惠的，剩下的钱我看干脆就平分了，这样我们这些侄子辈孙子辈的都会时时念他一声好，他也不白当一回叔叔爷爷的。”

诚子听了却不乐意了，他把二绝租给他地的事情第一次正式地向大家说了一遍。大家听得云里雾里，觉得这是一笔糊涂账。他们不愿意在这种情况下得罪人，于是便认可了诚子和二绝之间的交易的合法性。接着大家确定了二绝和大绝的宅子的价格。由于这两所宅子不怎么吉利，所以价格不是很高，但是买了骨灰盒后还会有很多剩余。然后大家按照抓阄的办法在王家内部找到了宅子的买主。诚子今天很幸运，他抓到了阄，他赶紧回家拿钱去了。

这时村里一些其他姓氏的人进了院子或围在大门口，他们表情不一地看着这场闹剧。其中有几个人实在看不过便进了屋子去给二绝整理尸身。他们或许是善良的，但是可以确定他们胆子真够大的。他们从屋角的一堆脏衣服里找了一身干净衣服给二绝换上了。就在脱去二绝那条烧剩了半截的裤子的时候，这几个勇敢的人几乎都盯在了二绝的稍微鼓鼓囊囊的裤衩裆部。他们不约而同地喊道，“有东西！”

这个话被外面那些二绝的亲人听见了，族长老头儿第一个冲进了屋子，他不顾尊严不顾廉耻地把二绝的裤衩扯下来，大家伙儿还是没看清那个东西是什么，它被缝在了一块花布里。族长老头儿像是疯了一样用他破损的牙齿去咬那些缝线。很快，那个东西最终暴露在了大家伙儿的面前——那是一个存折……

聚集在二绝家院子里的人像洪水一般冲进了屋里，他们使劲睁着眼睛看着这个存折。“我的天啊，五万块啊，咳咳，他可真够滑头的，居然这么富有，我们差点被他骗了。”“可不是吗？真不老实，居然把钱藏在那里，真够贼的。”“我就说二绝叔叔不是简单人物，他就是装给大家看的，他的日子其实过得比谁都好，他哪是什么饿死的啊！我看谁以后还敢造我们王家的谣，说我们王家的人没人性不照顾他。”“没错，看谁敢说他是饿死的，估计他天天偷着吃好吃的，我们真傻啊，被他骗了。”……

大家热情高涨地大声地议论着。

这个时候，我们的族长老头儿说话了，“不对，大家先别高兴得太早，我们要先查查这个存折是不是真的。”

族长老头儿的话像是一盆冰水瞬间扫了不小的兴，大家一个个像被冻僵了一样。还是族长老头儿坚强，他坚强地活跃地条理清晰地在大家面前分派任务，比如谁去村委会给二绝开死亡证明信然后去银行查验存折的真实性，比如谁去城里买骨灰盒，比如谁去找人挖坟坑，比如谁来统计王家的人数，比如谁来主持分钱事宜……

事情一旦有了金钱的刺激，最懒惰的人也会变得勤奋，效率也出奇得快。有关二绝的事情，大家用了不到一天的时间就办完了。等到第二天临近中午的时候，我们再看二绝家的院子和门口已经没人了。诚子正在指挥一辆小型推土机推铲门墙和院子的地皮，他接下来还要把二绝的三间破屋子连根拔掉。他早就为这座宅子计划好了未来，至于什么样的未来只有多日之后大家才会看到。

我们的目光要从二绝家这边转向 Z 村西头了。在西头，有一户人家似乎是在吵架。十二点半的时候，这户人家的主人拿着分来的两千块钱回来了。他的孩子——一个正在接受大学教育的青年——表情十分复杂，像是兴奋，像是严肃，像是悲叹，“太让人痛心了，我希望所有遭受苦难的人能够像新年这样受到重视，受到尊重。我觉得这个村子怪异得很，阴森森的。大街小巷到处都是阴气，到处都是愚昧，到处都是无耻和贪婪。这个村子正在生一场重病，它快要死了。这里的人都在活受罪，这里的人阴暗狭私，宽敞的马路究竟是进不了他们封闭的心门。我现在非常难受，怒气止不住地在沸腾。我实在不明白为什么这里的人会是这个鬼样子。你看看他们周身上下全是漂亮的服饰，你看看他们的家里装修得那么漂亮，你看看他们的家里到处都是高科技的产品，可是人呢？！为什么人却是魔鬼的样子呢？！这就是西方人所说的罪恶吗？我想想就觉得恐惧，Z村的罪恶已经沉积了几百年，到如今养出了这些大魔鬼小魔鬼。我真的很痛心，这里的土壤完全被罪恶毒化了，根本就看不到悔罪的影子在。哪里有传教士？他们能解决Z村的问题吗？嘿嘿（他突然语气一变，像是冷笑自嘲），我看把西方人的教皇请来住在这里也解决不了Z村的问题。嘿嘿，来一次疾风暴雨吧，把这里的一切全部摧毁。"

大家不要觉得他的话奇怪和唐突，他明显是接受了西方的悔罪文化，并把它在今天这样一个情境下讲了出来。他正在放寒假，还没有回校，他在和他的一个同样正在接受大学教育的同村伙伴高谈阔论，他在对新近发生的国家大事和本村事情发表自己的看法。大学生的语调是容易辨别出来的，他们的口吻总是显得光明美好而又幼稚，因为他们获取的那些伟大的知识还不知道实际情况长的是什么样子。

大学生的父亲在外间屋越听越气愤，并对自己的孩子的未来有了深深的忧虑。他隔着门帘说道："你又在那里胡说八道了，说点正常的话不行吗？"

大学生和父亲激烈地争论起来了。"我没有胡说八道，我说的话很正常。我必须明确表明我的态度，你不应该把那笔钱带到家里来。那笔钱是非法的，是不道德的。把它带到家里来，咱们家会倒霉的。"

"倒霉？我看倒霉的是你，说这种屁话。他们哪个不是开开心心地拿着钱回家的？！我这一脸严肃样子算是有良心了，我一直在那里不说话算是对二绝子叔叔表示敬意了。你啊，以后千万不要说这种不着调的屁话了。就算你说的话是对的，可是这是在农村，这里是中国，不是你张口闭口说的那些欧洲啊美国的。你要弄清楚这个基本情况，你将来说话做事情要符合环境，不然会吃亏会倒霉的。"

父亲的话击中了大学生的软肋，他沉默了……

"你那手机太不像样子了，这样吧，家里再添点钱，你拿着这笔钱明天去城里买一个好点的手机吧。"

……

就在他们争论的时候，大学生的同伴悄悄离开了。这个同伴似乎要更成熟一些，他始终是在听，脸色温和，心里却没有闲着，他在琢磨着这一切。回到家，他心里闷闷不乐地进了自己的房间，刚开始还是仰面躺在床上，后来就笔直地站立在窗前看着外面。很久之后，他的心里已经没了怒气，而是极其平静。他暗下决心，嘴唇微动，“再忍耐一下吧，会有一个好的变化的。”

他的母亲推开房门来叫他吃饭，他忙把自己的思绪收拢起来，然后来到隔壁。一家子围着饭桌平静地吃着饭，在谈到本村二绝的事情的时候，他的父亲发表了一段简短的评论，“真是少有的事情，这是要打破世界纪录了，竟然分吃光棍的东西，他们要倒霉了。”

大学生沉默地注视着父亲的嘴角，他把这些动静连同饭菜一起咽进了肚子……

或许还有善良的人们在某个角落讲述着今天发生的事情，他们在感叹那户人家的不幸，甚而气愤那个人的行为，“真是太傻了，留着那么多钱到底是为了什么？怎么不自己买点好吃的啊？真是太节俭了，真是太傻了，把钱给了那些人……”而心灵受损的人则会指着那个曾经活着的人对着自己的孩子说，“看吧，你再不好好学习，将来就得像他一样成为乞丐。”他们的孩子并不知道乞丐究竟是什么意思，只知道乞丐是不好的脏兮兮的人，孩子们近乎本能地大声嚷道，“不是，不是，我不是乞丐。”喊叫不能完全消除恐惧，孩子们还会扯着大人的衣袖继续吵闹。这个时候大人们露出了笑容，他们的案例教育有了效果了。他们边安抚孩子边抱起他们来，然后轻轻松松地回家去了……

电影剧本集

尘嚣难尽

1 北方某县 南外环路 日 外

十月下旬的一个下午，天高气爽，景象已显衰败。南外环路上车辆稀少，两边高楼林立。一辆白色轿车自东向西行驶着。经过路边一家售楼处六十多米后，轿车又慢慢倒了回来，并停下了。

售楼处门前有七八个人在说笑着，其中有杨慧娟（女，31岁）。

于峰（男，31岁）从副驾车门下车，向杨慧娟走去。距离杨慧娟一米时，于峰开口说话。

于 峰（平静）：杨慧娟……

杨慧娟（转身，惊讶，沉默了一下）：你是……你是于峰?

于 峰：对……好多年不见了。

杨慧娟：高中毕业都……十二年了，我们有十二年没见了。怎么，你这是?

于 峰：我刚从市里医院回来，我爸身体不大好。刚才在车里我见像你就停车过来了。

杨慧娟：哦，你爸的情况很严重吗?

于 峰：不算太严重，昨天做了一个手术，好多了。

杨慧娟：那就好，我们的父母年龄都大了，身体比以前差很多了……（表情有些困惑）听说你在深圳工作。

于　峰：对，这些年我一直都在深圳。（看向售楼处）怎么，你要买房吗？

杨慧娟（喜悦）：还在考虑……其实我已经在市里买房了，我老公觉得县里这两年发展很快，所以打算在这里买套房子，就当投资吧。

于　峰（表情有些羞愧）：真好……

杨慧娟：你呢，你怎么样？

于　峰（尴尬，语塞）：我……

这时，于江（男，33岁）在后面喊叫于峰。

于　江（站立在车旁）：小峰……

于　峰（回头看了一眼，又面向杨慧娟）：我哥在叫我了。（停顿了一下，定睛看着杨慧娟出神）柳丝丝……你和丝丝有联系吗？

杨慧娟：有呀，你知道的，我们俩关系一直都很好。只是最近几年我们俩很少见面了。

于　峰（迟疑了一下）：把她的手机号码给我吧。

杨慧娟（拿出手机翻找了一会儿，然后递给于峰看）：这就是她的号码，你存一下吧。不过她很少用手机的。

于峰惊讶地看了一下杨慧娟，然后拿出手机存入号码。很快，于峰存录完毕，向杨慧娟道别。

于　峰：谢谢你，慧娟。（停顿了一下）我该走了，再联系吧。

杨慧娟（有些困惑）：好的……再见。

于峰转身离去。

2　北方某县　乡间公路　日　外

于江开车飞速行驶着，他不时看向于峰。

于　江：高中同学还常联系吗？

于　峰（沉默了一下）：基本上没联系了。

于　江：哦……不管怎么样，考虑一下吧，这次回来就不要走了，在家乡做事也能成才。

于峰沉默不语。

于　江（盯看了一眼于峰）：知道韩鑫吧？

于　峰：韩鑫？那个暴发户吗？

于　江：什么暴发户啊？他是姑奶奶的孙子，我们的表兄。

于　峰（轻微冷笑）：呵，表兄？我记得懂事后就没有见过他，更没有张嘴叫过他，怎么突然就叫上表兄了？钱真的有那么管用吗？

于　江（沉默了一下）：小峰，你还是这样，在外面这么多年怎么就不知道好好说话呢？！爸妈的脾气你又不是不知道，怎么可能去巴结人呢？是上个月他家主动来找到爸妈的，所以关系就和好了。行了，这事待会儿到家妈会跟你说的。

3　北方某县城　银行　日　内　外

一楼大厅，韩鑫（男，47岁）和银行主任谭武（男，48岁）向门口走去。

韩　鑫：武哥……

谭　武（扫视了一下大厅，轻声）：啊，叫主任。

韩　鑫（诡笑）：谭主任，谢谢您啦，这笔贷款很及时，算是帮了我的大忙了。

谭　武：记住，把合同锁好，不要乱丢啦。

韩　鑫：明白。

谭　武：我还有事……我们明天见。

谭武转身向大厅里面走去。韩鑫向门口走去。秘书小刘（男，35岁）在门口等着，看见韩鑫赶紧迎过来。

韩　鑫：事情办好了吗？

小　刘（拎起皮包）：三千块，全是五块钱的。

韩　鑫：那三十万呢？取出来了没有？

小　刘：取出来了，也在这包里。

韩　鑫：把包给我吧，（韩鑫接过小刘递过来的皮包）我们先去厂里看看，然后再去庙里。

韩鑫和小刘一前一后走出门口。

4 北方某县 造纸厂 日 内 外

车间内，主管老张（男，50岁）陪着韩鑫查看车间生产情况。

韩 鑫：最近几天这些人的情绪怎么样?

老 张：男的没什么事，女工那边还是有些害怕。

韩 鑫：这是什么话?发工资的时候个个美滋滋的，死了一个人就整天传闲话。

老 张：大家害怕几天也正常，过一阵就没事了。

韩 鑫：害怕?都在抱怨呢吧?都在等着发钱发东西呢吧?你把奖励名单做好，然后注意谁在捣乱，发现了马上赶走。对了，尤其要注意那几个南方人，就他们喜欢闹事，那几个人都不是什么好东西。

老 张：明白了。

韩 鑫：好了，你去忙吧。我还有事先走了。

韩鑫独自离开。

车间门口两边，一边是一尊关二爷的像，另一边是一尊佛像，它们目送着韩鑫离去。

5 北方某县 寺庙 日 外

寺庙门口外面，韩鑫拎着一个装着三千块钱零钱的大塑料袋同小刘向大门走去。

大门里侧摆着一排桌子，是卖佛香和饰品的；两个中年妇女蔫蔫地坐着。韩鑫和小刘走进大门，韩鑫朝着两个妇女大声说话。

韩 鑫：喂，把那最粗的香都拿出来，给我来五十根。（侧脸面向小刘）你拿着香在每个香炉里都插上几根，给我诚心点儿拜拜。

韩鑫说完向大院走去，小刘留下。

大院里十分安静，韩鑫站在院子中间大喊着。

韩 鑫：喂，人呢?都出来啊，撒钱啦!

大雄宝殿里，一场法会已经接近尾声。和尚们在念着、敲着、唱着，信众们在跪着听。韩鑫的声音传来两次，信众们骚动着身子。很快，很多信众起身出去了。和尚们各自拿着水果也跟着出来了。

韩鑫看见人们从大雄宝殿里出来了，就从塑料袋里拿出钱来向半空乱扔。信众们都围拢过来争抢着捡钱，和尚们把手里的水果扔掉也跑过来捡钱。韩鑫看见和尚们围过来，就直接拿钱往他们身上扔。站立在不远处的住持直摇头。

韩鑫扔完钱走近住持，然后大声说话。

韩　鑫：我说老头儿，你们不地道啊，我这两个月太他妈的倒霉了。上个月我爸去世，这个月厂子里又死了一个人。你们再不起点作用，就赶紧走人，换别的和尚来。

住　持：韩居士，你的举动太张扬了，这怎么能行呢？！

韩　鑫：张扬？这叫大方。行了，跟你说正事。上个月让你们去我家做的那场佛事没什么用，房子里好像还是有奇怪的声音。这个月末再去做一场吧，人数方面最好六七十个，不够的话去别的庙里借人，在每个角落都给我敲起来、念起来、唱起来。还有，请你多念念经，保佑我家宅安宁，保佑我儿子留学顺利，保佑我女儿毕业顺利、前途光明。

住　持（哀叹着）：唉，尘嚣甚重，出家人真受煎熬啊。

韩鑫看了一眼住持，没说话，转身离去。

6　北京　首都机场　日　内

到达厅内，韩冰（男，20岁）拉着一个行李箱懒洋洋地从出站口走出。李进（男，20岁）、孙浩（男，21岁）和焦娜（女，19岁）看见韩冰后立即围拢过去问候。

李　进：哥，你终于出来了。

韩　冰（没有理会李进，看向焦娜）：你怎么来了？

焦　娜（高兴）：我是你老婆，当然要来了。

韩　冰（生气）：少他妈的胡说，我最看不惯你这浪样儿，烦死了。

焦娜没生气，反而笑着贴近韩冰并拉住了韩冰的手，韩冰试图挣脱焦娜。

孙　浩：兄弟，留学几个月脾气大了不少啊，是不是被美国的海风吹的？

韩　冰：别提了，那也叫留学？！快闷死了，一点儿都不好玩。

李　进：哥，下面怎么安排？是送你回家，还是在北京玩几天？

韩　冰：你说呢？我是偷着跑回来的。

李　进：那就好喽，我们几个好好玩它几天。

孙　浩：那就走吧，别说废话了，饿死了。

四人离开。

7　北京　某咖啡馆　日　内

韩雪（女，22岁）和秦寿（男，40岁）对坐聊天。

韩　雪：前辈……

秦　寿（插话）：认识这么久了怎么还叫前辈？叫秦哥。

韩　雪：行，秦哥……去电视台实习的事情就麻烦你了。

秦　寿：这事简单。

韩　雪：秦哥，其实……我很想试试主播的工作。

秦　寿（一丝诡笑）：主播？你行吗？（停顿了一下）哈哈，开玩笑的，吓着了吧？

韩　雪（一阵脸红）：还好……没事的。

秦　寿（悠然地抿了一口咖啡）：这事不难，但是需要运作一下。北京这地方有你这种想法的人太多了，你得给自己搭一条独木桥啊。

韩　雪：我明白，就按照你的意思去做吧，钱的事情不用担心。

秦　寿（盯看了一眼韩雪）：韩雪……有时候，钱不是那么太重要，（秦寿说着伸手握住了韩雪的右手；韩雪试图抽回自己的手，但是没有成功）小雪，你要明白我的心啊。

韩雪微低下头，沉默不语。

8　北方某县　某山　黄昏　外

山顶处，一片别墅鲜亮精美。

盘山路上，柳丝丝（女，31岁）在一走一停地看着周围的景色。突然，柳丝丝看见路旁一棵小树的树梢上停着一只小鸟，小鸟的头部朝向山下。柳丝丝举起相机把小鸟的姿态定格在了画面中。

小鸟似乎没有察觉到柳丝丝，它依旧安静地停留在树梢。柳丝丝注视了一会儿，然后轻悄悄地走开了，并且嘴里轻轻念叨着一句话：给它空间，自由的是你的心！

柳丝丝微笑着回头看了一眼小鸟。就在她扭头继续走路时，韩鑫开车来到她身边，并猛然刹车停住。

韩　鑫（从车窗探出脑袋，大声）：你干嘛呢？怎么这个时候出来瞎逛？上车回家。

柳丝丝没有回话，乖乖地上了车。轿车向山上驶去，把路旁的小鸟吓飞了。

9　北方某县　某山村　黄昏　外　内

山村分布在公路两边。山村整体看上去干净、漂亮、大气。家家户户都是二层小楼。于峰家在公路北侧。于峰家的轿车停在家门口旁边。

一楼客厅内，于母（60岁）、于江和于峰坐在沙发上。气氛显得有些悲伤和宁静。

于　母（沉默了一会儿，面向于峰）：韩鑫他爸，就是你爸的姑表兄，上个月走了，韩鑫过来叫你爸和我过去。就这样咱们两家又来往了。

于　峰：没多大意思，有时候亲戚还不如陌生人呢。

于　江：怎么说没多大意思呢？韩鑫的事业在咱们县算是做的最大了，他会帮到咱们家的。

于　母：小峰，你哥说得对。咱们家眼下就需要他帮忙。你爸住院治疗的费用可能要二十几万，咱们家还缺十多万呢。没办法，这要跟他家开口借钱了。第二件事跟你有关。你在外面这么多年也没什么大的发展，干脆就别出去了。我跟韩鑫他妈说过你的情况，她跟韩鑫都想见见你。

于　江：妈的意思是让我们俩明天去韩鑫家一趟，说说这两件事。

于　母：韩鑫说了要在家里好好招待你们两个，我觉得还是去看看吧。

于　峰：妈，我不愿意去。

于　江（急忙插嘴）：为什么？

于　峰：我对这个不抱什么希望。

于　母：就当去碰碰运气吧。

于　峰（沉默了一下，轻声）：好吧。

于　母：最近他家挺不顺的，明天去了不要问三问四的。

于　江（疑惑地看着于母）：妈，韩鑫到底有没有离婚啊？这事你说了好几次也没说清楚。

于　母：离了，那次去他家我听说娶的是个大学生，我见了，挺漂亮的。

于　江：那他前妻呢？听说那人挺好的。

于　母：具体情况我也不知道，韩鑫他妈只说过她得了一场大病淹了好几年，就是那个时候韩鑫才另娶的媳妇儿。

于　江：怪不得这一两年没什么人说韩鑫在找媳妇儿的事情了。

于　峰：哼，该娶的赶紧娶，该死的赶紧死。这种事情别再说了，说得越久，倒霉的姑娘越多。唉，也不知道那些女的造了什么孽，不是被这个事情糟蹋，就是被那个事情糟蹋。

于　母（表情立马变得严厉）：小峰……好了，不说了，明天去了你们别乱说话，把自己的事情说清楚就行了。

10　北京　台球室　黄昏　内

韩冰、李进、孙浩和焦娜四人围着一张球桌在打台球。韩冰摆好姿势正准备击球。突然，他随意地用尽力气打了一杆，然后把球杆重重摔在球桌上。

韩　冰（大声）：真他妈的没劲，烦死了。

焦娜赶紧过来抱住韩冰，并亲吻韩冰。韩冰双手推开焦娜，大骂着。

韩　冰：滚一边儿去，烦死了。

李进和孙浩两人你看看我、我看看你，又同时看向韩冰。

孙　浩：冰哥，胃口越来越大了，看来一般的乐子满足不了你了。

李　进：哥，去玩点儿刺激的?

韩　冰（边走边说）：我累了，先回酒店睡一觉。

孙　浩：好嘞，睡完觉接着玩。

三人跟随韩冰离去。

11　北京　大学宿舍　黄昏　内

韩雪在整理衣服。同学晓欣走近韩雪，开口说话。

晓　欣：小雪，那个叫秦寿的老男人靠谱吗？那种人长着一张粉白色的脸、操着一口假模假样的腔调，再加上那一副花花肠子，真叫人觉得恶心。

韩　雪（停止整理衣服）：所以他没当成主持人……晓欣，你觉得我……会做赔本的事情吗？付出一些东西能得到更大的利益，为什么不做呢？我一向都是这样行动的。

晓　欣：我是担心你受到伤害。

韩　雪（冷笑）：哼，这年头儿能保持身心健康的女人又有几个呢？！

晓欣盯看了一眼韩雪，没有说话。韩雪也没再说话，继续整理衣服。

12　北方某县　某山（韩鑫家）　夜　内

书房内，韩鑫打开皮包把三十万现金点清了之后放入保险箱。他正要锁保险箱时侧脸看见了书桌上装有贷款协议的那个塑料文件夹。韩鑫嘴角一歪把贷款协议取出，并撕扯协议。刚撕到一半的时候，他停手了。他对着快要撕成两截的协议冷笑了一声，并自言自语。

韩　鑫：哼，贷款协议！（停顿了一下，脸色变得痛悔，声音温柔，轻轻抚摸铺平协议）对不起了哦，小宝贝，你是我的衣食父母，我向你赔罪，我太粗鲁了。（低下头亲吻了一下贷款协议，然后小心翼翼地把协议装进文件夹）

很快韩鑫恢复了正常。他打开抽屉，把协议扔进去了。韩鑫走出书房，来到客厅。

客厅内，柳丝丝坐在沙发上在发呆出神。韩鑫坐到柳丝丝身旁，把她紧紧抱住亲吻了一会儿，然后对着柳丝丝温柔地说话。

韩　鑫：你去看看妈醒了没有，待会儿马上吃饭。

柳丝丝起身准备离去。突然，韩鑫厉色问道。

韩　鑫：那个该死的今天又疯出去了吗？

柳丝丝（没有回头，轻声）：嗯，跟往常一样化了妆、穿了一身不搭调的露肉衣服出去了。

韩　鑫：开车出去的吗？

柳丝丝：嗯。

韩　鑫：你去吧。（柳丝丝离去，韩鑫自言自语）该死的，又去哪里浪了。（大声）李婶，收拾收拾，准备吃饭。

13 北京 某酒店 夜 内

三人房内，李进、孙浩和焦娜分别躺在三张床上在睡觉。韩冰坐在焦娜身边在紧皱眉头想事。突然他一脚踢醒了焦娜，然后大声说话。

韩 冰：喂，你赶紧起来滚蛋。

焦 娜（起身坐着，微笑）：老公，你就不能对我好点儿吗？我现在是一身两命啦。

韩 冰：什么？

焦 娜：我说我现在怀孕了，你要对我好点儿。

韩 冰：怀孕？别他妈的说笑了，赶紧滚蛋。

这时李进和孙浩被吵醒，两人面面相觑。

焦 娜：韩冰，我现在命令你对我好点儿，别以为我好欺负，你把我当什么了。

韩 冰：把你当什么了？把你当路边草了。哈哈……

李进和孙浩也忍不住笑了。

韩 冰：还不知道那是谁的种呢。赶紧的，趁我没发火，赶紧走人。

焦娜看了看韩冰，又看了看李进和孙浩，突然间满脸羞愤，她收拾了一下，含着泪匆忙离开。

李 进：哥，你这是怎么了？是不是又有其他的女朋友了？

韩 冰（懒洋洋地躺下，打了个哈欠）：我想起了我爸……厂子里一个女的，那妞儿太清纯了。

孙 浩：这还不容易吗？马上开车回去，两个小时之后就可以把她抱在怀里了。

韩 冰：少他妈的胡说，她不是那样的人。

李进和孙浩冲着韩冰坏笑。

14 北方某县 造纸厂 夜 内

工人公寓楼二楼楼梯处，许青青（女，22岁）、杨力（男，23岁）和小蔡（男，21岁）在悄声聊天。

杨 力：青青，那样的赔偿不合理。唉，小星是跟我一块出来的，人突然没了……我们几个再争取一下吧。

许青青（边咳嗽边说话）：你打算怎么办？

杨　力：我打算找老板谈谈。

小　蔡：老板连个影子都见不着，怎么谈？估计还没谈呢，我们已经被开除了。

杨　力：既然要争取，就有办法，就得做好被开除的准备。我打算明天去老板家找他谈谈，必须争取到一个合理的赔偿。

许青青（边咳嗽边说话）：好，我陪你一起去。

杨　力：算了，你好好休息吧。我一个人去就行了。

15　北京　某小区　夜　外

韩雪和秦寿并肩走着。

秦　寿（侧脸了看一眼韩雪，又抬头看向楼房）：上去吗？

韩　雪（轻声）：嗯。

秦寿搂住韩雪。

韩　雪：时间不会很长，我待会儿要回一趟家。

秦　寿：去……

韩　雪（插嘴）：去拿些钱。

秦　寿：哦……不急的，明天早上再出发吧，我开车送你回去，正好我也想见见你爸，跟他正式见个面。

韩　雪：你送我回去？你有事？

秦　寿：你跟我交往的事，还有我个人的一点儿事。

韩雪狐疑地盯看了一眼秦寿，没再说话。

16　北方某县　某山村（于峰家）　夜　内

于峰躺在床上辗转反侧难以入眠，他拿起手机，找到柳丝丝的号码，编辑了一条短信。他犹豫了一会儿，将短信发过去了。

于峰短信（特写）：丝丝，最近还好吗？（于峰）

柳丝丝那边很快回复了短信。两人开始短信聊天。

柳丝丝短信（特写）：你是我的高中同学于峰吗？

于峰短信（特写）：对。

柳丝丝短信（特写）：你怎么知道我的号码的？

于峰短信（特写）：今天我碰见杨慧娟了，是她告诉我的。

柳丝丝短信（特写）：你在哪里？在老家了吗？

于峰短信（特写）：对，我这几天有事在老家呢。

柳丝丝短信（特写）：听说你在深圳安家了，是吗？

于峰短信（特写）：没有……电话聊？

柳丝丝没再回复短信。于峰多次查看手机，柳丝丝那边依旧没有动静。这时，十一年前的一幅画面在于峰脑海中浮现。

画面内容

北方某县城　中学操场　日　外

柳丝丝和于峰在操场散步。走了四五步后，柳丝丝向操场中间草地走去，于峰也跟了过去。草地上，很多学生围了很多圈在坐着。他们有的在说笑，有的在弹唱。柳丝丝找了一个稍微安静的地方坐下了，于峰也随之坐下。

柳丝丝：后天就要考试了，很紧张吗？

于　峰（望着不远处的学生）：第二次参加考试应该会比第一次要好一些吧。

柳丝丝：尽量放轻松些。

于峰脸色显得有些焦虑，没有回话。柳丝丝也不再说话。两人静静地看着不远处说唱的学生们。不一会儿，于峰突然转向柳丝丝，开口说话。

于　峰：丝丝，（停顿了一下）我现在脑子里都是高一高二时每天下午我们在画室琴室一块学习玩耍的场景，唉，那种日子一去不复返了。

柳丝丝：人要长大的，这是规律，我们违反不了。

于　峰：我现在很想听你弹那首《秋日私语》，可惜……

这时，柳丝丝的手机响起，柳丝丝接通电话。

柳丝丝：喂……知道了，我现在就回去。

柳丝丝挂断电话后，对于峰说话。

柳丝丝：我爸爸病了，我要去给他买药了……把它当成是一个小小的希望吧，高考结束后来我家，我弹给你听。

于峰盯看着柳丝丝，没有说话。柳丝丝起身准备离去。于峰也跟着起身，他想说些什么，嘴角动了动没有开口。

柳丝丝（走了几步后停下，转身盯看着于峰）：加油！

于　峰（站立在原地）：谢谢你，丝丝。

柳丝丝笑了笑，转身离去。

于峰睁开眼睛，屋内一片昏暗，窗外传来虫鸣声。于峰翻了一个身，把踢开的被子拉回来盖住了全身，又睡了。

17　北京　某酒吧　晨　内

韩冰、李进和孙浩三人分别躺在沙发、椅子和地板上在睡觉，他们身边是散落的酒瓶和酒杯。这时酒吧老板（男，35岁）过来喊叫他们。

酒吧老板（分别拍打着三人）：喂，醒醒啦，天亮了。

三人揉着眼睛，打着哈欠。很快，他们起身迷迷糊糊地往外走，准备离去。

酒吧老板：三位，你们还没给钱呢！

孙　浩（轻松的神情）：什么？多少钱？

酒吧老板：四万。

李　进（惊问）：多少？

酒吧老板：四万。

三人这时清醒了一半。

韩　冰：你他妈的在说梦话吧？！是四千吧。

酒吧老板：小子呀，光酒钱就是三万了。还有那边的架子鼓，你们三个昨晚给整烂了，给你们算便宜点儿，一万，总共是四万，赶紧给钱。

韩　冰：四万？你这是敲诈！懒得理你。

说着，韩冰从兜里掏出四千块钱扔给了酒吧老板，然后转身向门口走去。酒吧老板快步走到韩冰面前，带着怒气朝韩冰脸上打了一拳。韩冰身子一晃差点栽倒。李进和孙浩二人赶紧躲到一个角落里去了。

酒吧老板：小子呀，嘴巴放干净点儿。四万，一分钱都不能少。

韩　冰（挺直身子，傲慢）：只有四千，爱要不要。

酒吧老板：只有四千？好啊，让你家人来送钱，你是学生吧？要么通知学校来送钱。

韩冰瞬间变得有些胆小了。

18 高速公路 晨 外

薄雾笼罩着大地，秦寿开车载着韩雪在高速路上飞驰着。韩雪的手机响起，韩雪接通电话。

韩　雪：喂，哪位？

韩冰的声音：姐，是我，小冰。

韩　雪（看了看屏幕上的手机号码）：小冰？你怎么用北京的号码？你不在美国吗？

韩冰的声音：姐，烦死了，先不说这事，现在你赶紧给我送四万块钱来。

韩　雪：四万？你在哪里？

韩冰的声音：我在酒吧，我被人扣下了，酒钱不够。

韩　雪：好啊，你真厉害，偷着跑回来瞎胡闹，闯了祸就找我……我没钱，你自己解决。

韩冰的声音：你还是不是我姐？每次我有困难的时候，你都是见死不救。你到底来不来送？

韩　雪：不送，自己解决。

韩冰的声音：你不是我姐，我跟你断绝关系，他妈的……

韩冰那边挂断了电话。韩雪脸色沉重。秦寿看了一眼韩雪，开口说话。

秦　寿：向他要一下地址，我让朋友给他送过去。

韩　雪：别管他，让他在那里自生自灭。

秦　寿：小孩子嘛，还有的是时间不懂事嘛，要地址吧。

韩　雪（态度变得温和）：嗯。

19 北方某县　某山（韩鑫家）　日　内

餐厅。韩鑫和柳丝丝在吃早餐。

韩　鑫：今天可能会有客人来，你待会儿让李婶和王婶收拾一下屋子。

柳丝丝：知道了。

韩　鑫：你看起来没什么精神，昨晚妈怎么样？

柳丝丝：跟平常一样嘴里又念叨了一晚上。

韩　鑫：老人嘛，年龄大了难免有些精神恍惚衰弱什么的。

柳丝丝：我真的很累，我觉得我快成精神病了。

韩　鑫（温柔的语调）：辛苦你了，宝贝。（态度突然变得严厉）但是这样的话不要让我再听到了，我娶你不是为了听你唠叨抱怨的。

柳丝丝：好吧……今天，我要去柿子林的小木屋呆一天，这算是抱怨吗？我可以去吗？

韩　鑫（盯看了一眼柳丝丝，沉默了一下，语调温和）：可以，不过要记得准时从梦里醒来……回来晚了，黑黑是不认人的。

这时，韩鑫的前妻段敏（46岁）衣服不整、醉醺醺地从餐厅旁边飘过。韩鑫盯看了一眼段敏难看的身子，立即起身跟了过去。

不一会儿，从楼上传来的咒骂声和哭诉声飘满了一楼。

韩鑫的声音：让你出去瞎逛游，让你出去发骚……

段敏的哭诉声音（断断续续）：我……不敢了，你别……打了……呜……

韩鑫的声音：该死的，狗娘养的，马上闭嘴！

楼上顿时安静了下来。

20　北京　某酒店　日　内

一楼大厅餐厅，韩冰、李进和孙浩三人在惊慌失措地吃东西。

孙　浩（眼睛向上翻，偷偷地看了看韩冰和李进）：韩冰，我待会儿有课，今天不能陪你了。

李　进（面向孙浩）：哥，你那学校也叫大学啊？上什么课啊，还不如玩有用呢！

孙浩盯看了一眼李进，没有说话。

李　进（看向韩冰）：哥，刚才送钱那人应该没什么问题吧？签字是怎么回事啊？不是你姐让他送过来的吗？

韩　冰（看着李进沉默了一会儿）：我待会儿回家，你们不用陪我了。

李　进：哥，怎么突然要回家啊？

韩　冰：妈的，弄点儿钱还债，然后赶紧回美国。

21　北方某县　某山（韩鑫家）　日　外

于江开车行驶在盘山路上。很快于江把车停靠在韩鑫家门口不远处的一辆小面包车旁边，于江和于峰下车来到门口。于江按响了门铃。这时，门里传来了凶狠的狗叫声。

李　婶（开门，看向于江和于峰）：你们是？

于　江：我们是韩鑫韩总的表弟。

李　婶：哦，请进吧。

于江和于峰跟随李婶进门。一条大狼狗蹦跳着直往于江和于峰这边扑。这时，韩鑫迎了过来，喝住了狗。

韩　鑫：黑黑，呆着，趴下。

狗听从了韩鑫的口令，瞬间变得安静了。

韩　鑫（面向于江和于峰）：是……小江和小峰吧？

于江于峰（点了点头）：表哥。

韩　鑫：嗯，进屋吧。

22　北方某县　某山（柿子林）　日　外内

金秋十月，柿子挂满枝头。柳丝丝踩着枯黄的草丛和叶子在林中穿梭。不一会儿，她来到林中一片空地。空地有一个木屋。柳丝丝打开房门进入木屋。

屋内光线有些暗，并且湿气较重，但是这些并没有影响小屋的鲜亮与美丽（注：屋子中间摆着一架钢琴，钢琴旁边是一张雅致的小书桌，两把椅子并靠在一起。小屋西侧中间处是壁炉，壁炉旁边有一个橱柜。壁炉前面摆放着茶几和沙发，茶几上有一些水果和食品。小屋四周挂满了照片，照片上写着长短不一的文字。屋顶上垂着很多丝线，每一根丝线下面系着一张照片，照片垂在半空被风吹来吹去）。

柳丝丝抱紧手臂，边走边看着屋内的一物一景。她来到书桌旁坐下，然后从手袋里取出一张照片放在了桌子上。照片（特写）里一只小鸟安静地停在枝头。柳丝丝在照片背面写下了两行字：给它空间，自由的是你的心。接着，柳丝丝把照片系在了垂在钢琴上面的一根丝线上。

柳丝丝看着飘动的照片很满意，笑了。

23　北方某县　某山（韩鑫家）　日　内

客厅。于江和于峰端坐着。韩鑫站着，他不安分地扭动着身子，手指到处指指点点，像是在指挥一场音乐会，一副陶醉、唯我独尊的样子。

韩　鑫：看到了吧，这些都是靠我自己努力得来的，我只靠自己，我只感谢自己。你们两个要记住，一切都要靠自己，谁都不要指望。

于　江：啊……是啊，那么多的人都得靠表哥养活着，了不起啊。

于峰微低着头沉默不语。

韩　鑫（盯看了一眼于峰）：小江，你说得很对，我确实养活了很多人。这是为什么呢？因为我比他们聪明。只要一个人站在我面前，不出半分钟，我就能看出他心里在想什么。他屁股一撅，我就知道他要拉什么屎。

于　江：啊……表哥，你的眼力真厉害，这得多少个大学生的脑袋才能抵得过你一个人的脑袋啊？！

于峰的头稍微扭向了窗户那边，依旧是沉默不语。

韩　鑫（坐下，喝了一口茶）：我的聪明不是读书得来的，我的聪明是在刀尖上练出来的。我老早就发现了人的命运就三种：刀子，螺丝钉，杂草。我感谢自己，我把自己练成了刀……咳，我只是个没毕业的初中生啊，可是我比哪个大学生混得差吗？读书越多就越穷。书上的那些东西都是一堆垃圾。所以我时常告诉两个孩子，你们要读大学就读读经济、金融之类的专业，别的专业不要读。

于　江：啊……听说韩冰和韩雪都挺厉害的，一个去美国留学了，一个在北京读书。

韩　鑫：嗯，小冰读的是金融，小雪嘛，她读的是播音主持。咳，其实我很反对小雪读那个的。你们难道没有发现文学艺术这些专业都是一群懒人、笨蛋、不要脸的人在读吗？人活着就得千方百计地琢磨怎么样才能把钱捏在手里不丢掉；想别的就是浪费时间，就是犯罪。

于　江：啊……表哥，我……

韩　鑫（看着于峰）：对了，小峰，你在深圳做什么工作?

于　峰（淡淡的语调）：我在画廊工作……请问，厕所在哪里?

于江盯看了一眼于峰，神情有些尴尬不安。

韩　鑫（闷闷的语调）：嗯……在餐厅那边。

于峰离开。

韩鑫起身，扭动着身子又准备要发表成功感言。这时，外面传来黑黑的狂吠声。韩鑫向楼梯走去，于江未动。

24　北方某县　某山（韩鑫家）　日　外

大门外，保安小赵（男，22岁）和杨力躲得远远的，显得有些狼狈和害怕。

小　赵（小声嘀咕着）：妈的，每次巡逻经过这里的时候这狗崽子都叫得这么凶。（看向杨力）大哥，还是下山吧，这门都不能靠近，韩总哪会见你啊？！

杨　力：兄弟，我今天必须得见到韩总，我死去的兄弟就一个老奶奶在家里呢，太可怜了，得为活着的人多争取点儿钱。

小　赵：你也得为自己考虑一下啊，赶紧下山吧，不然我的饭碗今天得砸在这里。

这时，远处，韩鑫站在阳台上向着这边大声喊话。

韩　鑫：喂，你们两个什么情况？没听见狗在叫吗？赶紧滚远点儿。

小　赵（向着韩鑫的方向频点头，大声）：韩总，对不起，我们马上走。（转向杨力，小声）大哥，走吧。

杨　力（朝向韩鑫，大声）：韩总，我是造纸厂的工人，我想跟您谈谈小星的事情。

韩鑫阴沉地笑了一下，没有说话，从阳台消失。

小赵赶紧开着电动观光车离开，杨力未动留在原地，远处的大门内的黑黑继续狂叫。

25　北方某县城　日　外

秦寿开车载着韩雪行驶在城区街道上。

秦　寿：小雪，哪家店的东西档次高？我给你爸买些东西。

韩　雪：就在前面停车吧。

秦寿减速将车停靠在前方路边。

26　北方某县　某山（柿子林）　日　外内

柿子林一片安静。

木屋内，柳丝丝躺在壁炉前的沙发上睡着了。

27　北方某县　某山　日　外

小赵开着电动观光车载着谭武行驶在盘山路上。很快他们到了韩鑫家门前。门内的黑黑又狂叫起来了。杨力还在远处，他在坐着发呆发愁。

谭　武（盯看了一眼杨力）：那是什么人？

小　赵：造纸厂的工人。

谭　武（眼珠转了一下，轻轻的语调）：哦……你回去吧。

小赵开车离开。谭武按响门铃，并且训斥着黑黑。

谭　武：叫什么叫，狗东西？是我，别叫了。

黑黑很听话，瞬间安静了。这时，大门打开，韩鑫迎了出来。

韩　鑫：武哥，欢迎，欢迎。

谭　武（向韩鑫身后看了看）：怎么就你一个人？你的娇妻呢？

韩　鑫：啊……做梦去了。

谭　武（沉默了一下，怪笑）：嘿嘿，真有你的。

这时，杨力跑了过来。黑黑又叫起来了。

杨　力：韩总，我想跟您谈谈。

韩　鑫（盯看了一眼杨力）：谈谈？谈什么？你拿什么跟我谈？

杨　力（身子哆嗦了一下，有些语塞）：啊，我……我拿嘴跟你谈。

韩　鑫（冷笑）：咳咳，真有意思。（脸色变得严厉）我一直都觉得你们这些人是没有嘴巴的，你们只有手和脚。

谭　武（面向韩鑫）：老弟，嘴巴没饭吃，手和脚就不听话，你得给他一个机会说话嘛。

韩　鑫（盯看了一会儿杨力）：嗯……进来吧。

杨力躲在谭武左侧，随着韩鑫进去了。

28　北方某县　造纸厂　日　外

造纸厂门口。离着造纸厂门口不远处，韩冰偷偷徘徊着。不一会儿，老张从门口出来了。韩冰小心谨慎地喊叫老张。

韩　冰：张伯伯，老张……

老张发现韩冰，向韩冰这边走来。

老　张：是小冰啊，你不是在美国吗？嘿，明白了。

韩　冰：我爸在厂里吗？

老　张：没有，这两天估计不会来厂里了。

韩　冰（边走边说）：那就好，我去厂里转转。（停下）对了，别跟我爸说我来过啊。

老　张：放心吧，肯定不说，工作上的事情有时候都瞒着不说，谁闲着没事儿说这些干嘛，这不是自己找不痛快吗？

韩　冰：怎么，厂里又出事了？

老　张：是啊，前几天死了一个南方人。

韩　冰（转动眼珠）：哦……我明白了，我进去了，你去忙吧。

韩冰说完去了造纸厂门口。

29　北方某县　造纸厂　日　外内

公寓楼静悄悄的，韩冰在楼道鬼鬼祟祟地走着。很快，他来到许青青所在宿舍门前。他试着轻轻推了下房门。很幸运，门没有锁。他悄悄推开房门进去了。

宿舍内，只有许青青一个人，她躺在床上在睡觉。韩冰像一头小狮子猛地扑向许青青，疯狂地亲吻着她。许青青被弄醒，惊恐地将韩冰推开。

许青青：怎么是你？你要干什么？

韩　冰：这不是明摆着的吗？

说着韩冰又扑向许青青。

许青青（边推韩冰边大声说话）：你再不住手，我就喊人了……来人啊，救命啊……

两人翻腾了一会儿，韩冰喘着粗气停手了。

韩　冰：你装什么装？满足我一次，就一次。我给你一箱子方便面。

许青青（怒气十足，大声）：什么？你真以为一袋方便面就能把人骗上床吗？

韩　冰：别人是，你不是；你是一箱子，或者更多。

许青青（冷笑，严厉）：呸，你错了！

韩　冰：你还跟那个窝囊废好着呢？我不介意你有两个男人，考虑一下吧。

许青青（冷笑）：哼，真是无耻，我不想听你说话。现在要么你走，要么我走。

韩　冰（懒洋洋的样子）：算了，强扭的瓜不甜。你还是考虑一下吧。

说着韩冰转身离去。走了三四步，他回头冲着许青青诡笑，并开口说话。

韩　冰：我听说了，你们的一个老乡死掉了。我可以帮到你们的。想通了就跟我联系，不要太晚了哦。

韩冰说完离去。许青青异常气愤，不一会儿，她哇的一声哭了。

30　北方某县　某山（韩鑫家）　日　内

书房门半开着。韩鑫坐在书桌后面的老板椅上，阴沉着脸盯看着杨力。杨力紧张不安地坐在沙发上，身子不自然地扭动着。谭武若无其事地在房间里走走停停，一会儿看看这儿，一会儿看看那儿。

韩　鑫：你，来这里有什么目的，说吧。

杨　力（紧张）：我……我想要钱。

韩　鑫：什么？

杨　力（平静了些）：我是说我想给小星多要点儿钱。

韩　鑫：他给你托梦了？

杨　力（惊讶）：啊，没有。

韩　鑫：没有？那就是你快要死了，死人之间是比较容易沟通的。

杨　力（起身，生气，激动）：老板，您要仁慈点儿啊。虽然说我们在厂子里拼命地干活是为了填饱自己的肚子，可是更多的汗水是替您流的，更多的灰尘和煤灰是替您吸进去的。我们的手和脚从来都是听从您的命令的，我们的脑袋从来没有想过要违抗您。我们天天进厂房都会看到摆在门口的佛像，现在您要拿出佛祖的精神来啊，您要仁慈地对待死去的工人啊，他也是佛祖要保佑的人啊。

谭　武（来到杨力身边，对着韩鑫笑）：哦哦，了不起的工人兄弟啊，新时代的劳动模范哦。您就发发慈悲吧。

韩　鑫（沉默片刻，脸色变得温和）：嗯……你坐下吧，坐下慢慢说。

杨力坐下了。谭武继续来回走动，看看这儿，看看那儿。

这时，于江出现在房门处，并轻轻敲响房门。

于　江：表哥，你今天事情好像挺多的，我跟于峰就先回去了，明天再过来。

韩　鑫：嗯……你们是不是有什么急事要回去做？

于　江：啊，没什么急事。

韩　鑫：那就留下来住一晚吧，明天再走。

31　北方某县　某山（韩鑫家）　日　内

餐厅。韩鑫、谭武、于江、于峰和杨力围坐在餐桌旁。餐桌上摆了一些酒菜。李婶和王婶在旁边忙着上菜。

韩鑫：李婶，王婶，你们上完了菜去楼上看看老太太，问她下不下来和我们一起吃饭，就说于江和于峰来了。要是不下来，你们俩伺候她吃完饭再下来。

李婶，王婶：好的。

李婶和王婶上了两道菜后，一起离去。

这时，外面的黑黑狂叫了一声。不一会儿，韩雪和秦寿进入房内。

韩　雪：爸，谭伯伯。

谭　武（起身，上下打量韩雪）：哎哟，这是韩雪吗？越来越漂亮啦。

韩　鑫（起身，盯看着秦寿）：你，是什么人？干什么来了？

韩　雪：爸，他……是我男朋友。

秦　寿（笑着）：叔叔，您好！我是秦寿，这是我的一点儿心意。

说着，秦寿将礼物送上。韩鑫突然暴怒，甩手挡住秦寿送来的礼物，并大声训斥。

韩　鑫：叔叔？你也叫得出口？你，连同这些烂东西赶紧滚出去，现在马上立刻滚出去！

气氛顿时陷入尴尬。其他人也已起身，不知如何是好。

韩　雪（委屈状）：爸，只许你喜欢年轻女人，就不许我喜欢老男人吗？更何况他也不算老。

韩　鑫：你又在玩什么名堂？不要赔了人又赔钱……这种老白脸我最讨厌了。

谭　武（来到秦寿身旁，对着韩鑫微笑）：呜呜，了不起的年轻人啊，伟大的爱情啊。您就消消气吧。

韩　鑫（沉默了一会儿，斜视着秦寿）：大家都坐吧，吃饭。

众人带着复杂的神情归座。

32　北方某县　某山（韩鑫家）　日　内

客厅。韩雪独自坐在沙发上想事。

餐厅。饭已经吃到尾声。男人们都有几分醉了。李婶和王婶站立在旁边，李婶盯看着众人，王婶打着哈欠。

谭　武：韩老弟，平常你的话最多，今天怎么不说话了？

说着他上了餐桌，跪爬着来到韩鑫面前，一手抓住韩鑫的衣领，一手轻轻扇向韩鑫的脸。

谭　武：喂，韩老弟，醒醒，你是我们县的贷款专业户，来，说说获奖感言。

韩鑫也一手抓住谭武的衣领，一手轻轻扇向谭武的脸。

韩　鑫：谭老兄，你是我们县的做账专家，来，教教我们怎么数数。

旁边的于江、秦寿和杨力带着醉意跟着起哄。韩鑫和谭武各自重复着他们的动作和话语，场面十分滑稽和吵闹。

于峰勉强站起身来，看了看众人，又看了看客厅那边似乎睡着的韩雪，他摇晃着身子朝外面走去。

33 北方某县 某山（柿子林） 日 外

于峰在柿子林慢悠悠地走着。远处传来钢琴声。他停下脚步，倾听琴声。琴声渐渐清晰，是《秋日私语》。于峰精神一振，向传来琴声的地方走去。

34 北方某县 某山（柿子林） 日 外内

木屋外。琴声还在飘扬。于峰来到房门处倾听。不一会儿，琴声住了。于峰犹豫着，想要推门又不敢。这时，房门开了。一阵风把门内外的于峰和柳丝丝吹了个身子一晃悠，两人片刻之后才恢复了正常的站姿。

于　峰（惊讶）：丝丝……你怎么在这里？哦……韩鑫娶的大学生是你！

柳丝丝先是惊了一下，然后转身回屋了。于峰跟着进了屋。

木屋内，柳丝丝站立在钢琴旁边，用手来回扑打着垂着的照片。不远处，于峰静静地看着木屋内的每一景每一物。他缓慢地移动脚步向柳丝丝靠近。离着三四步远的地方，于峰停住了，开口说话。

于　峰：丝丝……

柳丝丝（沉默了一会儿，背对着于峰，指责）：你怎么会在这里出现？你怎么高考之后就没了音讯？说好的去北京读书，可人呢？

于　峰：对不起，我失信了……我的成绩不理想，所以……

柳丝丝：北京又不是只有那一所大学。

于峰无言以对。两人陷入沉默。

35 北方某县 某山（韩鑫家） 日 内

餐厅已被收拾得整整齐齐了。

客厅这边，男人们七扭八歪地躺着、坐着，他们都睡着了。

段敏鼻青脸肿，画着浓妆，穿着性感的衣服，像一阵风从客厅旁边飘过。很快，外面的黑黑狂叫了一声。众人惊醒。

杨　力（费力地起身，来到韩鑫身边）：韩总，我先回去了。

韩　鑫：嗯……既然我说了要给，那就一定会给。

谭　武（冲着杨力笑）：哦哦，好兄弟，要多多宣传你们的韩总是个大好人。

韩　鑫（脸色变得严厉）：但是……从明天起，你被开除了。

杨　力（吃惊）：啊……好，我接受。

杨力转身离去。

谭　武：哦哦，好兄弟，别担心，你这样的人到哪里都有饭吃。

36　北方某县　某山　黄昏　外

山脚。杨力过了道闸栏杆后脚步加快了。杨力离开道闸大约两百米后，韩冰突然从路边的小树丛跳了出来，将杨力吓了一跳。

韩　冰：喂，窝囊废……

杨　力（大怒，吃惊）：什么？你……怎么是你？

韩　冰：可不就是我吗？（向道闸那边盯看了一眼，然后面向杨力）嘘，这里说话不方便，走，去树丛说话。

韩冰进了路边小树丛。杨力愣了一下，跟着过去了。

韩　冰：老兄，钱没要成吧？

杨　力：你怎么知道的？可惜你错了，韩总答应给了。

韩　冰（诡笑）：嘿嘿，你真是单纯得可爱啊。人是善变的，你不懂吗？

杨　力（吃惊）：什么？你什么意思？

韩　冰（翻动着眼珠）：我的意思是我想帮你，我觉得你们这些打工仔太可怜了。死在异乡，最后……唉，连个安葬费都成问题。

杨　力：哎，虽然没钱做尸检，但是大家都清楚小星的猝死跟工作肯定是有关系的，不能只给三千块钱啊，我们觉得十万才是合理的。

韩　冰：所以我要帮助你们，帮你们多争取一些。

杨　力（疑惑）：你……怎么帮？

韩　冰（假装关心和伤心的样子）：我只能尽量争取。你今天晚上十二点到一点的时候在那边道闸附近等我的消息。如果过了一点见不到我，哎，我也是无能为力了。

杨力正要说话，路边驶过一辆出租车。韩冰和杨力向道闸那边望去。出租车在道闸附近停了下来。焦娜拿着行李箱下车，出租车离去。焦娜和保安交流了一阵后，被放行通过。

韩　冰（脸色阴沉）：好了，你走吧。

杨　力：那就先谢谢你了。

杨力离去。

韩　冰（盯着杨力离去的背影，自言自语）：大傻瓜，说什么都信。哼，好久没耍过人玩了，你就晚上好好享受秋夜的美景吧！

韩冰继续躲在小树丛后面没动。

37　北方某县　某山（柿子林）　黄昏　内

木屋。于峰和柳丝丝坐在壁炉前的沙发上。两人沉默了一会儿，柳丝丝开口说话。

柳丝丝：三年前，我爸突发心梗去世，生意上欠下韩鑫将近一百万的债务。那时我，你也知道，在北京搞音乐的人太多了，待了八九年，事业基本没有，一个女孩子能怎么办呢？所以我回来了。而且那时韩鑫到处说要找个漂亮的大学生来做老婆，就这样我嫁给了他。

说到这里，柳丝丝看了看于峰。于峰脸朝向壁炉沉默不语。

柳丝丝：你也可以说我是因为懦弱，不忍心过辛苦的生活才嫁给了他。

于　峰（轻声）：丝丝……我没有权利这样说你。

柳丝丝：我觉得人生像做梦一样，我真没想到你竟然是他的表弟。

于　峰：我们两家已经有二十几年不来往了，因为死人，因为钱，我们又来往了。

柳丝丝：你现在需要钱用？

于　峰（沉默了一下，起身）：天快黑了，我们该回去了。

柳丝丝点了点头，起身。

于峰走了几步后，回头看了看小屋，开口说话。

于　峰：这些照片还有上面的文字真好，可以办个照片展览了。

柳丝丝：这一带一年四季的变化都在这些照片上了。

于　峰：真好……

38 北方某县 某山（韩鑫家） 暮 外

庭院。韩鑫、谭武、于江、秦寿、韩雪与焦娜（行李箱放在身旁）以及一个年轻和尚（21岁）相对而立。

韩 鑫：要是没记错，你去年也来闹过一次，哼，是不是上瘾了？

焦 娜（镇定）：这次不一样，这次是怀孕了。

韩 鑫：哎呀，你还要不要脸了？说，你什么目的。

焦 娜：我要跟韩冰结婚，从今天起开始住在这里，等着把孩子生下来。

谭 武（来到焦娜身边，冲着韩鑫笑）：哦哦，冲动给您带来了一个小孙子。您就不要难为他们娘儿俩啦。

韩 鑫（转向和尚）：你，干什么来了？

和 尚：师父让我来传话，说人手齐了，问什么时候可以来做法事。另外，师父让我来送一尊开了光的佛像。

韩 鑫：佛像在哪里？

和尚从布袋取出佛像递给韩鑫。

韩 鑫（看了看佛像）：哼，这玩意儿不知道摆了多少个了。

和 尚：师父交代说佛像要放在西屋屋檐处。

韩 鑫（不耐烦）：知道了。时间还不确定，确定了会通知你们。天黑了，你留下吃个饭明天再回去吧。

谭 武：哦哦，今天可真热闹呀，群英荟萃。

韩 鑫（斜看了一眼谭武）：都进屋吧。

39 北方某县 某山 夜 外

盘山路。于峰和柳丝丝在慢步行走。不一会儿，于峰停了下来，柳丝丝也停了下来。于峰转身望着山下。山下有一个湖模模糊糊的。湖边闪烁不定的灯光冲击着秋夜的水汽。路边的虫鸣声越来越响了。两人仿佛置身在一种难言的朦胧之境。

于 峰（淡淡的语调）：湖那边是怎么回事啊？

柳丝丝：工人们在铺设湖滨木栈道。

于 峰：听说这一带都被……表哥买下了。

柳丝丝：可惜这里盖的别墅实在不好卖，目前就住了我们一家。你不觉得这里太单调了吗?

于　峰：比起工厂，比起城市，这里的单调还能让人忍受。

柳丝丝：是啊，我也只是喜欢这里的四季变化，其它的我都很讨厌，太沉闷了。

于　峰（看着柳丝丝沉默了一下）：我们回去吧。

两人继续走路。

40　北方某县　某山（柿子林）　夜　外

柿子林一片阴暗潮湿。韩冰鬼鬼祟祟地来到小木屋。他使劲打开窗户翻入木屋。

41　北方某县　某山（韩鑫家）　夜　内

餐厅。韩鑫、谭武、于江、秦寿、韩雪和焦娜围坐在餐桌旁。餐桌上摆满了酒菜。在他们旁边有一个小桌子，小桌子上摆满了饭菜，年轻和尚坐在桌子旁边。大家一动不动，气氛安静得难受和怪异。

谭　武（扭动着身子扫视了大家一圈，笑嘻嘻的）：我说这是在等谁呀？是在等那个工人兄弟吗？哦哦，不对，他看不上我们的聚会啦。是在等我们的女主人吗？哦哦，不对，她的梦才刚开始呀。难道是等我们的艺术家吗？哦哦，不对，艺术家也喜欢在晚上做梦呀。

众人依旧是一动不动。

韩　鑫（盯看着谭武，冷静）：怎么，你饿了？还是中午的酒没醒呢?

谭　武：老弟，我是觉得大家看着这一桌子酒菜，光动眼珠不动嘴，这是不是有点太残忍啦？！

韩鑫突然伸手拿起一个包子砸向了谭武，然后又拿起小酒杯将酒水泼向了谭武。

大家对这一突发情况一时都没有反应过来，等反应过来都惊得像木鸡一样。

韩　鑫：你是不是又在嫉妒我了？我已经忍了你一天了，那种装模作样的语气我烦死了。

谭武不示弱，也拿起酒杯将酒水泼向了韩鑫。

谭　武：我嫉妒你什么了？狗娘养的。

韩　鑫：你嫉妒我天天去求你反而比你吃得好、穿得好、住得好。臭狗屎。

谭　武：什么？你敢骂我臭狗屎？！

说着谭武来到韩鑫身边，抓住韩鑫的衣领一顿猛抽。韩鑫用手挡住。两个人厮打在一起。其余几人不知所措，站起身来惊呆地看着他们两人打闹。

这时，外面传来黑黑的一声狂吠声。很快，于峰和柳丝丝进入房内。

谭武和韩鑫不再打闹，两人整理着衣服。

韩　鑫（盯看了一眼柳丝丝和于峰，大声）：吃饭！

谭　武（笑嘻嘻的）：我们俩刚才在梦游……呜呜，吃饭。

42　北方某县　某山（韩鑫家）　夜　内

韩母所在房间。韩母（73岁）安静地坐在轮椅上。柳丝丝半蹲着在喂她喝粥。韩雪无聊地站在旁边看着她们。柳丝丝喂了两勺粥后，韩母一股脑儿全吐了出来。柳丝丝一边擦一边训斥。

柳丝丝：别折腾人了，再吐就不喂你了。

柳丝丝说完强行给韩母喂了两口，韩母顺从地咽下了。

这时，韩雪说话了。

韩　雪：喂，问你一件事情。你在北京那几年是怎么混的？有没有使用过特别的手段去找机会什么的？

柳丝丝又给韩母喂了两口，然后停下了，并起身跟韩雪说话。

柳丝丝：人要清楚自己的实力。如果一些硬性条件不够格，或者心里觉得难受别扭，那就放弃，不要太执着了。女生太执着身体就会受到伤害，男生太执着心灵就会受到损伤。

韩　雪（轻微冷笑）：呵，你还挺会安慰自己的，哼。

43　北方某县　某山（韩鑫家）　夜　内

客厅。舒缓的舞曲飘满整个大厅。谭武搂着柳丝丝不自然地晃晃悠悠地跳着舞，秦寿和韩雪紧贴在一起像打瞌睡似的在摇摆着身子。韩鑫闷声闷气地坐在长沙发上看着这四人跳舞。于江半躺在小沙发上似乎是睡着了。焦娜正身坐在另一个小沙发上不时地瞥看一眼韩鑫。于峰站立在窗前看着窗外。年轻和尚倚靠着沙发背一会儿看看眼皮底下的韩鑫，一会儿看看跳着舞的四人，很迷惑。

一支舞曲结束，秦寿和韩雪还贴在一起站立着。柳丝丝使劲推开了谭武，来到韩鑫身边坐下，不时地偷偷看向于峰。

又一支舞曲响起。秦寿和韩雪又开始摇摆起身子。谭武晃悠着身子独舞起来。

这时，外面的黑黑狂叫了两声。不一会儿，一阵秋雨袭来，并敲打着窗子。众人都打了个冷颤。跳舞的人也停了下来。

韩　鑫（起身）：时间不早了，各自回屋睡觉吧。

说完，柳丝丝挽着韩鑫向楼梯处走去。

44　北方某县　某山（柿子林）　夜　内

木屋。壁炉里的火苗不稳定，照得屋内忽明忽暗的。韩冰躺在沙发上蜷缩着身子睡着了。地下一片狼藉，散落着烟头和吃食。

45　北方某县　某山（韩鑫家）　夜　内

于江和于峰所在房间。大床一侧，于江呼呼睡着。另一侧，于峰翻动着身子难以入眠。这时，外面传来隐隐约约的嘈杂声。

韩母的声音（模糊的声音）：鬼，鬼……

于峰惊起，仔细听着。

46　北方某县　某山（韩鑫家）　夜　内

韩雪和秦寿所在房间。韩雪睡着了。秦寿躺在床上伸着脑袋听着。

秦　寿（用力推了推韩雪，韩雪迷糊地醒来）：小雪，你听见什么声音了吗?

好像有人在喊有鬼。

韩　雪（满不在乎）：哎，是我奶奶，老人岁数大了，总是疑神疑鬼的……睡吧。

韩雪闭眼又睡下了。秦寿依旧惊恐地伸着脑袋听着。

47　北方某县　某山（韩鑫家）　夜　内

焦娜所在房间（韩冰卧室）。房间开着灯。焦娜坐在书桌前翻看着韩冰的相册。看完相册，焦娜看到书桌下有一个小箱子，便将其拉了出来。焦娜打开箱子惊呆了。里面全是女人穿过的干净的白色蕾丝内裤。焦娜一边用食指挑着内裤翻看，一边嘴里念叨着。

焦　娜：变态，色鬼……

48　北方某县　某山（韩鑫家）　夜　内

韩母所在房间。韩母坐在轮椅上扭动着身子，双手在半空中胡乱地比划着，嘴里念叨着。

韩　母：鬼，鬼，这里有鬼，那里有鬼，到处都是鬼……呼呼……

柳丝丝坐在椅子上愁苦地看着韩母，无奈地回应着韩母。

柳丝丝（轻声）：你别折磨人了，行吗？

韩　母（大声）：鬼，鬼……

49　北方某县　某山（韩鑫家）　夜　内

谭武和年轻和尚所在房间。房间开着灯。谭武躺在床上翘着腿在美滋滋地窃笑。年轻和尚盘腿坐在床边地毯上剥吃着花生，不时发出很响的吃声。

谭　武（起身坐在床上，厌恶的样子）：喂，我说你吃花生能不能小点儿声？你刚才没吃饱吗？

和　尚：没有……

和尚说完接着剥吃花生。

谭　武（严肃的样子）：你这花生是从哪里弄来的？刚才饭桌上好像没有花生。

和　尚：这是我自己随身带着的，每次出门我都要带一包，就是为了预防饿肚子。

谭　武（笑嘻嘻的）：哦哦，给我一把，我也有点饿了。

和尚给了谭武一把花生。

谭　武（剥吃了一粒，赞叹）：哎哟，真香啊！你还真会享受啊，说，是不是加了什么作料了？

和　尚：没有，就是普通的干炒花生。

谭　武（移动身子凑近和尚，笑嘻嘻的）：喂，问你一件事，你们和尚是不是允许娶老婆了？就是晚上想不想女人？

和　尚：你怎么能这样问人呢？晚上我除了念经就是睡觉，再就是吃点儿东西，没别的念头。

谭　武（笑嘻嘻的）：哦哦，好纯洁的和尚啊。哦哦……

50　北方某县　某山（韩鑫家）　夜　内

于江和于峰所在房间。于峰推醒于江，开口说话。

于　峰：哥，我们明天什么时候走？

于　江（迷糊着）：走？事情都没说呢，能走吗？

于　峰：别说了，想其它的办法吧。

于　江：还是得说，不答应再想别的办法。

于江说完又睡了。于峰无奈地闭上了眼睛。

51　北方某县　某山（韩鑫家）　夜　内

韩雪和秦寿所在房间。韩雪依旧熟睡着。秦寿侧身躺在床上，依旧没有入眠。突然，房门开了，一个模糊的黑影向秦寿走来。

秦　寿（起身，失声惊叫）：谁……

韩　鑫：哼……

秦　寿（定睛一看）：是你……

韩　鑫：明天早上吃完饭马上滚蛋，不要让我再看见你。

秦　寿（微笑着）：火气怎么这么大？做不成你的女婿，还可以做做别的事情嘛。

韩　鑫：什么？

秦　寿（轻松语气）：我是说我可以帮你卖别墅，我在北京认识很多朋友的。

韩　鑫（恶狠狠的语气）：帮我卖别墅？哼，你认识的那些鬼朋友不向我要钱，我就谢天谢地了。你省省心吧，我再说一遍明天早上吃完饭马上滚蛋，不要再纠缠我女儿了。你来的时候看到了，山下的湖用来观赏可以，用来沉死尸也可以。

说完，韩鑫离去。

秦寿脸色惊恐，看了看身边熟睡的韩雪，然后向床边移动了一下身子，躺下了。

52　北方某县　某山（韩鑫家）　夜　内

焦娜所在房间（韩冰卧室）。房间开着灯。焦娜趴在书桌上睡着了。韩鑫来到焦娜身后，看到书桌下装着女人内裤的小箱子，脸色突变。他握紧拳头，打醒了焦娜。

焦　娜（惊醒，惊叫）：怎么，你……

韩　鑫（恶狠狠的语气）：明天早上吃完饭，马上滚蛋，滚得越远越好。（说着从衣袋里掏出一沓钱扔向焦娜）这是一千块，是胎儿的安葬费。记住，你不滚的话，这钱也是你的安葬费。

说完，韩鑫离去。

53　北方某县　某山（韩鑫家）　夜　内

韩母所在房间。韩母坐在轮椅上睡着了。柳丝丝坐在椅子上打着瞌睡。韩鑫悄悄打开房门，立在门口看了一眼屋内，然后轻轻地关上了房门。

54 北方某县　某山　夜　外

天空的月亮时明时暗。整个山静悄悄的，只有风吹草叶声和虫鸣声。山顶处的别墅区黑乎乎的。只有韩鑫家门口和庭院亮着灯。

山脚道闸处，一个保安在岗亭里趴着睡觉；另一个保安在路边慢悠悠地来回溜达着。

离着道闸一百米的地方，杨力打着哆嗦站立在路边，他一会儿看看天空，一会儿看看道闸那边。

55 北方某县　某山（韩鑫家）　夜　外

大门内，韩冰和黑黑正在对峙。

韩　冰（握紧拳头，准备去踢黑黑）：他妈的狗崽子，连我也不认识了吗？滚一边去。

黑黑摇了摇尾巴，乖乖地趴下了。

韩冰蹑手蹑脚地向庭院走去。

56 北方某县　某山（韩鑫家）　夜　内

书房。韩冰发现保险箱没锁，一阵惊喜。他从中拿出了十摞钱，接着脱下外套把钱包好。他拎着外套在书房中间兴奋地转了一个圈，然后向房门走去。

57 北方某县　某山（韩鑫家）　夜　外

庭院。韩冰刚走了几步，猛然间像是想起了什么事情，他一脸淫笑，把外套放在墙根，然后转身回去了。

58 北方某县　某山（韩鑫家）　夜　内

韩母所在房间。柳丝丝将熟睡中的韩母抱起放到了床上，然后给她盖好被褥。

这时，韩冰踮着脚尖快步走到柳丝丝身后，接着半跪在地上紧紧抱住了柳丝丝的腰将自己的头紧紧贴靠在柳丝丝的屁股上。柳丝丝一阵惊慌，扭头发现了韩冰，失声惊叫。

柳丝丝：你在干什么？！

柳丝丝先是用劲力气挣脱韩冰的搂抱，很快她像傻了一样愣在那里一动不动。韩冰像是被摄取了魂魄忘情地用嘴巴和鼻子在柳丝丝的屁股上蹭来蹭去，嘴里念叨着。

韩　冰：小妈……

很快，韩冰松开柳丝丝，起身快步向房门走去，关门离开。

柳丝丝还沉浸在惊呆之中。过了一会儿，她扭头发现自己一个人在房屋中间站立着，瞬间没了精神瘫坐在地上。很快，她发出了呜呜的哭泣声。声音很小，但是很清晰。

59 北方某县　某山（韩鑫家）　夜　内

于江和于峰所在房间。于峰附耳在门把处仔细倾听着。外面隐约传来柳丝丝的哭泣声，紧接着是一阵轻微的脚步声。于峰打开房门，柳丝丝的身影从眼前飘过。

60 北方某县　某山（韩鑫家）　夜　内

客厅。柳丝丝坐在沙发上静静地看着窗外。于峰从楼梯处向柳丝丝这边走来。

于　峰（在离着柳丝丝一步远的地方站住，轻微语气）：丝丝，你哭了……

柳丝丝（扭头面向于峰，沉默了一下，迷糊的神情）：我是不是在做梦？

于　峰（惊讶）：啊，没有……

柳丝丝（神情木讷）：哦……（扭头看向窗户）我很累……

于　峰：你刚才一直在大娘的屋里吗？

柳丝丝：嗯……

于　峰：听说大娘的精神时好时坏……你天天晚上都要待在她屋旦吗?

柳丝丝：嗯……

于峰不再说话，也看向窗户。

沉默了片刻之后，于峰开口说话。

于　峰：丝丝……你有没有想过离开这里?

柳丝丝（回头惊讶地看着于峰）：离开？为什么离开?

于　峰：你现在的样子跟白天不一样。

柳丝丝：这所房子里的人和东西让我觉得很难受，可是我能说我很难受吗?我还有权利说很难受吗?

于峰无言以对。不一会儿，柳丝丝开口说话。

柳丝丝：我已经习惯了，习惯了……

于　峰（激动）：丝丝，你要拿出以前的勇气来啊……

柳丝丝：勇气？我能去哪里呢？跟你一起走吗？可以这样吗?

于　峰（盯看着柳丝丝，沉默了一下，泄气状）：丝丝，对不起……我很自私，很不懂事。

柳丝丝：不懂事?

于　峰：对，如果懂事，我们就不会面临今天这样的处境了，我们就不会在这里见面了。但是后悔已经没用了，我现在连想的资格都没有了，老早以前就没有了。自从背弃了跟你的约定，我就没有资格想念你了，尤其是现在，我更没有资格了。

柳丝丝：你知道吗？我恨过你很多年，可是现在我已经不恨你了。你说得对，我们的缘分从你背弃约定的时候起就已经尽了。

于　峰：所以我刚才说的那些话……

于峰语塞没有说下去。两人陷入沉默。此时，微弱的月光照进窗户。

两人曾经在画室琴室追逐打闹的画面隐隐约约地出现在了亮光处。

画面内容

画室琴室是一间大房，大房西边是琴室，东边是画室。黄昏时分，铃声响过之后，同学们陆陆续续走完了，最后只剩下柳丝丝和于峰。柳丝丝收拾好器材后，拿着一张画纸轻轻来到于峰身后。于峰在认真画人物素描。看了一会儿后，柳丝丝突然把画纸放到了于峰的人物素描上。柳丝丝的画纸上是于峰的漫画像。于峰被这突然的动作吓得又惊又恼。柳丝丝做着鬼脸远远躲开了，于峰向柳丝丝追了过去，柳丝丝围着画架跑。两人追闹了一会儿，都坐在了地上。两人看着对方静了一下，然后都笑了。

很快，月光消失，窗口又变得昏暗了。

柳丝丝起身，开口说话。

柳丝丝（淡淡的语调）：很晚了，休息吧。

柳丝丝说完向楼梯处走去。于峰犹豫了一下，也走向楼梯。

61 北方某县 某山（韩鑫家） 夜 内

二楼。于峰看着柳丝丝进房后，自己也进了房。谭武从躲藏的角落闪出，朝着于峰和柳丝丝的房门分别看了一眼，满脸歪笑，然后进了自己的房间。

62 北方某县 某山 晨 外

一层薄雾笼罩了整个山顶。巡逻车从韩鑫家门前经过。黑黑狂吠了两声。

63 北方某县 某山（韩鑫家） 晨 外

庭院。年轻和尚在盘腿打坐。

64 北方某县 造纸厂 日 外

公寓楼前。杨力一脸疲惫，拖着一个大行李箱，在和许青青说话。

许青青：你怎么了？脸色这么难看，还拿着行李箱。

杨　力：青青，我被开除了……

许青青：开除？你不是说昨天很顺利吗？

杨　力：老板答应给钱了。可也只是答应……然后我就被开除了。

许青青：他们怎么可以这样做？那你去哪里？

杨　力：我去其它的厂子看看，不行的话，我就去广东了。到时候安顿好了，我就告诉你……你会来吗？

许青青（沉默了一下）：我可以现在跟你一起走。

杨　力：不，谢谢你，青青。我还是先安顿好了，到时候你再来。

这时，老张在远处出现，大声喊叫着。

老　张：喂，你说完了没有？说完了赶紧走。

杨　力（没有理会老张，盯看着许青青）：青青，要小心老板的儿子……我走了。

杨力说完，头也不回地离开。

65　北方某县　某山（韩鑫家）　日　外

韩鑫走出房门看见年轻和尚在院中立着，对其说话。

韩鑫：喂，你过来一下。

和尚朝韩鑫走去。

66　北方某县　某山（韩鑫家）　日　内

韩鑫和和尚一前一后走进书房。

67　北方某县　某山（韩鑫家）　日　内

餐厅。谭武、于江、于峰、秦寿、柳丝丝、韩雪和焦娜围坐在餐桌旁等候着。

这时，从书房传来韩鑫的咒骂声。

韩鑫的声音：我的钱呢？是不是你偷了？他妈的，那个佛像有那么值钱吗？

众人吃惊，起身来到书房门口。

书房内，韩鑫像一头公狮子瞪着一只小绵羊，年轻和尚吓得全身直打哆嗦。

谭　武（笑嘻嘻的）：呜呜，可怜的出家人不想女人就想钱。

韩　鑫（瞪向门口众人，咆哮）：你们也不是好东西，报警，马上报警，抓贼，抓住就把你们送进监狱。

68　北方某县　某山　日　外

山脚道闸。一辆警车开向道闸，在道闸外停了下来。警车车窗拉低，严警官（37岁）探出脑袋和小赵说话。

小　赵（严肃的样子）：哥，又来啦！

严警官：嗯，这里快成派出所的厕所了。（小赵笑嘻嘻的）还笑，这么脏，你们准备失业吧。

严警官说完拉上车窗，开车离去。

69　北方某县　某山（韩鑫家）　日　内

严警官和另外三名警官以及韩鑫众人聚集在客厅。

严警官（看了看众人，又看向韩鑫）：韩总，考虑清楚了吗？你这事情到底怎么弄？是报案还是销案？

韩　鑫（心疼的样子）：是十万块啊，请问，你说该怎么弄？

严警官（惊讶）：啊，再找找吧。

韩　鑫（看了一眼众人，冷酷）：没人承认，那就彻底地查，查出来就把他送进监狱去。

严警官（无奈）：好嘞，那我们就开始工作啦。（振作精神，面对众人）现在请各位回到昨晚自己所在的房间。我们要一一搜查询问。（面向同事）小李，小王，你们去山下问问保安，然后跟他们负责外围的搜查。好了，开始工作。

70 北方某县　某山（韩鑫家）　日　内　外

韩鑫家既平静又热闹啦。严警官带着小周（26岁）先是查看了书房、餐厅、客厅，接着开始查问众人。

于江和于峰所在房间。于江表情焦虑，他比划着手跟严警官和小周对话。于峰平静地站立在远处看着他们。很快，两位警官走马观花似的看了看屋内箱柜以及他们随身所带的包。

谭武和和尚所在房间。谭武笑嘻嘻的，嘴唇频繁地翻动着跟两位警官说话。和尚躲在一边表情惊恐且木讷。

韩雪和秦寿所在房间。韩雪脸色气愤，歪着脑袋跟两位警官说话。秦寿满脸讪笑在一旁看着。

焦娜所在房间。焦娜胆小委屈的样子，她收紧两手放在胸前跟两位警官说话。

韩母和柳丝丝所在房间。柳丝丝表情淡漠，平静地跟两位警官对话。韩母坐在轮椅上手脚乱动，嘴里说着什么，李婶和王婶在旁边厌烦地手忙脚乱地服侍着。

严警官和小周又走马观花似的查看了庭院和门口。

最后，严警官和小周在一楼会议室研讨案情。

71 北方某县　某山　日　外

山脚道闸。小李（26岁）和小王（26岁）在询问保安小赵。

湖边。小赵陪同小李和小王在询问施工人员。有一个施工人员向三人指向柿子林所在位置，并说着什么。

柿子林。小赵陪同小李和小王来到柿子林小木屋附近。小木屋已经烧成一堆废墟。

72 北方某县　某山（韩鑫家）　日　内

会议室。四位警官和韩鑫围坐在会议桌前，严警官向韩鑫汇报案情。

严警官：韩总，根据我们目前掌握到的信息来看，有四个可疑人员……当然，你也可以说出第五个人来，就是那个和尚。

韩　总（盯看着严警官，冷酷）：哪四个人？

严警官：第一个是您造纸厂里的工人杨力，第二个是您的表弟于峰，第三个是您的……妻子柳丝丝，第四个是……一个曾经出没在柿子林小木屋附近的人，他应该是您的……

韩　鑫（插话）：嗯，就是那个南方人，肯定是他，把他抓进去坐牢。

韩鑫说完像是想起了什么，起身拿出手机打电话。很快，电话通了。

韩　鑫：老张，赶紧带人去把那个被开除的南方人抓回来。

韩鑫挂断电话，又像是恍然大悟一般，对严警官说话。

韩　鑫：那两个人也很可疑，去把他们叫进来。

73　北方某县　某工厂　日　外

工厂门口，杨力正拖着行李箱往外走。老张开着面包车猛然停在杨力身边，老张和另外两个人下车强行将杨力和他的行李箱塞进面包车，像一阵风一样开车离去。

74　北京　某餐厅　日　内

餐厅人不多，韩冰和一个青年男子在打架，李进和孙浩在旁边围观，还有几个人在远处看着。韩冰抄起凳子砸向男子，男子瞬间头破血流倒在地上。很快，两个保安过来将韩冰控制住。

75　北方某县　某山（韩鑫家）日　内

会议室气氛异常沉闷暴烈。众人都站立着。柳丝丝怒气十足地盯着严警官。

柳丝丝：你刚才说什么？木屋被烧掉了？

严警官（平静）：对，是昨晚被烧掉的。

柳丝丝惊叫了一声瘫坐在地上，很快她表情呆滞，看向韩鑫嘴里念叨着。

柳丝丝：是你儿子，是你儿子干的……

韩　鑫（弯腰伸着脖子仔细倾听）：什么？

严警官：啊……韩总，她说是您儿子干的，我正想说的也是他，那个曾经在柿子林小木屋出现的人，应该是您的儿子……

韩　鑫（暴怒）：什么？我儿子？我儿子在美国呢……

韩鑫说着站起身来，脚步沉重地来回踱步。

严警官（沉默了片刻）：韩总，您再仔细想想吧，那个人应该是您的儿子。当然，也许是我的推测失误。

严警官刚说完，柳丝丝猛然站起身来向门口跑去，于峰紧跟着也跑出去了。

韩鑫停止踱步皱着眉头向门口看了一会儿，紧接着他也向门口走去。

76　北方某县　某山（韩鑫家）　日　内

客厅。于江、谭武、和尚、韩雪、秦寿和焦娜等人在等候着，其中谭武和秦寿是悠然地坐着，其他人是无奈地站着。韩鑫来到众人面前，咆哮询问。

韩　鑫（用手指着众人）：你们……韩冰是不是回来过？你们都知道了，是不是？都在拿我当傻瓜看，是不是？

韩鑫说完来回走路转圈。不一会儿，他停步盯看着韩雪。

韩　鑫：韩雪，小冰在哪里？

这时，没等韩雪回答，外面传来黑黑的狂吠声。不一会儿，方宽（男，39岁）、老张、杨力进入屋内。方宽看见秦寿，两人互相使了个眼色。

方　宽：请问，哪位是韩鑫韩总？

韩　鑫：你，什么情况？

方　宽（笑嘻嘻的）：韩总，我叫方宽，我是来跟您说一声，您儿子韩冰昨天借的那笔钱要不要提前还？

韩　鑫（大怒）：什么？

方　宽：如果提前还的话，连本带息还六万就行了。

说着，方宽将借据拿出，向韩鑫展示。

方　宽：这是借据，您看看吧。

韩　鑫（未动，用手指着方宽）：你，是从哪里冒出来的？啊？马上滚蛋。

（看向门口）是谁把他放进来的？把黑黑放开，咬死他！

方　宽（镇定）：韩总，我救了您儿子的急，您不能这样对我啊。没有我您儿子要在酒吧挨一顿死揍，您还得亲自跑去北京去跟人家说好话放人，我帮了您很大的忙啊。

韩鑫气得语塞。这时，韩鑫的手机响起，韩鑫接通电话。

韩　鑫：喂……什么，打架……你们让他呆死在那里吧，我不是他父亲，我不管他了。

韩鑫说完把手机狠狠摔在地上，气呼呼地来回转圈走动。

这时，秦寿来到方宽身边，向韩鑫告别。

秦　寿（阴阳怪气的语调）：韩总，按照您的命令，我该走了……您看是不是需要我带路，把您送去……北京呢？

韩　鑫（停步，看向秦寿和方宽）：好样儿的……你们俩，跟我去书房。（看向韩雪）小雪，你也来一下。

韩鑫说完，四人去了书房。

77　北方某县　某山（柿子林）　日　外

柳丝丝和于峰走到木屋废墟旁边。柳丝丝像丢了魂一样跪在地上用手拨弄着灰烬和残物，很快她没了力气，整个人呆在了那里，并发出了无声的哭泣。于峰站立在柳丝丝身边沉默了一会儿后，开口说话。

于　峰（平静）：丝丝……（变得有些激动）你不能再受折磨了。

柳丝丝没有回话。

于　峰（蹲下）：跟我走吧，我们一起离开这里。

柳丝丝（有气无力的）：离开这里就能不受折磨了吗？那些脏话坏话会越积越多，会把你杀死的。

于　峰：不会的，我早就不在乎世俗的观念了，它们杀不死我。

柳丝丝（有了一些精神）：可是它们会杀死你的家人，会杀死我，会杀死我肚子里的孩子……

于峰无言以对，呆看着柳丝丝。

78 北方某县 某山 日 外

山脚道闸。严警官开着警车准备过闸离去。小赵跟其说话。

小 赵：哥，这么快忙完了？

严警官：嗯，销案了……又白折腾人一回。

严警官说完，开车离去。

79 北方某县 某山（韩鑫家） 日 外

韩鑫家门口外面。韩鑫家大门紧闭，门内的黑黑在狂吠。秦寿拎着自己买的那袋礼物和方宽笑眯眯地看了一眼韩鑫家大门，两人又相视而笑。方宽从包里取出一摞钱给了秦寿，并说话。

方 宽：秦哥，辛苦你了。

秦 寿：不辛苦，就当来旅游了。

方 宽：秦哥，你命真好，来旅游，别人还给你倒贴钱。

秦 寿（笑着盯看着方宽）：还倒贴人。（停顿了一下，大笑）哈哈……

方宽也随之笑了一下，接着开口说话。

方 宽：秦歌，那女的看着不错，就把她带回北京好好谈谈恋爱呗，再顺便找人帮帮她。

秦 寿：就那样儿，还装矜持，还想当主播呢！我们给她当主播还差不多，哈哈……

方宽尴尬地又随之一笑。

这时，韩鑫家大门打开，韩雪、老张、杨力和和尚从里面出来了。

和尚直接向山下走去。

杨力跟着韩雪和老张走至面包车。老张打开面包车门，将杨力的行李箱拿出给了杨力。杨力拖着行李箱也下山了。

秦寿走至韩雪身边，跟其说话。

秦 寿（笑嘻嘻的）：这是要去北京吧？

韩雪准备上车，没有理会秦寿。

秦　寿：这车上人真多，气味得多难闻呐，去坐我的车呗。

韩　雪：不用。

韩雪说完上了面包车，老张也进了面包车，面包车离去。

秦寿无趣，先是把那袋礼物放进后备箱，然后进了自己的车。方宽也进了自己的车。两人开车离去。

80　北方某县　某山（韩鑫家）　日　内

餐厅。焦娜坐在餐桌旁若无其事地吃着早餐，韩鑫来至餐厅看见焦娜的样子一阵怒气腾然而起。

韩　鑫：你，怎么还不滚蛋？！

焦　娜：就这么把我打发走了，我是不是太好欺负了？

韩　鑫：你这种人就是烂花杂草。

说着韩鑫从口袋里掏出一摞钱扔给了焦娜。

韩　鑫：这是五千块，就这些了。再不走，就把你扔出去。

焦娜把钱放入身边的行李箱起身离去。韩鑫像是想起了什么，把焦娜叫住。

韩　鑫（平静）：等一下……真不幸，小冰马上就要成为监狱里的螺丝钉了，你要有心的话就去看看他。

焦　娜（停住，没有回头）：对不起，我不去那种地方的，让他好好改造做个不生锈的螺丝钉吧。

焦娜说完拖着行李箱离去。

81　北方某县　某山（柿子林）　日　外

柳丝丝站立在废墟中间钢琴旁边。钢琴已经烧得不像样子了。柳丝丝抚摸着烧剩的铁架子，不时拍打几下。于峰围着废墟走走停停，不时看向柳丝丝。

这时，一阵秋雨袭来，场面更显凄凉。

82 北方某县　南外环路　日　外

售楼处前面聚集了很多人，乱哄哄的很吵闹。一个男工作人员无奈地向众人大喊着。

工作人员：大家不要急，排队吧。

离着售楼处不远处，一辆面包车歪扭地停靠在路边。挨着路边的废弃的田地里，十来个农民模样的人远远地看着段敏的尸体指指点点。段敏仰面躺在衰草丛里，她的衣服破损不堪，脸上的妆花了，嘴角有呕吐物，身边扔着几个酒瓶子。

这时，年轻和尚经过，看见众人指着段敏的尸体指指点点，便来到段敏身边，弯着腰向着段敏念起了经，念完之后又向段敏鞠了一躬。与此同时，路人也议论开了。

路人一（女，45岁）：这和尚是干什么的？是不是跟他有关系？

路人二（男，50岁）：谁敢动韩鑫的媳妇儿啊？！

路人三（女，42岁）：有好几年了吧，就这样没白天没黑夜地活着，哎，早走早享福。

和尚做完仪式，准备离开，经过路人时，向他们温顺地微微点了一下头，并劝慰道。

和　尚：你们放过她吧，不要再议论了。

和尚说完，离去。

83 北方某县　某山（韩鑫家）　日　内

客厅。于江一会儿坐下，一会儿起身来回走动，表情显得十分焦虑和无奈。谭武坐在沙发上打瞌睡。

餐厅。李婶在收拾餐桌，王婶坐在椅子上发愣。

书房。韩鑫正在打电话。

韩　鑫：小刘，你叫几个人开车去把庙里的和尚全部接到山上来，还有道观里的那些道士也接过来，下午四点钟准时到。

韩鑫说完，整个人瞬间没了精神。很快，他强作精神走出书房。

84 北方某县 某山（韩鑫家） 日 内

餐厅。韩鑫来到餐厅，跟李婶和王婶说话。

韩 鑫（看向李婶）：李婶，下午和尚们要来家里，你负责安排一下，要保证每个角落都要有和尚，要监督他们把经念足念完。（看向王婶）王婶，你现在去老太太的房间看着她吧，你们就在房间里呆着不要出来。

韩鑫说完又走向客厅，这时他显得极度疲倦和憔悴。

客厅。谭武坐靠在沙发上睡着了。于江在来回走动，看见韩鑫来了，便停住与其说话。

于 江：表哥……

韩 鑫（强作精神看了一眼于江）：小江……你去帮我办一件事吧。

于 江：什么事?

韩 鑫：刚才派出所来电话说小冰的母亲大概是在今天早上的时候去世了……

于 江（惊讶）：啊……

韩 鑫：所以我想让你去买些炮，你估算一下从山脚到家门口摆满了大概需要多少就买多少，在六点的时候你跟那几个保安把炮放了。

于 江：要不要通知小雪他们回来?

韩 鑫：不用了，家里早就没这个人了，他们有他们的事情要处理。

于 江（欲言又止）：那……

韩 鑫：买炮的钱你先垫上吧，记得要开发票，事情过后再给你。（停顿了一下）有钱吧?！

于 江：啊……应该花不了多少钱，最多两三万吧。

韩 鑫：那行，现在就去吧。

韩鑫说完，突然捂住胸口疼叫了一声。

于 江（赶紧过去搀住韩鑫）：表哥，你没事吧?

韩 鑫：我没事，去吧。

于江离开。这时，谭武醒来。

谭 武（起身，东望望西看看，最后看向韩鑫）：怎么这么安静啊?！（打了个哈欠）安静了反而有点不习惯。

韩 鑫（不满，平静）：待会儿你会更不习惯。

谭　武：这样啊，那我今天就早点回去吧。我们……下个礼拜见。（迅速看了一眼韩鑫）老弟，你的样子太难看了，有什么大不了的事呢？！

韩鑫闷闷地听着，没有回话。

谭　武（语调铿锵有力）：在我们的眼里，每一天都应该是一样的，每一天都应该是新的……（自我陶醉，点了三四下头）嗯，就是这样，没错儿。（边说边离开）再见吧，走喽……

韩鑫拖着疲倦的身体，慢慢向书房走去。

85　北方某县　造纸厂　日　外

在造纸厂门口里侧，杨力独自拖着行李箱向门外走来。很快，杨力身后传来许青青的喊叫声。

许青青：杨力，等一下我。

杨力回头看见许青青拖着行李箱向自己走来，很激动。

杨　力：你这是？

许青青（靠近杨力）：跟你一起走。

杨　力：谢谢你。

这时，小蔡也拖着行李箱急匆匆走了过来。

小　蔡（大声）：还有我呢！

杨　力（看着小蔡）：你也要走？

小　蔡：你们都走了，我留在这里也没什么意思，让我跟你们一起走吧。

杨　力（点了点头）：嗯。

许青青：那接下来怎么办啊？

杨　力：先把小星的骨灰送回村里，把钱给了奶奶，然后再去广东。

许青青：行，我们走吧。

这时，远处驶来一辆面包车。车停在了门口旁边。老李（男，51岁）和几个年轻人从车上下来。老李向他们指着造纸厂介绍着。

老　李：在参观之前，我跟大家说一下，刚才你们参观了我们的食品厂，现在是造纸厂，我们这几个厂子都需要大量的人手。我知道你们是大学生，都想着出去闯一闯，可是要知道外面的世界是很无奈的，其实聪明人都知道在哪里干活儿都是一样的，卖力就有机会，偷懒耍滑就是死路一条。我们的待遇还是不错的。所以你们要赶紧确定是不是来。好了，我们进去吧。

众　人：李经理，差不多确定啦。

杨力、许青青和小蔡看着他们走进造纸厂，脸色显得很平静。三人对视着轻微笑了一下，然后向门外走去。

86　北方某县　某山　日　外

盘山路。于峰搀着柳丝丝在慢慢地走着。临近韩鑫家门口时，柳丝丝停下来，脱开于峰的搀扶，并说话。

柳丝丝（平静）：这两天发生的事情像是做了一场梦。

于　峰（沉默了一下，有些激动）：恐怕以后我会半梦半醒。

柳丝丝（看了一下于峰）：这就是生活吧！

柳丝丝说完径直朝门口走去。于峰愣了一下，然后跟了过去。

87　北京　派出所门口　日　外

韩雪和老张朝派出所门口走去。快要靠近门口时两人停了下来，他们看到两个警察押着一个年轻人进了警车，旁边的一个中年妇女顿时瘫坐在地上哭着嘟囔着什么。韩雪身子颤抖了一下，跟老张说话。

韩　雪：张伯伯，我家做人做事是不是太过分了？所以才会这样乱七八糟的。

老　张（平静的语调，停顿了一下）：都这样，突然有钱了脑子总得热一阵儿，过一段时间就没事了。人嘛，总得学会适应。

韩雪静静地盯看了一会儿老张，没再说话。

88　北方某县　某山　暮　外

整个山热闹了。

山脚。于江和小赵在点放炮竹。紧接着小赵开着电动观光车载着于江向山上驶去。

盘山路上，小赵停车跟于江一起下车点放炮竹。紧接着二人又上车前行。两人走一段，然后停下放一次炮，如此反复着。

89 北方某县 某山（韩鑫家） 暮 外 内

韩鑫家门口，四个道士在法坛前忙活着。黑黑在狂叫。

院内，十几个和尚在转圈念经。李婶在旁边紧紧地跟着。

屋顶也坐了一圈和尚在念经。

屋内。一楼，客厅、餐厅、楼梯也有和尚在念经。小刘一会儿靠近这个和尚听听看看，一会儿靠近那个和尚听听看看。韩鑫独自在昏暗的书房内，一会儿站起身来走一圈，一会儿又坐下，他看起来更沉闷劳累了。有一个和尚来敲门，韩鑫只顾自己转圈或坐下，似乎与外面的世界隔离了。

二楼。各个卧室也有和尚在念经。柳丝丝在韩母房间呆坐着，王婶在看管着坐在轮椅上胡乱喊叫和比划的韩母。一个和尚坐在屋子中间念着经。

会议室。于峰一个人在会议室内呆立着。不一会儿，两个和尚进来绕着会议桌念经。于峰像是碍事的人一样。他无奈地走出会议室来到大厅，又像是碍事一样。他来到院里，还是像碍事一样。他躲躲闪闪来到门口。看着狂叫的黑黑和门外的道士们，他又像是碍事一样。于峰就这样又往回走，像无魂的走肉一样。

90 北方某县 某山（湖泊） 夜 外

湖泊周围已经亮起了灯，光线打在湖面上显得格外朦胧迷离。

91 北方某县 某山（韩鑫家） 夜 外

韩鑫家又安静了。门口，李婶将于江和于峰送出门口，便把门关上了。黑黑叫了一声便安静了。两人均回头看了一眼韩鑫家。

于　江（叹气）：咳……（看着于峰）小峰，我想好了，干脆把车卖了吧，这车刚开了一年还值个十来万，其余的钱我们再想办法。

于峰点了点头，没有说话。

于江朝轿车快步走去。于峰依旧停留在原地未动。过了一会儿，于江已经倒好车准备离去，他探出脑袋喊叫于峰。

于　江：小峰，走吧，别愣着了，都耽误两天了。

这时，从韩鑫家阳台处飘出了《秋日私语》的钢琴声。于峰身体抖动了一下，先是激动，瞬间又变得平静了，他嘴里低声念叨着。

于　峰（望着远处的阳台）：都说音乐可以平静人的心灵，可是这个时候，我只想说音乐不过是人世嘈杂的一个变音伪装而已，真无趣。

于峰说完上了车。轿车划破夜色，疾驶而去。

初恋在古铜色的广州

1　广州　何莹莹家一　日　内　外

何莹莹家（注：23楼）房门开着，客厅有两女一男（注：两个女的是房地产中介；男的是魏先生，33岁，他是准备买房的人，也是李铁的好友）。魏先生走走停停仔细看着客厅的每一个地方。

女中介一：魏先生，这套房子的朝向、装修、面积和价格都很符合您的要求，业主也诚心出售，您看是不是马上签了？

魏先生：先不急……我的朋友马上就到了……

话音刚落，作家李铁（男，28岁）出现在门口。李铁轻轻敲了两下门。客厅三人转身看见了李铁。

魏先生：李铁，你来了，快进来吧。

李铁进屋，走至魏先生身边。

魏先生：帮我看看这套房子，看看怎么样。

（注：这套二居室房子装修精美，最明显的有三个特点。第一，客厅窗前的一排盆景都枯萎了；开放式厨房异常光鲜，没有油污。第二，主卧的大墙上挂着钱女士和何莹莹的合影，两个人都非常时尚靓丽；次卧的墙上挂着何莹莹的个人

照，照片上的何莹莹是素颜，异常憔悴。第三，主次卧和洗手间到处都是散落的化妆品；次卧的床上放了五个大行李袋，袋子里的衣服露了出来）

李铁独自一人从客厅开始看起。他接着看了厨房，然后又依次在洗手间、次卧和主卧的门口向里面看了看（注：李铁看到次卧墙上照片时有一丝惊讶，看到主卧墙上照片时惊讶程度有了加深）。

李铁从主卧门口再次来到次卧门口。他向里面看了看墙上的照片，又看了看床上的行李袋。接着李铁进入次卧。

次卧的梳妆台上摆满了化妆品，并且有了一层薄薄的灰尘。一张大学毕业照被压在了化妆品下面，旁边还有一张撕成两半的照片。李铁拿起毕业照仔细看了一下，脸面呈现惊慌，身子抖了一下（特写：一共四排，从下往上数，何莹莹在第二排中间，张希在第三排中间，张希低头生气地看着何莹莹）（注：张希和何莹莹同岁）。李铁尽量保持镇定，翻看背面，背面有四排名字。李铁把毕业照放回原位，又拿起那张被撕成两半的照片将它们拼在一起仔细观看。这是一男一女的合影（特写）：女的是何莹莹，男的是陈士。李铁又翻看了一下照片背面。照片背面有一句英文（特写）：I hate you。李铁把照片放回原位，又将目光投向了梳妆台边角的一本露着扉页的日记本，扉页上写着陈士两个字。

这时魏先生来到次卧门口。

魏先生（轻声）：李铁，房子怎么样？

李　铁：我们到主卧说吧。

李铁和魏先生来到主卧。魏先生将门关上。李铁走到窗户旁边，往外望着。路面上的花草树木和行人虽然很小，但是清晰可见。

李　铁：房子看起来不错，就是……

魏先生（打断李铁）：就是什么？

李　铁：我觉得有点儿奢侈，再就是有些怨气。

魏先生：你还别说，我第一次进来的时候也有这种感觉。

李　铁：你了解业主是什么样的人了吗？业主的一些基本情况还是要了解的。

魏先生：业主就是墙上那个女的。中介说她这两年一直在国外生活，最近才回的国。因为有了移民的打算，所以要把这套房子卖了。

李铁没有回话，眼睛盯着窗外，突然他的脸色惊讶了一下。钱女士（52岁）和何莹莹（27岁）在路面上并肩走着，人看起来很小，但是样子很清晰。

李　铁（盯看着窗外）：她们来了。

魏先生：什么？

李　铁（依旧看着窗外）：房子挺好的，我的意见是……买。

2　广州　何莹莹家一　日　外

何莹莹（注：钱女士和何莹莹都是素颜素装。钱女士脸面焦虑，由于保养好，显得有些风韵犹存。何莹莹脸面憔悴，由于保养好，显得有些妩媚多情）走到小区门口停了下来，钱女士也了停下来。

何莹莹：妈，我不上去了，你自己上去吧，只要那几样东西就行了，别的都不要了。

钱女士：一起上去吧，我怕忘了。

何莹莹（愣了一下）：好吧。

说完，何莹莹和钱女士向小区里面走去。

3　广州　何莹莹家一　日　内

客厅内，李铁站立在一角朝着次卧门口盯看着。魏先生围着客厅转了一圈，然后停下跟女中介一说话。

魏先生：这套房子不要给别人看了，明天上午我过来签合同。

女中介一（高兴）：没问题，不过我们只给您保留一个上午的时间。

魏先生：好的，谢谢！

女中介一：那您现在是再看看房子还是……

魏先生：不看了，我们下去吧。

这时，钱女士和何莹莹来到门口。钱女士向客厅看了下，有些迟疑。女中介一看见了钱女士，赶紧走近钱女士。

女中介一：钱阿姨，您怎么过来啦？

钱女士：没影响你们吧？

女中介一：瞧您说的，没影响。（轻声）阿姨，告诉您一个好消息，里面那位魏先生决定买了，明天上午来签合同。

钱女士（平静）：哦，正好我和女儿今天过来拿一些东西。（对着何莹莹）你自己去找找吧，我在客厅和他们说说话。

何莹莹进了客厅，然后去了次卧。李铁的目光紧随着何莹莹。

钱女士和女中介一也进了客厅。魏先生向钱女士微笑着点了下头。

在次卧，何莹莹从梳妆台上翻出那张毕业照和那张撕开的照片，把它们放进了手袋里。紧接着她又把那本日记放进了手袋。然后何莹莹来到了客厅。

何莹莹（对着钱女士）：妈，这里面您有什么想要的东西吗？

钱女士：没有，这不都是你的东西吗？你看着办吧。

何莹莹（对着女中介一）：这里面的东西我们都不要了，我们只要墙上挂的那两幅照片。

女中介一：现在就带走吗？

何莹莹点了点头。

女中介一：那行，我现在就把它们摘下来。

说完，女中介一和同伴去摘取照片。

客厅内，李铁等四人沉默了一会儿，稍后李铁走近何莹莹，开口说话。

李　铁：你是何莹莹？

何莹莹（点了点头）：嗯。

李　铁：我们好像认识。

何莹莹（吃惊）：怎么？

李　铁：我们是校友，我比你大一个年级……我是张希的朋友。

何莹莹的身体剧烈颤抖了一下，她勉强支撑住身子，惊呆地看着李铁。

这时女中介一拿着次卧和主卧的两幅照片来到客厅，并把它们交给了钱女士。钱女士费力地拿着它们。

女中介一：阿姨，很重吧？要不我帮您拿着吧？

钱女士：不用，谢谢你了。（转向何莹莹）莹莹，东西拿到了，我们该走了。（转向女中介一）那你们把房门什么的锁好吧，我们明天见。

女中介一：好的，您放心吧。

钱女士向门口走去，何莹莹呆呆地跟在钱女士身后。

李　铁（向着何莹莹）：我们改天见个面吧。

何莹莹回头盯看了一会儿李铁，点了一下头，然后和钱女士离去。

魏先生（对着李铁）：你们怎么认识的？

李　铁（沉默了一下）：缘分吧。

魏先生：不明白……对了，你让我办的事情有消息了，我们改天……干脆过几天在这里详谈吧，这里马上就是我的家了。（对着女中介一）我们也该走了，明天见。

女中介一：行，明天见！

李铁和魏先生离去。

4　广州　BH咖啡馆　黄昏　外　内

李铁走到铁门处（注：咖啡馆在小楼的一楼。这栋小楼被高高的树条和花草围住，靠近路面的花墙中间有一个小铁门）停留了一下，他简单整理了一下仪容仪表，然后推开铁门进去了。紧接着他又快步走到咖啡馆小门，推门而入。

男服务生：您好，李先生。

李　铁：您好，到了吗？

男服务生：到了，在墙角呢。

李铁径直走到墙角处。何莹莹在墙角处坐着。李铁向着何莹莹微笑了一下，然后也坐下了。这时轻柔的音乐响起，屋里的光线很暗淡。

李　铁：突然有一件急事，所以来晚了。

何莹莹：我也是刚到不久。

李　铁（盯看了一会儿何莹莹）：你憔悴了很多。

何莹莹（用右手轻拍了下左脸和右脸）：是吗？

这时，男服务生端着咖啡来到李铁近前，放好咖啡后离开。

李　铁：你又哭了？

何莹莹：没，没有的事情，哪能总是哭呢！

两人沉默了一会儿，李铁开口说话。

李　铁：你不问问我跟张希是怎么回事？

何莹莹（轻叹）：哎，有什么好问的呢？都过去这么久了……（停顿了一下）那么，你说说吧。

李　铁：我和张希是同乡。但是关于你的事情，张希没有跟我说起过，我是在事情发生后才知道了你的名字。那天在你家里看见那两张照片，我才隐隐约约中确定张希主要是为了你……

何莹莹（轻声打断李铁）：别说了……任何人做任何事情都不可能是为了别人……他太自私了……（轻声哭泣）

李铁看着低头哭泣的何莹莹也有了一丝悲伤，于是不再说话。不一会儿，外面传来爬楼梯的声音，李铁开口说话。

李　铁：你还是不敢面对已经发生的事情。

何莹莹（停止哭泣，激动）：不是不敢，是不愿意……都是自私的家伙，他们太自私了，留下我一个人伤心地生活。

李　铁：那么，就当我没有提过那样的要求吧。因为好奇心很重，所以提了那样的要求。

何莹莹（平静了许多）：你也很难过，也有很多烦恼，是吗？我可以告诉你以前的事情。再次回到广州，积压在我心里的这些情绪也该得到释放了。

李　铁：谢谢你，我知道的那些事情我也会告诉你的。

何莹莹（点了下头）：今天我有些累，下次再说吧，（停顿了一下）我们明天在公园见面吧。

5　广州　何莹莹家二　夜　内

客厅的大灯有问题了，忽闪不定。何莹莹坐在按摩椅上闭眼沉思。钱女士一会儿看看头顶上的灯，一会儿看看何莹莹。

钱女士：这次回来要待多久？

何莹莹（睁开眼睛）：还不确定……这几天，我会和朋友在一起，您不用担心。

钱女士：你还是留下来吧，别移民了。这里多好啊，又热闹，谁也不认识谁。

何莹莹（有些不耐烦）：好了，妈，我想静一会儿，您去休息吧。

何莹莹说完把眼睛闭上了，钱女士无奈地去了卧室。

6 广州 TH公园 日 外

李铁和何莹莹在湖边走着。在湖的周围有一圈落羽杉。这个时节，落羽杉的叶子已经是古铜色了。地下落了一层厚厚的杉树叶子。

李铁和何莹莹在一个石凳上坐了下来。

何莹莹（望着湖面）：我和陈士就是在这里认识的。

李铁也望向湖面。

何莹莹：他就在这里开始突然闯进了我的生活……

李　铁：陈士就是那张烂照片上的那个男人吗？

何莹莹：嗯，是他。

李　铁：撕了又不扔掉，看得出你们之间的感情很复杂。

何莹莹（沉默了一下）：那段生活……确实很复杂，什么滋味都尝过了……

回忆的画面开始浮现。

回忆一

广州 TH公园 日 外

餐馆门口，陈士（35岁，比何莹莹大12岁）和一群人说笑着。他们刚吃完饭，准备离去。

焦先生（41岁）：陈助理，还适应吧？

陈　士（用牙签剔着牙）：还行……我很喜欢广州。气候温和，到处都是绿树和花草……就是听说这里夏天太热了。

胡先生（44岁）：您又不常在外面走动，热了就更好了。

陈士冷眼看了胡先生一眼，胡先生立马收敛了许多。

陈　士：我们去前边看看吧。

众人行至湖边。

陈士看向湖对岸。

陈　士：那是女人在看书吗？

众人向湖对岸看去。那边何莹莹正坐在湖边石凳上看书。

焦先生：好像是……旁边有好几所大学呢，应该是大学生。

陈　士（惊讶，拉长音调）：哦……好像很漂亮的样子……不错，不错，我很久没有见到漂亮姑娘看书的场景了，竟然在广州看到了。不错！

回忆二

广州　TH公园　日　外

何莹莹翻看了一会儿书后把书放在了石凳上，然后起身开始在湖边走走停停散步。

回忆三

广州　TH公园　日　外

陈士独自一人朝湖边走来。他来到石凳旁，拿起何莹莹的书翻看了一下，脸上露出一丝得意的笑容。他抬头看向不远处的何莹莹，何莹莹也发现了他。两人对视了一下。何莹莹有些尴尬，有意要回来取书。陈士拿着书走到何莹莹身旁。

陈　士：你是大学生？

何莹莹（淡淡的声调）：再过六个月就不是了。

陈　士：哦……听你的口气好像不开心，是在为前途担心吗？

何莹莹（显示一丝轻松）：也不全是啦。

这时，何莹莹的手机响起，何莹莹接通电话。

何莹莹：喂……好的，我马上回去。

何莹莹挂断电话后，迅速离去。陈士拿着书，望着远去的何莹莹嘴角歪了一下。

回忆四

广州　某商厦一楼大厅　日　内（A）

大厅中间，何莹莹、张希和另外三名男女穿着演出服在进行一段联合演奏。何莹莹弹古筝，张希拉大提琴。另外三名男女分别吹笛子，拉二胡，拉小提琴。

他们身旁聚集了一些观看演奏的人。

很快，何莹莹等人演奏完毕，何莹莹和张希离开，另外三名男女留下收拾器材。

围观的人慢慢散去。

陈士一身商务装束，从远处走来，看见了离去的何莹莹和张希。

回忆五

广州　某商厦休息室　日　内（B）

陈士来到休息室，偷偷向休息室望去。

休息室门开着，张希站立在何莹莹身边深情地看着她。何莹莹坐在椅子上低头翻看着手机。

张　希：莹莹，我们在一起吧。

何莹莹只顾着看手机，没有答话。

张　希：你到底不喜欢我什么啊？四年了，对我总是不冷不热的，我快受不了了。

何莹莹（侧脸看了一眼张希）：你的感情太浓了……感情太浓就意味着是一种负担，我不喜欢照顾人。

张　希（恼怒）：这就是你拒绝我的理由吗？这么奇怪的话，你也说得出口。我现在觉得你很自私，太自私了。（停顿了一下，态度转为平静）让我来照顾你，行吗？

何莹莹沉默不语，有些心烦地看着手机。

张希再次恼怒，愤怒地盯看了一会儿何莹莹，然后转身离开。张希没有看到门旁的陈士。陈士看着张希的背影嘴角歪了一下，然后转身观察屋内动静。何莹莹正在朝门口走来，陈士赶紧进屋。

陈　士：你好……你是……何莹莹？

何莹莹：怎么，你……

陈　士（打断何莹莹）：我刚刚在楼上主持完一个商务会议，公司准备在这片区域做一些大动作。刚才经过大厅看见你，所以就过来了。怎么，你要去表演节目吗？

何莹莹（微笑）：不是的，刚才那是最后一段演出，活动已经结束了。

陈　士：结束了？那就跟我一起走吧。

何莹莹（有些惊讶）：跟你一起走？

陈　士：是啊，跟我一起走，去我家。

何莹莹（更惊讶）：去你家？

陈　士：是啊，去我家……在公园你的书没拿走，你不想要了？

何莹莹（一丝高兴）：要呀，我还愁找不到你呢，你今天就出现了。

陈　士：走吧。

何莹莹：现在去吗？

陈　士：是现在啊，你怕什么吗？

何莹莹：没，我去拿一下东西。

陈　士（笑着）：好的，我在外面停车场等你。

回忆六

广州　陈士家（何莹莹家一）　黄昏　内

陈士和何莹莹（**注：已经换掉演出服**）在楼道走着，离着门口还有一步远，门内传来说笑声。陈士打开房门，客厅的场景出现在眼前：四个四十到五十岁之间的男人围坐在一起说笑着。他们看见陈士，全部恭敬起身。陈士和何莹莹进门。

陈　士：焦先生，谈到哪一步了？

焦先生：正事谈完了，私事刚说了几句。

陈　士：下面怎么安排的？

焦先生：快晚上了，该去吃饭了。

陈　士（面向何莹莹）：你等一下。

陈士像有命令似的看了一眼众人，然后去了主卧。四人会意，微笑着看着何莹莹，何莹莹把头稍微低下了。很快，陈士回到客厅，把书交给何莹莹。

陈　士（面向何莹莹）：一起去吃饭吧，他们是我的几个老板朋友。

何莹莹迟疑，没有回话。

焦先生：一起去吧，刚才我们还说呢，几个老爷们在一起是不是阳气太盛了，总觉着干巴巴的。这回好了，有你了。

何莹莹还是没有回话。

胡先生（小声）：怕什么吗？这都怕，以后还怎么混社会！

陈　士（瞪了一眼胡先生，转向何莹莹）：我送你回去，你先去小区门口等一下吧。

何莹莹离去。

胡先生：陈助理，不错啊，够纯的！

陈　士（一丝恼怒）：够纯的？我看你是天天吃荤的吃得脑浆浑汩了。

胡先生低头哑然，其他人收去笑意。

回忆七

广州　街道　夜　外

陈士开车在大道上飞驰着，后座的何莹莹有些焦急。

何莹莹：好像走错路了，去学校的路是在东边。

陈　士；我们现在去商场。

何莹莹：怎么，不是说要送我回去吗？

陈　士：最近我要参加一个重要活动，你来帮我挑选一套西装吧。

何莹莹沉默不语。

回忆八

广州　某商场　夜　内

三楼某男装店内，陈士穿着一套新西装在镜子前试看着。何莹莹拿着陈士的手包害羞地站立在旁边帮看着。陈士表情故作严肃，偶尔有笑容。

陈　士：怎么样，这套合适吗？

何莹莹：挺好的，跟你很配。

陈　士（转向旁边的女服务员）：这套我就穿在身上了，另外再给我拿一套。（转向何莹莹）待会儿我们去四楼。

何莹莹：怎么，还要买什么东西吗？

陈　士：有一个朋友在四楼开了一家店，我们过去看看。

回忆九

广州　某商场　夜　内

四楼某女装店内，何莹莹在无聊地翻看着衣服，陈士和老板娘秦女士（40岁）在收银台处聊天。一会儿，秦女士来到何莹莹身边。

秦女士：以后就叫你妹妹了……你叫我秦姐吧。

何莹莹微笑着尴尬地点了下头。

秦女士：听说马上要毕业了，真好，女人只有在进入社会后才是最美的。

何莹莹脸上闪过一丝惊讶。

秦女士（假装没看见何莹莹的惊讶，从上往下看了看何莹莹）：样子真好，恰巧我的店里刚来了几款新衣服，你来做我的试衣模特吧。

何莹莹（迟疑，惊讶）：这样做合适吗？

秦女士：合适呀，我看那些衣服就是专门为你做的，来吧，就当帮我一个忙做宣传了。（转向近处的女服务员）领着何小姐去试穿最近新来的那几款衣服吧。

女服务员（走近何莹莹）：何小姐，请跟我来吧。

女服务员领着何莹莹去了试衣间。很快，何莹莹穿着新衣服出来了，众人都点头称赞。

回忆十

广州　大学校门口　夜　外

陈士将车停靠在学校门口。何莹莹穿着新衣服，拎着几个袋子，从后车门下来。她没有回头看一眼，径直走了几步。这时，陈士从车窗探出脑袋叫住了何莹莹。

陈　士：莹莹……

何莹莹停下，但是没有回头。

陈　士：把你那些旧衣服扔掉吧，它们不适合你了。会联系我吧（停顿了一下，何莹莹没有回话），啊，我说的是你拍毕业照的时候。

何莹莹依旧没有回头，也没有回话。她表情惊讶，等了一会儿陈士不再说话便继续走路离去。

陈士望着何莹莹远去后轻轻冷笑了一下，接着开车离开了。

回忆十一

广州　大学公厕　夜　外

何莹莹走进厕所。很快，她穿着自己的衣服出来了。她低头盯看着手里的袋子沉思了一下，然后离开了。

回忆十二

广州　大学校园　日　外

校园里到处是鲜花绿草，很多学生在说说笑笑拍着毕业照。一条小道上，张希低着头在急匆匆地走着。

回忆十三

广州　某山停车场　日　外

焦先生把车停下，他和陈士从车里下来。

陈　士：你在外面等着吧，可能会很久，辛苦你了。

焦先生：您太客气了，出来的时候给我打个电话吧。

陈　士：如果结束的早，我们去山顶看看那个景点吧……我先过去了。

陈士说完朝一家酒楼走去。

回忆十四

广州　某山山顶　黄昏　外

山崖处，张希倚靠着护栏，何莹莹站立在树下。

张　希：莹莹，我爸爸明天来广州了，到时候我们一起拍一张合影吧，然后吃顿饭。

何莹莹（有些不耐烦）：约我来就是要说这个吗？为什么非来这里说呢？

张　希（盯看着何莹莹）：你很不耐烦，是吗？

何莹莹：我的时间有些紧，过几天要参加一个考试。

张　希：莹莹，我要回老家工作了。不，我可以不回的，只要你答应我。

何莹莹沉默不语。

张　希：哎，我怕自己喜欢了很多年的音乐从此以后会枯萎掉，也怕再也看不到你了。

何莹莹（不耐烦）：怎么说这样的话？我不喜欢听。

张　希（走近何莹莹，抓起她的手，大声）：告诉我，为什么不答应我？说吧，让我活得明白一些。

何莹莹（试图挣脱张希的手，但是没有成功）：就是因为这个，你的情绪很不稳定，你知道吗？

张　希（轻微冷笑）：呵，我的情绪不稳定？好，我就让你看看我怎么不稳定了。

说完，张希强行搂抱并亲吻何莹莹。

何莹莹使劲推开张希，跑了几步，紧接着蹲在地上哭了起来。张希冷静了些，走上前去。

张　希：那就留着给那些老男人吧。

张希说完离去。这时，何莹莹的手机响起，何莹莹接通电话。

何莹莹：喂……我就在山顶呢……怎么他醉了……好吧，我等着。

回忆十五

广州　某山盘山路　夜　外

焦先生开车向山上行驶着。陈士躺在后座上迷糊着。在拐弯处，焦先生猛然刹了一下车。陈士惊起，趴着车窗看见了外面的张希。张希满脸怒气，侧脸盯看了一眼焦先生的车，然后转脸向山下走去。陈士嘴角歪了一下。焦先生继续开车向山上驶去。

回忆十六

广州　某山山顶　夜　外

何莹莹在树下焦急地等待着。不一会儿，焦先生开车向何莹莹所在的方向驶来。轿车停下，陈士从车上下来，摇摇晃晃走向何莹莹。

陈　士（喘着粗气，大声）：过来，扶住我。

何莹莹走上前去扶住陈士。

陈　士（抓牢何莹莹的手臂）：怎么这么久都不联系我啊？打算就这么结束了吗？哎呀，你真傻呀！你该天天联系我才对啊！

何莹莹有些生气，没有说话。

陈士将何莹莹的手甩开，指着下山的路口说话。

陈　士：以后不要再和莫名其妙的人来往了，从现在开始做我的女人吧。

何莹莹（生气）：你是在命令我吗？

陈　士：没错。

何莹莹（发怒）：没错？这是什么话？！

陈　士：以后我就是你的男人，你所有的思想活动和行为必须以我为中心，你的梳妆打扮、言谈举止必须看我的眼色，你要把自己塑造成我喜欢的样子。

何莹莹：你把我当成妓女了吗？

陈　士：这不重要，重要的是你需要我。

何莹莹（被气得发笑）：可笑，真是可笑，这种话也能说出口。让我等了这么久就是来跟我说这些话的吗？留着这些话去跟那些需要你的女人说去吧。

何莹莹板着脸向下山路口走去。陈士不以为然，向着她的背影大声说话。

陈　士：不要让一些奇怪的东西束缚住自己，它们只会让你越来越穷。你要记住，你需要我！

回忆十七

广州　大学校园　日　外

教学楼前，张希和何莹莹众人正在照毕业合影。摄影师有些生气，一边瞄着镜头一边大声说话。

摄影师： 第三排中间的那位男生，你笑一笑啊。好了，一、二……我说那位男生你的眼睛向前看啊，对，就这样。一、二……三！（张希低头生气看何莹莹的画面被定格）

合影结束，何莹莹急匆匆离开，张希无奈地看着她的背影。

回忆十八

广州　大学校园　日　外

操场上，张希和父亲张绳（50岁，比张希大27岁）以及一些男同学在拍照。

张　绳： 小希，不跟女同学照照相吗？

张　希（沉默了一下，闷声闷气）： 不照。

张　绳： 小希，你要理解爸爸，以前我会处处限制你，以后我会纵容你。你尽管去做你想要做的事情，哪怕闯了祸我也会替你扛下来。

张希没有回话，径直朝前面走去。

回忆十九

（注：这个场景始终从何莹莹的背后拍摄）

广州　大学图书馆　日　内

何莹莹坐在靠近窗户的位置，这一片区域只有她一个人。桌子上资料很多，有一摞书快要高过她的头顶了。她挺着身子在打盹儿。

一群高挑靓丽的女学生和她们的各种来历的男友们来到何莹莹身旁，其中一个女生把手袋等物品放在了何莹莹的资料旁边。何莹莹没有看她们一眼，继续挺着身子打盹儿。这时一个女生说话了。

女　生（对着众人）：嘘，小声点儿，不要打扰到师妹学习。

说完，她们开始摆弄各种造型拍毕业纪念照。很快，这群毕业生拍完照离去。这片区域又剩下何莹莹一个人了。何莹莹顶不住困倦趴在了桌子上。这时何莹莹所在位置的光线暗淡了许多，外面天气转阴。突然，一个闷雷把何莹莹惊醒。何莹莹看了看周围，然后脸朝向窗外。很快，她又趴在了桌子上，右手摊开将高高的一摞资料推倒，有几本书重重落在了地上。

回忆二十

广州　大学校园　日　外

操场。天有些阴沉，一丝凉风吹着树叶。

树下，有四个女生围坐在一起在轻声弹唱着。其中一个女生拿着夏威夷小吉他在弹唱，另外三个女生在伴唱。

这时，何莹莹来到四个女生身旁，她们恰巧弹唱完一首曲子。

何莹莹（靠近拿琴的女生）：你好，让我试一下可以吗？

女　生（笑着）：当然可以，你也喜欢尤克里里？

何莹莹：嗯，很喜欢它那种清脆的调子。

女生把琴递给何莹莹，何莹莹接过后坐在了她们旁边。何莹莹开始弹唱苏轼的《水调歌头·明月几时有》，四个女生渐渐被轻柔的音乐感染并伴唱起来。

在她们弹唱的时候，张希和张绳已经来到了她们身边。张希静静地看着弹奏中的何莹莹。张绳带着疑惑一会儿看看张希，一会儿看看五个女生。

张　绳（小声）：小希，你很喜欢这种乐器吗？

张希只顾看着没有回话。

张　绳（小声）：我给你买一把当做毕业礼物吧。

这时，何莹莹弹唱完毕。张希凑上前去。

张　希：把琴给我吧，我试一下。

何莹莹有些惊讶，没有说话，把琴递给了张希。

张希弓着身子开始弹奏。刚开始张希弹奏的节奏很舒缓，转眼之间节奏变得急促，如泣如诉。张希的右手像一匹野马的蹄子在四根琴弦上狂奔。

四个女生被张希忘我的弹奏和曲调的轻重缓急的流畅变换紧紧吸引住了。何莹莹已经起身闪退在一旁，似乎想要离开，脸上一副心不在焉的样子。张绳表情凝重地盯着张希，不时偷眼看一下何莹莹。

突然，张希弹奏的曲子戛然而止。四个女生还沉浸在音乐里。

张希满怀希望抬头寻找何莹莹，何莹莹已经消失不见。张希瞬间丧失了兴致，把琴还给女生，怏怏不乐地离开了。张绳紧追上张希。

张　绳：小希，等一下。

张希停下，满脸愁容。

张　绳：小希，以后不要弹这种东西了。你看它的样子，格局太小，弹出来的调子也是闷声闷气的，年轻人要有朝气，要有气魄……当然我的礼物会照样送上。

张希听完没有回话，径直向前走去。

回忆二十一

广州　农田　日　外

大雨过后，一切都是新鲜光亮的。这片农田较大，整体看上去有些破旧。农田旁边有高楼。

张希和李铁在一座小桥上方站立着，张希面向农田，李铁倚靠着护栏望着地面。

张　希：师兄，不好意思，刚才下着雨就把你叫出来了……我想麻烦你一件事情。

李　铁：什么事情？

张　希：将来我有可能会来广州待一段时间，你不介意的话，到时候我就在你那里落脚了。

李　铁（迟疑）：怎么，你还来广州？安心在老家工作吧。

张　希：你的意思是介意，是吗？

李　铁：啊，不是的，随时欢迎。

张　希：师兄，你知道吗？在广州这几年，我只有在这个地方才能看到四季的变化。很奇怪，有时候我会生出想要永远待在这里不出去的念头。

李　铁：确实很奇怪，市区竟然有这样的地方，你是怎么发现这个地方的？怎么会喜欢待在这里呢？

张　希：是我喜欢的一个女孩把我逼到这儿来的。

李　铁：哦，既然是这样，那个女孩就不适合你。如果她知道你为了她在这里浪费时间、东游西荡，她会更加讨厌你的。

张　希（怀疑地盯看着李铁）：是吗？

李　铁（点了点头）：要让女孩子喜欢上你，你就得光明正大的，要强势一些，不要古里古怪的，躲躲藏藏的……安心工作吧，男的不工作会失去一切。

张　希：那女的呢？

李　铁（冷笑）：呵，她们会得到一切，除了爱。

张　希（摇头）：你没有恋爱，你不懂。

李　铁（不耐烦，平静）：也许吧……行了，回去吧，好像又要下雨了。

这时雷声响起，天空变得很阴沉。

回忆二十二

广州　街道　日　外

冬雨下得很大，市区白蒙蒙的。路边可以见到零星的几个行人裹着雨衣或打着雨伞缓慢地行走着。

十字路口，陈士开车载着何莹莹在等候红灯。

陈　士（侧脸看着何莹莹）：看样子，你工作得还行？

何莹莹：其实，工作了才几个月，热情已经少了很多了。

陈　士：刚才幸亏在路边遇到你了，不然下这么大的雨，你要打着哆嗦等到什么时候才能回到家呀？

何莹莹：这个没什么的，都是小辛苦。

陈　士（沉默了一下）：莹莹，你应该知道我要说的是什么吧？！我想说的是你可以生活得更好一些，我想每天接送你上下班，不，你可以不二作的……去我那里住吧。我的房子很乱，很脏了。它需要一个女主人来天天呵护它。莹莹，我再也不想睡在乱糟糟的旧床单上了。

何莹莹（低声）：女主人我没想过，女朋友……倒是可以。

陈　士（高兴，抓住何莹莹的手）：莹莹……

陈士开车驶向桥洞。

回忆二十三

广州　铁路　日　外

桥洞上面，一列火车横穿而过。

回忆二十四

广州　天桥　黄昏　外

张希拖着行李箱走到天桥中间停下了。李铁跟在后面，也停下了。张希凑近护栏，看着天桥下面的铁路。这时，一列火车呼啸而来。

张　希（盯看着火车）：我好像是第一次这么近距离看火车飞弃的样子，感觉不算太吵。如果再近些，不知道会是什么感觉。

李　铁：刚下火车就跑来天桥，真不明白你是怎么想的……突然把老家的工作放下跑来广州这样做合适吗？

张　希：合适，我觉得很合适！在老家，我无时无刻不在嫉妒着他们。我必须来广州把我心里的嫉妒释放出来，我真的很嫉妒他们……我现在心里很难受……（大喊）啊，我很难受！

李　铁：为了一个女孩子这样东奔西跑的，不觉得荒唐吗？还是回家吧。

张　希：你……不愿意让我住在你那里，是吗？

李　铁：如果不愿意，我就不会见你了……好了，我有事先走了，记得晚上不要太晚回去，小心些吧。

回忆二十五

广州　家纺店　夜　内　外

何莹莹穿着时尚靓丽，在展销的床单旁边认真察看着。她左手拎着很多衣袋。

门口处，张希闪入店内，并悄悄来到何莹莹身边。他有些憔悴。

张　希：这里的东西很漂亮……

何莹莹（侧脸看到张希，被惊了一下）：怎么，你？

张　希：而且很贵，是吗？

何莹莹：怎么说呢，算是吧。

张　希：你在布置新家？

何莹莹（迟疑了一下）：嗯……还不能这样说，只是帮他挑选。

张　希：好啊，女人不就是这样的吗？总是忙着买东西，然后扔东西。

何莹莹没再回话。她和张希尴尬地静默了数秒，稍后何莹莹跟近处的女服务员说话。

何莹莹：您好，这个床单给我拿两件。然后枕头的话……给我拿两个吧。

女服务员：好的，您稍等。

女服务员离开。

何莹莹（害羞地看了一眼张希）：我要走了，你……

张　希：走吧，我已经习惯了。

何莹莹没再说什么，转身去收银台付钱。

张希走出店门，来到店门旁边的橱窗前，并斜着身子倚靠在上面。

这时，何莹莹拎着大包小包从店门走出。她侧脸看到了张希，犹豫了一下，然后来到张希近前。

何莹莹：你不要这样了……毕业后一直在广州吗？

张希沉默不语。

何莹莹：你应该安心工作……不要再盯着我了，把我忘了，开始自己的新生活……如果还是想不通，我们改天正式见个面详谈吧。

张　希：详谈？详谈你跟那个男人的新生活吗？详谈我是怎么不如那个男人吗？详谈你是怎么爱上那个男人的吗？

何莹莹语塞。

这时，陈士出现，向何莹莹和张希走来。

陈　士（稍微板着脸，面向何莹莹）：把东西放到车里去吧。

何莹莹离开。

陈　士（盯看着张希，沉默了一会儿）：你的样子很奇怪。

张　希（站直身子，愤怒地盯看着陈士）：你说什么？

陈　士（转脸看向马路，语调温和）：这些宽敞漂亮的马路是为遵守交通规则的人修建的，（转脸看向张希）你……如果想搞破坏，应该知道后果是什么。另外，我建议你离开广州，你这个样子已经造成了污染……难看，很脏，懂吗？

张希握紧拳头，身子动了下想要凑近陈士打他，但是瞬间他的身子又退回去了。

陈士盯着张希，嘴角歪了一下，然后转身镇定自若地离去。

回忆二十六

广州　街道　夜　外

陈士开车在马路上飞驰着。突然，他扭动方向盘拐向了路边，并停了下来。何莹莹被惊到了。

陈　士：我现在心里很不舒服，你知道吗？以后不要和奇怪的人说话了。

何莹莹有些惊怕，没有答话。

陈　士：你已经答应和我交往了，就要时刻保持警醒，不要让我从你的视线里溜走了，这样你以后的生活才会有保障，才会过得更舒服。

何莹莹依旧没有说话。陈士抓起何莹莹的手吻了很久，然后放下。

陈　士：好了，别不开心了，精神些，过几天我们会有很多事情需要去做的。

陈士说完启动轿车离去。

回忆二十七

广州　珠江　夜　外

夜色清冷，寒风习习。一艘游轮驶出码头，沿着游轮驶去的方向即东边看去，璀璨绚丽的珠江夜景尽收眼底：星海音乐厅像一只天鹅展翅欲飞，远处的广州塔像妙龄少女扭动着曼妙身姿。

回忆二十八

广州　江边　夜　外

张希无精打采地来到一个水警码头。几个人聚集在码头，各自散开着看向岸边水警巡逻船。一艘大船的甲板上，两个水警用一个黄色专用袋已经打包好了一具尸体，一个水警拿着水管在冲洗甲板。紧接着路边开来一辆面包车，司机下车把车厢后门打开了。张希一脸迷糊的样子，向身边的一个中年男人询问道。

张　希：喂，船上那些人在干什么呢？那个黄袋子是怎么回事？

中年男人面无表情地看了下张希，没有回答，就离开了。

旁边一个年轻男子开口了。

年轻男子：是人。

张　希（恐惧，惊叫）：啊……（身子晃悠，差点栽倒）

年轻男子：也好，不用流浪了。

张希带着惊吓赶紧跑开了。

回忆二十九

广州　街道　夜　外

张希在路边恐慌地跑了一段距离后停了下来。一个艳妆女子突然出现并向张希靠近。女子动作亲昵地贴近张希嘀咕了一下，张希被吓得赶紧跑开了。

女　子（讥笑，大声）：喂，没用的家伙。

张　希（停下）：什么？

女　子：我说你是没用的家伙。

张希返回，直接扑向了女子。

回忆三十

广州　街道　夜　外

张希和艳妆女子在一条小街走着，很快他们闪入了街边一家小旅馆。

回忆三十一

广州　街道　夜　外

午夜，一辆公交车在空荡荡的大道上疾驰。张希坐在公交车尾部，车内只有他一个乘客。

回忆三十二

广州　李铁宿舍　夜　内

张希打开房门（注：李铁宿舍是一房一厅，张希在客厅睡），没有开灯，摸黑来到客厅沙发上。他摸了几件衣服，然后进了卫生间。张希重重地把卫生间的房门关上，然后在里面大声地鼓捣起来。

卧室里，李铁被惊醒。李铁摸黑把门稍微打开，探出脑袋冲着卫生间说话。

李　铁：张希……你没事吧？

卫生间里的声音瞬间变小，直至悄无声息。张希没有回话。李铁看了一会儿后把门重重地关上了。过了一会儿，李铁又按了一下门锁，门锁的声音很大（特写）。走道、卫生间和客厅一片安静。

回忆三十三

广州　陈士家（何莹莹家一）　日　内

客厅内，焦先生和胡先生在沙发上坐着。陈士扭动着身子，一边打领带一边对焦先生和胡先生说话。

陈　士：都安排好了吧？

焦先生：安排好了。

陈　士（斜看着焦先生拿来的酒）：那些是？

胡先生（抢先回答）：陈助理，好东西，红的白的都有，是专门从朋友那里拿来的，今晚可以好好搞搞了。

陈　士：好好搞搞？胡先生，我看你是天天搞，被搞糊涂了……待会儿在餐桌上不要胡说。

胡先生一脸尴尬不再说话。

焦先生：陈助理，今天晚上贾先生来吗？

陈　士：这么重要的事情，他肯定来。今晚争取把每个人的投资金额敲定。

焦先生：问题不大，年初确定的那几个项目到现在做得这么好，大家都很有信心。

陈　士：那就行，有钱大家一起赚。

回忆三十四

广州　何莹莹宿舍　黄昏　内

何莹莹的宿舍是两室一厅。客厅内，何莹莹在沙发上躺着。她两眼发直，脸色疲惫、忧虑。

舍友小静打开房门进入客厅。何莹莹没有反应。

小　静（奇怪地看向何莹莹）：莹莹……你没事吧？

何莹莹（过了一会儿才回答）：我没事，就是心烦躺着休息一下。

小　静（一丝不悦）：你一天都没有出去吗？

何莹莹：嗯……我待会儿出去，晚上可能会很晚回来，到时候可能会打扰到你。

小　静：哦，没什么的……我今天上班有点儿累，我先进屋了。

小静说完进了自己的卧室。

何莹莹起身慢慢地来到窗前，表情凝重地盯看了窗外一会儿。

突然，她麻利地转了个身，表情不再凝重。她快步走向自己的卧室。

回忆三十五

广州　餐厅　夜　内

包厢内，陈士和何莹莹等十几个人（**注：只有何莹莹一个女性**）围坐在餐桌旁。他们有的在互相劝酒，有的在互相攀谈，有的在吃着菜，有的在抽着烟。其中，陈士在和人交谈喝酒；焦先生抽着烟，不时地偷眼看看何莹莹；何莹莹静静地坐着，脸涨得通红。陈士的上司贾先生（50岁）什么也没做，他坐在主人的位置上安静地看着大家。突然，何莹莹捂着嘴巴悄悄地起身向房门走去。

何莹莹离开后，贾先生也悄悄地起身离开。

回忆三十六

广州　餐厅卫生间　夜　内

何莹莹颤颤巍巍地向卫生间靠近，贾先生悄悄尾随。何莹莹进了卫生间。贾先生来到卫生间门口东张西望地等了数秒。卫生间连同走道异常安静。随后贾先生也进了卫生间。过了一会儿，卫生间里传出何莹莹的一声尖叫。过了一会儿又传来何莹莹的一声尖叫。两声尖叫之后，贾先生有些衣衫不整地出来了，他看了看走道，又回头看了看卫生间，然后快速离去。

贾先生消失后，陈士突然出现在走道。他来到卫生间门口进去了。随后卫生间里传出何莹莹的一声尖叫。过了一会儿又传来何莹莹的一声尖叫，然后是平静。

回忆三十七

广州　街道　夜　外

陈士开着车缓慢地行驶着，何莹莹（注：裙角有血迹）横躺在后座。

陈　士：莹莹，对不起，我没想到你是……

何莹莹闭着眼睛，流着泪水。

陈　士：今晚就住到我家里来吧，你是那所房子的女主人了。

这时，陈士的手机响起，陈士接通电话。

陈　士：喂……回去了，我和女朋友在外面呢。

秦女士的声音：这样啊，打扰你们了……有事再找你，再见。

陈　士：好的，再见。

陈士挂断电话后回头看了一眼何莹莹，何莹莹依旧是那样伤心。陈士猛踩油门，轿车飞速驶去。

回忆三十八

广州　陈士家（何莹莹家一）　晨　内

明媚的阳光洒满了客厅。

主卧内，陈士正坐在桌前写日记。写了一会儿后，他转身看向床上的何莹莹。何莹莹还在睡梦中。很快，何莹莹睁眼醒来。

陈　士：你醒了……

何莹莹表情有些痛苦，没有说话。

陈　士（温柔的语调）：下午装修师傅会过来，你按照自己喜欢的风格把房子重新装修一遍吧。还有，明天我们去照相，把我们的合影挂在墙上。这样才像个家嘛。

何莹莹没有回话，把眼睛闭上又睡了。

回忆三十九

广州　陈士家（何莹莹家一）　日　内

客厅内，何莹莹在跟两位装修师傅说话。

何莹莹：你们要把工作做得彻底些，不要让我看到还有原来的样子在。

装修师傅（点了点头）：好的。

回忆四十

广州　江边　夜　外

何莹莹和陈士在散步。不远处一群人在听一个街头歌手（男，35岁）唱歌。歌词朴实亲切，曲调温婉动人。何莹莹听得入迷了，她撇下陈士朝人群走去。陈士阴沉着脸也跟了过去。

何莹莹（挤进人群，面向歌手）：您好，刚才那首歌的歌词可以让我看看吗？

歌　手：可以啊。

歌手将歌词递给何莹莹。

何莹莹（边看边说）：写得真好，是你写的吗？

歌　手：不是我，是我刚认识的一个朋友写的。

人群外，陈士喊叫着何莹莹。

陈　士：莹莹，走啦。

何莹莹还回歌词，无奈地从人群中出来了。

陈　士：走吧，这有什么好看的？！

何莹莹有些闷闷不乐，她似乎有了心事没动。

陈　士：歌声能让他们飞起来吗？不对嘛，是飞机声，只有飞机才能让他们飞起来。这些人呐！

何莹莹（闷闷的语调）：在飞机上的那是身体，不是精神。

陈　士：什么？

何莹莹（低声）：没……

陈　士：我们在酒店住了有一个月了吧，明天搬回去吧。走吧。

陈士说完朝江边一家酒店走去，何莹莹跟了过去。

人群外，张希闪现，并静静地盯看着两人远去的背影。

歌手再次演唱了那首歌，歌声在江边、水面以至夜空漂浮着。

《种子》

那边又来了一群人
他们满脸笑容走向码头
这是怎么了，游船总是从我眼前开过
从天空飘来的飞机声告诉我不在天上
那来自车轮下的雨水也仅仅哭了一次
人生啊，你也要把光投向桥底哟
种子撒在心里不分节令
撒了就会长成参天大树
你说这样的话总是遭人质疑

就连自己有时也会软弱示人
种子撒在心里不分节令
撒了就会长成参天大树
你说把这些话当成种子当成光吧
我曾对你产生了深深的怀疑
那飘落的雪花覆盖了归乡的深深脚印
原野上的寒鸟也乱了它们的腾飞方向
种子撒在心里不分节令
撒了就会长成参天大树
你说把这些话当成种子当成光吧
你说我的人生从此就会不同
从桥底穿过的火车不只送走了失意人
它的吼叫也是为了呼唤坚信者的归航
种子撒在心里不分节令
撒了就会长成参天大树
你说这些话会像风一样飘散
我说就让你的话伴我启程吧

回忆四十一

广州　陈士家（何莹莹家一）日　内

主卧焕然一新，何莹莹在挂合影。挂完合影后，何莹莹把两个小合影摆放在了床边的木几上。她又拿着一个小照片（注：何莹莹和陈士的合影）来到次卧。她把小照片稍微塞进了梳妆台玻璃和木板之间的缝隙中。然后何莹莹又从抽屉里拿出毕业照，将照片贴靠着玻璃摆在了梳妆台上。何莹莹盯看了一下照片，脸上露出一丝微笑。

回忆四十二

广州　陈士家（何莹莹家一）　夜　外

小区内几乎没有路人，一片宁静。嘈杂刺耳的车辆行驶声音时不时从外边的公路上传入小区。

回忆四十三

广州　陈士家（何莹莹家一）　日　　内

何莹莹穿着睡衣打开主卧房门来到客厅饮水机旁边倒了一杯水，然后坐到沙发上喝水。不一会儿，她起身碰到了茶几上一杯没喝完的咖啡。杯子掉在地板上，咖啡洒了一地。她放下水杯拿来工具清扫。她弯下身子又起身时碰到了茶几。那个水杯也掉在了地板上，水洒了一地。何莹莹有些恼怒，把工具丢在地上，然后用脚踢了一下地板上的水杯。她去了主卧。

很快，何莹莹穿着一身时尚靓丽的衣服拿着手袋出来了。她头顶上架了一副太阳镜。何莹莹径直来到房门处打开房门，她回头扫视了一下客厅，然后戴好太阳镜关门离去。

回忆四十四

广州　餐厅　夜　内

何莹莹和三个女性朋友围坐在一起，桌子上摆着一个生日蛋糕。她们有说有笑。突然，何莹莹的手机响起，何莹莹接通电话。

何莹莹：喂……我在外面跟朋友聚会呢。

陈　士的声音：你现在马上回来。

何莹莹挂断电话后连忙拿起手袋准备离去。

朋友一：怎么，刚来就要走了吗？

何莹莹：突然有事，不好意思。

朋友一：那好吧……这几次见你，你都是这样匆匆忙忙的，要注意身体呀。

何莹莹没有答话，匆忙离去。

回忆四十五

广州　陈士家（何莹莹家一）　夜　内

客厅内，秦女士在沙发上躺着。她醉了，喘着粗气。她脸色憔悴，流过眼泪。陈士在旁边站立着。

房门处，何莹莹开门并把房门关好后向陈士走来。

何莹莹：怎么，秦姐她？

陈　士：刚才跟人吵了一架，心情不好就多喝了几杯。

何莹莹：问题很严重吗？

陈　士：不算太严重……先让她在这里住两天吧，过了这两天就没事了。

何莹莹：那我去把次卧收拾一下。

陈　士：你睡次卧，让她睡主卧吧。我这几天在贾先生那边住，你多用心照顾一下她。辛苦你了。

何莹莹脸上出现一丝惊讶，没有回话。

陈　士：对了，地板这么脏怎么也不打扫一下？先把她扶进去吧，然后再打扫。

何莹莹和陈士一起把秦女士搀起来，去了主卧。

回忆四十六

广州　美容院　日　内

秦女士在床上躺着，一个美容师在给她做脸部护理。何莹莹也躺着，她侧脸看着秦女士。

秦女士：妹妹，前几天辛苦你了。

何莹莹：没什么的，你太客气了。

秦女士：虽然那几天样子很丑，但是有时候女人要适当把自己弄丑一点儿，这样才会有更大的收获。

何莹莹一脸惊讶，没有回话。

秦女士：妹妹，前几天的相处我看你挺温顺的。这样吧，如果在家觉得闷了，就来给我帮忙吧，我有很多事情需要人来做的。

何莹莹：谢谢你，我暂时还没有想好该做些什么呢。

秦女士：那就先记着我的话吧，什么时候对我做的事情感兴趣了就来找我。

何莹莹微笑着点了一下头，然后闭上了眼睛。一个美容师走过来开始给何莹莹做脸部护理。

7 广州 TH公园 黄昏 外

何莹莹俯身低着头坐在石凳上。

稍远处，李铁采了一把三叶草正在向何莹莹这边走来，突然他俯身捡了一枝落羽杉叶子，把它和三叶草合在了一起。

李铁靠近何莹莹，站立着沉默了一会儿。

李 铁：你那段生活很安逸。

何莹莹挺起身子，面向李铁说话。

何莹莹：不，是突然安逸，突然紧张。

李 铁：他是个很有魅力的人。

何莹莹：如果接触不深的话，大家都会这么认为。

李 铁：而且他是个能量很大的人。

何莹莹（轻微冷笑）：哼，大到想要控制一切……我很讨厌这个，到现在心里还有阴影。

李 铁：所以神经衰弱的症状就是从那个时候开始出现的吗？

何莹莹：对……这就是代价吧，依靠人的代价。

这时，从湖面吹来一股冷风。何莹莹不禁打了个寒颤。李铁也抖了一下。

李　铁：广州的冬天还是有点儿冷的，就是圣诞节前后这段时间。

何莹莹：我知道。

李　铁：那我们走吧，快晚上了。

8　广州　十字路口　夜　外

十字路口，红灯灭后，人群像洪水般流动着。

在人群尾部的何莹莹两腿发软差点摔倒，李铁赶紧扶住了她。

路旁广场。李铁搀扶着何莹莹来到广场上。广场上人也很多，这些人在观赏广场中间的圣诞树。

李铁又把何莹莹扶到了广场旁边的一处安静地方。

李　铁：你看起来很虚弱。

何莹莹：不要紧的，松开手吧。（李铁不再搀扶何莹莹）我是很久没有看见过这种人多的场景了，一时不适应才会这样的。

李铁静静听着，没有说话。

何莹莹：不过幸亏是在晚上，如果是在白天，如果是在夏天，估计我会晕倒的。

李　铁：所以你很喜欢那个国家，打算移民。

何莹莹：没错，那里很安静。

李　铁：听说那里的冬天比东北还冷。

何莹莹：我已经习惯了……我好多了，我们过去吧。

这时李铁的手机响起，李铁接通电话。

李　铁：喂……我知道了，我再修改一下吧……再见。

李铁挂断电话后，跟何莹莹说话。

李　铁：待会儿我们就在对面分手吧，我要回去准备一些东西。

何莹莹：很急吗？

李　铁：不是很急。

何莹莹：那就先去我家一趟吧，我有一件东西想要交给你。

李　铁：行，我们过去吧。

9 广州 何莹莹家二所在小区外面街道 夜 外

李铁和何莹莹在路边并肩走着，李铁在外侧，何莹莹在里侧。突然，一辆公交车（注：只有一名乘客，坐在尾部）飞驰着从李铁身边经过。李铁被惊得跌坐在地上。何莹莹赶紧过来准备搀扶李铁，但是被李铁拒绝了。

李　铁：不用扶我，我没事儿……（依旧坐在地上，看着空荡荡的马路，低声哀叹）唉，我觉得很难受，我对朋友做了一些很冷漠的事情。

何莹莹：你说的朋友是……张希？

李　铁：对，是他。

何莹莹：在广州的时候，他一直住在你那里吗？

李　铁（沉默了一下）：不是，他第一次回广州的时候在我那里住了两个月吧……春节的时候，我和他一起回了老家。后来听说他又来了广州，但是没有来我那里。其实……他第二次来的时候，我大概知道他是怎么度过那段日子的……

李铁语塞，说不下去了。

何莹莹：那么，他爸爸呢，他爸爸现在怎么样了？

李　铁：我已经很久没有见过张叔叔了……他还在生着气吧，还在怨恨中活着吧。

何莹莹：唉，都是我的错，是我害的张希。（情绪变得激动）不，他的死和我无关，他为什么那么傻呢？怎么会选择结束自己的生命这条傻路呢？（停顿了一下）都是我害的，是我害的他爸爸成了现在这个样子。现在也只有恨才能安慰他爸爸的心，这样也好，起码他爸爸还有理由活下去。

这时，路北面的铁路上传来火车行驶的声音。

何莹莹：他就是坐着这趟火车来的广州吧……

李　铁：这个声音太熟悉了……

火车行驶的声音越来越大……回忆的画面再次浮现。

回忆四十七

广州 火车站 夜 外

一列火车停站，张希背着小四弦琴拖着行李箱从车上下来，向出站口通道走去。

回忆四十八

广州　李铁宿舍　晨　内

明媚的阳光照进了李铁的卧室。李铁还在睡觉。突然，李铁的手机响起，李铁迷糊着接通电话。

李　铁：喂……哪位？

张绳的声音：小李，是我，张绳，张希的爸爸。

李　铁：哦，是张叔叔啊……怎么，有事？

张绳的声音：抱歉，这么早打扰你了……小希这个时候应该在广州了……如果见到他，你先帮忙照顾着点儿吧，我过一段时间就去广州……还有，告诉他，无论做什么，哪怕是闯祸，我都会保护他。

说到这里，电话那边传来张绳的轻微叹息声。等了很久，电话那边张绳没再说话。李铁主动挂断了电话。李铁躺在床上，皱着眉头看着窗户。

回忆四十九

广州　BH 咖啡馆　日　内

咖啡馆一角，李铁正在笔记本电脑上敲字。突然，他的手机响起．李铁接通电话。

李　铁：喂，房东，您好。

房东的声音（男）：李先生，最近住得怎么样呀？

李　铁：还可以。

房东的声音：那就好了……有人向我反映这几天有一些奇怪的现象……那既然没事，我就放心了。要是有异常现象，你就直接报警吧。好了，有事我们再联系吧。

李　铁：好的，再见。

李铁挂断电话后满脸疑虑。这时，窗外变暗，瞬间大雨瓢泼而下，击打着窗户。

回忆五十

广州　李铁宿舍　夜　内

卧室一片漆黑，李铁正在睡梦中。突然，敲门声响起。李铁被惊醒。

李铁迷糊着来开门。房门开，楼道一片安静。李铁将房门关上，来到客厅沙发上坐下了。过了一会儿，从门外传来隐隐的走路声音。李铁再次来开门。房门开，声音已经消失。李铁呆看了一会儿，然后把门关上了。

回忆五十一

广州　大学书店　日　内

何莹莹在柜台前和女营业员说话。

女营业员一：你要的那本书还有一本呢，不过已经开封了，而且有些破损。

何莹莹（迟疑了一下）：把它卖给我吧。

女营业员一：那就算半价吧。

女营业员一说完去拿书了，何莹莹拿出五十元钱递给女营业员二。这时，何莹莹的手机响起，何莹莹接通电话。

何莹莹：喂……

陈士的声音：你在哪里？

何莹莹：我在书店买书，马上就买好了。

陈士的声音：不要买了，现在马上回家。

何莹莹挂断电话，匆忙离去。

女营业员一拿着书回到柜台前。

女营业员一：怎么，不买了吗？

女营业员二：买吧，钱都给了。

女营业员一：这样呀，那就把找剩下的钱和书一起包好，她来了就交给她。

这时，张希进入书店，来到柜台。

张　希：把刚才那位……女生买的书交给我吧。

女营业员二：你是？

张　希：刚走的那人是何莹莹，我是张希，是她的……朋友。如果她回来取书，让她联系我吧，我把联系方式留下。

女营业员二：这样做不合适吧？

女营业员一：把书交给他吧，让他登记一下联系方式。

女营业员一把书交给张希。张希留下联系方式，然后离开。

回忆五十二

广州　陈士家（何莹莹家一）　日　内

客厅内，贾先生在沙发上躺着。他醉了，神情狼狈。陈士蹲守在一旁。

房门处，何莹莹开门并把房门关好后向陈士走来。何莹莹脸色有些惊慌。

何莹莹：这是？

陈　士（起身，谨慎的声调）：嘘……

陈士说着把何莹莹拉到一旁。

陈　士：下午在酒店，老大受了些气。

何莹莹：很严重吧？

陈　士：还不清楚……最近经济环境不大好，搞得生活方方面面都不顺心……老大要在这里住一段时间，过了这段时间就肯定没事了。

何莹莹：那我？

陈　士：住的地方不用担心，这段时间你去贾先生那边住吧，我留在这里照看着。辛苦你了。

何莹莹：那我去把房间收拾一下吧。

陈　士（看了看昏睡的贾先生）：不用收拾了，我们把他扶到床上去吧。

陈士说完和何莹莹一起把贾先生搀扶起来，走向主卧。

回忆五十三

广州　汗蒸室　日　内

贾先生和陈士在汗蒸，水汽弥漫着。

贾先生：小陈，前段时间辛苦你了。

陈　士：老大，您太客气了，那有什么的。

贾先生：最近这段时间各方面资金吃紧，总部那边开始追问这边的一些资金去向了……以后的日子可能会更加困难，要做好心理准备。

陈　士：嗯，我明白了。

贾先生：我们一起做事有多久了？

陈　士：差不多七年了。

贾先生：真快啊，七年了……你不要担心，跟着我不会让你吃亏的。

陈　士：你知道的，那个不是我的目的，我就想一直跟着您做事。

贾先生（轻轻点了点头）：待会儿去喝一杯吧，放松一下。

回忆五十四

广州　贾先生住所（何莹莹家二）　夜　内

焦先生一边扶着喝醉的陈士一边敲门。

室内，何莹莹赶紧跑来开门。何莹莹和焦先生一起把陈士扶到客厅沙发上。

焦先生（用爱慕的眼神盯看着何莹莹）：粥熬好了吗？待会儿喂他几口吧……你不要担心，最近事情不顺心，所以就多喝了两杯。

何莹莹：麻烦你了。

焦先生：没什么的。（停顿了一下）行吧，你照顾着吧，我先走了。

何莹莹送走焦先生，然后回到陈士身旁站立着，显得有些手足无措。

陈　士（稍微睁开眼睛，摆动着手）：靠我近一些。

何莹莹蹲守在陈士身边。

陈　士：看着我，对着我笑一笑。

何莹莹顺从，但笑得不自然。

这时，陈士刚要开口说话，却吐了。

何莹莹准备起身去拿工具，被陈士阻止了。

陈　士（强忍着胃痛，说话缓慢）：先不要打扫……哎呀，我的胃疼死了，去拿粥来喂我吃。

何莹莹去了厨房。

很快，她端来一碗粥，服侍着陈士吃了两口。

陈　士：你怎么不笑了？难道照顾我让你觉得很难受吗？

何莹莹沉默不语，继续喂陈士。

陈　士：好了，不吃了，扶我去休息吧。

何莹莹把碗放下，扶着陈士来到卧室。在卧室，何莹莹服侍着陈士躺好后准备离去，被陈士叫住了。

陈　士：不要走，过来坐在我身边。

何莹莹顺从，上床坐在陈士身边。

陈　士：就这样看着我，要在我睡着很久之后你才可以睡觉。

何莹莹没有说话。陈士很快入睡。何莹莹继续看守着陈士。

回忆五十五

广州　贾先生住所（何莹莹家二）　晨　内

客厅内，何莹莹躺在沙发上睡觉。陈士从卧室出来，来到何莹莹身旁。何莹莹被惊醒。

何莹莹：你醒啦……去洗个澡吧，昨晚你醉得很厉害。

陈　士：嗯，真好，这话听着真舒服……过来，让我抱抱你。

何莹莹走近陈士和他拥抱在一起。

陈　士：你是爱我的，对吗？

何莹莹没有答话。

陈　士：最近事情很烦人，所以我的要求可能会有些过分，我也不想的……你要学会用柔情和忍耐来安慰我。如果不懂女人的柔情是什么，你就去上上课、看看书。

何莹莹：知道了，去洗澡吧，解解乏……新的一天就算开始了。

陈　士：不，我现在需要你。

陈士说着突然把何莹莹抱了起来，走向卧室。

回忆五十六

广州　酒店　日　内

大厅内，一个关于婚姻的培训课（投影仪显示培训课的标题：婚姻中的柔情与施展技巧）正在进行之中。何莹莹坐在前排听着。

回忆五十七

广州　大学书店　日　内

何莹莹在柜台前和女营业员说话。

何莹莹：把他的联系方式给我吧。

女营业员拿出登记表递给何莹莹。何莹莹用手机存录张希的号码。

回忆五十八

广州　JW大桥　黄昏　外

桥上车辆来来往往，桥边行人稀少。在大桥西侧中间的位置，张希倚靠着护栏望向珠江上方的夕阳；何莹莹面向东侧，看着没有亮灯的广州塔。张希侧脸看了一眼何莹莹，开口说话。

张　希（平静）：没想到你会联系我，还会来见我。

何莹莹：张希，不要再这样了。男人应该珍惜时间去工作。

张　希（情绪有些激动）：可惜我不是男人，掉进感情漩涡的人还谈什么珍惜时间？不都是在浪费时间吗……在你眼里，我不是男人……（激动）得不到你，我就不是男人。

何莹莹（生气）：得到了就是男人了吗？为什么你们这样自私，总是想着霸占，然后又想着被人呵护？为什么不能正常一些，平等地看待对方？

张　希：你这是在向我倾诉你的不幸吗？好呀，既然这样，我们就说说吧。你对男人的要求太高了。既然选择了依靠别人，就不要再想着平等了，就忍着吧。可是你不，还在看什么心理学著作上培训课，有用吗？

何莹莹（沉默了一下）：没错，我对男人是有要求，女人总归是软弱的。

张　希：所以你就继续在安乐窝里忍受折磨吧。

何莹莹：就算没有物质上的要求，我们也不会在一起……我们是两个世界的人。

张　希（轻微冷笑）：哼，两个世界的人？你说得真对，只有钱才能铲平我们之间的障碍。

何莹莹：随你怎么说吧。

这时，三辆公交车带着强大的轰鸣声依次飞驰而过，卷起的劲风似乎要把他们两人吹跑。何莹莹稍微平静后，开口说话。

何莹莹：张希，忘了我，回家吧，去过安静的生活。

张　希：好啊，我接受你的建议。可是我需要你来做我的老师，来教会我怎么忘记你……莹莹，这一次我还会等你等到年底。如果那个时候你还是拒绝我，我会按你说的那样回家去过安静的生活。

张希说完准备离去。

何莹莹：把书给我吧。

张　希：不，让它暂时陪着我吧，就当陪我一起做梦吧……莹莹，我希望你接受我，那个时候我们再一起把它扔掉，我相信我们的生活不需要它来作指导。莹莹，（声音哽咽）我真的不想再过孤魂野鬼的游荡生活了。

张希含泪离去。

回忆五十九

广州　贾先生住所（何莹莹家二）　夜　内

客厅内，陈士斜靠在沙发上。他满脸通红，喘着粗气，他醉了。何莹莹开门看见陈士后，惊了一下。她边走近陈士边说话。

何莹莹：怎么，你又喝了很多酒吗……我去煮点粥吧。

陈　士：别煮了，过来，坐到我身边来。

何莹莹来到陈士身边坐下。

陈　士：把手给我。

何莹莹把手递给陈士，陈士紧紧握住何莹莹的手，然后半睁着醉眼看着何莹莹。

陈　士：你做什么去了？

何莹莹：我……去上课了，然后见了一个朋友。

陈　士：哦……以后不要这样了，我不喜欢回到家看见房子是空荡荡的，你要在家里等着我、迎接我。

何莹莹没有答话。

陈　士（睁着眼仔细盯看着何莹莹）：你憔悴了很多……去购物吧，然后去旅游。

何莹莹（轻声）：你刚才说让我在家里等着你、迎接你。

陈　士（眯起眼睛）：我说过吗？（说着陈士打了一个嗝）不要跟我顶嘴。去吧，时间不要太长就行。不购物、不旅游的女人很丑的，不要让我讨厌你……扶我去休息吧。

陈士说完整个身子歪倒在了沙发上，很快他睡着了。何莹莹呆呆地盯看着陈士。

回忆六十

广州　商厦　日　内

何莹莹走出珠宝店，进了隔壁的服装店。她在购物。

回忆六十一

广州　旅行社　日　内

工作人员在向何莹莹介绍着旅游产品，何莹莹频繁地摇头。

回忆六十二

华中某县城（何莹莹家乡）　黄昏　外

钱女士在小区门口等候着。一辆出租车驶来，停靠在离她不远处。何莹莹拿着手袋从车里下来，然后把行李箱取出。出租车调转车头准备离去。这时，何莹莹的手机响起，何莹莹接通电话。

何莹莹：喂……我刚到家门口。

陈士的声音：现在马上赶紧回来。

何莹莹赶紧向出租车挥手。出租车返回，何莹莹进车。出租车离去。钱女士很吃惊，向何莹莹遗落的行李箱走来。

回忆六十三

广州　贾先生住所（何莹莹家二）　夜　内

离着房门还有一米的距离，何莹莹停下了脚步。房里传出陈士和秦女士低沉的说话声。

秦女士：你说，我成什么了？！

陈　士：我们过去吧。

何莹莹犹豫着。这时房门开了，秦女士的身子露出来了，接着是陈士的身子。何莹莹赶紧躲闪进了楼梯。

回忆六十四

广州 街道 夜 外

何莹莹走走停停，心事重重。

回忆六十五

广州 酒店 夜 外

在酒店门口不远处，何莹莹看见焦先生陪着贾先生和另外一个男人（老卢，50岁）步入酒店。何莹莹赶紧向后退了几步。

很快，焦先生从酒店出来了，他发现了何莹莹。何莹莹和焦先生对视了一下。突然，何莹莹跑上前去亲了焦先生一下。很快，何莹莹撇下焦先生，跑着离去。

回忆六十六

广州 酒店 夜 内

大厅内，一个关于婚姻的培训课（投影仪显示培训课的标题：婚姻中的冷淡与增热技巧）正在进行之中。何莹莹坐在后排蔫蔫地听着。

回忆六十七

广州 酒吧 夜 内

何莹莹猛喝了一杯酒，然后去了舞池那边跳舞。何莹莹不自然地疯狂地扭动着身子。

回忆六十八

广州　贾先生住所（何莹莹家二）　夜　内

陈士打开房门，屋内漆黑一片。陈士没有开灯，在客厅走了一圈，然后静坐在沙发上。

回忆六十九

广州　贾先生住所（何莹莹家二）所在小区　夜　外

何莹莹在楼下徘徊着，刚往前走了两步，又往后退了三步，如此反复了两回。最后何莹莹坐在了石凳上，她抬头看着漆黑的窗户。

回忆七十

广州　贾先生住所（何莹莹家二）　夜　内

何莹莹打开房门，并把灯打开。陈士依旧坐在沙发上，何莹莹没有看到陈士。

陈　士：把门关好，把灯关掉。

何莹莹被惊吓了一跳。很快她恢复镇定，顺从地关好房门，然后关掉灯。

陈　士：过来。

何莹莹来到陈士身边，站立着。

陈　士（盯看着何莹莹）：你怎么现在才回来？

何莹莹沉默不语。

陈　士：知不知道刚才我很需要你……（用鼻子闻了闻）还喝了酒……以后

就在家老老实实呆着，哪里也别去了。还有，过几天我们要搬回去住了。好了，休息吧。

何莹莹：我这几天不舒服，我在次卧睡。

陈　士：什么？（停顿了一下）好吧，我刚才被老大骂得很惨，我更不舒服，更不舒服……

陈士念叨着去了主卧，何莹莹去了次卧。

回忆七十一

广州　火车站　日　外

张绳从出站口出来，眯着眼睛看了周围一圈，表情极其冷峻严厉，接着走向广场。

回忆七十二

广州　李铁宿舍　日　内

张绳踱着小步扫视着客厅。李铁给张绳端来一杯水。张绳接过后开口说话。

张　绳：小李，帮我找找小希吧，他该回家了。

李　铁（吞吞吐吐）：好的，他……没来找过我，我……尽量去找吧。

张　绳：我已经纵容他两年了……我很清楚这里的人们不是富人就是穷人，要么就是那些想尽办法死赖着活着的人。我很高兴他能死赖在广州这么久。但是作为父亲，我不能让他再这样活下去了。他应该在漂亮的墙壁之间度过自己的一生，而不是在嘈杂的大街上浪费人生。这一切必须该结束了。

李　铁（微低着头，羞愧，低声）：您说得很对，是该结束了，不能再稀里糊涂了。

张　绳：我们分头行动吧，我去找那个让他糊涂了两年的女孩子。

李　铁：好的。

回忆七十三

广州　陈士家（何莹莹家一）　黄昏　外

何莹莹从小区门口出来，拐向右边街道。突然，张绳出现，上前跟何莹莹说话。

张　绳：您好。

何莹莹（惊慌，很快恢复平静）：您好。

张　绳：我叫张绳，是张希的爸爸。

何莹莹：怎么，您……您是怎么找到这里来的？

张　绳：你们这种人的生活轨迹和对你们的寻找办法，我是非常熟悉的……我们正式见个面谈谈吧。

何莹莹（迟疑了一下）：明天下午吧，在咖啡馆见面。

张　绳：不，那些地方我受不了……有位置偏僻一些又安静的旅馆吗？在旅馆见面吧。

何莹莹静静地看着张绳，没有回话。

回忆七十四

广州　江边立交桥下　夜　外

李铁边走边看着墙根处。墙根处有一些流浪汉在睡觉。李铁来到江边。他看见了张希。张希拿着夏威夷小四弦琴坐在石凳上。李铁慢慢靠近张希，在离张希不远处停了下来。这时，张希开始弹奏小四弦琴。他的手来回拨动了数次，琴音总是断断续续，非常难听。瞬间他把琴重重放在了地上。李铁又靠近了几步，开口说话。

李　铁（轻声）：张希……

张希身子动了一下，但是没有回头，也没有说话。

李　铁：作为……朋友，我觉得……其实我知道你去过我那里。这段时间我因为工作……总之，你……去一下我宿舍吧。

张希动了动身子，依旧没有说话。

李　铁：你爸爸来广州了，他在宿舍等着你呢。

这时，张希转过身来说话了。

张　希（面无表情）：你走吧。

张希说完拿起小四弦琴又开始拨弄起来。

李铁无言以对，只好静静地等着。过了一会儿，李铁干脆坐在了地上。这时，张希不再拨弄琴弦。他起身来到李铁身边。

张　希：走吧。

李铁马上起身，和张希一起离开。

回忆七十五

广州　旅馆　日　外内

旅馆很小，隐藏在绿荫下。

三楼某室，床前两把椅子斜对着。张绳和何莹莹分别坐着。两人沉默了一会儿后，张绳起身走到窗前，开口说话。

张　绳：你是年轻人，就体谅一下这样的见面方式吧。

何莹莹（轻声）：不要紧的。

张　绳（转身看着何莹莹）：你太瘦了……把你关在鸟笼里绑上绳子，你也能自由飞翔。（停顿了一下）因为鸟笼不管怎么做都是粗糙的，空隙太大，根本关不住你们这种人。

何莹莹动了下身子，没有说话。

张　绳：可是张希他还不懂这些。他太单纯了，太懦弱了，或者说他太笨了也行……你们的游戏他不会玩，也参与不进去。所以他在你们身边游荡了这么久，很落魄。

何莹莹：我劝过他很多次。

张　绳：劝是解决不了问题的，起码让他摸一摸才行。可是你们连摸的机会都不给他，所以他才会那个样子，整天愁眉苦脸的。

何莹莹很吃惊，盯看了一下张绳。

张　绳：我说话的方式就是这样的，你忍一下吧。可是我很高兴，因为他还活着。

何莹莹：您说的话太严重了。

张　绳：作为父亲，我把他生下来不是要看着他堕落的。念了那么多的书，会那么多的才艺，就应该过体面的生活。所以我必须要把他带走，让他在家过安静的体面生活。

何莹莹沉默着。

张　绳：所以我有一个请求，你让他摸一摸吧。

何莹莹（惊讶，生气）：什么？

张　绳：我的意思是你假装跟他在一起一段时间，然后抛弃他。他品尝到了你给他的爱情，又马上看到你给他的狠毒，他才会醒过来，他才会对你彻底死心。你不需要担心，我已经给他安排了婚事，他回去后就会结婚。我想他那个时候会接受一个事实：谁跟谁在一起都不一定，谁跟谁在一起也就那么回事。我知道你们在学校的时候经常一起表演节目，关系很好，可是你不接受他。我估计你现在一定很讨厌他。这样就更好了，你可以彻底摆脱你身边的这条臭虫了。

何莹莹（神情激动，嘴唇哆嗦着）：您把我想得太恶劣了……我答应您，如果那样做能帮助到他。

张　绳：那我就谢谢你了，一定能帮助到他的。我给你们五天的时间。好好安排吧。

回忆七十六

广州　李铁宿舍　夜　内

客厅内，李铁和张希坐在沙发上沉默着。这时敲门声响起。李铁去开门。张绳走进客厅，来到张希面前。看到张希状态较好，张绳点了点头，开始说话。

张　绳：小希，我刚才见了你的那位女同学，本来我是想请她过来劝劝你的。但是她的样子告诉我她劝不了人，她现在特别需要别人来安慰她。小子，打起精神来，是时候出击了，这个时候最容易得到那种女人。

张　希（起身，激动）：真的吗？我马上去找她。

张希说完猛跑到房门处，刚要离开，被张绳叫住了。

张　绳：等等，傻孩子，她会主动联系你的，让她自己上钩……到时候你要尽量表现你的理解和包容，把你积攒了那么多年的痴情话有节制地说给她听，千万要记住，要有礼貌，要轻轻地搂抱她，要动作温柔地把她抱到床上去。记住，成败全在礼貌这两个字上。

张希回头静静地听着。

回忆七十七

广州　陈士家（何莹莹家一）　夜　内

客厅内，陈士在接听手机，只见他频频应答“好的”。何莹莹站立在远处神色有些紧张。很快，陈士接完电话。这时何莹莹走近陈士，开口说话。

何莹莹（微低着头，语气坚定）：跟你说一件事。

陈　士（心不在焉的样子）：哦，说吧……不，我也有事，我先说吧。秦女士还记得吗？她可能要离开了，比较匆忙，有很多东西暂时不能带走，要把它们放在这里。好了，说你的事吧。

何莹莹（语气坚定）：我要回家几天，上次回家很匆忙，连句话都没说。

陈　士（温和的语调）：行吧。最近大家都心烦，关系闹得都很僵……也好，就当去散心了。

回忆七十八

广州　贾先生住所（何莹莹家二）　日　内

客厅内，贾先生站立着望向窗外，陈士坐在沙发上。这时，有火车行驶的声音传来。

贾先生：原来这里紧挨着铁路啊，还有火车……真快啊，我们来广州两年多了。

陈　士：是啊，真快，一眨眼的时间。

贾先生（转身看着陈士）：上次跟老卢见面，他答应帮忙了，应该没多大问题……最差也就是被开除吧，没什么的。

陈　士：接下来怎么办啊？

贾先生：安安静静地等通知吧，估计老板很快就会派人过来了。

陈　士：怎么跟秦姐说？

贾先生：什么都不要说，随她的意思吧。

回忆七十九

广州　陈士家（何莹莹家一）　日　内

房门开着，门口放着五个大行李袋和一个装着化妆品的大收纳箱。两个年轻小伙儿在忙着把行李袋搬到次卧。秦女士站立在次卧门口旁边看着他们搬东西。很快，两个年轻小伙儿把行李袋搬完了。接着他们又把收纳箱搬到了卫生间。随后，两人离去。这时，陈士出现在房门处，他把房门关上后来到秦女士身边。

陈　士：确定要走了吗？

秦女士（盯看着次卧床上的行李袋）：确定了……这几年我觉得很累，生活也该清净些了。

陈　士：也是。

秦女士：我要在这里住几天。

陈　士：明白，我会去贾先生那里暂时住着。

秦女士：我就在这里住两天，然后过去那边看看，就当去旅游了。

陈　士：也好，女人总得学会适应不同的环境。

回忆八十

广州　火车站　日　外

候车大厅外面，张绳跟张希（注：背着小四弦琴）在说话。李铁站立在一旁。

张　绳：去吧，希望你们玩得开心，我等着你们的好消息。

张　希：那我进去了。

张希说完，向候车厅走去。

张绳看着张希的背影突然皱紧眉头，他转向李铁，开口说话。

张　绳：希望他能平安回家。

李铁没有说话。

张　绳：他太固执了，希望这次能帮助到他。好了，我也要走了。春节的时候，来我们家做客吧，他……应该很快就会结婚了。

李　铁：结婚？真快啊……

张　绳（笑着）：不快，这些都是计划好了的。行了，我进去了。

张绳说完向候车厅走去。李铁陷入沉思。

回忆八十一

华中某县城（何莹莹家乡）　夜　外

何莹莹在小区门口等候着。一辆出租车驶来并停在何莹莹身边，张希从车里下来。张希停步盯看着何莹莹，表情激动又隐忍。很快，张希跑上前去将何莹莹疯狂地抱起。

回忆八十二

广州　贾先生住所（何莹莹家二）　日　内

贾先生在书房看书。这时敲门声响起。贾先生惊起，来开门。房门开，贾先生和陈士静静对视了数秒钟。陈士开口说话。

陈　士：老大，马上开会。

贾先生（惊讶）：怎么，来通知了？（沉默了一下，转为镇定）应该没什么事，你去跟焦先生他们解释一下吧。

回忆八十三

广州　陈士家（何莹莹家一）　日　内

客厅内，十几个人聚集在一起，有的坐着，有的站立着。他们脸色阴沉，似乎在憋着一股气。陈士被围在中间。静了片刻之后，陈士开口说话。

陈　士：大概的情况就是我刚才说的那些，请大家相信贾先生和我……投资的项目不会烂尾的。

焦先生：我相信会没事的，就算烂尾也只是暂时的，毕竟烂尾对谁都没有好处，最终这些项目都会完成的。

胡先生：这是“临终遗言”吗？听起来怪怪的。人都走了，我们怎么相信你们？

陈　士：这个……我们走了，公司会派人来接替我们嘛。这些项目已经划归公司了，不彻底完成就等于是公司的重大损失。

焦先生：这个处理方案我接受，我们做的项目又不是垃圾项目。

胡先生：好吧，毕竟是大集团公司，资金充足。

回忆八十四

广州　李铁宿舍　夜　内

卧室内，李铁在睡觉，笔记本电脑屏幕亮着。突然，敲门声响起。李铁被惊醒，来开门。张希脸色痛苦、疲倦，没说话急匆匆冲向卫生间。

李铁站立在客厅，有些生气。卫生间传来很大的水流声。不一会儿，张希湿着脸和头发来到客厅。

张　希：他已经回家了吗？

李　铁：他希望你平安回家。

张　希：你在赶我？怎么，你还在写那些无聊的东西吗？不过我理解你，自己选择的路自己承受吧……我待会儿就回老家了，有机会我们在老家见面的时候再聊吧，广州始终不是说话聊天的地方。

李　铁（冷淡）：保重。

回忆八十五

广州　街道　夜　外

一辆出租车在行驶着，后座坐着何莹莹和钱女士。开始车内很安静，不一会儿何莹莹斜靠在钱女士身上开始哽咽哭泣。

钱女士：没事的，不要怕。

何莹莹（小声）：妈，让司机停车吧，我感觉很难受，想吐……

钱女士：司机，麻烦您停车吧，我们要下车。

司机将车停在了TH公园门口旁边。钱女士和何莹莹依次从车上下来。何莹莹没有站稳差点摔倒，钱女士赶紧扶住了她。

钱女士：怎么，你是怕什么吗？傻孩子，什么都不要怕。

何莹莹：我觉得身体很难受，软绵绵的，像是要瘫倒了。

说这话的时候，何莹莹脑海里闪现着一个画面。镜头切换至画面内容。

画面内容

黄昏时分，凉亭下，张希拥抱着何莹莹亲吻了她一下。张希将何莹莹松开，拿起小四弦琴准备弹奏。

张　希：那次我弹琴的时候，你没注意听吧？我给你弹弹那首曲子吧。

张希说完，开始弹奏那首奔腾急促的曲子。当他弹到高潮时，曲子戛然而止。瞬间，琴弦断了。张希举起琴狠狠地摔在了地上，并大声斥责何莹莹。

张　希：你知道吗？我面对你很痛苦，就像刀割一样。

何莹莹惊呆，没有说话。

张　希：你在我心里连妓女都不如。

何莹莹：你怎么了？在说疯话吗？

张　希：不是疯话，是很正常的话。每次一想起你跟那个老男人在一起，我心里就难受，就想吐。

何莹莹：就在你刚才弹琴的时候，就在你说这些话之前，我在想着怎么离开他然后跟你在一起。可是……

张　希：可是什么？去死吧，我不需要你。你继续跟那个老男人去玩吧，他迟早会把你玩死的，他也不会有好结局。我诅咒你们！

画面切回至TH公园门口。

何莹莹浑身颤抖着，钱女士紧紧搀住她。

钱女士：我们进公园找个地方坐一下吧。

钱女士搀着何莹莹向公园门口走去。

回忆八十六

广州　贾先生住所（何莹莹家二）　夜　内

书房内，贾先生和陈士静静坐着。片刻之后，贾先生开口说话。

贾先生：我们现在还有三个小时的时间，各自行动吧，去处理一下自己的私事，然后十一点在车站碰头。

陈　士：老大，我们真的要去那个荒凉的地方吗？（停顿了一下）干脆我们辞职吧，单干。

贾先生：不行，服从公司的安排，必须去。

陈　士（突然哽咽）：我不服，为什么会是这个样子？我们经营了这么久，这么勤劳付出，现在一句话就把我们弄走了。（起身走至窗前）老大，广州的夜景多美啊！可是现在它们快把我的心敲碎了。（说完小声哭泣）

贾先生（脸色沉重，语气坚硬）：你是在贪恋什么吗？你跟了我这么久还是没有学到我的精髓，要忍耐，心要硬一些。只要有钱，在哪里都一样。绿色会有的，湿润的空气会有的……一切都会有的。好了，去把自己的私事处理一下吧，记得准时在车站碰头。

陈　士（止住哭声）：需要带走哪些东西？

贾先生：来的时候什么样子，走的时候还是什么样子。

回忆八十七

广州　TH公园　夜　外

何莹莹坐在石凳上哭着。陈士站立在一旁扭动着身子，十分烦躁。

陈　士：好了，别哭了，真是烦死人了，就知道哭。

何莹莹依旧哭泣，没有说话。

陈　士：该说的我都说了，你还有什么问题吗？

何莹莹（止住哭声）：让我跟你一起走吧。

陈　士：不行，我不需要你了。

何莹莹：为什么？你不是一直都很喜欢我的吗？

陈　士（来回踱小步）：你不像个女人。我现在需要的是女人的安慰，那种柔情万种的安慰，我要娶的是这种女人，懂吗？你不是，你太单调了，你让我提不起一点儿兴趣来。

何莹莹：你们太自私了，都这么讨厌我吗？

陈　士（停止踱步）：好了，不说了。我也不是绝情的人，跟了我这么久也不能让你白跟，我说话算数，那套房子归你了。客套话我就不多说了，你自己保重吧。

陈士说完，快速离去。

何莹莹又哭了。

回忆八十八

广州　陈士家（何莹莹家一）　夜　内

何莹莹坐在沙发上。钱女士来回走动着，仔细打量着客厅。一会儿，钱女士来到何莹莹身边，开口说话。

钱女士：以后是自己的家了，把房子重新装修一下吧。

何莹莹没有说话，勉强站起来。她来到次卧门口盯看了一会儿里面的行李，又转向卫生间盯看了一会儿里面的那些化妆品。她走进次卧，看着梳妆台。梳妆台上散放着化妆品和两张照片。一张是毕业合影，一张是她和陈士的那张合影小照片。她拿笔在合影背后写上了英文“I hate you”。随后她把照片扔进了垃圾桶里。当她走出次卧的时候，突然她返回去，从垃圾桶里拿起合影，把它撕成了两半，然后扔在了梳妆台上。

这时，敲门声响起。钱女士去开门。焦先生从外面进来，走至何莹莹身边。何莹莹已在客厅。

焦先生：我们谈谈吧，何小姐……不，让我叫你莹莹吧。

何莹莹：焦先生，我已经跟你说过很多次了，那次是我一时气愤才那样做的，我们之间是不可能的……

焦先生：怎么，你还想着他呢？他都走了，你现在无依无靠。我现在单身，我可以马上跟你结婚。

何莹莹：我以后只为自己活着，不为男人活。

焦先生：这些话都是骗人的鬼话。这样吧，向你表示一下我的诚意，贾先生住的那套房子是我的，我会尽快把它转到你的名下。另外，我的移民申请已经获批了，跟我一起过去吧。

何莹莹：谢谢你，我们只是普通朋友关系，你去找别人吧。

焦先生：你还是考虑一下吧。你现在需要散散心，我不介意你以朋友的身份跟我去那边看看的。考虑好了，就告诉我吧，我等你。

焦先生说完离去。

钱女士：他看起来很真诚。

何莹莹：都是自私的家伙，都是为了占有我。

钱女士：既然这样，我们谁也不依靠，我守着你，我们过普通人的生活。

何莹莹（假装轻松，轻微冷笑）：哼，我很乐意按照焦先生说的那样出去走走散散心……妈，这里就保持原样吧。只把卧室里的合影取下来，扔掉。明天我们去照相，把我们的合影挂上去。那些化妆品和行李不要扔，它们是我的启蒙老师。

回忆八十九

北方某县城　张绳家　日　内

张绳家喜气洋洋，已经被布置成婚房。客厅内，很多人在说笑。

卧室内，张希坐在床上一动不动。张绳站立着，边抽烟边瞅着张希。李铁倚靠着房门在低头想事。静默了一会儿，张绳开口说话。

张　绳：孩子，结婚吧。

张　希：我这不是在结吗？

张　绳：不，我知道你没有。

张希沉默不语。

张　绳：孩子，你太幸福了，所以你才这样固执，才成了今天这个样子。（停顿了一下）我承认对你的教育失败了，你原谅我吧。

张　希：爸，你别这样说，我也不想这样的，可是没有办法，我控制不了自己，我很爱她。

张　绳：不要说什么爱不爱的了，以后我帮你控制。好了，休息一下，精神些，一切按计划进行。懂点事儿吧，外面很多同事看着呢。（转向李铁）小李，你帮忙劝着些吧。

张绳说完开门出去了。

张　希（起身）：陪我出去转转吧。

李　铁：去哪儿？

张　希：城南那座石头山很久没去过了，一起去看看吧。

李　铁：还是出去和大家说会儿话吧，然后去酒店。

张　希：那你就留下说话吧。

张希说完开门离去。李铁无奈，也离开了房间。

回忆九十

北方某县　城南石头山　日　外

张希和李铁一前一后来到山顶。山顶上的植物一片枯色，寒风猛吹。张希来至悬崖处眺望远方。县城、农田、公路等映入眼帘。

张　希：家乡的冬天，真陌生啊！我很久没有这样登高远眺了，感觉整个人像在飞一样。

李　铁（小范围内走动着）：是啊，真陌生。每次回来都是冬天，可都是在屋里呆上几天就走了。

张　希：我以后就要留在这里了，可是我还不知道怎么去适应它。我害怕自己会枯萎掉……迷茫啊！

张希看着远处，陷入沉思。李铁不再走动，也看向远处。不一会儿，李铁开口说话。

李　铁：该回去了，估计大家等急了。

张　希：什么时候回广州？

李　铁（愣了一下）：不知道。可能马上走，也可能过一段时间……怎么，你还想着回去？

张　希：你的反应很灵敏。

李　铁：啊，我不是那个意思……回去吧，估计大家等急了。

张　希：你们都在急什么呢……走吧。

张希和李铁向山下走去。

李　铁（边走边说）：待会儿我就不去酒店了。还是那句话，保重！

张　希（停下，沉默了一下，继续走）：保重！

回忆九十一

北方某县　杨树林　日　外

一场大雪过后，杨树林里显得新鲜，显得萧索，又一片沉寂。李铁独自行走着。突然，远处出现一群人，他们拿着网兜和棍棒等用具在追捕野兔。李铁坐在一棵树下，看着他们。那群人逐渐靠近李铁。一只野兔被堵在了网兜里，它蹦跳着想要逃离。一个年轻人跑过来一棍棒将其打死。瞬间人们起了欢叫声。

这时，李铁的手机响了一下。李铁打开手机，一条短信映入眼帘（特写，并报幕）：我儿张希已于五天前去世，丧事从简，他已入土。回想过去，仿佛一切从未发生。但毕竟逝者不再。纵然热血盈胸，无奈万语成空。如今唯有送上一句空话来表达谢意：谢谢你们，给过我们帮助的人们！张绳敬上。

李铁看完短信，神情震惊，赶紧起身离去。

这时，天空飘落起大片的雪花。瞬间，整个天地白茫茫的。

回忆九十二

北方某县城　张绳家　日　内

客厅已经没了喜气的样子，尽管一些布置装饰还在。张绳一人静静地坐在沙发上。这时，敲门声响起。声音响了很久，张绳才起身去开门。张绳没有看敲门者是谁，面无表情地转身回到了沙发上。李铁进屋，静默了一会儿后，开口说话。

李　铁（悲伤的语调，轻声）：叔叔，张希他怎么……

张　绳（激动，大声）：别难过，谁死了都不要难过，不要为这种没用的死难过。他太傻了，傻得让人痛恨！

李铁无言以对。

片刻之后，张绳起身去了卧室。不一会儿，他出来了，手里拿着一本书，有一张纸条夹在里面。

张　绳（把书递给李铁，李铁接过）：这是他的遗书，真是莫名其妙……

李铁打开书，查看纸条内容。遗书的内容映入眼帘（特写，并报幕）：

我的遗书送给你们，分别只有一句话。

忘了我，这样我们都会得个轻松和安宁；

这是送给你的，张绳。

记住我，我要成为你心中永远的伤痛；

这是送给你的，何莹莹。

不要试图记起我，那样会让我觉得更无耻；

这是送给你的，李铁。

我先走了，我把祝福带走，留下怨恨；

这是送给你的，陈士！

10　广州　何莹莹家二所在小区外面街道　夜　外

在报幕声中，画面切换至此场景。李铁依旧坐在地上，何莹莹站立着。

何莹莹：听说是在外面找到他的……你知道是在哪里吗?

李　铁（起身，沉默了一下）：一个莫名其妙的地方。

何莹莹（一丝恼怒）：什么?

李　铁：很多人的结局都将是莫名其妙的，他的结局不算太差。

何莹莹：你一直以来都是这样思考问题的吗?

李铁陷入沉默。

何莹莹：有一件事情我想知道，你是做什么的?

李　铁（小声）：作家。

何莹莹：作家？！你回答得很勉强，你对自己的工作不满意吗?

李　铁（叹息）：是吧，我觉得好像是在浪费时间……我总是写了又改，改了又写，我写不出满意的文字来。

何莹莹：你不知道问题出在哪里，是吗?

李　铁：嗯。

何莹莹：我知道！你是一个心灵受损的人，你需要治疗。

李　铁（惊讶，生气）：什么？（停顿了一下）怎么治？

何莹莹：不要躲在桌子前面贪图安逸或者逃避什么，去生活，不惜一切代价地去生活。

李铁陷入沉思。

何莹莹：走吧，我还有东西要给你呢。

何莹莹说完向前走去，稍后李铁也跟了上去。

11　广州　何莹莹家二　夜　内

客厅内，李铁坐在沙发上等待着。

书房内，何莹莹在找东西。钱女士站立在门口问何莹莹。

钱女士：你在找什么呀？

何莹莹：那把小四弦琴在哪里啊？我记得是放在书房里了，怎么那么大一个东西不见了呢？

钱女士：哎呀，是找它啊。你把它放在老家了，你忘了吗？

何莹莹（停止寻找，惊讶地看着钱女士）：这样啊，我还一直觉得它就在我身边呢。

何莹莹说完来到客厅。

何莹莹：不好意思，让你等这么久。那把琴我放在老家了。

李　铁：是张希摔坏的那把琴吗？

何莹莹：对，我已经把它尽量修好了。你把它交给张伯伯吧。如果可以的话，让他学会张希爱弹的那首曲子吧，这是思念儿子、理解儿子最好的方式。明天我要回老家一趟，等着吧，回来的时候我会跟你联系的。

李　铁：好的。时间不早了，我该回去了。

李铁说完向房门走去。

12　广州　李铁宿舍　日　内

卧室内，李铁正在书桌前收拾资料。在拿开一堆资料后，夹着张希遗书的那本心理学著作出现在李铁眼前。李铁脸色突变。他又看见了桌子上的那束三叶草。三叶草已经枯萎了，落羽杉叶子仍旧是古铜色的。沉思了片刻后，李铁拿出手机，拨通了何莹莹的电话。

李　铁：你好，莹莹……已经在老家了吧?

何莹莹的声音：到了一会儿了，刚刚把琴找到。

李　铁：莹莹，我也有一件东西要交给你。

何莹莹的声音：什么东西?

李　铁：那本心理学著作，还有张希的遗书。他在广州经历的一些事情记在书上了。哎，又对不起他了，那些记录我看过了。

何莹莹的声音：哦，我知道了……等着吧，我回去的时候会联系你的。

李　铁：莹莹……是不是人的心里都住着一个理想的爱人，而现实却是跟另外一个人生活着?

何莹莹的声音（沉默了一会儿）：别人我不知道，我自己是这样子的。

李　铁：所以才会有三叶草这种形状的草，它长得真奇妙啊。

何莹莹那边没有回话。

李　铁：莹莹，你留下来吧，别移民了。

何莹莹的声音（轻声）：怎么?

李　铁：我们在广州犯的错误，要在广州改正，不能逃离。

何莹莹的声音：我还是要去的……焦先生的房子要物归原主了。你说得没错，我打算在广州开一家音乐培训学校，教学生们弹 ukulele。

李　铁：好啊。我也可以给他们上课的。如果他们喜欢听的话，我给他们上上写作课，给他们讲讲我为什么写不出好的作品来。

何莹莹的声音：其实，你不需要先急着否定自己的工作。你把我们这几天回忆的内容写出来吧，它们会是很好的文字。

李　铁（惊了一下）：是吗?

何莹莹的声音：一定是……好了，我要忙了，你也忙吧。

李　铁：好的，再见。

李铁挂断电话，继续收拾资料。不一会儿，李铁的手机响起。李铁一边接通电话，一边走至床前坐下。

李　铁：喂……

魏先生的声音：李铁，我刚才又跟段先生谈了谈你那本书的事情。他说同类型的书很多，市场销量要看运气……

李　铁（插话）：那本书作废，不出了，谢谢你。

魏先生的声音：为什么不出了？试试呗。

李　铁：书和运气没有关系，和运气有关的书都会被扔进垃圾桶。

魏先生的声音：这样啊……那你过来我这边呗，我的房子收拾好了，明天聚会。

李　铁：准备什么礼物呢？

魏先生的声音：我喜欢植物，弄个小植物就行了。

李铁愣了一下，他的眼睛盯向了桌前的那束三叶草和落羽杉叶子。

李　铁：好的，我知道了，明天见。

魏先生的声音：明天见。

此时镜头再次对准那束三叶草和落羽杉叶子。定格三叶草片刻之后，画面切换至 TH 公园。

13　广州　TH 公园　日　外

湖边，何莹莹拎着夏威夷小四弦琴静静地看着湖面。稍远处，李铁拿着书向这边走来。何莹莹转身看见了李铁。二人平静地对视，同时将手里拎着的琴和拿着的书稍微抬起。镜头向后走，远距离对准；然后向上移动，低空俯视对准。最终镜头固定。画面定格在两人的对视中。

还　乡

序幕

一列火车驶进广州车站。时间指示牌上显示：2012年10月10日16：58。

车站广场。广场上人声嘈杂，人们纷纷走向路边，一些人上了出租车。

广州市区街道。镜头跟随一辆行驶中的出租车（后座有一个年轻男子是张小志，只显示其背面）。时间是黄昏，天空零星飘着细雨。出租车在广州市区美丽整洁的街道上悠然行驶。道路两旁是繁华的商业区和拥挤的人流。突然，一辆陈旧的大货车出现在出租车左侧并挡住了它。

公路。镜头跟随一辆陈旧的大货车（张小志坐在副驾座，只显示其侧面）。时间是晚上。公路曲折破损，车辆颠簸的巨响时常出现。突然，一辆摩托车发着很响的轰鸣声从货车右侧疾驰而过。

乡间土路。镜头跟随一辆摩托车（张小志坐在后座，只显示其背面）。时间是清晨，天气晴朗。乡间土路坑坑洼洼。很快，道路两边出现厂房，路边偶尔有几个人出现。最后摩托车停在了一个工厂门口，张小志（只显示其背面）拎着行李包下车，工厂旁边是一片荒地。

1　南方沿海某市　工厂　日　外内

张小志（男，30岁）脸色凝重，急匆匆从铸造车间门口走出，来到行政楼门口并进入大楼。

经理办公室离行政楼门口很近。小志走至经理办公室门口。办公室的门开着，罗经理（男，40岁）正在低头办公。小志敲了下门，罗经理抬头看见小志之后示意他进去。小志走进办公室，开始和罗经理说话。

小　志：罗经理，刚才我接到家里来的电话，我母亲病危，所以……

罗经理（马上插话，脸色显得略微悲伤）：哦……我明白。（起身）这样吧，我现在去跟老板说一声，为你争取一个优秀员工抚恤金，然后开车送你去车站。那个……你很长时间没回家了吧？给你三个星期的假吧，全薪假。

小　志：多谢。

说完，罗经理和小志一起走出办公室去找老板。这时老板张仁（男，40岁）正从行政楼门口走进大厅。他们彼此都看见了。罗经理和小志急忙迎上前去。

张　仁（笑着）：罗经理，正好我有事要找你，我刚从朋友那边接到一个大订单，交期很短……

罗经理（打断张仁）：张董，小志这边家里有急事，他母亲病危……

张　仁（惊讶，脸色变得严肃）：这样啊……那赶紧的吧，你去安排生产和人手替补的事情。小志这边的事情，我来处理。

罗经理转身向自己的办公室走去。

张　仁（看着小志）：不要太担心，可能只是突然的一个急症……你去收拾一下行李吧，我在厂子门口等你，然后送你去车站。

小志点了点头，没有说话，独自离开。

2　南方沿海某市　公路　日　外

张仁开车在公路上急速飞驰着。副驾驶座上的小志微低着头，脸色沉重。张仁看了小志一眼，然后从座位右侧的储物箱拿出一个信封，把它递给了小志。小志有些犹豫，没有接。

张 仁：拿着吧，不管怎么说，都该有一个奖励给你的，不要嫌晚就行了。

小 志（接过信封）：谢谢您了。

张 仁：你老家是在哪里的了？（看了小志一眼）对不起，我不记得了。

小 志：北京南边……离着北京挺近的。

张 仁：那挺好的……不过在南方待了这么久你应该不大适应老家的气候了……怎么说呢，你这次回家任务很重啊，你母亲的事是一方面，跟村里人的关系你更要花精力去处理，有的人盼着你回去呢，有的人根本就不想你回去。你会面临一个去留的问题。你跟我这么久了，把事情处理完了，还回来吧，我不会亏待你的。（张仁看了一眼张小志，停顿了一下）总之，希望你回家一切顺利。

小志客气地点了点头。

3 北方某市 火车站 黄昏 外

小志拖着行李箱从出站口出来，走至车站广场。此时，广场上人很少，几个司机围上来拉客。小志没有理他们，而是眯着眼睛看了看四周，然后又眯着眼睛看了看天空。稍后他径直走到马路边，拦了一辆出租车，上车离去。

4 北方某市 医院 夜 内

手术室门外的走廊很短很狭窄，灯光微暗。有十几个人在焦急地等待着：他们有的来回踱着步，有的呆立着，有的背靠着墙闭目养神地坐着，有的（小丽和另外两个人）贴靠着通往手术室的大门仔细听着门里的动静。小志斜倚在墙角里，屁股靠着行李箱。他微低着头，嘴里叼着一根没点着的香烟，右手在不停地拨动打火机，火苗忽明忽暗。看得出来小志很焦躁。

时间在慢慢地流逝。通往手术室的大门开了又关，关了又开，走廊里的人渐渐少去。最终走廊里只剩下小志和小丽（32岁，*左脚有毛病*）两人。小志开口向小丽说话。

小 志（眼里含泪，冷静的语调）：姐，我对不起你们，妈的身体是被我气坏的。

小 丽（左手扶着墙壁，身子稍微弯着面向大门，哽咽）：不是你，是我。

这些年，我让妈操碎了心，是我的错。

这时通往手术室的大门开了，一个医生走了出来。

医　生（看了看走廊，又分别看了看小志和小丽，大声）：陈凤仙的家属是哪位?

小丽赶紧挣扎着身子向医生靠近，小志正要走近，这时医生又开口说话了。

医　生（表情严肃）：陈凤仙的家属，很不幸，病人在脑瘤切除过程中因脑血管破损去世，手术的危险性在术前已经做了说明……

没等医生说完，小丽大叫了一声便瘫倒在了地上。小志像定住了似的一动不动，很快一颗眼泪从右眼眼角掉了下来……

5　张庄　小志婶子家　夜　内　外（A）

小志婶子家是四间平房。客厅（从东往西数起，第三间房）内，小志的婶子（刘金铃，50岁）、叔叔（张大发，53岁）、堂弟（小光，24岁）和堂弟的女友（小婵，24岁）在看电视。长沙发上，刘金铃坐在小光左侧。她笑着一会儿看看小光，一会儿看看小婵。小婵坐在小光的右侧，小光的身子紧紧贴靠着小婵。小婵微低着头，不知道她是在看电视还是在想什么。张大发坐在沙发椅上边喝着茶边静静地看着刘金铃。电视里的声音乱糟糟的。这时，刘金铃起身来到小婵右侧，并坐下。刘金铃开口说话。

刘金铃（笑着）：姑娘，早就盼着你来呢。那个……明儿陪我出去转转吧，带你看看村里，再去集上转转。

小　光（稍显不耐烦）：妈，你还是直接给钱吧，让她揣在兜里自己去花。还有，村里和集上有什么好看的，还不如待在家里看电视呢！

小　婵（勉强笑着）：我就是觉得土多了些，别的倒没什么。你们这里……一年四季灰尘都这么多吗?

刘金铃：秋天算是土最少的时候了，这个季节挺干净的。这十多年比以前好多啦。以前那才叫多呢，那个时候往街上一走，随便动一下，衣服上就掉下一层土。（说着，刘金铃拍了拍膝盖）就是这样。

小　光：妈，你说话也太夸张了吧。（看向小婵）不是那样的，我妈在开玩笑呢。

小婵勉强笑了下。小光看向电视。这时，张大发咕嘟喝了一口茶，然后和小婵说话。

张大发（平静的语调）：姑娘，我们这边是高兴着你来，高兴着你和我们家小光成了。这个……家里人同意你嫁到北方来吗？不嫌吧？你嫁过来了，不怕吧？这地方说偏僻也不偏僻，反正就是这么一个地理位置。

小　婵（快速回应）：不嫌。

刘金铃（看向张大发）：又说没头没脑的话了，嫌啥？这不挺好的地方吗？家用电器哪样缺？

小　光（看着电视，淡淡的语调）：反正又不是常住在家里，以后就在深圳安家了。

张大发（脸上浮现了一丝笑容，很快又消失了）：也是啊，你们好好在外面闯荡，都是大学生，都是有本事的人，离开这庄稼地吧。

刘金铃：对了，待遇什么的都说好了吗？

小　光（看着电视，淡淡的语调）：说好了，年薪十万，以后还会涨的。因为是刚毕业参加工作，所以先给这个数。

正在这时，院里传来小志的喊叫声。

小志的声音（带着哭腔）：叔叔，婶子。

刘金铃听到喊叫声后愣了一下，然后马上起身向外走去。张大发也跟着出去了。小光起身伸了个懒腰，然后也出去了。小婵没有起身，而是挺直了身子向门外看着和听着。

6　张庄　小志婶子家　夜　内　外（B）

院子中间，小志先是看了看张大发和刘金铃，然后又看了看屋檐下台阶上的小光，最后没精神的目光又回落到张大发和刘金铃面前。大家尴尬地沉默了一会儿，小志突然扑通一声跪倒在张大发面前。

刘金铃（吃惊，赶紧弯身去搀扶小志）：这是怎么说的？怎么了，小志？快起来。

小　志（脱开刘金铃的搀扶，跪着，微低着头）：叔叔，婶子，我妈刚才在医院走了……

说完，小志磕了一个头。

张大发（赶紧弯身搀起小志，伤心的样子）：这是怎么弄的？我们刚才还商量着明天去医院看你妈呢，这个事情……真是的……

小　志（眼光低垂，语气衰微）：我知道她心里一直在堵着，身体老早就不行了，就是没想到走得这么快。

刘金铃（指责的语气，语速很快）：我老早就想着要逮住你好好说说你。别人不知道的，还以为我这当婶子的心狠，看着大伯子家混到这个样子不管不顾的。你说你一年到头不回家，算怎么回事？过去的那档子事情早没事了，你看你现在回来了不是一点事儿都没有吗？还有你姐，算怎么回事？不乐意的话，就赶紧断了，各奔东西，这么拖着算怎么回事？咳，你说你们家这都成了什么样子了？

张大发（狠狠地瞪了刘金铃一眼）：这都什么时候了还唠叨，赶紧的吧，收拾收拾，我们过去吧。

小　志（看了一眼屋檐下的小光）：小光回来了……什么时候回来的？都快认不出来了，比以前长高长白了。

小光站立在原地没动，直愣愣地看着他们三人。

刘金铃（转身看着小光，大声）：他今天回来的，这不国庆吗？带着女朋友回家来玩几天。（转向小志）行了，你先回去吧，我和你叔收拾收拾就过去了。

7　张庄　小志家院外街道　日　外

街道狭窄，空无一人。小志家在街道中间的位置，挂在小志家门楼上的白幡被风吹得哗哗响。

8　张庄　小志家　日　外

小志家是低矮的四间平房。院子里很荒凉：常见的农具只有一把铁锹倒在西墙根下；一辆破三轮车停在院子中间，前轮的车胎破损严重；东墙根搭建了一个小棚子，里面是厨房，地上散放着一些花生秧子和桃树枝。院子里铺设的砖头高低不平地隆起了，有几处砖头碎了，有几处没了砖头。房前的两棵柿子树都是一半活着，一半死了。几根枯枝折断了却还粘连在树上。一个两千瓦的大灯泡挂在树枝上，这个时候还亮着。

四间房从东往西看。最东边的第一间房（东屋）内：几个男的在沉闷地抽着烟；张大发坐在众人的中间，小志在众人的外围站立着。紧挨着的第二间房内：几个妇女在不紧不慢地裁剪着孝服，偶尔会看到她们在小声说话；小丽孤零零坐在窗前的一个凳子上，静静地看着窗外。第三间房算是客厅。客厅里光秃秃的，在中间有一个高木架子，上面停放着陈凤仙的遗体。客厅里没有人。最西边的第四间房（西屋）：红色的窗帘紧闭着，然而中间开了一条缝隙，一道阳光闯进了屋内，借着阳光隐约可以看到屋里的整洁。

9　张庄　小志家　日　内

东屋。张大发使劲把烟头扔在了地上，然后抬头怒视着小志，开口说话。

张大发：不行，这不能听你的。咱们张家又不是没人了，不能这么简单办事。三天太短了，五天吧，五天后出殡。还有你姐姐，今天就让她回去，自己待在这里算怎么回事儿？让她去把她丈夫叫过来。

小　志（语气强硬）：别的都好说，就是不能难为姐姐，这里是她的家，她哪里也不去。

这时，第二间房内有人回应这边男人们的谈话。连通第二间房的房门开了一条缝隙，声音经过缝隙传了过来。

刘金铃的声音：她这是打算一辈子不迈出这个院子啦？都快成庙里供着的菩萨了。

张大发（烦躁）：哎呀，真是一摊子烂事……行了，随她吧。

小丽的声音：烂事不烂事又没有传染给你家，你操什么心？这个时候来操心，我们家受不起。

刘金铃的声音：你们家？你看看你们家还有几个人，就剩下你们两个了，再不老实点儿这还叫家吗？

张大发（大声）：行了，别唠叨了，不管什么场合都唠叨吗？赶紧做你的事儿吧。

第二间房归于平静，只剩下撕剪衣物的声音。

张大发（猛然想起了什么，大声）：对了，那个西屋怎么关着呢？正好，用它来招待亲戚吧。

小丽的声音（声调尖锐）：不行，那是弟弟的婚房，妈妈生前都舍不得进去

多待一会儿。谁也别想进去，就那么关着！

刘金铃的声音：你就嘴刁吧，以后有你不刁的时候，一个大姑娘家怎么是这个脾气？难怪……

张大发（打断刘金铃，抱怨）：吵吵吵，又吵，怎么老是吵啊？真是烦死了。行了，不让用就不用了。

10　张庄　小志家院外街道　日　外

街道东侧，卢老头儿（60岁，腿瘸了）在鬼鬼祟祟地向小志家这边张望。他看了一会儿，发现没什么动静，便转身走了。

11　李庄　李虎家　日　外

李虎家（李虎，30岁，小丽的丈夫）是四间平房。院子收拾得很干净，几乎看不见一根柴禾或者杂草，地面是水泥地。西墙根有一个用彩钢搭建的棚子，里面停着一辆小轿车和一辆摩托车。只听从西屋传出男（李虎）女（娜娜，32岁）嬉戏的声音。

李虎的声音：别动，让我摸摸，真软啊……

娜娜的声音：哎呀，你轻点……你爸妈在家呢吧？

李虎的声音：在家又能怎么着？还不许我碰女人了吗？我又不是和尚，要憋死我啊。

娜娜的声音：你怎么不去摸你媳妇儿呀？拿她当菩萨供着，又不开荤，真可怜。

李虎的声音（生气）：真他妈的扫兴，提她干什么？！没有她，老子过得更自在。咳，见了她，我就反胃。

这时李虎的母亲王芳（57岁）急匆匆从院门走进来，呼喊着“小虎……”直奔西屋。

12　李庄　李虎家　日　内

王芳站立在西屋门外，大声说话。

王　芳（假装严厉）：虎啊，快开门，我有事跟你说。

李虎的声音：妈，你可真会挑时间。

王　芳（不耐烦）：快点开门，有急事。

李虎的声音：天还没塌下来呢，能有什么急事？

王　芳（生气）：赶紧开门，你个二百五的玩意儿，你丈母娘死了。

西屋内，李虎和娜娜无奈，只好整理衣物。很快李虎把门打开了，王芳进屋。王芳还没来得及看清娜娜，娜娜便急忙离去。

王　芳：又是从哪里找来的臭不要脸的玩意儿？你看看你都成什么样子了……以前找的那些还像话，现在是一个不如一个。

李　虎（懊恼）：臭不要脸才让人觉着舒服呢……你又怎么了？谁招惹你了？又来骂我一顿。

王　芳（轻微的哀叹）：哎，你丈母娘前天在医院做手术的时候死了。我是刚才在你王婶家串门的时候听他们村的一个人说的。这样，你现在去把小丽接回来，就当是图个吉利吧。路这么近，一会儿就接回来了。

李　虎：我不去，死不死跟我有什么关系，又不是我亲娘。有本事，她就在那里待一辈子。不回来正好，省得打搅我。

王　芳（大骂）：你个挨千刀的，我真不明白怎么会生了你这么一个东西。你不喜欢她，她也不喜欢你，那你们还这么拖着干嘛？这是要拖死谁？当初你别娶她啊，娶了又放在一边当她是个死人。趁早离了，大家都轻松。

李　虎（蹦跳起来，大声）：怨我吗？是你们让我娶的，不是我要娶的。我说我要和小红结婚，你们不让。我对着她一点兴趣都提不上来。我逼过自己要有兴趣，可是不管用，真没兴趣。我看见她就难受……

王　芳：你看见谁不难受？那小红是个什么玩意儿，你不知道吗？就那种不干净的人，你把她娶进门来是想着把我们活活气死吗？再说了，小丽对得起你了，人家长得不难看，又懂人情味。你看看你，字不认识几个，样子又这么难看。不是我和你爸在帮着你，你能娶到她吗？这家早让你过败了。哎，那姑娘我前一阵见过一面，被折磨得越来越瘦了。（说到这里，王芳眼睛湿润，抽噎了一下）是我们害了人家啊。

李　虎（面有喜色）：更好，那就离婚吧。拖了这么久了，该把这个事情说清楚了。

王　芳：离婚？离婚了，你娶谁去？你天天不是吃喝，就是去鬼混。名声早让你给毁了。

李　虎：不离，不离，就这么拖着吧……我有事，我先出去了。

李虎打算离开，王芳一把拉住他的衣袖，大声说话。

王　芳：哪儿都别去了，去把你媳妇儿接回来。等你丈母娘的事情过去后，大家坐下来把这个事情彻底给了了。

李　虎（甩开王芳的拉扯，往门外走）：要去你去，我不去。拖就拖吧，我早就不理这个了，巴不得一辈子这样呢，各人过各人的。

李虎说完快速离去。王芳瘫坐在地上哭着，嘴里嘟囔着什么。

13　张庄　公路　黄昏　外

公路宽敞漂亮，来往的车辆飞速地行驶着。因车辆行驶而来的劲风猛吹着路旁的树，路面上散落着的白色纸钱（注：出殡用的，圆形）飘了起来。公路南侧是张庄。夕阳下，不远处的张庄显得很安静。

14　张庄　小志婶子家　黄昏　外

刘金铃推开院门向院子里走去，张大发紧跟在后面。刘金铃走至院子中间的时候停下，转身对张大发说话。

刘金铃：把门关了吧，觉着挺害怕的。

张大发（停下）：有什么好怕的？真是的。

刘金铃：让你关你就去关，你不怕别人怕。

张大发无奈，转身去关门。这边刘金铃转身向客厅走去，并轻声喊叫。

刘金铃：小光，小光啊，我们回来了。

15 张庄 公路 夜 外

一辆出租车在公路旁边的一个交叉口停了下来，从车里下来三个人（孙建文，孙建文的父亲孙振邦，孙建文的母亲宋红梅）。他们沿着公路南侧的小路向张庄走去。

16 张庄 小志家的桃树地 日 外

桃树地南侧有一块空地，空地里有两个挨着的坟堆，它们是小志父母的坟。小志母亲的坟上放着花圈。花圈在阳光照射下十分扎眼。小志静静坐在坟前呆了一会儿，然后起身向桃树地走去。

桃树地的面积大概是四亩，桃树不是很高，然而它们差不多全枯死了。桃树底下长满了枯草，有些草快要高过桃树了。小志来到篱笆口向桃树地里凝望着。过了一会儿，他嘴角动了一下，便转身离开了。

17 张庄 孙建文家的葡萄地 日 外

孙建文家的葡萄地面积大概有十亩。现在是葡萄收获的季节，一串串葡萄肥嘟嘟地垂挂着。葡萄地深处，几个人在忙碌着。孙建文的父亲孙振邦（58岁）在剪葡萄。孙建文的母亲宋红梅（56岁）在装葡萄。一个小商贩搬着装好的一箱葡萄离去。离着孙振邦不远处有一个年轻人，样子特别扎眼。他光着头，穿着单薄的衣服，在挥舞着铁锹铲土。他是孙建文（29岁）。

孙振邦停下手里的活儿，掏出来两根烟，把它们点燃后来到孙建文身边。

孙振邦（递给孙建文一支烟）：歇会儿吧，先抽根烟。

孙建文接过烟抽了一口，没有说话。

孙振邦：回来两天了，还适应吧?

孙建文（叼着烟继续铲土，淡淡的语调）：适应。

孙振邦：别太用力了，就当来地里玩就行了。

宋红梅来到孙建文身边。

宋红梅（声调爽朗）：事情总算是过去了，浪子回头金不换……你说我和你

爸鼓捣这块葡萄地为了什么？就是等着你回来能重新站起来。啥也别愁，吃喝都挺好的。过一阵再给你说个媳妇儿，跟你那个没人情味的媳妇儿彻底了断关系，这样日子又重新过起来了。（转为抱怨语调）咳，气死人的玩意儿，也不知道这几年她跑到哪里去了，回来也不要了。

孙建文依旧埋着头干活儿，没说话。过了一会儿，他突然停下手里的活儿抬起头问旁边的宋红梅。

孙建文：妈，小志哥怎么样了？

宋红梅（面有怒色，愣了一下）：前几天他妈走了，他回来了，出殡那天我见他样子不差。说起来就有气，凭什么他那么走运啊？你们三个就他没坐牢。咳，你们两个真傻啊。

孙振邦（谴责）：刚才还说事情都过去了，现在又提。这个事儿念叨了这么多年，我都听腻了。走不走运他自己知道，他也没少受罪，一个人跑去南方，临到手的婚事黄了，他爸跟他妈又这么一前一后走了。

孙建文：妈，你别老说他走运了，其实那事跟他没有多大关系，最多只能说有一点点关系。他经历的这些事情，受的这些罪，也算是坐了六年牢了。

宋红梅（有些高兴）：呵，听你这口气，你还挺大度啊，这牢没白坐。

孙建文：他也有六年没回家了吧？

孙振邦：是啊，六年了，这不跟你是前后脚回来的吗？

孙建文：良子怎么样了？他不是比我早出来几个月吗？哪天有空儿，我去看看他。

宋红梅：别去了，那小子回来住了几天，就出去了，不知道跑去哪里了。他爸妈管不住他了。昨儿个我碰见他妈了，才五十岁的人，被折磨成那个样子了。我看了难受，想着跟她说说话吧，可人家就当没看见我，估计在怨恨着咱们家呢。也就是你爸和我想得开，要不这个家也垮了。

孙建文：也该她怨恨，是我挑唆良子跟我一块去的。

这时从远处传来一个男人的声音。

男人的声音：老孙，老孙在吗？今天我要三百斤葡萄。

孙振邦（大声）：在里边呢，你过来吧，我马上给你剪。

说完，孙振邦三人又开始忙碌起来了。

18 南方沿海某市　工厂　日　内

车间里一派繁忙景象。在车间一角，三个女品检员围在一起工作着。其中有一个女孩儿长得清秀老实，她是小芹（25岁），是小志的女朋友。

女工一（抬起头看着低头查看产品的小芹）：小芹，你家小志还回来吗？

女工二（抬起头，看了看女工一）：看样子回不来了。

小　芹（低头工作，语气坚定）：会回来的，肯定会回来的，不超过五天就回来了。

说完过了一会儿，小芹起身去旁边拿物件。她悄悄拿出手机快速点了一阵，马上又收起手机，然后拿着物件回到工作岗位。

19 张庄　孙建文家的葡萄地　日　外

小志经过孙建文家的葡萄地时，看见孙建文帮着商贩在往外搬葡萄。小志停下脚步看着他们。很快孙建文也看到了小志。小志走上前去跟孙建文说话。

小　志（平静）：建文，出来多久了？

孙建文：两天了。怎么，你去……坟上了？我听说大娘的事情了，哎，太苦了，没享啥福就走了。

小　志（沉默了一下）：我们找个时间聚聚吧，要么你来找我，要么我去找你。

孙建文：我去找你吧。

这时葡萄地里传来宋红梅的声音。

宋红梅的声音：建文啊，过来算算账，人家急着要走了。

小　志：我这几天都有空，随时都可以来。

孙建文：好，那我先过去了。

孙建文转身进了葡萄地。

20 李庄　街道　黄昏　外

李虎开着摩托车在街道上呼啸而过。在一个路口拐弯时，李虎看见了路边的两个好朋友。他马上刹车停下，转身对他们说话。

李　虎（笑着，大声）：走，去吃一顿。

两个好朋友向李虎走近，然后回话。

朋友一（假装糊涂）：去吃啥？

李　虎（糊涂）：去吃饭啊！（突然明白）你小子，先把肚子填饱了。

朋友二在一旁坏笑。

李　虎：怎么的，还让我请你们上来啊？赶紧上车吧。

两个好友先后上车，李虎开车呼啸而去。

21　张庄　良子家　夜　外

良子（男，26岁）在自家门口东看看西看看。他把衣领拉得很高，快到头顶了。周围很静，一个人都没有。良子悄悄进了院门。

院里。良子蹑手蹑脚地走到东墙根棚子下。他看了一眼房子。房子没有亮灯，而且很静。他蹲下身子，扒开一层土，然后掏出一个玻璃瓶。他在玻璃瓶里拿了几张纸币，然后又把玻璃瓶放回去，接着用土盖住，一切恢复原样。良子赶快起身离开。

22　张庄　小志家　夜　外

小志家的院子比先前更乱了。在西墙根新砌的两个大灶台还没有拆除。没有烧尽的木头桩子在灶台内外散放着。柿子树上的灯泡亮着，照得柿子树周围亮堂堂的。四间房中只有第二间房有微弱的灯光。第三间房偶尔闪烁着亮点。

23　张庄　小志家　夜　内

第三间房，也就是客厅，光线暗淡，小志坐在中间，静静抽着烟。借着昏暗的光线可以看到浓浓的烟气，地上掉了一地的烟头。通向第二间房的房门露着一个缝隙。不一会儿，小丽把房门打开，倚靠在门框上向第三间房内张望着，最后她把头定向了小志。小丽开口说话。

小　丽（先是咳嗽了几声，语气轻柔悲伤）：小志，把烟掐了吧。

小志沉默着，没有理会小丽，继续吸着烟，比刚才吸得猛了，是大口大口地吸。

小　丽：我知道你在想什么。走还是留下，照你自己的意思来吧，不要想着我们。

小　志：姐，（停顿了一下）离婚吧！

小　丽（声音尖锐）：不行。不能便宜了他，拖也要把他拖成老光棍儿。

小　志：我看见你现在的样子心里很难受……姐，你原先的机灵和秀气都不见了。我怕你这样下去会……疯掉！爸妈因为受的气太多已经走了，你不能再受折磨了。离了吧，把精神养好，等样子恢复一些了找一个合适的。

小　丽：当初都有人来告诉爸妈他是那种玩意儿了，可爸妈还是乐意把我嫁过去。我也傻，以为能和他好好过日子。没想到……（抽噎起来）我恨爸妈，我恨我自己，为什么我的腿会有毛病？为什么我成了今天这个样子？（说完，弯身使劲捶了自己的左脚两下）

小　志（有些激动）：姐，对不起，都是因为我，他们怕你耽误我结婚……你现在还恨他们吗？

小　丽（沉默了一会儿）：不恨了，早就不恨了。爸临走的时候哭了，我是第一次见他哭。他就那么没声响地掉眼泪。咳，人的心肠再硬也会变软的。我趴在他身边的时候，他才闭眼。

小　志（轻微语调）：我连他最后一面都没见着……（强作镇定）姐，爸妈其实最心疼你，就担心你找不到一个好婆家。他们太善良了，以为他那毛病就是小孩子的毛病。（转为愤怒）没想到他结婚后更是个混蛋了，我见了他非打死他不可。

小　丽：千万别再惹事了。六年前的事情还不知道算不算是清了。你再惹事，这个家就真的败了……你刚走那一阵，那个卢老头儿天天搬着凳子坐在咱们家门口附近，就盯着咱们家的动静。爸妈出去，邻居见了就远远地跑开了，好像咱们家得了传染病。

小　志：姐，别担心。事情应该算是清了，要抓早就来抓我了。那事跟我没有多大关系，我就是离开了一会儿，建文和良子就被抓了。说起来我应该劝他们别去。但这也就是个情理上的事情，在法律上跟我没有关系。

小　丽：那你就留下来吧，我很想你留下来，你看家里要剩下我一个人就太冷清了。你留下来，结了婚，生了孩子，这个家又热闹了。还有咱们家的地，也该管管了，再不管以后就长不了庄稼了。那块桃树地更可怜，你也看到了。

小　志（沉默了一会儿）：姐，那谁，就是燕子怎么样了？哎，我对不起太多的人了。跟她处了那么久……要不是那天出事，我们就去登记了。

小　丽：听说过得还可以，就是偶尔夫妻会闹个矛盾。咳，就别说他们了，你先把自己的事情张罗起来吧。你留下来，咱们一起把日子过起来。

小　志：走不走，我再想想吧。姐，站了这么久你也累了，去睡吧，我自己再待会儿。钱的事情，你别担心。这几年我攒了点钱。婚事儿，你也别担心。我在厂子里认识了一个女孩儿，已经谈了一年了，今天她发短信跟我说五天之内要是我不回去，她就过来找我，所以……总之，你别担心，会好起来的。

小　丽：真的吗？那姑娘真好……行，我去睡了，你也早点睡吧。

小丽关门去睡了，小志静静呆着。

过了一会儿，他的身子慢慢地突然倒了下去，这一倒把他惊醒了。

小志在屋里来回踱了一会儿步，然后犹犹豫豫地打开西屋的房门进去了。

24　张庄　小志家　晨　内　外（A）

天空晴朗，太阳初升，凉风吹动着屋前的柿子树。

小丽拿着笤帚等工具从第二间房进入客厅。小丽把烟灰扫进垃圾桶后看了看西屋的房门，然后拎着垃圾桶走出客厅，来到院子西墙根，把垃圾桶放在了那里。接着她来到东墙根棚子下，开始拾掇做饭。

25　张庄　小志家　晨　内　外（B）

（注：西屋布置很漂亮，是婚房。小志和燕子的大婚纱照挂在了墙上。另外他们的很多小合影放在了梳妆台和电视柜上）

西屋内（小志行李箱放置在床边），小志盖着一条崭新的花被子躺在床上睁眼望着电视柜上的合影。一会儿，小志看向其它的物件。这些物件虽然是六年前的了，虽然有些旧了，但是保养得非常干净整洁。这个屋子里的喜气鲜亮似乎还在。我们可以断定这是因为小志的母亲经常收拾整理。这个屋子里到处都有陈凤仙（去世时58岁）的影子。终于小志的眼睛闭上了，我们由此进入一个个温馨感人的画面。

画面一

西屋　日　内

老弱的陈凤仙在认真地擦洗着电视柜。当她看到小志和燕子的合影时愣住了，眼睛里早就含着的泪水流了出来。照片里燕子穿着婚纱坐着，小志穿着洋气的马甲西裤紧紧站立在燕子身旁。陈凤仙轻轻哀叹了一声，然后拿着抹布蹲下身子去擦抹掉在地板砖上的眼泪。

画面二

西屋　客厅　日　内

陈凤仙打开西屋房门进入。她从衣柜里把一条被面陈旧的被子拿了出来，然后来到客厅。客厅地上铺了一层塑料布，上面放着崭新的被面以及做被子用的针线等物品。陈凤仙把被子放在塑料布上，然后盘腿坐下了。她开始用剪刀慢慢铰断被面缝接处的线。这时，小丽从第二间房进到客厅。她看见母亲在裁剪被子显得有些不耐烦。

小　丽（略带指责）：妈，你又来了，老是给自己添麻烦。

陈凤仙（低头认真铰着）：不麻烦，等小志回来了，能马上盖它。

小丽听了母亲的话眼里马上闪现出了泪花，她坐到母亲身旁帮忙扯直被子。小丽看着母亲低头认真的样子，眼里的泪水掉了出来，但是她马上扭过头去止住了泪水。

26　张庄　小志家　晨　内　外（C）

西屋房门被敲响。小志从睡梦中醒来。他赶紧起床，把被子叠好，然后来开门。

小　丽（看着小志）：一晚上没睡吧?

小　志：不碍事，也不困。

小　丽：先洗把脸吧，然后吃饭。

说完，小丽和小志来到第二间房。洗脸水已经准备好了，小志随意擦洗了一下，然后坐到了餐桌旁。小志吃了两口就放下了筷子。

小　丽：多吃点吧，这几天都没好好吃饭。

小　志（微低着头，心事重重的样子）：姐……待会儿我出去一下，可能中午不回来了。

小　丽（猜疑）：你……你要去找燕子?

小　志（条件反射似地抬起头）：姐，瞧你说的，不是……我就是觉着很烦。我面对的人际关系像一团乱麻把我缠住了，我不知道该从哪里下手去理顺它们。可我知道必须赶紧把它们理顺。

说完，小志沉默了，他拿起筷子又吃了几口，然后放下筷子，接着起身离去。小丽没有阻拦小志，她来到窗前，看到小志离开了院子后又回到餐桌旁。她瞅着饭菜直发愣。

27　张庄　街道　日　外

小志停步在丁字路口，向着街道的东侧和西侧来回张望着，犹豫着。突然，街道东侧大概五十米的地方，卢老头儿从家里出来，拄着一根木棍向着小志这边走来。卢老头儿发现了小志，表情有一丝异样，但是不明显。小志看着卢老头儿脸上也有一丝异样，但是也不明显。他们离着很近了，小志有些尴尬地走上前去打招呼。

小　志：叔，你这是去哪儿啊?

卢老头儿停了下来，他差点摔倒。小志赶紧上去搀扶住他。小志看见卢老头儿的脚踝上方黑了一大片。

卢老头儿（面有愧色，瞬间又转为恼怒）：真是造孽啊，这日子过得……哎，前几天乡里刚给发了几百块钱过节，这会儿又得去了。不去不行啊，一群兔崽子们就盯着我手里的这钱儿呢。哎，我他娘的脸皮真厚啊。

卢老头儿说完，脱开小志的手，拄着木棍向街道西边走去。小志看着卢老头儿的背影想了一会儿，追了上去。

小　志（搀扶住卢老头儿）：叔，我们一块去吧，我正好也有点儿事情要办。

28 乡政府 门口 日 外

小志和卢老头儿并肩朝着乡政府门口走来。门卫老张（50岁）拿着笤帚正在清扫风吹过来的几个烂塑料袋子。他看见小志和卢老头儿后便停下手里的活儿，冲着他们说话。

老 张：老卢，来啦！（语调突然变味）要命啊。

卢老头儿（激动）：要什么命？又没要你的命，你操什么心啊！

老 张（生气）：我的工作职责是看门，你说我操什么心。

卢老头儿不理会老张，直接向乡政府大院走去。老张看着小志和卢老头儿走进去，无奈地摇着头。

老 张（小声嘟囔）：又多了一个人，要命啊。

小志听见老张的话身上打了一个哆嗦，他侧脸看了看卢老头儿。卢老头儿面无表情地向着乡政府大楼走去。

29 乡政府 办公楼 日 内

卢老头儿走到乡政府办公楼大厅中间停了下来，小志也停了下来。

小 志（用手指了指大厅东侧）：叔，派出所是在这边吧？

卢老头儿：是，去吧，估摸着应该没事了……我去这边（卢老头儿指了指大厅西侧），乡长他们的办公室在这边。

30 乡政府 派出所办公室 日 内

派出所办公室很大，吴警官（31岁）正在急匆匆往外走。他在门口走廊碰到了正在犹豫的小志。吴警官仔细盯看了小志一眼，脸上露出异样的神情。

吴警官：你好，你是……张庄村的张小志吧？（像是自言自语）没错，你是张小志。

小 志（有点惊慌）：怎么，你认识我？

吴警官：怎么能不认识呢？走吧，到办公室里说说吧。

吴警官和小志先后走进办公室。小志在门口旁边停了下来。吴警官去了一张办公桌前，他在一个文件栏里翻找资料。翻了一会儿，他找到了资料。然后他拿着资料，屁股贴靠着桌沿儿，朝向站立在门口的小志。小志很尴尬，两手僵硬地垂着，背稍微弓着，眼睛向地面望着。

吴警官（眼睛盯看着资料）：你那事儿还不算完呢……有一家说是你唆使的；另一家就模棱两可的，不说有关系，也不说没有关系。三个人里面年龄最大的是你，跑得最快的也是你……

小　志（快速插话辩解）：我那不是跑，我是有事儿走开了……也不是走开了，是根本没有参与那事儿……

小志没再说下去，吴警官盯看着小志没有说话。两个人暂时陷入了沉默。

此时为观众呈现六年前的那次事件提供了一个机会。往事（六年前初夏）一一浮现。

往事一

张庄　小志家　日　外

初夏，天气炎热。小志在院里正忙着把袋子和扫帚等物件往新买来的摩托三轮车上放。车厢里装满了新麦子。这时孙建文和良子进入院子。

孙建文（东张西望，悄声）：哥，出去逛逛？

小　志：你们家麦子收完了？收完了也得赶紧晒干啊，这天气说下雨就下雨。

孙建文：昨天收完的，我爸妈在忙着晒呢，你也交给大娘他们晒得了……走呗，出去逛逛。

小　志（扒拉着车里的麦子看）：去网吧？你这刚结了婚，还想着出去瞎逛……我真没空儿，你们去吧。

良　子（诡笑，悄声）：哥，有好事儿。（看着车里的麦子）这有什么的？我们俩帮着你把麦子拉到马路上铺好了，然后一起去县城玩几个小时。这路都挺近的，什么也耽误不了。

孙建文：保准天黑之前帮你把麦子拉回来。再说了，你不是也经常偷跑出去玩吗？走吧。

孙建文说完后，良子赶紧上了车座，并启动摩托三轮车。良子踩了两下，发动机着了。孙建文迅速上了车厢。小志有些无奈，也跟着上了车厢。

往事二

县城 某网吧门外 日 外

网吧门外，良子开着摩托三轮车带着小志和孙建文停在了一棵树下。孙建文和小志跳下车，接着小志把车锁好。三个人朝网吧走去。突然，小志犹豫着停下了脚步。

小 志（回头看着摩托三轮车）：这可是我媳妇儿陪送的嫁妆啊，放这里没事吧？

孙建文：哥，你也太娘们儿味儿了，就这么一辆车，至于吗？你这个样子待会儿还怎么用你的车啊。

小 志：说吧，都憋了一路了，什么事？

良 子：哥，先进去吧，到了里边儿再说。

往事三

县城 某网吧 日 内

孙建文等三人来到一个隐秘阴暗的角落，并排坐下。孙建文在中间，他从兜里掏出三盒烟，分别给了小志和良子一盒。接着孙建文点了三支烟，然后递给小志和良子一人一支。

孙建文（悠然地吐着烟气）：哥，待会儿用你的车去拉点东西。一块去吧，好东西，值钱。

良 子（眨巴着眼睛）：哥，多给你一点儿，你这又出车又出油的。

小 志（点看着聊天软件）：真有你们的，你们怎么想的啊，用我的车去……你们又盯上什么了？

良 子：我在的那家厂子最近有一批发光粉和其它的好东西，都在车间里放着呢。我待会儿去接班，先把东西收拾好，等五点多的时候，你们两个在厂子后墙外面接应我，把东西弄出来……顺利的话这次得弄不少钱。

小 志（看着屏幕，长长地吐了一口烟，突然笑了一下）：危险吗？这事不好弄，被发现就完了。

孙建文：没事儿，你还不知道吗？后墙外面一大片地，一天到晚连个人影都没有，我们都踩好点了。

小　志（看了看孙建文和良子）：这样啊……（有些不满）你们两个真是有意思。建文，你结婚也有车，大车小车都有，你怎么不用你的？

孙建文：我妈不是看得紧吗？所以就想到你了。

小　志（生气）：我妈就看得不紧了？（盯着屏幕，突然笑了一下）

孙建文：不是这个意思……一句话，干不干吧？

小　志（用右手指着电脑屏幕）：看啊，这女的要约我出去见面呢，够浪的……这样吧，你们去吧，我有时间我就过去。万一你们早早弄完了，就别算上我了，帮着我把麦子收回去就行了。（又看着电脑屏幕发笑）太浪了，就在附近呢，让我过去呢。（起身）我出去了，你们看着时间自己安排吧，千万别等我，我这边儿什么都说不准。

往事四

工厂后墙外面　黄昏　外

离着后墙不远处，孙建文坐在车座上紧张地向四周望着。突然，远处大道出现一辆警车，并且警车在向孙建文这边靠近。孙建文十分紧张，赶紧踩发动机，可是踩了十来次发动机就是不着。来不及了，警车靠近了，停下了。吴警官从车里下来了。他快速走近孙建文盯看了他一下。孙建文浑身乱动，眼睛不敢正看吴警官。吴警官生疑，开始盘问孙建文。

吴警官：你好，你在这儿干什么呢？

孙建文：啊……没干什么。

说着，孙建文猛地又踩了一下发动机，这回发动机着了。吴警官一看孙建文要跑，赶紧上去制止。极短的时间内，孙建文开着车蹿出了十来米。很不幸，孙建文和车整个翻倒了。孙建文赶快爬起来，想要逃走。这时，警车里又下来一个民警，跑过来和吴警官一起围堵孙建文。很快，孙建文被他们抓住。吴警官把他铐在了摩托三轮车上。就在这时，工厂后墙里面良子在喊孙建文的名字。

良子的声音：孙建文，孙建文，哥……

吴警官（警惕，悄声）：你叫孙建文？

孙建文吓得直哆嗦，没有回答。

第二个民警快步来到后墙，并跳上墙去。

墙内的良子正在向上看着，他身边有三个鼓鼓囊囊的大麻袋。良子一看墙上突然出现了一个民警，先是愣了一下，紧接着撒腿就跑……

吴警官（大声）：喂，喂……（小志从沉思中醒来，看向吴警官）据说当时我们抓住他们两个的时候，你就在附近呢。有人说看见过你。

小　志（神经过敏）：谁说的？没那回事儿……就算看见了，那能说明什么？

吴警官（脸上露出神秘的笑容，并有厉色）：行了，你玩的把戏在我这里不好使。你根本就没有去和网友见面，你是找了一个借口脱身，然后去了那家厂子。（开始来回踱步，手里比划着）你围着厂子转了一圈，然后就在一个角落里躲着。你偷偷观察他们两个。如果出现异常情况，你就自个儿溜了。如果他们顺利，在他们快把车开到大道的时候，你就突然出来，假装刚赶到，好分一杯羹。（停下，看向小志）是不是这么回事？你啊，想得太容易了。你不想想你的摩托车是作案工具，你能脱得了关系吗？（又开始来回踱步）你看见孙建文花钱大方，看见他结婚的物件置办得不错，你眼馋了。是不是这么回事？哼，你们不是第一次作案了。当年出现了十几起盗窃案，当然了（停下来，背对着小志，像是陷入沉思），其中只有四起跟你们有关系。

小　志（大声辩解）：不要老说你们你们的，是他们，我没有去。

吴警官（看着小志，故意把哦字音调拉长）：哦……不好意思，我口误。

小　志（恢复平静）：刚才的话都是你自己想象出来的。你很清楚，要是我有罪，你早就去抓我了，没有必要……

吴警官（打断小志）：哼，你们三个，最没心眼的就是那个叫良子的，他家为了打官司差不多破产了吧？那个孙建文，心眼儿也很多。他想着万一有人逮住了良子，他就开着车跑掉。或者干脆把车丢掉，自己跑了。警察找上门的时候，他好狡辩，把事情都推到你们两个身上。哼，你们玩的这些把戏我一眼就看穿了。

小　志（平静）：那这样的话，你现在可以抓我去坐牢。

吴警官（摆了摆手）：坐牢？那两个都替你坐完了，还用得着你去坐牢吗？哼！

小　志（不耐烦）：请你不要用这种奇怪的腔调跟我说话。我没有犯罪，我

不是犯人。

吴警官（假装恍然大悟）：哦，不好意思，我口误，你的确不是犯人，你就原谅我吧。（不自然地笑）嘿嘿！

小志沉默不语。吴警官把资料放回文件栏，然后转身看向小志。

吴警官（脸色平静温和）：刚才纯属是我们之间的私人谈话，有什么得罪的地方你就原谅我吧。好了，说说你为什么来派出所吧。

小　志：请问我的事情在你们这里结束了吗？

吴警官：从法律的角度来说，结束了。从良心的角度来说，嘿嘿……

小　志（迅速插话）：那就请你们撤销对我家的监视。

吴警官：监视？嘿嘿，没有的事情，那是一些人自愿做的。

小　志：那就谢谢你了，再见。

小志说完转身要走，吴警官突然想起了什么，迅速说话。

吴警官：你留步。这个……过来签个字吧，然后把你的车开回去，就是当年那辆摩托三轮车。

31　乡政府　乡长办公室　日　内

卢老头儿丑陋地坐在一个贴靠着墙边的椅子上。他的身子直挺挺地仰着，嘴里含糊不清地嘟囔着什么。那根木棍扔在了地上。乡长（40岁）在办公桌前端坐着，他一会儿看看手边的文件，一会儿抬头看向卢老头儿。突然，他起身来到办公室的中间空地上，来回踱着步。

乡　长（停下来，向着卢老头儿，责备语气）：你们这算是怎么回事啊？三天两头儿往这里跑，乡政府不是你们家的厕所，这里也不是银行。这低保户啊抚恤金的这些福利能给的都给了，能不能自觉点儿，还想怎么着啊？！

卢老头儿：不想怎么着。

说完，卢老头儿眯起眼睛瞥看着乡长，嘴里继续含糊不清地嘟囔着什么。

乡　长：不想怎么着还天天跑来这里干什么？你是有儿有女的人，哎呀，一些话我都不好意思开口说。你啊，就知足感恩吧。

卢老头儿：我感恩了啊，我天天都说感恩的话，天天都做感恩的事。你看

（卢老头儿抬起右腿），我这腿就是证明啊。

乡　长（苦笑）：哎哟，我的天啊，你快别说你这腿了。每次来都拿腿说事儿，那些大道理大荣誉都往你这腿上蹭。你要明白它们跟你的腿没有关系。（靠近卢老头儿）你说你是老民兵，以前又是民兵连长，怎么觉悟越来越低了？不说做个榜样，还带坏了一群人。行了，这是最后一次了，我真没时间跟你们扯了，真找不出什么说法给你们钱了。（说着从兜里拿出两张百元纸币）这两百块钱是我个人给你的，这是我的工资。

说完，乡长把钱放在了卢老头儿的肚子上。卢老头儿看了一眼钱，但是没有去拿。

卢老头儿（小声）：嘿嘿，以前就有时间，这会儿就没了……嘿嘿！

32　乡政府　大院　日　外

吴警官领着小志来到乡政府办公大楼的侧面。大楼侧面有一块不大的空地，在墙角处搭建了一个简陋的棚子。棚子下面停着一辆摩托三轮车，它烂了。小志看到摩托三轮车显得很激动，也很痛苦。

吴警官：这个……想办法把它弄走吧。

小　志：不要了，人都没留住还要它干什么……你们自己拿主意处理了吧。

吴警官（看着摩托三轮车）：这样啊，行……（看了一眼小志）那就这样吧，事情结束了，我还有事情要忙。

吴警官说完转身离去。小志含着泪看了一眼摩托三轮车，然后向大楼前面走去。

在办公楼前面，吴警官和卢老头儿碰见了。小志在不远处停下来，看着他们两个。

吴警官：要走了？

卢老头儿（生硬语气）：不走留在这里干什么？！

吴警官（笑着）：你就是有办法……那个……事情结束了，有事再电话联系吧。

吴警官说完走进大楼。卢老头儿这时看见了小志，小志走了过来。两人都没说话，一起向大院门口走去。走了一会儿，卢老头儿突然停下，开始向小志倾诉。

卢老头儿（转身看了一眼大楼，然后回身看向门口保卫室）：小志啊，我不

想靠着那栋楼活着啊，我啥道理都懂，人要是靠了别人就完了。可没办法啊，你看看我这烂腿，再看看我那一窝子不长进的东西，哎呀，我难受啊我。

小　志：这家里的事情真是不好弄，儿女们不争气……往后你这日子更难了……

卢老头儿：难也没办法，过一天算一天吧……（喃喃自语）哎，要钱要命，要命没钱，要钱没命……

小志静静地听着卢老头儿低声嘀咕着。这时，空旷的乡政府大院偶尔有进出的车辆和办事人员，然后就是秋风吹着落叶满地滚动。所以卢老头儿最后这几句话特别清脆响亮，它们向着灰暗的天空往上飘（镜头转向天空，声音延续有回音）。

镜头转向小志和卢老头儿。小志和卢老头儿已经走出乡政府大院，向着远处走去。

33　张庄　街道　日　外

孙建文在路上低头急匆匆走着。在离着小卖部大概十米的地方，孙建文抬头看见了良子的母亲杨兰，身子哆嗦了一下。杨兰（50岁）从小卖部出来，手里拎着一袋馒头。她颤颤巍巍地走着路。孙建文停下脚步，想要避开。可是来不及了，杨兰看见他了。在杨兰快要靠近时，孙建文主动打招呼。

孙建文（面有愧疚，吞吞吐吐）：婶子，身体……良子……我去……

杨　兰（面无表情，声音微弱）：走吧（从孙建文身边走过，没有看孙建文），没力气骂你们这些挨千刀的了。

孙建文看着杨兰衰弱的背影，脸色异常沉重。突然他捂着胸口跑到路边蹲下呕吐了一口。很快，他勉强站起身来，脸色煞白，慢慢地向前走去。

34　张庄　小志家　日　外内

孙建文进入小志家院子，院里已经收拾得比较整齐了。孙建文在院里边走边喊。

孙建文：小志哥，姐……

第二间房内，小丽正在收拾碗筷，听见院里有人在喊便停下手上的活儿，准备出去。这时孙建文进了房间。

孙建文（脸色煞白，小声）：姐，收拾呢？（扫视房间一圈）小志哥呢？

小　丽（看着孙建文一阵吃惊，很快转为平静）：他早上说出去转转，还说中午不回来了，估计要到晚上才回来。怎么，有事？

孙建文（找了个凳子坐下，气色稍微恢复）：姐，刚才我看见良子他妈了。心里真难受啊，婶子都成那样了……听说良子一直不在家啊。我来找小志哥商量一下，去良子家看看，然后去找找良子吧，争取把他给揪回来。

小　丽（坐下，然后轻问）：能行吗？我看这事不好弄。你们是没见过，你们出了事后，良子他妈来我家闹了好几次，一次比一次骂得凶。去你家也是这样。后来判了刑后，他妈到处说是你和小志挑唆良子去的。

孙建文：现在她没力气骂人了，太生气了。也不怨她那样，我们三个良子最小，花钱也最多，我挺理解婶子的。

小　丽（盯看着孙建文）：听你说话的口气，不错啊，你这牢没白坐。你以前给人的印象就是心眼儿多，现在看起来老实多了。（停顿了一下）良子的话，他心眼儿少，然后就是懒点儿，不过有人帮看着他还是会变好的，他本性不坏。

孙建文（沉默了一会儿）：姐，不瞒你说，我当时被抓的时候真是害怕，一下子就蒙了。出了事儿，判了刑，我才明白一个道理。普通人就得安分守己，不然后果真是惨啊，一家老小跟着倒霉。

小　丽：是啊，普通人家就跟那小草似的，经不起小风吹一下子。

孙建文：姐，小志哥怎么样？我看他变化也挺大的，比以前稳当了。

小　丽：变化是挺大的，去外面讨生活更得守规矩。

孙建文：那他还走吗？

小　丽：我是希望他留下来，这个家现在太冷清了。

孙建文沉默了一会儿，然后起身。

孙建文：姐，我不等了，小志哥回来后跟他说一声吧，就说我来找过他。

孙建文说完离去。

35　县城　某网吧　日　内

一个阴暗的角落里，良子正趴在桌子上睡觉。桌子上有很多空着的泡面碗。

网管走过来收拾卫生。他看着良子直摇头。很快他把垃圾放进了垃圾袋，然后他拍打着良子试图把良子叫醒。

网　管：喂，醒醒，醒醒……

良　子（挺起身子，打着哈欠，揉着眼睛）：谁啊？啥事？

网　管：兄弟，你待的时间太长了，还想上网的话，先出去外边透透气精神精神。

良　子：我没事儿。（说着又趴在桌子上了）兄弟，待会儿收拾完了给我来一碗泡面。

网管没有答话，看着良子直摇头。

36　张庄　小志家　日　内

小丽在西屋收拾卫生。这时小志来到西屋门口，他没有进去，而是倚靠在门框上。

小　志：姐……（小丽看见小志，停止收拾卫生）我刚才去了一趟乡政府，我的事儿算是清了。

小　丽：好啊，那以后咱们家外面就少一双盯贼的眼睛了。

小　志：那辆摩托三轮车已经烂得不像样子了。他们让我弄回来，我说不要了。

小　丽：也行，弄回来看着更难受。（停顿了一下）建文刚才来找过你，说是想跟你一起去良子家看看，然后去找找良子。

小　志：哦……（沉默了一会儿，若有所思）姐，你觉着良子怎么样？

小丽惊讶地看了一眼小志，没有答话。

小　志：姐，要是良子回家了，你跟他处处吧。姐，你们俩在一起，我觉着很合适，我也放心一些。

小　丽（继续收拾卫生）：你还是要走？

小　志：我还没想好。（停顿了一下）对了，姐，我是跟卢叔叔一起去的乡政府，他的脚肿得很厉害，怪可怜的。以后见面还是跟以前一样吧，客客气气的。

小丽收拾着卫生，没有说话。

小　志：姐，我去找建文了。

小志转身离开。

37　张庄　小卖部　日　外

小卖部老板王叔（50岁）正在路边清扫孙建文的呕吐物，他脑袋歪着，嘴里嘟囔着什么。这时燕子（29岁）领着五岁的女儿来到王叔身边。

燕　子（笑着）：王叔，给我拿一袋盐、一袋糖和两盒饼干。

王　叔（停下手边的活儿）：好，进去说话吧。

燕　子：不用了，小孩儿调皮（表情显得有些尴尬）……

王　叔（笑了下）：好的，明白，那你等一会儿吧。

王叔说完去了小卖部。这时，小志出现了。他离着燕子不远。他欲前又止，显得有些慌张。燕子转身看见了小志，她马上变得惊慌失措，但是很快又恢复为若无其事的样子。小志走上前来，和燕子说话。

小　志：燕子……

燕子身子哆嗦了一下，没有说话，转脸逗弄着女儿。

这时王叔拿着东西出来了，他来到燕子身边，看看燕子，又看看小志，眼珠子一转笑了下。

王　叔（大声）：燕子啊，你要的那种糖没有了，让孩子进去看看别的吧。

燕子没有回话。小女孩儿很好动，赶紧跑到王叔身边。王叔领着小女孩儿去了小卖部。这时，外面只剩下燕子和小志两人。小志开口说话。

小　志：燕子，你老了很多……这个，我有话想对你说。

燕　子（表情漠然）：没必要了，把想说的话留着跟你的媳妇儿去说吧。

小　志（尴尬）：我还是一个人……不，有了可还没结婚。

燕　子：你结不结婚跟我没有任何关系，早就没有任何关系了，不是吗？

小　志：我当天就该老老实实去晒麦子，然后高兴地等着第二天和你去登记。结果全砸了，都怨我，不该跟他们出去。

燕　子（生气，指责）：够了，你到现在还不知道自己错在哪里。其它的我不在乎，我在乎的是你都有老婆了，（停顿了一下）还跑出去偷吃。要是当时你没有去偷吃，我会一直等你的。你伤透了我的心。

小　志（有些激动）：燕子，（停顿了一下）相信我，我没有。

燕　子（冷笑）：哼，现在说这些还有用吗？

小　志：我知道已经没用了，我就是觉着很对不起你。

燕　子（厌烦，摇着头，悲伤）：好了，不要再为以前的事情难过了……（盯看着小志）从现在开始我们都互相松开手吧。实在不想忘记对方，就把对方锁在心里吧。说实话，我没有忘记你。但是我心里的你只是当年的你。当年之后，你在我心里已经死了。（正色，提高了声调）你记住，张小志在我心里只活了24岁，你也当杨春燕在你心里只活了23岁吧。

说完，燕子小声哭了。

小　志（脸色沮丧）：燕子，你还是以前的脾气，一点儿没变。

燕子擦着眼泪，没有回话。

小　志：你老公对你还好吧？咱们村子大，你老公我都不知道是哪个。

燕　子（停止哭泣）：我知道就行了。把你的关心、牵挂和愧疚留给你的女朋友和家人吧，我不需要。

小志还想说什么，燕子却转身去了小卖部。不一会儿，燕子领着女儿出来了。她没有向小志这边看，而是领着女儿径直离开了。

小志看着远去的燕子脸色异常沉重，他低头向前走着。没走几步，后面传来小光的喊叫声。

小　光：哥，等一下。

小志停下脚步，并转身。小光快步走了过来。

小　光：哥，我正想去找你呢。

小　志：有事？

小　光：有点事儿。

小　志：说吧。

小　光：就是刚才电话费用完了……我刚上班没多久，就当借你的，发了工资后再还你。

小　志：充多少？

小　光：500吧，我这老是打长途，一下儿充多点省事。

小　志（从口袋里掏出五张一百元纸币，然后递给了小光）：你把女朋友带回来了？

小　光：嗯，我妈老想着让我把媳妇儿带回来，她好高兴高兴。这不她俩出去转了。

小　志：哦，老人家就是这样的。你什么时候回深圳？

小　光：明天下午走。

小　志：这样啊……那行，你去充话费吧。我这儿还有事呢，不跟你说了，我抽个时间去你家看看吧。

小　光：哥，这借钱的事情别跟我爸妈说啊，就咱们两个知道就行了。还有，还钱的时间可能不大确定……

小　志：知道了，去吧。

小光去了小卖部，小志离开。

38 张庄　燕子家　日　内

燕子家是四间平房。西屋内，燕子的丈夫刘大庆（28岁）歪在床上躺着，他睁着眼在想事。燕子坐在沙发上一边撕开饼干的包装袋，一边陪着女儿说笑玩耍。这时刘大庆开口说话了。

刘大庆（身体没动，大声斥骂）：都滚蛋，要说话出去外边大街上说去，没看见老子在睡觉吗？

女儿被刘大庆吓哭了，跑出去了。

燕　子（责备）：你又怎么了？老是这样神经兮兮的，女儿都快被你吓坏了。你没发现她在你面前老是哆哆嗦嗦的不敢说话吗？再这样下去，女儿将来可怎么办啊？

刘大庆（起身坐在床上，怒视着燕子）：你说你又去哪里浪荡了？

燕　子（生气）：你怎么说话这么难听？我去买盐了，要不以后炒菜不放盐了。

刘大庆：村里有好几个小卖部，你不去近的那几个偏偏挑着最远的那个去，你说你什么意思？是不是想老情人了，去看老情人了？

燕　子：你快成精神病了，你知不知道？都是很久以前的事情了，我早就放下了。你还在唠叨个没完。好啊，现在被你这么唠叨，我心里又拾起来了。

刘大庆（冷笑讥讽）：哼，又拾起来了？！那就去跟他私奔啊，村里又不是没有出过这样的事情。正好他回来了，跟他过去吧。

燕　子（委屈，哭泣）：你到现在还说这种话。我就是想他了，我就是去看他了，我马上就去找他。（在原地没动，哭得厉害了）

这时，刘母（53岁）来到西屋。

刘　母（站在床边，面向刘大庆斥责）：这天天吵还嫌不够啊？（转脸对着

燕子）你也别哭了，也不怪他生气。你是长得漂亮，也挺能干，可是不是我家主动去攀你家的。当年是你父母硬要把你嫁在我们村，找来找去就找到我们家大庆了。要知道你们结婚后是这个样子，当初我就不该同意你俩的事儿。

刘大庆（委屈）：这几天又有人在开我的玩笑呢。那个张小志回来干嘛来了？好好在外边待着不行吗？一回来就弄得大家不得安宁，真是一个扫把星。

刘　母：燕子啊，要是我是你，我真想过去跟他说说，让他有多远走多远，在家待着干啥啊？父母没了；姐姐呢……赶紧找个人嫁了；然后自己轻轻松松出去闯。

燕　子（停止哭泣）：那是他的家，他愿意待就待，愿意走就走。再说了他要结婚了，你们很快就能看到他家又热闹了。

刘大庆（讥讽）：好啊，这样以后又可以去外面偷吃了。哼，当年要不是去外边偷吃，还不知道今天会是什么样子呢？！（对着燕子冷笑）哼，你啊，天天在家哭吧，早哭成黄脸婆了。

燕　子（生气，大声）：你混蛋！

刘　母（生气，大声）：又吵起来了，你俩都闭嘴！

刘大庆和燕子都沉默了。

39　南方沿海某市　工厂　日　外

车间门外，罗经理和小芹在说话。

罗经理：小芹，上午生产部的吴经理请假了，你看任务这么紧，给小志打个电话吧，问他能不能马上回来，车间这边总得有一个主管盯着。本来电话应该由我来打，但是我觉得你打效果好些。

小　芹：不用打，估计他明天或者后天就回来了。

罗经理：确定吗？

小　芹：确定。

罗经理：那行，谢谢你了。

罗经理说完走了，小芹进了车间。

40 张庄 孙建文家 日 内（A）

孙建文家是四间平房。第二间房内，孙建文、孙建文的父母和小志围坐在方桌周围。桌子上摆着五个菜，四个人面前都有酒杯，酒杯里是白酒。宋红梅开口说话。

宋红梅（脸上略带笑意）：小志啊，说心里话我不想你跟建文走得太近了。你看看你们三个，凑在一块闯出了多大的祸啊。建文进去后，媳妇儿跑了，地里的活儿撂荒了一年。我跟你叔叔我们两个就硬撑着吧，在人前装没事儿装了六年总算熬过来了。我们两个经不起事儿了，再出一次事儿非得要了我们的命不可。

小　志（勉强微笑了下）：婶子，不会再出那样的事情了。六年了，心里那些乱七八糟的心思都被磨掉了。

孙建文（对着宋红梅有点埋怨）：妈，我和小志哥现在心里想的都是正经事儿。我们打算去找找良子。中午我看见良子他妈了，这个念头更强了。

孙振邦（叹着气）：嗯，找找吧，这三家就咱们家还是个完整的家。找回来后都该解决个人问题了，你们三个在村里属于大龄光棍了。（看了看小志）小志啊，你婶子的话没有恶意，就是担心你们年轻人凑到一块不琢磨好事。我看得很清楚，你们改了。以后该怎么处还怎么处，争取把关系处得比以前还好。（停顿了一下）我们喝一个吧。

孙振邦举起酒杯，小志他们三个也举起酒杯，四人都喝了一口。

这时，院子里传来孙建文的妻子桃子的喊叫声。

桃子的声音：孙建文，孙建文……

大家都很惊讶，连忙起身。

宋红梅：这臭不要脸的怎么回来了？回来的正好，把事情说清了各奔东西。

很快，桃子进屋了。她一只手拉着一个大行李箱，另一只手拎着一条包好的被子。桃子看见四个人都在盯着自己并不觉得尴尬，也不认生，把行李和被子放在了门边。

宋红梅：你消息倒挺灵通的……真是不害臊，都跑了六年了，这会儿跑回来了。

桃　子（对着宋红梅笑）：害啥臊？自己的家什么时候不能回来啊？想回来就回来呗。再说了这脸皮厚都是跟你学来的。

宋红梅（厌烦）：行了，别嬉皮笑脸的了。你跟建文离婚吧。把你娘家的人

叫来，大家坐在一起商量着来，不会亏欠你什么。你都跑了六年了，难听的话也就不说了，好说好散。

桃　子：这是你自己的意思吧？（向着孙建文）建文，你同意了？

孙建文脸色沉重，没有回话。

宋红梅（看着孙建文）：有啥不同意的？建文是被你伤透了，他连骂你的力气都没有了。

桃子没有说话，去拿行李箱和被子，然后走出第二间房。

41　张庄　孙建文家　日　内（B）

西屋内，桃子打开行李箱，将里面的衣服全部拿出来放进了衣柜。接着她又把被子拿出来铺在了床上，然后她脱鞋上了床，最后盘腿坐在了被子上。

宋红梅等四人静静看着桃子做这些事情，等桃子坐在了床上，宋红梅开口说话了。

宋红梅：你可真是不要脸啊，有你这样的吗？这是要耍无赖吗？

桃　子（向着孙建文显出委屈状）：我这六年比建文坐牢还苦，过的不是人的日子，在娘家我爸妈好几次让我离婚我都没同意。为了清静些，为了等建文，我跑去城里租房找工作，我受的苦太多了……（假装哭泣）反正我就是不走了，打死我也不走。

宋红梅（看着孙建文，假装高声）：建文，别听她瞎说。她不是不同意，她是找不到条件好的。我最看不惯她这样的女人，遇到一点儿事就跑得远远的，夫妻的恩爱连个影子都见不着了。离，必须得离。

桃　子（向着孙建文哭）：我就是不离，打死也不离。（说话的时候，桃子钻进了被窝，把被子拉过头顶）

宋红梅刚要过去，被孙振邦拦住了。

孙振邦：让她在这儿闹吧，咱们去那屋说话。

宋红梅等四人走到第三间房的时候，孙建文开口向孙振邦和宋红梅说话。

孙建文：爸，妈，我跟小志哥去良子家看看，桃子的事情你们自己看着办吧。

说完，孙建文向小志使眼色，两人快速离开。

42 张庄 街道 日 外

孙建文和小志在街上并肩走着。突然，小志停下来，问孙建文。

小 志：建文，你真要和桃子离婚吗？

孙建文（停下来，低头沉思）：又想又不想。

小 志：啥意思啊？

孙建文：也不知道这六年她变成什么人了。她可是在城里待了好几年啊，我怕她的心玩野了。

小 志：不会的。要是玩野了，她就不回来了。我看她还是挺喜欢你的。

孙建文：你的意思是让我原谅她？

小 志：是啊，要是她没犯什么大错误的话。

孙建文没有说话，两人继续往前走。

43 张庄 良子家 日 外

良子家是三间简陋的平房。孙建文和小志来到良子家院门口愣住了。良子家的院门和围墙太破旧了：两扇小铁门没了门的样子，快锈烂了，紧闭着；围墙中间部分塌了，用堆起来的柴禾堵着。这时有个邻居（男，50岁）经过。

邻 居（盯看着小志和孙建文）：这不是建文和小志吗？

小志，孙建文：嗯。

小志和孙建文应了一声后，没有再说话。

邻 居（看着良子家的铁门）：来找良子了？家里有人。从八月十五过节那天到现在差不多天天都这样，两口子好像都没出过门。唉，那屋子里谁也待不下去啊，受罪啊！

邻居说完摇着头走了。小志和孙建文轻轻打开铁门进了院子。

44 张庄 良子家 日 内

小志和孙建文来到东屋门口，门开着。屋内，良子的父亲李宝瑞（53岁）和母亲杨兰在床上躺着。小志和孙建文轻声喊叫着进屋了。

小　志，孙建文：叔，婶子。

李宝瑞和杨兰一动不动，也没说话。

小志和孙建文走到床前。

孙建文：叔，婶子，我是建文，我和小志哥过来看看你们。

小　志：叔，婶子，听说良子经常不在家，所以我们过来看看是怎么回事。

李宝瑞没动。杨兰慢悠悠起身，看着小志和孙建文。她脸上面无表情，很平静。

杨　兰（语调平缓）：你们这些挨千刀的，到底想怎么样啊？要么死在外边别回来了，要么就留下来好好的。为什么回来了又跑出去，跑出去一阵子又回来？这不是折磨人吗？

小　志：婶子，你放心，我和建文待会儿就去找良子，想办法把他揪回来，好好教训教训他。（看向李宝瑞）你和叔叔快别这样了，再这样下去将来还怎么帮着良子过日子啊？！

李宝瑞没动。

杨　兰：不长进的东西，还过啥日子啊？就这样过一天算一天吧。

杨兰说完又躺下了。

小志和孙建文看着李宝瑞和杨兰，眼里都泛了泪花。他们没有再说什么，从东屋退出。

45　县城　某网吧　日　外

小志和孙建文来到网吧门外不远处。

小　志：这家再没有，咱们就得到市里去找了……他跑不远的。

孙建文：希望他在里边呢。

小志和孙建文向网吧门口走去。

46　县城　某网吧　日　内

网吧前台。前台有两个工作人员，是一男（22 岁）一女（21 岁）。他们看见小志和孙建文进来，忙起身打招呼。

女服务员：两位好，要上网吗?

小　志（向上网区张望）：你们这里有那种很特别的顾客吗？就是那种拼命上网的人。

男服务员（笑着）：拼命上网？有啊，墙角那儿有一个哥们儿，在那里猫着呢。

孙建文：估计是我们的朋友，我们过去看看。

47 县城　某网吧　日　内

阴暗的角落里，良子趴在电脑桌上在睡觉。小志和孙建文来到良子身边。孙建文使劲拍了良子两下。良子惊醒并站起，看到小志和孙建文后诧异了一会儿。很快，他又坐下了，什么也没说。这时，小志说话了。

小　志：良子，跟我们回家。（说完，去拉良子）

良　子（脱开小志的手，闷声闷气的腔调）：我不回去。

孙建文：为什么不回去?

良　子（沉默了一会儿）：他们不是哭就是叹气，那家我是一秒钟也待不下去。

小　志：你没想想是谁让他们那样的吗?

良子没有回话。

孙建文：你要是眼里还有你爸妈，就跟我们回去。

良　子（突然抽噎哭泣）：我不回去，看见他们我心里难受，我心里憋得慌。

小　志：你心里难受？你是嫌家里穷，是吧?

良子没有回话。

小　志：你要站起来啊！他们老了，你还年轻。今天我和建文必须得把你带回去。

良　子：我不回去。

小　志：你不回去？你不回去，你爸妈就得死在屋里。

孙建文：你骨子里还是懒，还是软，这怎么能行呢？你要完蛋啦。

良子耷拉着脑袋听着，没有说话。

小　志：你这叫心里有病，你知道吗？你自己不能治，我们大家帮着你治，我们一起治。（停顿了一下）结婚的事情，你不要担心。钱的事情，你也不要担心。做事情起步的钱，大家凑凑能解决。

良子依旧坐在椅子上没动。

孙建文（一把抓住良子）：起来吧！再不回去，你爸妈真要短命了。

良子耷拉着脑袋站起身来，跟着小志和孙建文离开。

48 张庄　燕子家　黄昏　内

西屋内，燕子的女儿哭喊着，刘母愁容满面地一声不吭地坐在沙发上，刘大庆歪在床上躺着。

49 张庄　小志婶子家　黄昏　外

院里，小丽和刘金铃正对脸站立着。张大发在屋檐下站立着抽烟。

小　丽（斥责）：别老在背后想好事，干什么事情见得了光才行得通。今天正式告诉你们一声，老宅子有一间半属于我们家，你们家不能独占。

刘金铃（脸上有嘲笑的神色）：你有时间操心这事还不如去操心自己的事呢，你想赖在家里一辈子啊？（停顿了一下）难道说你要在老宅子盖新房招姑爷了？

小　丽（大怒）：我招不招姑爷是我的事，用不着你操心，省下你的闲心管好自己的嘴吧。我今天正式通知你们了，老宅子从中间分开，一半归你家，一半归我家。

刘金铃（脸上浮现厉色）：你一个丫头家管这些干什么？那房子没你家的份儿。

小　丽：怎么没我家的份儿？都是一个妈生下来的，是你们家的老人就不是我们家的老人了？爷爷奶奶不在了，就得平分。

刘金铃（嘲笑的神色）：是不是穷疯了，要来打老宅子的主意了？

小　丽（愤怒）：放屁，你家才穷疯了呢。我们家穷，我们家还有充话费的钱。你们家百万富翁，一年几十万的收入，还跑去我家借钱充话费。

刘金铃：什么？你说什么？谁去你家借钱了？

小　丽（冷笑）：哼，你宝贝儿子，这是今天小卖部王叔那里的头号新闻。

刘金铃气得说不出话来了。这时，张大发走过来，向着小丽和刘金铃说话。

张大发：哎呀，头疼死了，吵吧，继续吵，大声吵！

刘金铃什么也没说，带着怒气向屋里走去。

50 李庄 李虎家 黄昏 外

院里，李虎正在推着摩托车往门口走。王芳在前面阻拦着。

王 芳：你这会儿出去是干什么去?

李 虎（停下来）：干什么不干什么你不是都挺清楚的吗？我晚上可能会晚点儿回来。

说完，李虎继续推车向大门走去。

王 芳（不再阻拦，斥责）：哎呀，你这兔崽子，又去鬼混，干脆住在那里得了，不要回来了。

在大门处，李虎骑上摩托车并启动，他没有回头，开着摩托车走了。

51 张庄 小志家 黄昏 外

小志家大门紧关着。燕子独自一人在门前小道上徘徊着，她来回走了好几圈，然后离开了。

52 张庄 良子家 黄昏 外 内

小志、孙建文和良子三人走到院门前，孙建文轻轻把铁门打开。三人进入院子。良子进屋了。小志和孙建文留在院子里。

院子里。

小 志（轻声）：**建文，我们把院子收拾一下吧。**

小志和孙建文开始收拾院子。

东屋。

良 子（立在床边，小声）：**爸，妈……**

李宝瑞和杨兰都没动，也没说话。

良 子：小志哥和建文说得对，你们会为了我折寿的，原谅我吧。（说完，良

子扑通跪下了）

李宝瑞和杨兰都没有动，但是开口说话了。

李宝瑞（睁开眼睛看着被子，小声）：良子啊，你都这么大了，又经历了那么大的事情，怎么就不知道心疼人呢？

杨　兰（闭着眼睛，小声）：你长这么大谁骂过你、打过你？你出来后，我跟你爸也是尽量顺着你，护着你，真不愿意说过分的话，就是怕你想不开难受，可倒好你怎么就不知道我们的心思呢？

良子跪在床边哽咽哭泣，没有说话。

院子里。

院子已经收拾得比较整齐干净了。小志和孙建文站立在院中看着东屋。

小　志：差不多了，我们进去吧。

小志和孙建文一前一后进了屋子。他们来到东屋门口。

李宝瑞和杨兰已经坐在床上了，良子静静立在床边耷拉着脑袋。杨兰看见小志和孙建文进来了，开口跟他们说话。

杨　兰：你们两个进屋坐下吧。

小志和孙建文进屋，并坐在了凳子上。

杨　兰（对着良子）：良子啊，把眼泪擦干净，以后好好干吧。我跟你爸的身体都没有大毛病，就是生气。只要你好了，我们的身体估计很快就没事了。

李宝瑞（向着小志和孙建文）：当年，良子他妈是太生气了，太心疼孩子了，就把错儿都往你们两个身上推，你们就原谅她吧。

孙建文：叔，你别这么说，小辈儿记恨长辈儿是折寿的事情，我们再傻也不会做这种事情的。

李宝瑞（脸上出现一丝高兴）：那就好了。（转向杨兰）天黑了，你去做饭吧，良子他们都饿着呢。（看向良子）良子啊，你别傻站着了，动动，出去买瓶酒吧。（转向小志和孙建文）今天晚上都在这吃饭吧。

李宝瑞说完，大家各自动起来。小志、孙建文和良子一起离开屋子。

53　张庄　街道　夜　外

小志、孙建文和良子在街上走着。突然，小志停了下来，孙建文和良子也停了下来。他们开始说话。

小　志：良子，待会儿我就不去你家了，你们一家三口吃个安静的团圆饭吧。

孙建文（点了下头）：是啊，我也不去了，跟你爸妈好好说说话吧。

良　子：都过去吧。

小　志：不过去了。（停顿了一下）建文，良子，你们吃完饭后来我家一趟吧。（靠近良子）良子，待会儿在家的时候，跟你爸妈提提你的婚事吧。（良子显得有些惊讶，小志认真盯看着良子）你需要婚姻把你给圈住，需要找个年龄大的人帮看着你，督促着你。你……你觉着我姐怎么样？（沉默了一会儿）作为弟弟，这样的话实在不该由我来说，可我姐她真的很好，她还是处女的身子，她很坚强，很机灵，会筹算事情，就是腿上不大好。要是你觉着心里没什么障碍的话，你们处处吧。

良　子（显得不好意思）：哥……

良子语塞。孙建文开口了。

孙建文：小志哥说得对，你啊好好想想吧。没个人看着你的话，你身上的那些毛病很快又起来了。

良　子：我回家跟我爸妈提提吧。

三人没再说话，各自散开。

54　张庄　孙建文家　夜　内

西屋内，桃子钻在被窝里假装睡觉。宋红梅进屋。

宋红梅（大声）：喂，你不饿啊？起来吃饭吧。

桃　子（把被子拉到脖子处，笑着）：你们不赶我走了？原谅我了？

宋红梅：少嬉皮笑脸的，我说了不算，这得建文拿主意，得看他的态度。

桃　子（连忙起身）：妈，谢谢你。

宋红梅（转身朝门外走）：等建文认了你，你再管我叫妈吧。

55 张庄 小志家 夜 外

小志走至门前，看见大门紧闭着，愣了一会儿。稍后他打开大门进了院子。很快，他推出一辆自行车。关好大门后，他准备骑车离开。这时，燕子出现在他身后。燕子快步来到小志近前，并轻声喊叫。

燕　子（脸上有泪痕，深情地看着小志）：张小志……（哽咽难言）

小志转过身来看见燕子，显得有些惊讶和激动。他把车放好，然后说话。

小　志：燕子……

小志语塞。

燕　子（止住哭腔，脸上显出严肃的表情）：小志，我要和刘大庆离婚……不管他了，我要跟你在一起，私奔也行，住在你家也行。

小　志（有些惊慌，瞬间变得镇定）：不行，你不能这么做。你会被骂死的……

燕　子（迅速插话）：我不怕，当年已经被骂过一次了，不也照样过来了。（盯着小志，质问）怎么，你怕？是不是？我知道你心里一直在想我，想跟我在一起。

小　志（急忙把眼睛移向燕子旁边，不敢正眼看燕子）：燕子，你不能这样说话了，你已经有女儿了。

燕　子（摇头，坚定的样子）：我顾不了这些了，我现在就想跟你在一起。

小　志：不行，不能这样做。我已经有女朋友了，她在等我，她在等我啊……

这时，小志的脑海里闪现着与小芹约会的画面。

画面内容

冬季的一个夜晚，工厂外的小路上，小志和小芹并肩走着。

小　志（抬头看着天空）：这个时候我老家那边已经很冷了，前几天还下了一场雪。（看向小芹）我以后要回老家的，估计你受不了。

小　芹（停下脚步，小　志也停下脚步，深情地看着小　志）：怎么会受不了呢？我又不是跟天气生活在一起，我是跟你生活在一起，你去哪儿我就去哪儿。

小志很感动，把小芹紧紧搂在怀里。

燕　子（冷笑）：哼，原来是这样啊。（大声斥责）可在小卖部的时候，我问你，你干嘛还那么看着我，又干嘛还那么对我说话？你又骗了我，你这个大骗子，你这个喜新厌旧的混蛋！（情绪突然变得冷静，语调变得温和）不，你在说谎，你没有女朋友，我要跟你在一起。

小　志：燕子，我很理解你现在的心情。你是因为受不了家里的争吵才来找我的。很可惜，我给不了你安慰，你只能自己安慰自己。我知道那些争吵很多是跟我有关系的。没办法，谁也不想这样的。（显得有些无奈，手胡乱摆动着）我们就是这么可怜，活在这些可怜的争吵里。可是不管怎么样，你还是要回去，他们在等着你呢。我也得回去，有人也在等着我呢。我已经错过一次了，我知道冲动的后果是什么滋味。燕子，我只能这么说了。

燕子盯看着小志，沉默了片刻。

燕　子（轻声）：也许你说的是对的。

燕子说完转身离去。走了几步，她停下转过身来说话。

燕　子：谢谢你。

燕子说完离去。小志见燕子消失不见后，骑车离开。

56　张庄　小卖部　夜　外

小志骑车经过小卖部时，迎面碰见了抱着女儿的刘大庆，小女孩儿在小声哭。小志下车主动搭讪。

小　志：你是燕子的老公吧？

刘大庆（上下打量着小志）：燕子？叫得这么亲热。没错，我是她老公。你是……你是张小志？

小　志：对，我是。

刘大庆：我正要去找你呢，你说，我媳妇儿是不是在你家呢？

小　志：你就是天天活在这些念头里的吗？怪不得你这个样子。

刘大庆：什么？你在骂我！

小　志：我不骂人。你以后找媳妇儿不要老想着去别人家找。你应该在家门前等着，或者去路上等着。还有，我在你心里充其量就是个名字，没有别的意思，不要再去想那些无聊的东西了。

小志说完，骑车离去。

57 张庄 小志婶子家 夜 内 外（A）

客厅内，张大发一家沉闷地看着电视。这时，传来小志的喊叫声。

小志的声音：叔，婶子……

张大发一家面无表情，谁也没动。很快，小志进屋了。

小 志（扫视了一圈张大发一家人）：叔，婶子，怎么了？

刘金铃（闷声闷气）：让你姐姐气的。

小 志（找了个凳子坐下）：是为了老宅子的事情吧？

张大发：不止这个。

刘金铃：你说你连好事也不会做，做哥哥的给弟弟钱就在没人的地方给吧，偏偏在小卖部那里给，这不是给那个王大嘴添风凉话吗？

小志歉意地点着头，没有说话。

张大发：那个老宅子的事情，你想咋办啊？

小 志：婶子刚才说得对，不能再给村里人添风凉话了，谁也受不了那种嘲笑。老宅子保持原样。

刘金铃：你那厉害姐姐同意吗？她这是要急着招姑爷了吧？

小 志（脸上泛起一丝怒意，但压制住了）：她有地方住，那家是她的。

张大发：你咋办？

小 志：我好办，我还要在外面漂一段时间。

刘金铃：你还要出去？别说我们不关心你，赶紧想办法把自己的婚事解决了吧。你看你弟弟都有媳妇儿了。

小志看了一眼小光和小婵，没有说话。

张大发：让你姐放心吧，我们不动老宅子，让老宅子保持原样。还有，你工作的地方离着小光那么近，有什么事情就让他帮你想想。

小 志：好。（起身，准备离去）叔，婶子，那我就先走了，我还有点事儿。

张大发：行吧，多注意点儿。（看向小光）小光啊，别愣着了，出去送送你哥。

张大发说完，小光起身，跟着小志一起离开屋子。

58　张庄　小志婶子家　夜　内　外（B）

院里，小志一边推着自行车，一边对小光说话。

小　志：回屋吧，有什么事电话联系。

小光走至小志身旁，小志停下。小光回头看了看屋子，又转过脸来跟小志悄声说话。

小　光：哥，听说现在工厂待遇挺好的了，是吗?

小　志：还可以吧。

小　光：那不错啊，我这两三年准备在深圳安家了，你看看是不是可以在经济上帮我点儿忙啊?（盯看着小志停顿了一下）我知道过不了多久你肯定就得回老家来，城里的生活不适合你。找机会，我跟我爸妈说说，把那老宅子作个价卖给你。

小志盯看着小光，小光变得有些局促不安。沉默了一会儿，小志开口说话。

小　志（轻声）：知道了，回去吧。

小志说完推车离去。

59　张庄　孙建文家　夜　内

西屋，孙建文躺在床上，脸朝向里侧。桃子立在床边嘟哝着什么。孙建文脸上很快有了笑容，脸最终转向了桃子这边。

60　张庄　燕子家　夜　内

西屋，刘大庆躺在床上睡着了。燕子和女儿在刘大庆身旁，她们还没有睡。女儿睁着眼睛看着燕子，燕子俯在她头边小声嘟哝着。很快，女儿合上了眼皮。燕子轻轻起来关了灯，然后也躺下了。

西屋漆黑一片，人的呼吸声顿时变得很响。

61　张庄　小卖部　夜　外

王叔走向路边倒垃圾，小志骑车出现在他身后。小志下车，跟他说话。

小　志（在王叔背后喊叫）：王叔……

王　叔（惊慌地转过身来，看见是小志，面有愧色）：啊，是小志啊！

小　志（推车靠近王叔）：是我啊，难不成是鬼啊？

王　叔（勉强笑了下）：这话说的，怎么会有鬼呢？！

小　志：我心里就老觉着有鬼，所以特别害怕晚上出来。

小志说完骑车离去，王叔尴尬地站立了一会儿，然后摇晃着身子向小卖部走去。

62　李庄　李虎家　夜　外

王芳在院门前一会儿坐下，一会儿起身，脸上始终是焦急状，她一直望着路头。

63　张庄　小志家　夜　内

第二间房，良子在凳子上坐着，小丽忙着给良子倒水。这时，孙建文进屋了。

孙建文：姐，小志哥不在家？

孙建文说完，坐在了良子身边。

小　丽：等等吧，估计快回来了。

说着，小丽也给孙建文倒了一杯水。

64　张庄　村外大道　夜　外

夜色清淡，路上行人不多，小志在飞速地蹬踩自行车。

65　张庄　公路旁某餐馆　夜　外　内

餐馆不大，在公路南侧五十米外。门口两边停着很多车辆。

包厢内，李虎和两个好友正在吃喝说笑。

66 李庄　李虎家　夜　外

小志骑车来到李虎家门前的小道，王芳在门口坐着。她看见小志，先是惊了一下，稍后依旧是平静地坐着。小志下车，来到王芳面前。两个人嘴巴动着，手里比划着，交流了一阵。很快，小志骑车离去。

67 张庄　公路旁某餐馆　夜　外

小志飞速骑车至餐馆门口，把车放好，然后进了餐馆。

68 张庄　公路旁某餐馆　夜　内

小志走至包厢门外，稍微停了一下，然后他推门进了包厢。包厢内李虎等三人依旧在高兴地吃喝着。

小　志（大声）：李虎。

李　虎（看见小志，惊了一下，很快变得平静）：张小志……好久不见。

小　志：我们谈谈。

李　虎：谈什么？有什么好谈的？

小　志：跟我姐离婚吧。

李　虎：离婚？她同意了？

小　志：她对你没有任何要求，你们明天去办理离婚手续吧。

李　虎（沉默了片刻）：那这样说的话，我家这边没问题。

小　志：明天见。

李　虎：好，明天见。

小志转身离开。

69 张庄　村外大道　夜　外

夜色浓厚，路上安静，没有行人，小志在飞速地蹬踩自行车。

70 张庄 小志家 夜 内（A）

第二间房内，小丽、孙建文和良子三人在静静待着。小丽坐在窗前发愣。良子不时看向小丽。孙建文闭着眼睛直点头。一会儿，院里传来小志轻微的喊叫声。

小志的声音：姐……

小丽等三人听见了小志的声音后立马精神了，他们都站起身来了。这时，小志进了屋。

小 志（看见孙建文和良子有些惊讶，有些歉意）：你们还在呢！

孙建文：等了老半天了。

小 丽：怎么这么久啊？这都出去一天了。没吃晚饭吧？

小 志（面向小丽点了点头）：姐，你给我们做点饭去吧。（转向孙建文和良子）你们也吃几口吧，就当吃宵夜了。

小 丽：不用做，饭菜都在锅里温着呢。

小 志（对着小丽）：那行，我们在西屋吃。（转向孙建文和良子）建文，良子，你们去把饭菜端到西屋吧。我跟我姐有几句话要说。

孙建文和良子离开。

小 丽：什么事啊？

小 志：姐，我见到李虎了，已经约好了，你们明天去办理离婚手续吧。

小丽盯看着小志没有说话。

小 志：大家都该有个新的开始了。

小 丽（轻声）：行，我们明天去办手续。

71 张庄 小志家 夜 内（B）

西屋内，小志、孙建文和良子三人在吃着饭，聊着天。

小 志：良子，跟你爸妈说了吗？

良 子：说了，他们没什么意见，就说按我的意思来。

小 志（端起酒杯）：谢谢你，我敬你一杯。

三人各自喝了一口酒。

小 志（看着良子）：良子，我走了之后，你要经常过来看看。（转向孙建文）建文，你也常过来帮看着些吧。

良 子：哥，你要走？

孙建文：什么时候走？

小 志：快了……来，我再敬你们两个一杯。

三人又各自喝了一口酒。喝完之后，三个人陷入了沉默，各自夹着菜慢慢地吃着。孙建文看看小志，又看看良子，他嘴角微动，似乎有话要说。终于，他开口说话了。

孙建文：哥，我有个事情想问问，憋了很久了。

小 志（盯看着孙建文）：什么事情？问吧。

孙建文（吞吞吐吐）：就是……我直接说了啊，就是出事儿那天，你到底去了哪里啊？你真的去见网友了吗？还是就像有人说的那样就在我们附近？

小 志（盯看着孙建文沉默了很久，然后平静地说道）：这件事情不要再去追问了。它已经被传得很神秘很复杂了，还嫌它不够复杂吗？它该结束了，结束的最好办法就是……（停顿了一下）当事人把自己犯下的错误反思清楚就行了。至于别人做了什么，那是别人的事情。非要去追问别人做了什么，只会带来伤害。

小志说完，把头稍微低下去了。孙建文和良子显出一副惊讶的样子，稍后他们两个也把头低下去了。三人再次陷入沉默。不一会儿，小志开口说话了。

小 志：明天你们两个有空吧？

孙建文，良子：有空。

小 志：真好，你们明天来我家一趟吧。

孙建文：有事？

小 志：明天来了就知道了。（停顿了一下）行吧，时候不早了，都回去睡觉吧。

72 张庄 小志家 夜 外

小志等三人来到院门外，小志目送着孙建文和良子消失在路头。然后他进了院门，并关紧院门。院门外的小道静悄悄的。

73 张庄 小志家 夜 内

西屋又恢复为原来整洁干净的样子了。小志拿出手机看了下时间（特写）：12:30。小志从抽屉里拿出笔和纸，伏在梳妆台上写着什么。一会儿，他把写有字的纸条放在了梳妆台中间，然后关灯上床休息了。

74 张庄 夜 外

夜幕下的张庄村静悄悄的。

75 张庄 小志家 夜 内

漆黑安静的西屋内，手机在频繁震动。小志摸到手机，看了下时间（特写）：4:00。小志起身把灯打开，然后轻手轻脚地拾掇了一会儿。他先是从行李箱拿出那个装了钱的信封，把信封放在了梳妆台纸条旁边。接着他把衣物塞进行李箱。然后他把床收拾了一遍。等到这一切做好后，他拎着行李箱来到门口，眼睛向西屋扫视了一圈。他发现床单的一个角没有整理好，于是走过去整理。之后小志把灯轻轻关掉，然后拎着行李箱悄悄离开。

76 张庄 小志家的桃树地 晨 外

小志站立在父母坟前沉思了片刻，又抬头看了看桃树地，然后转身面向村子观看了许久。突然，他抓住行李箱，迈着大步离开。

画面切换至小志家。

西屋内，小丽左手摁着信封，右手拿着纸条在仔细看着。纸条上的内容是（报幕）：姐，原谅我走得这么急。家里就交给你了。明天建文和良子他们会跟你一起去办理手续。信封里的钱可以用一段时间了，以后我会定期寄钱回来。我的事情你不用担心，我会处理好的。另外，还有一件事情，替我跟建文和良子他们说一下吧。出事儿那天，我去了工厂。我因为软弱、自私和好面子不敢当面跟你们说，所以就用这种方式说了。我知道我没有权利希望你们原谅我，可我真的很希望你们原谅我。把这些话说给建文他们听吧。姐，现在我心里终于舒服了一些。

在报幕声中，画面切换至村外。

小志走在公路上，偶尔有车辆经过。小志停下来，最后看了一眼村子，嘴里说道：等着吧，年轻人会回来的！

说完，小志在稀薄的暗色中向着微亮的朝霞走去，他渐渐消失在公路的远方。

艰难收割的爱情

1　广州　某酒店　日　外

酒店门口附近，林风的姥爷梁老头儿（80岁）和姥姥李老太（79岁）以及另外三个手捧鲜花的年轻人（注：刘艺站立，另外两个年轻人蹲着）在平静而略显忧愁地张望着，等待着。

很快，一辆轿车向他们驶来，并在不远处停了下来。司机老李（男，50岁）先下车，然后将后车门打开。林风（男，30岁）从车里出来。林风穿着睡衣，哆嗦着身子，艰难地站立在车门附近一动不动。等待林风的众人也没动，他们关切地盯看着林风。林风迟疑了一下，然后抽噎着快步走向姥爷和姥姥。

等到靠近时，林风弯身准备向两位老人下跪。梁老头儿赶紧扶住林风，并开口说话。

梁老头儿：孩子，别跪，回来就好，回来就好……

与此同时，李老太赶紧给林风披上了一件衣裳。

林风情绪激动，身子抖动得更厉害了。他走了两步又停下了。手捧鲜花的刘艺（男，27岁）把鲜花交给另外一个年轻人，点了一根烟，赶紧往林风嘴里送。

刘　艺：哥，来，抽一口。

林风一边狠劲地吸着香烟，一边哆嗦着身子环顾四周。

酒店那边，酒店门口上方挂了一条横幅：恭贺林风荣归。

刘　艺（有些伤心，轻声）：哥，我通知他们了，可今天谁也没露面……这几天你先好好休息休息，我一定找个时间好好安排，给你庆祝，保准热闹。

林风仍旧一边吸着香烟，一边看着周围，一句话也没说。

这时，司机老李拎着一个行李包，并用小拖车拉着一个收纳箱（注：收纳箱里全是书）向他们走来。

梁老头儿：我们进去吧。

众人簇拥着林风向酒店门口走去。

2　北方某市　吴欢家　日　内（注：在此场戏中，吴欢以背面出现，吴青以侧面出现，全女士以正面出现）

整洁大气的客厅内，吴青穿着正装（男，56岁）端坐在沙发上，正在训诫身旁的吴欢（女，29岁）。吴欢穿着一身性感服装，一动不动地站立着听着。餐厅处，全女士（57岁）正在翻看资料，不时地敲打手边的计算器。吴青先是沉默了一会儿，而后才开始训诫吴欢。

吴　青：今天，我就跟你说两个问题。你到底想干什么？我跟你妈做的事情，我看你是一点儿兴趣也没有。那好，你就选择一个感兴趣的事情，我们来帮助你。（停了一下，瞥了一眼吴欢）你还要玩到什么时候？女孩子毕竟是女孩子，不像男孩子那样可以一直不收敛地瞎胡闹到老。你到了四十岁还要这样子活着吗？赶紧和那个男的断绝关系。给你两个选择。要么我们帮你找一个，要么回广州去找林风，跟他复婚，反正你们离婚也没多久，他还攥在我们手心里……

这时，全女士敲打计算器的声音有些大，影响了吴青和吴欢的谈话。

吴　青（大声）：你声音小一些。（全女士停止敲打计算器，抬头瞥了一眼吴青父女，而后低头继续翻看资料）希望你能明白我们的心，我们不逼迫你什么，只要求你不要再惹是生非了，咱们家的名声你必须要顾及。你先去广州待一段时间吧，那边的生意你学着处理一下。复婚的事情，你也处理一下吧。他爸爸病情好像稳定了。

3 北方某市 某酒店 夜 外（注：此场戏中，吴欢不以正面出现）

酒店外的公路边。吴欢和白驰（男，30岁，脸上有一道伤疤）紧紧搂抱在一起。他们身边的轿车前灯忽闪着。

吴 欢（使劲推开白驰）：好啦，别这样了，分手吧，我该走了。

白 驰（左右手分别握住吴欢的左右手）：我开车送你去机场。

吴 欢（甩开白驰的手）：你没听清我的话吗？分手，意思是我们玩完了。

白 驰：我不同意。

吴 欢（讥讽语气）：你不同意？问过你身边的车了吗？

说完，吴欢拖着身边的行李箱，向着驶来的出租车挥了下手。吴欢把行李箱塞进出租车刚要上车，却停住了。她和白驰同时快走几步，又紧紧抱在了一起，并疯狂地亲吻。

吴 欢（使劲推开白驰）：好了，真该走了。

说完，吴欢走向出租车。

白驰气得脸色骤变。

出租车飞速离去。

4 广州 某酒店 日 内 外

林风住所（注：林风住所是一个套房）。卧室内，梁老头儿在收拾一次性餐具，李老太在慢腾腾地整理衣物。

林风靠着窗户看着窗外。突然，他将窗户打开。一股很大的风吹进来，吹乱了屋里的摆设。梁老头儿手边的餐具也被吹落在了地上。

梁老头儿（向着李老太）：老伴儿，去拿扫把来清扫一下。

李老太正要走出去拿工具，被林风叫住了。

林 风（依旧盯看着窗外）：姥爷，姥姥，别收拾了……（猛地把窗户关上，扭头盯看着两位老人）你们明天回去吧。

两位老人挺直身子看着林风。静默了一下，梁老头儿开口说话。

梁老头儿：小风，你爸爸肝脏问题已经很严重了。

林　风：比我预计得慢多了。

梁老头儿：听我们的话，回去看看他吧。

林　风（低头向房门走去）：再说吧。

5　广州　某酒店　日　内

林风住所。厅内，一个刚刚买回来的漂亮书柜摆在了墙边。林风正在将收纳箱里的书籍往书柜里摆放。他不时会停下来看上几页，然后再把书放进书柜（注：有几本佛教书籍）。

刘艺在沙发上坐着。他一边优雅地品着红酒，一边时不时向林风那边看一眼。突然，他猛喝了一口红酒，放下酒杯，向林风走去。

刘　艺：哥，你没事吧？

林风似乎沉浸在自己的世界中，没有回话。

刘艺拿起收纳箱里的一本书，翻看了几下，面带讥笑，开口说话。

刘　艺：哥，你真有意思，怎么想起看书来了？！嗨嗨……

林　风（猛然看向刘艺，表情冷淡）：怎么，你觉得这很可笑吗？！

刘　艺（尴尬）：啊，不是……我的意思是你应该欢快些，像以前那样。

林　风：以前那样？以前哪样？现在不快乐吗？

刘　艺（尴尬）：啊，不是……我的意思是今天晚上 happy 一下，给你安排个 party 庆祝一下，顺便给你过生日。

林　风：你认识我这么久了，应该知道的，我从来就不过生日，那不是什么好日子。

刘艺无言以对，静了一下，从衣兜里掏出一叠名片，递给林风。

刘　艺（严肃）：哥，我专门找的几个权威心理医生，去看看吧，对你有帮助。

林　风（没接名片，冷静地盯看着刘艺）：你觉得我现在有病，是吗？

刘　艺（尴尬）：啊，不是……我的意思是你……反正就不该是现在这个样子。

林　风：为什么不该是现在这个样子？以前的那个样子才叫有病。

林风说完，朝着沙发走去。刘艺也跟了过去。

林风倒了一杯红酒，喝了一口，将酒杯放在茶几上，然后躺靠在沙发上，微闭着眼睛，又沉浸在了自己的世界里。

刘艺坐在一旁，一边思考，一边不时看一眼林风。突然，他眼球转了一下，脸上浮现笑容。

刘　艺（觉悟的样子）：爱情，对，爱情。（认真地看着林风）哥，你现在需要的是一段爱情。

林风睁开眼睛，坐好，拿起酒杯，喝了一口红酒，然后认真地对刘艺开口说话。

林　风：刘艺，你觉得我还会相信爱情吗？你觉得我们还配谈爱情吗？（停顿了一下）刘艺，你要记住，对女人千万要小心，她们向你索要了安逸的生活后，还会向你索要梦想，让你帮助她们实现梦想。而作为回报，她们就假装对你关心和亲近，她们真的是太聪明了。

刘　艺：哥，我给你介绍一个很好的女孩子。她给人的关心是那种真正让人感觉很舒服的，因为只有纯洁的东西才会有这样的效果。

林　风：是吗？你没喝醉吧？！

刘　艺：我说的是真的，她是我表妹，马上就要大学毕业了，是个医生。要知道，医生都是有博爱心肠的人。这样，她的毕业之旅我来给她确定，我跟她有三年多没见面了，她会给我个面子来广州玩的。你们试试吧，我不会看错的，你们会喜欢上对方的。

林风正要开口回应刘艺，突然传来猛烈的敲门声。

两人有些惊讶。

刘　艺（起身，朝房门走去）：谁呀，门快敲烂了，妈了个巴子的。

刘艺打开房门，吴欢出现在门外。刘艺被吓了一下。吴欢笑着盯看了刘艺一眼，什么也没说，拖着一个行李箱，轻快地朝房里走来。

林风发现进来的是吴欢，先是一惊，而后是一怒，很快，他恢复平静，起身走向卧室。

吴欢停住，有些自来熟，在客厅随意走动着，故作轻松地说话。

吴　欢：这是怎么回事？几天不见，变样了。（走近书柜）你们这是谁还要来个二次出国留学吗？还是谁看破红尘要去当和尚了？

刘　艺（走至沙发坐下，不耐烦）：别说了，这里没有你说的谁谁，这里不欢迎你。

吴　欢（走至沙发处，拿起酒杯闻了一下，又放下，讥笑）：这才对嘛，哼哼，本性难移。

吴欢说完，朝卧室走去。

6 广州　刘艺家　日　内（注：韦纯纯以背面出现）

刘艺家是一套四居室的房子。书房乱糟糟的，刘艺在到处翻找东西。他翻开墙根处的地毯，从地毯下找到一张老照片。他仔细瞅着。照片是刘艺和韦纯纯四年前的合影。刘艺坐到椅子上，一边拨打韦纯纯的电话，一边不时瞅一眼照片。韦纯纯那边接通电话。

刘　艺：喂……纯纯……是我，刘艺。

镜头切换至韦纯纯处。韦纯纯（23岁）一身淑女装，手捧一摞书，正走在校园路上。

韦纯纯：表哥……怎么突然想起给我打电话来啦?

镜头切换至刘艺处。

刘　艺：嘿嘿，一直都想着你呢，这不到处瞎忙吗?在做什么呢?别说，让我猜一下……你肯定在看书。

韦纯纯的声音：猜对一半，是拿着书在走路。

刘　艺：哦，还是那么爱学习。对了，你猜猜我在做什么呢。

韦纯纯的声音：你那么多事，不懂你，猜不出来。

刘　艺：我在看我们俩四年前的合影。

韦纯纯的声音：是不是变丑了?

刘　艺：没有，一直都是那么漂亮。

韦纯纯的声音：你又在骗我。

刘　艺：没骗你，真的……纯纯，你毕业旅行想好去哪里了吗?

韦纯纯的声音：没有呢，怎么，有事?

刘　艺：怎么说呢，你来广州住一段时间吧，反正毕业前后没什么事。我们好好聊聊。

韦纯纯的声音：不只是我们好好聊聊吧?

刘　艺：真聪明，那我就直接说了啊，你恋爱了吗?

韦纯纯的声音：这也叫直接呀?！你又在兜圈子……好吧，我告诉你……经常梦到白马王子驾着南瓜车来接白雪公主算恋爱吗?

刘　艺：哎呀，你也不老实了，你也跟我绕圈子……好吧，我跟你直说了吧。我有个很好的哥们儿，我们认识差不多四年了，人很好。你来我这里，我把他介绍给你，你们在一起吧。

韦纯纯的声音：咦，你什么时候做起红娘来了? 我一定告诉姨妈，说你又不务正业了。

刘　艺：纯纯，我在跟你说正经的呢，没说笑。

韦纯纯的声音：哦……你们身边不缺女孩儿吧，怎么想到我这里来了?

刘　艺：怎么说呢，（起身，走出书房，行至客厅沙发处，倒了一杯红酒，喝了一口，继续说）喂……

韦纯纯的声音：听着呢，说吧。

刘　艺：最近一段时间发生了很多事，等你过来了我再详细告诉你吧。纯纯，你知道吗? 一段不幸的感情可能会毁掉一个人的精神，而一场纯洁的爱情肯定能把那个人心里的阴影清徐干净。

韦纯纯的声音：你在说刚才提到的那个好朋友吧?

刘　艺：所以，我的意思是，你就是那个清除心理阴影的人。

韦纯纯的声音：你好像又在说大话了。

刘　艺：不是的，我太了解你们两个了，你们肯定会喜欢上对方的。

韦纯纯的声音：哦……我可以见见你那个朋友，不过，感情的事情不好说，可能会马上有感觉，也可能天天见面都不会有感觉，又或者因为一些事情，那种亲密的感情会突然产生害怕的念头。

刘　艺：那你尽快过来吧。

韦纯纯的声音：我确定了日子就告诉你。

镜头切换至韦纯纯处。韦纯纯渐渐消失在林荫道的深处。

7　广州　某酒店　夜　内（A）

卧室内，林风站在窗前朝窗外望着。吴欢轻松地坐在床上摇动着身子，不时看向林风。

吴　欢：怎么，刚回来你的难兄难弟就忙着给你安排相亲啦？！

林　风（沉默了一下）：这跟你有关系吗？

吴　欢：怎么没有关系？！（停顿了一下）是，我们是离婚了，可这里的一切分得清是你是我吗？它们属于我们两家。

林风（看向吴欢，脸有怒容）：已经分得很清楚了，餐厅归你家，酒店归我家。又要反悔了吗？你赶紧走吧！

吴　欢：走？凭什么要走？我要跟你复婚。

林风冲着吴欢闷闷地哼了一声，扭头看向窗外。

吴　欢：你哼什么？（停顿了一下）其实，离婚后我还有点儿挺想你的。

林　风（紧皱眉头，冷漠地盯看了吴欢一眼）：你可以出去了吗？我现在很想打人。

吴　欢（冷笑一声，露出鄙视的神色）：哼，你还是这副讨人厌的样子。我有时候特别想给你上一课，你真的很不懂女人的心。男人一皱眉头，他的女人就会戴上别人送的戒指。生活就是这个样子。

林　风：谢谢你上的课，可惜那是坏心肠人的生活，

吴　欢：好心肠的女人也会被你吓跑的……

林　风（打断吴欢）：够了，你比谁都清楚你不是被我吓跑的，我真找不到什么脏词儿来骂你了。你再臭不要脸地说一句，我要动手了。

吴　欢（起身，依旧是轻松状）：好啦，不说啦，出去吧，人家都在等着给你庆祝呢。

吴欢开门，出去之时，回头看了一眼林风。

吴　欢：记得要微笑哦。

吴欢离开卧室，随手将门砰地一声紧紧关闭了。

8　广州　某酒店　夜　内（B）

林风住所。客厅内聚集了很多青年男女。到处都是鲜花、礼品、酒水和吃食。他们三三两两碰杯喝着酒，吃着东西，说笑着。吴欢轻快地走来走去，一会儿跟这个聊聊，一会儿跟那个聊聊。

一个男宾一边穿梭着寻人，一边用麦克风说着话。

男　宾：真高兴，我们又可以像以前那样了。我们祝欢姐天天开心，祝林伯父

身体健康，祝风哥平安回来。我们让风哥说几句吧，风哥在哪里？出去兜风了吗？

众人似乎没有听见男宾讲话似的，依旧沉浸在各自的说笑中。

刘艺贴着墙边独自来回走动着。他走到卧室房门时，偷偷附耳在门把手上倾听。很快他起身又走了起来。他冷漠而无奈地望着说笑的众人。

突然，卧室房门开了。林风从里面走出来，正好碰见刘艺在房门旁边。

刘　艺：哥，你没事吧？

林　风：走，出去开车兜兜风。

两人绕过人群，朝房门走去。

这时，房门突然被重重地踢开。离着房门近的一些人被吓得惊叫了几声。白驰出现在房门处。他满脸疲惫，一身狼狈的样子，手里拿着一个剩下半瓶酒的白酒瓶子，愤怒地看向客厅，眼睛尽力在搜寻着谁。

白　驰（大声）：林风，你个狗娘养的，滚出来，老子找你算账来了！

林风和刘艺早已停步在客厅一处。林风盯看了一会儿白驰，没有回话。很快，白驰发现了林风，快步走向林风。白驰快要靠近林风时，吴欢突然走出来，站在了林风和白驰中间。

吴　欢（看向白驰，面有一丝怒色）：你怎么来了？赶紧回去！

白　驰（盯看了一下吴欢，而后盯看着林风）：我不是来找你的，我是来找他的。（停顿了一下）你可真走运啊，什么好事都往你身上跑，别人最多就看看影子。

林　风（与白驰对视了一会儿，而后看向刘艺）：我们走！

林风和刘艺准备离去。白驰一把抓住了林风的胳膊，大声吆喝。

白　驰：别走，我们之间的事今天必须做个了断。

刘　艺（用劲掰开白驰和林风两人之间的抓扯，大声训斥）：了断？你也有资格谈了断？（停顿一下，讥笑）：你想怎么了断？

白　驰（看向林风）：我要跟你单挑！

林　风（平静）：单挑？你想怎么单挑？

白　驰：没有枪，就用刀子，就用铁棍，上次你给我的这道疤，我今天要还给你！

林风（冷静地盯看了一会儿白驰，平静语调）：你知道你单挑是为了什么吗？

白　驰：吴欢是我的，从高中那会儿就是我的，可你到底是个什么东西？怎么老是像个鬼魂儿一样挡在我们俩中间？！今天我们俩必须得有一个离开这个世界，要不谁都别想清静。

林　风（摇着头）：我不会跟你单挑的，看见你还这么幼稚地活着，我真为你感到难过。有些人一辈子也成长不起来，这种人到最后会死在自己手上。

白　驰（发怒）：你说什么？（挥拳准备打林风，被吴欢拦住）

吴　欢：你到底怎么回事？别闹了！

白　驰：你这是在护着他吗？我是连夜开着车来找你的，我成什么了？！（大叫，发怒）啊……

吴　欢（面有感动神色，紧紧抱住白驰）：真的吗？都是我不好，别叫了。先去房间休息一会儿，看你累的。

林　风（看向刘艺）：我们走！

林风和刘艺离开。

9　广州　公路　夜　外

公路上，林风和刘艺一前一后各自开着跑车慢慢前进着。两人不时通过蓝牙耳机对话。

刘　艺：哥，我们这是去哪儿？

林　风（思索了一下）：出市区看看吧。

两人开始加速前进。

突然，从后面传来越来越响的马达轰鸣声。很快，白驰开车载着吴欢追上前来，并试图贴近林风的车。白驰混乱地开着车，向林风挑衅。

白　驰（神经质地大喊大叫）：怂蛋，来啊……

吴　欢：怎么又闹了？刚才还说出来透透气。

白驰不听吴欢劝阻，更加混乱地开车贴靠林风。

林　风（对刘艺说话）：刘艺，我们去南边，开快点儿甩掉他们。

林风和刘艺突然加速，驶向前去。

白驰不甘示弱，加速追上前去。

很快，在夜色弥漫中，在灯光迷离中，在公路前方，听见几声巨响。

10 广州 某交警大队处理大厅门外 日 外

刘艺左眼轻伤，有纱布，从大厅门口出来。

女友钟珍（28岁）停车在路旁，下车，并迎上前去。两人靠近，停下，对话。

钟 珍：情况怎么样？

刘 艺（翻看手机）：没多大问题。你给我发信息了？那边情况怎么样？

钟 珍：那个男的死了，吴欢抢救过来了，风哥住几天就可以出院了。

刘 艺（边走边说）：走，去医院看看。公司那边怎么样了？

钟 珍（边走边回应）：还是老样子。

刘 艺（面露愁容）：哦……（释然状）不理它，去医院。

钟 珍：以后你还是少喝些酒啊，这次多危险啊！

刘艺停下看了看钟珍，钟珍也停下了。两人深情对视发愣了一下，而后继续朝前走去。

11 广州 某医院 日 内

病房内，吴青、全女士站立在病床前和林风交谈。

吴 青（严肃地盯看着林风）：孩子，这个结果我们很满意，你应该也很满意。（停顿了一下）跟欢欢复婚吧。

林 风：你们太自以为是了，你们在说梦话，我不会跟她复婚的，我们已经不可能了。

全女士：你爸爸现在不知道情况怎么样了，心情最折磨身体了，你要承担责任让你爸爸安心养病。

林 风：不要再拿我爸爸说事了。你们太自私了。我跟吴欢结婚全是为了你们的好处，唯独没有我和吴欢的好处。起初，我还以为和吴欢是有真感情的。没想到，她结婚是为了更刺激地和那个人在一起鬼混，竟然把他引到对门，就那么腻在一起。

吴 青：年轻人偶尔荒唐一下是可以理解的。你又何苦这么认真呢？

林 风（发怒）：什么？如果那天我没发现他们，我还会一直像个傻子被蒙在鼓里的。你们太贪婪了，竟然让我睁一只眼闭一眼，我不可能忍受那种屈辱

的，就是坐牢也会反击的。一对贱人！

全女士（冷笑）：贱人？你不要忘了，按照你现在的口气，你母亲不知道要被你骂多少次了。

林　风（情绪激动）：干嘛又把她扯进来了？！滚，你们滚！

吴　青（冷静）：你考虑清楚了吗？

林　风：考虑清楚了，绝不会复婚。

全女士：那好，酒店的权益我们要收回一半。

林　风：随便吧，你们的东西我一点儿都不稀罕。

病房外，走廊，刘艺看了看房门，沉默了一下，对钟珍说话。

刘　艺：我们回去吧。

两人离去。

12　广州　刘艺家　暮　内

客厅沙发处，刘艺（*注：左眼已基本恢复*）拿着手机在跟韦纯纯打电话。

刘　艺：喂……纯纯……

韦纯纯的声音：表哥……你好些了吧？

刘　艺：咦，你们都知道了？

韦纯纯的声音：是的，姨妈告诉我妈妈了，全家人都知道了。

刘　艺：嘴真快啊，她还说什么了吗？

韦纯纯的声音：姨妈还说要过去广州管管你。

刘　艺：是吗？千万别来，我又没惹事……

韦纯纯的声音：吓着你了吧？在跟你开玩笑呢。

刘　艺：哦……纯纯，你可能要推迟几天来广州了，我朋友这边又遇到了一些麻烦事。

韦纯纯的声音：哦……严重吗？

刘　艺：不算严重，其实也不叫事。等他处理好了，你再过来吧。

刘艺挂断电话后，若有所思地在客厅踱了一会儿步，然后快步走向卧室。

13 广州 某酒店 夜 外

刘艺开车至酒店门口附近公路，停靠在路边。降下车窗，刘艺朝酒店门口看了一眼。酒店门口上方挂了一条横幅：还我儿子。

14 广州 某酒店 夜 内

走廊。刘艺走至林风住所门口不远处，停下，看向林风住所。

林风住所的房门开着，里面撒了一地的烧纸和冥币。让人感觉阴森压抑的哀乐轻轻响着。两个六十岁的老人（白驰父母）呆呆地坐在地上一动不动。

15 广州 某医院 夜 内

病房内，林风和刘艺在说话。

刘 艺：哥，明天出院去我那里住吧，你那里可能要过一段时间才行。

林 风：怎么，他们还没走吗？吴欢的父母不是已经给了他们一笔钱了吗？

刘 艺：走了，可是屋里的晦气要过一段时间才会消失。

林 风（若有所思）：哦……

16 广州 刘艺家 晨 内

阳光明晃晃地照着客厅窗台。

林风在客厅沙发处闭着眼睛，躺靠着休息。

刘艺打开卧室房门，睡眼惺忪，从卧室出来，走至林风身旁。

刘 艺：哥，早！

林 风（睁眼）：早。

刘 艺（坐下）：哥，告诉你一件高兴的事，我表妹明天就要过来啦，你马上就会见到她啦。

这时，林风的手机在卧室响起。林风赶紧走去接电话。

刘艺翘着腿，高兴地哼唱起了小曲儿。

突然，林风卧室那边传来生气的喊叫声。

林风的声音：我不回去，他死了更好，这世界就清净了。

紧接着，林风走出卧室，把房门重重地关上，走至沙发处，生气地坐下了。

刘　艺：哥，出什么事了？

林　风（沉默了一会儿，气有些消了）：我爸病情恶化，他们让我回去看看他。

刘　艺（沉默了一下）：其实，我觉得你应该马上回去。不回去，你以后肯定会后悔的。我觉得人尽量不要做这种以后会后悔的事情。

林　风（盯看了一下刘艺，有一丝讥讽）：是吗？你好像变得很会劝人了。

刘　艺：怎么说呢，这一年多来发生的事情还真多，人总得学会去适应，去反思，我觉得你也是一样，在变，在反思。人多向好的方向想，多向好的方向做，总的来说是好事。

林风起身在客厅来回踱了一会儿步。

林　风（停下，看向刘艺）：也许你说的是对的。

林风说完，向卧室走去。

17　广州　公路　日　外（注：韦纯纯以背面出现）

刘艺一边开车，一边打电话。

刘　艺：喂……纯纯，又得让你往后延日子了。林风回老家了，我刚送他去机场。

韦纯纯的声音：他又遇到什么事了？

刘　艺：他爸病重……老毛病了，估计这回真是不行了。

韦纯纯的声音：他可真够不顺的……我现在还真就特别想见见他，看看他到底是怎么样的一个人。

刘　艺：快了，这件事过去后你们肯定会见面的。

镜头切换至韦纯纯处。韦纯纯一身护士装，在门诊大楼前方的小花园旁边接听电话。她将电话放入衣袋，抬头看了看天空，而后走向门诊大楼。

18 北方某市　乡村墓地　黄昏　外

草木已绿，清风浮动。土沟边，林风独自一人在父亲坟前微低着头沉思。片刻之后，他快步离去。

19 北方某市　林风父亲家　夜　内

林风父亲家是一套四居室的房子。林风在门外敲门。过了一会儿，秦女士（40岁）才来开门。秦女士一看是林风，先是吃惊了一下，而后才问话。

秦女士：是你……你来干什么?

林　风：我来拿东西。

秦女士：这里没你的东西。（说着要关门，被林风用手抵住房门制止）

林　风：你扔掉不要的东西，我要。其它的我都不要。

秦女士（思索了一下）：那你进来吧。

林风和秦女士先后进入客厅。一个三岁的小女孩儿正在客厅地毯上独自玩积木拼图游戏。林风看了看小女孩儿，然后扫视了客厅一圈。

突然，书房内传出骂声，并且有东西砸在了门上。

殷乐的声音：妈的，一堆破玩意儿……

殷乐（男，40岁）开门走入客厅，没看见林风，直冲着秦女士喊叫。

殷　乐：什么都没有!

秦女士看了一眼林风，没有回话。这时，殷乐才发现林风，一时有些尴尬。

秦女士（面向林风）：这是我……刚认识的一个朋友。（面向殷乐）他是林风，我老公的大儿子。

殷　乐：你就是林风……你好，我是殷乐。

说着，殷乐走近林风试图握手示好。林风没有理会他，向着秦女士说话。

林　风：我去书房看看。

说着，林风走向书房。秦女士和殷乐走向小女孩儿，去逗引她。

书房内，一片狼藉。书柜被敲打得到处都是窟窿。墙体也被破坏了。一堆书散落在地上。几个相框被拆掉了，照片（注：是林风童年时和父亲的合影）被损伤了一些。地毯也被掀起来了。

林风站立在门口看了一会儿，走进书房把照片捡起来，看了一会儿，然后捏在了手里。他又走近书柜看了看，摸了摸。之后，林风走出书房，来到客厅。

客厅内，小女孩儿依旧在自己玩着游戏，不时发出咿呀含糊的声音。秦女士和殷乐不见踪影。林风独自徘徊着。不一会儿，秦女士开门，和殷乐从一间卧室走进客厅。

林　风：书房里的书、照片和书柜给我吧。

秦女士：随便，反正那些东西早晚也得扔掉，我们用不着。

林　风：明天我让人来拉走。

林风说完朝门口走去，离开。

20　北方某市　梁老头儿家　夜　内

客厅内，灯光微暗。梁老头儿、李老太和林风围坐在餐桌旁吃饭，他们的晚餐接近尾声。

梁老头儿：小风，我没想到你能在最后跟你爸爸和好，他这方面算是告一段落了。可是我知道……

林　风：姥爷，你别往下说了，我知道你要说什么。（放下筷子，起身去了客厅沙发处坐下）明天我把事情处理完就回广州了。

李老太（来到林风身旁沙发坐下）：还是要说的。你妈妈让我恨了已经十几年了，可是她做的那些事情毕竟跟你爸爸有直接关系……反正他们两个就是这么相互犯错，相互伤害对方。现在一个走了，一个下落不明。不知道她跟那个外国人到底怎么样了。我跟你姥爷还是希望知道她在哪里。我们是走不动了，你就留意些，尽量找找她吧。（停顿，沉思了一下）我记得你好像几年前去桂林找过她，就是你爸爸打你那一次……

林　风（激动，打断李老太的话）：没有，我去找她干嘛？！（停顿了一下，情绪缓和了一些）姥姥，你别担心，我也不可能去找她，等到哪天她走不动了，她自然就露面了。

林风说完沉默了，李老太也不再说话，梁老头儿也在餐桌旁沉默着。

21 广州 刘艺家 日 内

门口，两个工人在忙着把四袋书搬进客厅书柜处（注：林风父亲那个烂书柜，已经尽量修好）。林风和刘艺在一旁看着。很快，工人搬完，离去。林风打开了其中的一袋，翻看了一下里面的书。

刘 艺：估计伯父想不到这些他没怎么看过的书竟然会被你这么爱惜，被你大老远托运到广州来了，他在天有灵的话肯定很高兴。

林 风：刘艺，（沉默了一下）我打算明天搬回酒店去住。

刘 艺：过一段时间再搬吧，我觉得你以后应该换个房间或者地方，那里太晦气了。

林 风：刘艺……

林风沉默了一下，没再往下说，而是走向客厅沙发处，独自倒了一些烈酒，坐下，一饮而尽。刘艺随之倒了一杯红酒，品了一口。两人又静默了片刻。

林 风：你能筹到多少钱?

刘 艺：怎么，想去哪儿放松?

林 风（冷峻地盯看了一眼刘艺）：我们该考虑一下正经事了……（停顿了一下）你想不想做酒店这行?

刘 艺（思索了一会儿）：怎么说呢？我做的那两个项目到现在还在赔钱，家里人快对我失去信心了，这段时间我一直在发愁这个事情。

林 风：那你干脆把它们停掉算了，来做酒店吧。我待会儿去酒店那边看看，估计这段时间生意很差，我打算把另一半的股份拿过来，然后重新装修。

刘 艺：你的意思是让我来买那一半的股份？（停顿了一下）我想想吧，这几天给你一个明确的答复。

林 风（点了点头）：好。

刘 艺（沉默了一下）：对了，我表妹来广州的事情被推了两次了……我待会儿联系她，让她来广州，你们认识一下吧。

林 风：刘艺，你觉得我还有心情想这个事情吗？说实话，我现在一听到爱情这个两字心里就觉得恶心，我早就不相信爱情了。

刘 艺：所以，你得见见她，就算成不了情侣，她也会帮到你的。刚才听你说酒店的事情，我还以为你心里已经没什么大问题了。现在你这么一说，我倒觉得问题更严重了。男的没有爱情，做什么都提不起兴趣来啊，随时都会自暴自弃，随时都会生一肚子的闷气，养成古怪的性格可不好玩儿，你必须得接受这个事实。你看我，我那位不但是我女朋友，而且快成我的代理人了，没有她，我那两个项目早就黄了，我也不可能坐在这里跟你说话，天知道我成什么样子了？！

林　风：你表妹真的有那么好吗？

刘　艺（鬼笑）：嘿嘿，真的，她真的很好。我一直都觉得，别的我不敢保证，可是爱情方面，我还是可以保证的，要想医治一段爱情留下的伤痛，不，对你来说，那是很烂的一段感情，最好的办法就是赶紧找到一个漂亮的嘴唇，然后贴上去。爱情的种子我已经帮你撒下去了，至于能不能落地发芽，就看你们自己了。

林　风（面露一丝讥笑）：我明白了，那是你嘴里的表妹。不过，你已经把我的好奇心给勾起来了。让她来吧！

22　广州　刘艺家　日　内　外（注：韦纯纯以背面出现）

卧室内，刘艺坐在一张摇椅上打电话。

刘　艺：纯纯，关于林风的事情，我知道的都告诉你了。他生活上，感情上遭遇的挫折真的是太多了。不知怎么的，老是突然就会有一些意外的事情落在他头上。作为朋友，我很理解他，也很同情他。所以，我觉得你跟他在一起会改变他的，他需要你。

韦纯纯的声音：可惜，我不能马上过去了。

刘　艺：怎么，是谁那么大魅力，把你绊住了？

韦纯纯的声音：是我爸爸……他约我去杭州玩儿，马上就要动身了。

刘　艺：哦……那你就在杭州坐车来广州吧。一路江南美景，多好啊！

韦纯纯的声音：再说吧。

刘　艺：怎么，（停顿了一下）你爸爸又说我坏话了吧？他怎么就瞧不起人呢？说实话，我也瞧不起他，不就是一个大学教授吗？他是生下来就跟钱结仇了吗？我就那么招他讨厌吗？

韦纯纯的声音：好啦，我答应你去广州。就这样吧。

镜头切换至韦纯纯处。韦纯纯一身淡雅睡衣，在宿舍阳台处打理几个盆景。

从阳台望去，天空一片烟雨迷离。

23 广州 刘艺家 夜 内

客厅沙发处，刘艺和女友钟珍在聊天谈话。

刘 艺：你把项目情况核算好后，打印一份交给我。

钟 珍（认真服从状）：好的。

刘 艺（沉默了一下）：你觉得酒店这行可做吗?

钟 珍（思索了一下）：老行业，又在广州，肯定可以做。

刘 艺：那你帮我搜集一下这方面的资料，整理好了交给我。

钟 珍（认真服从状）：知道了。还有什么吗?

刘 艺：没了。

钟 珍（一丝娇羞状）：那该轮到我问你了，怎么，有没有想我?我都好几天没见你了。

说着，钟珍靠近刘艺，想要亲热。刘艺做出反应准备搂抱钟珍。突然，房门那边，林风开门，从外面匆匆而进。钟珍和刘艺顿时有一丝尴尬，很快恢复正常。林风行至离他们不远处，也觉得有一丝尴尬。静默了一下，刘艺打破沉默，开口说话。

刘 艺（向着钟珍）：就这样吧，你去忙吧。

钟珍起身收拾衣物，冲着林风点了下头，向房门走去。

林 风（向着刘艺）：怎么样了?

刘 艺（起身倒了杯酒，递给林风，林风接住没喝）：嗯……纯纯大概一个星期后到广州。

林 风：我问的不是这个。

刘 艺：啊，那个呀，我让钟珍开始核算项目了，钱的事情我得向家里开口要，我准备回一趟老家，向老妈子求情开恩。

林 风（坐下，摇了摇酒杯，突然猛地一饮而尽）：我刚才见了吴欢……

刘 艺（插嘴打断林风）：她又开始纠缠你了?

林 风：不是，酒店股份的事情她不愿意出让，我跟她没说几句就说翻脸了。

刘 艺：这样啊，我知道怎么做。钟珍，过来下。

林　风（被惊了一下）：钟珍？她早走了。

这时，从房门处传来钟珍的声音。

钟　珍：谁说我走了？

钟珍猛然推门而入，向林风和刘艺走来。

钟　珍：我就知道还得有事让我去做，所以在门外等着呢！

刘　艺（爽朗地笑了笑）：哈哈，聪明！（起身来回走动）你去跟吴欢谈谈吧，女人之间是比较容易沟通的，就跟她说她退出是唯一正确的路，具体怎么论证就交给你了。

钟　珍（认真服从状）：知道了，还有什么吗？最好一下交代清楚。

刘艺看向林风，林风摇了摇头。

刘　艺：没了，你去吧。

钟　珍：那我这回可真走了啊。

说完，钟珍看了一会儿刘艺。刘艺没再说话。钟珍匆匆离去。

林　风（看着钟珍离去的背影，沉默了一会儿）：你交了个好女朋友！

刘　艺：你也可以的。相信我。

林　风（有些吞吞吐吐）：她……你表妹怎么样了？

刘　艺（微笑）：她这个时候应该是在美丽的西湖边游玩。不过，不是畅游！应该急着想来广州了！

24　杭州　西湖景区　日　外

西湖某堤路。零星的游人三三两两走着。一个凉亭内，刘浪（男，31岁）正在用埙吹奏一段中国古典音乐（注：用音响设备作为辅助工具）。乐声温婉柔切，引得一些游人驻足欣赏。

韦清明（男，50岁）和韦纯纯父女一前一后也到了凉亭外围。韦清明端着长筒炮向着四周不停地拍着照片。他快速瞥了一眼凉亭那边，唯独没有拍凉亭那边的景致。

韦纯纯端起相机冲着凉亭拍照。很快，一张照片出来了。韦纯纯看了下相片，又看了下凉亭那边的情景。她拿着相片走向凉亭。

韦清明这边在张望其它方向的景致。这时，乐声停止，很快又响起来了。

韦纯纯拿着一张名片和一张小唱片走出凉亭。韦清明假装微笑着走近韦纯纯，开口说话。

韦清明：真快啊，上次跟你来西湖的时候，你还是个刚毕业的高中生，一眨眼，我们又来了，你马上是个大学毕业生了，我也老了。

韦纯纯只顾着将名片和小唱片塞进包里，没有回应韦清明。

韦清明向凉亭那边瞥了一眼，又快速把目光收回看向韦纯纯。

韦清明（假装温和）：四年多了，感觉怎么样？觉得自己有哪些变化呢？

韦纯纯（盯着凉亭，淡淡的语调）：以前不明白他们为什么这样，现在大概明白了。

韦清明（变得有些严肃）：纯纯，怎么说呢，女孩子也要坚强，该面对生活了，有些事情最好想都不要想。

韦纯纯（看着韦清明，一丝微笑）：爸，我们走吧。

韦纯纯向前走了两三步，被韦清明叫住了。

韦清明：纯纯，等一下。（韦纯纯停住）听你妈妈说刘艺请你去广州玩儿。

韦纯纯没有回应，韦清明沉默了一下。

韦清明：你表哥那里，小的时候不管你们多亲近都没什么，现在大了就最好少来往，不是我心胸狭隘，虽然是很近的亲戚，但是很多方面，我们两家差距太大，有很多地方我是不认可他家的。在他身上，我就看不到青年这两个字，整天一副病怏怏的样子，要死不活的，这是在向谁示威吗？他们天天和钱打交道，可是他们根本不知道怎么打交道，他们要过很久才会跟金钱和平相处。在这之前，最好离他们远点儿，那些人浑身是火……

这时，韦纯纯突然激动地稍微大声地喊叫了一声，打断了韦清明滔滔不绝的说话。

韦纯纯：爸爸，（停顿了一下，语调变得轻柔）我们去前边看看吧。

韦清明自觉有些失态，平缓了一下情绪，而后走上前去，跟韦纯纯并肩前行。

韦清明（沉默了一下，继续说话）：纯纯，我刚才太啰嗦了，是吧？（看了看韦纯纯，韦纯纯没有回应）可我还得再啰嗦几句。去不去广州你自己决定吧。马上要毕业了，婚姻问题你该考虑了，这方面我就叮嘱你一件事。要找个靠谱的，不管他条件好坏，最好跟咱们家条件差不多，那些差距太大的就不要浪费时

间了。咱们家是习惯安静的，突然来了一种相反的，这是要出问题的。争吵，争吵，现在太多争吵了，到处都是杂音……

这时，凉亭那边的乐声已经停了，刘浪起身走到凉亭外边。有些人在哄闹。

众　人：追啊，多好的女孩儿，我们帮你看着东西，快追啊……（刘浪犹豫不前；众人泄气，并散去）呜……

韦清明父女已经离开凉亭很远了。

25　火车　日　外

一列火车在群山之间行进。很快，它驶进一条隧道。

26　火车　夜　内

餐车内空荡荡的，韦纯纯独自坐在一个角落里，静静地盯看着玻璃窗。餐桌上的平板电脑上的社交工具正在开启中，突然电脑熄屏了。

27　广州　火车站　晨　外

一列火车进站，靠站。刘浪背着行李包，用拖车拖着一个音响设备，下车。

28　广州　刘艺家　日　内

韦纯纯所住卧室。韦纯纯刚洗完澡，穿着睡衣走向床边。床边的桌子上平板电脑开着，韦纯纯与韦清明的视频通话正在进行中。

韦清明（紧张）：纯纯，你那边什么声音?

韦纯纯（转身朝着房门看了看）：是关门声，劲儿用大了。

韦清明：不对，我听见有人在嬉笑，声音很大，你没听见吗?

韦纯纯（有些懒懒地坐在床上）：我很累，没听见。

韦清明：刘艺是不是又在家里瞎胡闹呢？

韦纯纯（有意迎合韦清明）：对，他在跟朋友开 party，在 happy！

韦清明（生气）：什么？

韦纯纯：好啦，爸爸，你放心吧，表哥要回老家，朋友在给他饯行！

韦清明：这个……

韦清明还要继续说话，被韦纯纯打断。

韦纯纯：爸爸，我累了，我要休息了。

韦纯纯随即将平板电脑关闭并扣上了，然后猛地仰面倒在了床上。

这时，从门把手处传来了阵阵说话声（门把手和说话声特写，镜头逐渐逼近中切换至下一场景）。

29 广州 刘艺家 夜 内

客厅的气氛热闹中带有几分伤感，桌子上摆满了吃食，七个男女朋友在跟刘艺喝酒聊天。

刘 艺（有些不好意思）：哎呀，我就是回去几天，又不是移民，又不是不回来了。大家对我太好啦！

女友人一：就是嘛，怎么搞得像是生离死别似的，来，大家干一杯！

众人碰杯喝了一口红酒。

这时，韦纯纯（注：一身白，白T恤，白裙，白帆布鞋）打开卧室房门，走进客厅。刘艺看见了她，马上走近说话。

刘 艺：纯纯，打扰你休息了吧？

韦纯纯（笑着）：没有，我是刚刚睡醒，自然醒的……

刘 艺：真会说话！过来跟我们一起聊聊吧。

韦纯纯看了看那些也在看着她的人，相互之间笑着打了一下招呼。

韦纯纯：你们聊吧，我想一个人出去走走。

刘 艺：你马上就要见到林风啦，他去办事估计快回来了。

韦纯纯：就在这里吗？

刘 艺：是呀，不然在哪里？！而且你们要单独相处一段时间啦，我明天就回老家了。多好啊！

韦纯纯瞬间脸红了一片，而后紧张语无伦次地说话。

韦纯纯：表哥……我……这里太闷了，我要出去透透气……

韦纯纯说完，急切地向房门走去。

众人静静地看着韦纯纯离去后，又看向刘艺，场面显得有些尴尬。刘艺笑着开口说话，破除尴尬。

刘　艺：小女生，是这样的，马上就会改变的……来，喝酒，继续。

众人瞬间又碰杯喝酒、闲谈起来。

30　广州　刘艺家附近立交桥下　夜　外

立交桥下，路边，韦纯纯在慢慢地走着。这段路不好走，路灯稀少。韦纯纯在走至立交桥下丁字路口不远处时，一个急救场景出现在她眼前。

昏暗的路灯下，一辆急救车停靠在路边，一个中年流浪汉躺在地上，三位急救工作人员（*注：一男两女*）在忙着给流浪汉吊瓶输液。

韦纯纯看了一下，赶紧走了过去。

韦纯纯：需要我帮忙吗？我是医学院的。

护士一（扭头看了一下韦纯纯）：帮他舒展一下身子吧。

韦纯纯开始给流浪汉舒展身子。

这些场景被路过的林风看见了。林风向韦纯纯走去。在靠近时，林风刚要开口说话，却被突发的事情阻止了。男工作人员接完电话，马上跟站立在一旁的护士一（注：另一名护士也已经站立在一旁）小声交谈了几句。护士一看了下流浪汉，又看了下蹲在一旁的韦纯纯，然后靠近韦纯纯小声说话。

护士一：您好。

韦纯纯：您好。

护士一：是这样的，我们刚刚又接到任务了，马上要去另一个地方。所以……你就暂时帮忙看着下吧，你应该看得出来，他没什么大问题，这瓶夜输完差不多就会好的。给我们打电话的人去派出所了，已经找到家属了，估计很快就到了。

韦纯纯（边用手擦去流浪汉嘴边的白沫，边说话）：好吧，这里交给我了。

急救人员进车迅速离去。

瞬间，在桥底，只剩下路灯下输液的流浪汉和照看他的韦纯纯，以及站立在不远处的林风。

林风显得很激动，在原地颤抖打转。很快，他抑制住情绪，靠近韦纯纯，并开口说话。

林　风（有些大声）：韦纯纯！

韦纯纯（被惊了一下，扭头看向林风）：嘘……（认出林风，有些害羞和惊讶）你是……林风？

林风刚要开口说话，被韦纯纯打断。

韦纯纯：你去买一瓶矿泉水和一些软面包吧。我看他待会儿清醒了，肯定会很饿。

林　风：我马上去。

林风转身去买水和面包。

31　广州　便利店　夜　外　内

林风走进便利店，头还在朝着韦纯纯的方向看着，尽管已经看不到。林风挑选了一些软面包和两瓶矿泉水，然后去了收银台付钱。

32　广州　刘艺家附近立交桥下　夜　外

林风快步走向韦纯纯处。韦纯纯那边已经不是她和流浪汉两人了，而是聚集了五个人。一辆面包车停在了路边。流浪汉被两个年轻人搀扶进了面包车。

流浪汉男家属：你真好，谢谢你啦！

韦纯纯：不用客气。

流浪汉男家属准备从衣兜里拿钱给韦纯纯。

韦纯纯急忙制止。

韦纯纯：不要这样，我要翻脸了。

流浪汉男家属（停止掏钱）：那……我们就先走了，多谢你啦！

韦纯纯（叮嘱状）：重新给他做一个家庭联系卡吧，他戴的那个都看不清字迹了，他精神不好，你们要多多辛苦了。

流浪汉男家属没再说什么，向韦纯纯弯腰轻轻鞠了一个躬，然后去了面包车。很快，面包车离去。

这时，桥底，路灯下，只剩下韦纯纯一人了。林风站立在不远处看着韦纯纯。韦纯纯扭头看了看周围，然后定睛看向林风，突然显得有些害羞，做出欲言又止的动作。

这时，林风闪到公路上，慢慢地毫无目标地走向韦纯纯。

突然，韦纯纯向林风跑来，并大喊了一声。

韦纯纯：快闪开，有车！

韦纯纯跑到林风身边，猛地将他拉到了路边。一辆汽车从他们身边驶过。

两人看着汽车离去后，相互看着对方沉默了片刻。林风打破沉默，开口说话。

林　风（有一丝紧张）：你真好……你比照片上好看多了……你衣服脏了，用水洗一下吧……

林风说着低头看手里的矿泉水和面包，发现它们掉在了一滩黑泥里。林风有些失望，转身发现韦纯纯闪动着俏皮的眼球在静静看着自己，一时语塞。两人又沉默了一会儿。韦纯纯打破沉默，开口说话。

韦纯纯：我们一起走走吧。

林　风：还是回去吧，刘艺一个人在家会闷死的。

韦纯纯听林风说完，爽朗地笑了两声。韦纯纯捡起掉在黑泥里的水和面包，放进了垃圾桶，然后向路的前方走去，并开口说话。

韦纯纯：他怎么会闷死呢？！他没事的。走吧！

林风被迫跟了上去。

开始是两人一前一后，不久林风跟了上去，与韦纯纯并肩而行。

33　广州　花城汇广场　夜　外

花城汇广场灯光温润，景色迷人。林风和韦纯纯边走边说话。

韦纯纯：你怎么看男女关系？

林　风：我觉得……（停顿了一下）我觉得男女关系就是用什么办法来脱掉对方的衣服，就这个内容，没别的。

韦纯纯（尽力保持镇定）：可以详细解释一下吗？

林　风（沉默了一下）：用深情来脱掉对方的衣服和用钱来脱掉对方的衣服，这有什么不同吗？更有很蠢的人，想着用智慧和道德去赢得对方的心，去脱掉对方的衣服，这有什么不同吗？依我看，这些都是一样的，目的都是欲望，都是占有，都是伪装。

韦纯纯（继续保持镇定）：意思是你不相信爱情了，是吗？

林　风（急切地回答）：不是的，（停顿了一下）不相信，可又相信……我看见太多的男女在一起很冲动，很卑微，很破碎，很自夸，很荒唐，很神秘……所以，我不相信。可是看到你，我又相信了。

韦纯纯（爽朗地笑了一声）：谢谢你。

34　广州　江边　夜　外

林风和韦纯纯并肩而行，边走边说话。

韦纯纯：你怎么看自己？

林　风（沉默了一下）：我觉得我已经失去思考能力了。去年进了那个地方，我才猛然间发现这个情况，我心里恐慌，看了很多书，可是看不懂了，心里更难受……

林风变得有些激动，韦纯纯适时打断了林风。

韦纯纯：我们坐下休息一会儿吧。

两人坐在了江边石凳上。

林　风（盯看着护栏）：我的脑子现在就像是一座监狱，痛苦，后悔，不自由，害怕，什么样的情绪都有。我穿着囚衣，哆嗦着身子在自己的脑子里乱转。一切都还属于我，一切好像又都不属于我。隔着一堵墙，墙里一个我，墙外一个我。这两个我在互相引诱，互相嘲笑，互相……

林风越说越激动，他猛然扭头看见韦纯纯平静地听着，便止住了，沉默了一会儿后，继续说话。

林　风：总之一句话，我很累，真的很累。

韦纯纯：你应该试着从那个房子里走出来，多看看别的颜色。

韦纯纯说完，便沉默了。两个人静默了片刻。韦纯纯开口说话。

韦纯纯：我们再往前走走吧。

韦纯纯说着起身往前走去，林风跟了过去。

35　广州　某旧社区外围公路　夜　外

林风和韦纯纯两人沉默地走着，向着一个旧社区的大门走去。突然，韦纯纯开口说话。

韦纯纯：你知道吗?

林　风：什么?

韦纯纯：你是一个精神瘫患者。

林风停下，盯看着韦纯纯，有些生气，有些疑惑。

韦纯纯（停下，认真地看着林风）：你要站起来，你可以的。

林风感动，靠近韦纯纯，握住她的手，表白。

林　风：纯纯……

韦纯纯没有把手抽回去，安静地看着林风。

林　风：你是个天使……

韦纯纯一听，扑哧笑了。这一笑打断了林风。林风惊讶，一时不知所措。

韦纯纯（轻轻将自己的手从林　风手里抽离出来）：你看你，一会儿说刚才那样的话，一会儿又说这样的话，像个老人家，又像个小孩儿，真好笑!

林风似乎有了被侮辱轻视的感觉，脸色紧张，带着一些怒气回应韦纯纯。

林　风：我好笑?我有什么好笑的?!

韦纯纯（认真的样子）：没有啦，我是说你要经常开心一些，别老皱着眉头。

林风听着，眉头自然地皱紧了。

韦纯纯看见林风皱紧了眉头，便向着林风的额头伸出自己的右手，然后用大拇指和中指按住林风的额头，用食指轻快地弹了一下林风。之后，韦纯纯收回了手。

林风乖乖地受着按压，被韦纯纯轻弹的时候，身子抖了一下。似乎这一弹很有效，林风脸色变得舒展轻松了。

当林风看向韦纯纯的时候，韦纯纯向小区里边走了一小段距离。

韦纯纯（停下，回头看了一下林风）：过来吧。

林　风（紧跟了上去）：去哪里?

韦纯纯：带你去见一个朋友。

林　风（惊讶）：怎么，你有朋友在这里?

韦纯纯：不要多问，去了就知道啦!

韦纯纯轻快地向前走去。林风愣了一下，跟了上去。

36　广州　某旧社区（刘浪住所）　夜　外

小区巷子的石板路很干净，韦纯纯轻快地踏着小步，一边拿着手机看导航，一边自言自语。林风在一旁附和着韦纯纯的脚步节奏。

韦纯纯：是这里了，应该没错。

韦纯纯走到了一户人家（注：这户人家以及小区大部分住宅都是二层小楼）的铁门处，刚要敲门，又犹豫了。

林　风：是谁啊? 怎么住在这里? !

韦纯纯：你马上就知道了。

韦纯纯在这户人家前面走了两个来回。林风也跟着走。最后，韦纯纯鼓起勇气，朝着房门走去，并敲响了房门。

突然，哐当一声响，韦纯纯和林风身后，也就是这户人家对面那户人家的房门猛然打开了，一个中年妇女上下打量了他们一会儿后，没说什么，又重新把门关上了。

这时，韦纯纯所敲的房门打开了，有些憔悴和狼狈的刘浪从里面出现。

刘　浪（惊讶，害羞，盯看着韦纯纯愣了一会儿）：是你!（急忙收去惊讶和害羞的神色，变为镇定）快进来吧。

韦纯纯和林风跟随刘浪进入房内（注：刘浪租住一楼）。

37 广州　某旧社区（刘浪住所）　夜　内

刘浪住的是一个长方形大房间，从外到里依次是客厅布局、卧室布局以及卫生间。房里一切都是干净整洁的，只有客厅处的餐桌上摆着很多音乐唱片和乐器埙，以及很多笔记本、书籍和地图；然后是床上有些凌乱。

韦纯纯和林风停步在客厅处，向着周围观看着。

刘浪搬了两把椅子给林风和韦纯纯。

刘　浪：坐一下吧。

林风防备似的看了一眼刘浪，没有坐下，而是扶着椅子继续站立着。

韦纯纯则轻快地走向餐桌，去翻看桌子上的那些东西。

韦纯纯（拿起一本又一本笔记本翻看着）：做了这么多笔记啊，真好！

刘　浪（走至韦纯纯身旁，高兴）：是啊，太多了，如果算上家里的那些，应该会有一小车了，一小车！

刘浪兴奋地向韦纯纯用手势比划了一下。

韦纯纯放下笔记本，又拿起乐谱纸，一一看着。

韦纯纯：这些都是你自己写的曲子吗？

刘　浪（也拿起一张乐谱纸，自恋地看着）：是啊，每到一个地方，我就会有很多灵感，脑子不听使唤地往外冒想法，控制不住啊！

韦纯纯（更加仔细地盯看着乐谱）：真好！可惜我不怎么会看乐谱。

刘　浪（递给韦纯纯一张乐谱，韦纯纯接过乐谱）：这有什么的，大家主要还是看歌词嘛！给你这个，是我刚写的歌。来广州这几天，我又有了很多灵感，忍不住就写了好几首。

韦纯纯（羡慕地看着乐谱）：真好！你将来一定会成为一个很有名气的音乐人。

韦纯纯说着把乐谱放下了，又拿起地图翻看。

韦纯纯：这么多地图啊，这些地方你都去过了吗？

刘　浪（坚定的语气）：嗯，都去过了。

韦纯纯：真好！一个标准的旅行家。

刘　浪（故作严肃）：可惜我不是旅行家，我跟那些人不一样，他们是去当过客的，带着垃圾的心情去，然后回来又继续过垃圾的生活！而我是去生活的，我是一个生活家，我每去一个地方，就成了那里的居民，我是真正地了解和喜欢这些地方！

韦纯纯：真好！那你以后要出书呀，把你的这些旅行经历写成一本本书。

刘　浪（高兴）：是呀，可是不急，我还不想太早成名。名和利我是肯定能抓住的，可是现在我只想着离它们远点儿。我还是很瘦小的啊，我要把自己练得强壮些，好把它们抓得更牢一些！

韦纯纯听了刘浪的话，接连轻快地笑个不停。

林风在不远处冷眼看着他们两人说笑，浑身不自在。他走上前去，冷冷地跟韦纯纯打了个招呼。

林　风：纯纯，我出去一下，去买饮料，你喝什么吗？

韦纯纯（只顾着跟刘浪聊天）：随便买吧。

林风黯然离开，朝房门走去。

突然，韦纯纯转身叫住林风。

韦纯纯（笑着看向林风）：再买一些吃的吧，估计我们几个都饿了。

韦纯纯说完又跟刘浪聊了起来。

林风离开。

38　广州　某旧社区（刘浪住所）　夜　外

刘浪住所门前的小巷子静悄悄的。不远处，林风来回踱着步，愁闷地抽着烟。地上有三四个烟头，还放着一兜吃食。

突然，刘浪住所对面的那户人家房门打开了，那个中年妇女走出房门满脸狐疑地看了看刘浪住所，又看了看林风。林风停下，厌恶地看了妇女一眼，而后又踱起步来。

很快，中年妇女回屋了，并把房门关上了。

林风踩灭一只烟头，拎起吃食，向刘浪住所走来。

39　广州　某旧社区（刘浪住所）　夜　内

客厅布局处，刘浪喝了一口水，清了一下嗓子，开始吹起埙来。韦纯纯则坐在一旁静静地听着。林风依旧在不远处，扶着椅子冷眼看着他们。

很快，整个屋子飘满了清幽的乐声。

突然，门外小巷子响起急切的脚步声，紧接着房门被重重地砸响了，并传来男房东的声音。

男房东的声音：喂，开门啦，我是房东！

刘浪和韦纯纯被惊吓了一跳。刘浪赶紧放下埙，走至房门处，开门，和男房东交流。

男房东（没有进屋，伸着脑袋往里看了看）：喂，年轻人，不要再吹啦，扰民啦！

刘　浪（看了下手机，不满状）：现在才刚刚十一点哟，怎么会扰民呢？！

男房东：就是扰民啦！这里十点就休息啦，你们再这样，我就收回房子啦！

刘　浪：好吧，我会注意的。

男房东：那就最好啦！这里白天还可以热闹一下，晚上就乖乖睡觉啦！

男房东说完，便离开了。

刘浪关上房门，回到客厅布局处。

韦纯纯脸露愧色，向着刘浪开口说话。

韦纯纯：真对不起，都是我不好，只顾着让你吹埙，害你被警告。

刘　浪（故作镇定）：这有什么的？有时候为了艺术，是要遭受一些白眼的，我又不是第一次遇见这种事了。哎呀，我突然发现这里很怪，氛围很不对劲，一种不懂艺术的氛围在弥漫啊。

这时，不远处的林风附和着刘浪说话。

林　风（冷冷的语调）：这就对了！广州的天气，就算你是个艺术家，你也是适应不了的。它一会儿可以是大晴天，一会儿就可以是凉飕飕的阴雨天。

刘浪定睛看了一眼林风，像是猛然发现了林风的存在一样有些吃惊，也有些不满。

刘　浪（向着林风）：你是？

韦纯纯（插嘴回答）：哎呀，都怪我，忘了让大家互相介绍一下了……他是林风，我表哥的好朋友。

林风向着韦纯纯走来，并说话。

林　风：纯纯，我们该回去了。再不回去，你表哥要着急了。

韦纯纯一听，噗嗤笑了。

韦纯纯：着急？不会的。

林风不明所以，有些疑惑和生气。

林　风（向着韦纯纯）：怎么，我说错什么了吗？你怎么又笑了？

韦纯纯（笑着看向林风）：没有啦，（看向刘浪）我们真的该走了，时间有些晚了。

刘　浪（面露遗憾神色）：可我还有很多经历没跟你讲完呢！特别是在杭州那几天的经历。

韦纯纯：以后吧，留着以后再讲吧。（停顿了一下）明天，明天我还来找你！

韦纯纯说着，便向房门走去，同时跟林风说话。

韦纯纯：我们回去吧。

韦纯纯和林风一起向房门走去。刘浪也跟过去了。

40　广州　某旧社区（刘浪住所）　夜　外

小巷更加安静了。林风和韦纯纯在前边并肩走着，刘浪在他们身后跟着。

走至小区出口时，韦纯纯突然回头打破了沉默。

韦纯纯（停下，看着刘浪）：你回去吧！

刘浪也停下了，微低着头，沉默，不忍离去。

林风在一旁看着，有些烦躁厌烦。

韦纯纯（思索状，向着刘浪）：这样吧，我有个提议。明天白天我来你这里，可以继续听你讲以前的事情。晚上，你就去我那里，你可以吹埙。

刘　浪：真的吗？那太好了！

林　风（冷冷的语调）：纯纯，那是你表哥的家，他不会同意的。

韦纯纯一听，尽量忍住了没笑，冲着林风说话。

韦纯纯：他不同意也没关系，他看不到这些了。

林　风：什么？

韦纯纯：刚才来这里的时候，他跟我发信息说今晚他去机场那边了，明天上午飞回老家。可能是因为我跟他说我跟你在一起，所以他就没有告诉你吧。

林　风（舒了一口气）：哦，原来是这样啊！（猛然看了一眼刘浪，面露不满）

我们回去吧！

韦纯纯（向着刘浪）：回去吧，我们走了。

刘　浪（满足状）：明天见！

韦纯纯和林风向小区出口走去。刘浪转身回宿舍。

41　广州　某旧社区（刘浪住所）　日　内

餐桌处，韦纯纯静静坐在椅子上倾听着刘浪的讲述。刘浪站立在韦纯纯身旁，表情激动，身子来回摇动着。

不远处，林风扶着椅子在冷冷地看着他们。

42　广州　刘艺家　夜　内

客厅处，刘浪坐在沙发上认真优雅地吹着埙。韦纯纯站立在沙发旁静静地听着。

不远处，墙根处，林风在书柜前翻看着书，不时转身看看客厅沙发处的情景。

43　广州　某旧社区（刘浪住所）　日　内

餐桌处，刘浪弯着腰，左手撑在桌子上，右手来回在一张地图上滑动着。韦纯纯站立在一旁认真地听着，看着。

不远处，林风扶的那把椅子还在，人却不见踪影。

44　广州　刘艺家　夜　内

客厅处，韦纯纯坐在沙发上有模有样地学着吹埙。刘浪在一旁认真地指导着。

餐厅处，林风坐在餐桌旁，手里摇着一杯红酒，不时喝上一口，不时冷眼看向客厅沙发处。

45 广州 刘艺家 日 内

餐厅处，刘浪弯着腰，左手撑在桌子上，右手来回在一张地图上滑动着。韦纯纯站立在一旁认真地听着，看着。

客厅沙发处，林风坐着，手里摇着红酒杯，不时喝上一口。

46 广州 刘艺家 夜 内

客厅处，韦纯纯坐在沙发上吹着埙。刘浪在一旁静静地听着。

餐厅处，餐桌上放着一杯红酒，而喝红酒的林风却不见踪影。

47 广州 刘艺家 晨 内

客厅处，刘浪躺在沙发上正在睡觉。

林风打开卧室房门，走进客厅。他在沙发旁厌烦地看了一眼熟睡中的刘浪，而后朝着窗台走去。

在窗前，林风猛地把窗帘拉开。刺眼的阳光瞬间照进客厅。刘浪被惊醒，他迷糊着翻身，起身，左右看了看，发现林风在窗前。

林风走至沙发处，坐下，盯看着刘浪沉默了片刻，然后开口说话。

林　风：我们谈谈吧。

刘浪迷糊着坐下，并回应林风。

刘　浪：谈什么？

林　风（郑重其事的样子）：你在撒谎！

刘　浪（惊醒）：什么？

林　风：你大学读的不是音乐。

刘浪（沉默了一下，假装镇定）：对，（停顿了一下）是旅游管理，可那又怎样？艺术和学历没有什么关系！

林　风：可艺术跟人品有关系。

刘浪有些羞愧，无言以对。

林　风：你说话的表情和内容，我很不喜欢。

刘　浪（冷笑）：哼，你说话的态度和眼神，我也很不喜欢。

林　风：好，我们不要说自己了，说纯纯吧。（停顿了一下）你去过很多地方？

刘　浪：大半个中国我都走遍了。

林　风：你最喜欢哪个地方？

刘　浪：每个地方我都很喜欢，我都把它们当做自己的家乡。

林　风（有意拉长音调，讥讽语调）：哦……最喜欢的是杭州吧？

刘　浪（敏感回应）：那又怎样？

林　风：所以，纯纯，你把纯纯当成什么了？把她当成垃圾桶了吗？想着把你那些没人听没人要的东西一下子倒进她的脑袋里吗？

刘　浪（被激怒，在沙发上浑身抖动着）：什么？你什么意思？

林　风（镇定自若）：不对，你是把她当成收藏馆了，想着让她把你那些东西当做宝贝全部收藏起来。

刘　浪（起身，激动，握紧拳头，想要打架）：你说什么？

林　风（淡定语调）：可惜你错了。你跟纯纯的交往，掺杂着很多她的好奇心，甚至同情。你们的关系就是这样，跟爱没有任何关系，你是一厢情愿。

刘　浪（情绪缓和了一些，讥笑）：哼，难道你们的关系就有爱了吗？她纯粹是可怜你，可怜你是个病人。自以为是的傻瓜！

林　风（被激怒，起身，握紧拳头，愤怒地盯看着刘浪，想要打架）：你说什么？

刘　浪（坐下，情绪平静）：我说你是个自以为是的傻瓜，钱很有用吗？在纯纯面前，没用！

林　风（情绪缓和）：算了，我不跟你吵。我们来打个赌吧，你输了，你就退出，在我们面前消失。我输了，我就退出。怎么样？

刘　浪：打什么赌？

林　风（坐下，平静）：赌就在你的经历当中。（停顿了一下）你家乡是哪儿？

刘　浪：桂林阳朔。

林　风（面露一丝激动和忧虑）：哦……几年前我去过一次。

刘　浪：这跟打赌有什么关系？

林　风：你说你很爱自己的家乡，把去过的每一个地方都当做家乡来爱。我敢肯定，你在说谎。我可以告诉你，我很讨厌我的家乡，因为那里发生了很多烂事。在我心里，我只容得下三个地方：我不喜欢的家乡，我读大学的那个城市，我做事的这个地方——广州。你也不会例外，你心里也只能容得下三个地方！

刘　浪（不以为然）：赌在哪里？

林　风：赌就是你到底是爱自己的家乡还是恨自己的家乡？我赌你恨自己的家乡。

刘　浪（冷笑）：那你就错了，我很爱自己的家乡！

林　风：好，那我们就去一趟桂林吧。看看你到底是爱还是恨？怎么样？

刘　浪（露出一丝紧张和恐惧，迟疑了一下，坚定的语气）：去就去，可怎么个赌法呢？

林　风：从桂林市区出发，徒步漓江，终点是你家。我和纯纯要亲眼看看你到底有多爱自己的家乡。

刘　浪（冷笑）：徒步漓江？真够浪漫的。可惜暂时不能徒步了，很多路段在维修，已经被管控了。

林　风（讥讽）：你很关心家乡的一举一动嘛！能徒步的路段就徒步，不能徒步的就坐交通工具。反正就是沿着漓江到你家，（停顿了一下）哎呀，要么干脆就直接去你家看看得了，去看看你怎么爱自己的家乡！

刘　浪：你的这些想法很无聊，我没兴趣。

林风刚要回话，这时，韦纯纯打开卧室房门，走进客厅。看见林风和刘浪在面对面严肃地坐着，韦纯纯面露好奇，开口说话。

韦纯纯：你们怎么了，怎么这个样子？

林　风（得意状）：我跟刘浪决定去桂林徒步漓江。终点是他家，阳朔。他要让我们这些被垃圾生活污染的城里人去见识见识他家乡淳朴的民风。你要不去，我跟刘浪就要倒大霉了。

刘　浪（面向林风有意发怒，很快恢复平静）：你……好，去！什么时候出发？

林　风：让纯纯来决定吧！她是必须要去的。

韦纯纯（满脸疑惑）：你们在说什么呢？

刘　浪：以后再告诉你，答应我们两个吧。

韦纯纯：去桂林？

刘　浪：对。

韦纯纯（迟疑了一会儿）：好吧，我答应你们，（坐在沙发上，惊喜）这算是我学生时代最后一次疯狂之旅了。我们明天出发！

林风，刘浪：好，明天出发！

画面是一张中国地图，动态演示飞机模型从广州飞到桂林（注：地图上的广州上方是太阳高照，地图上的桂林上方是阴雨）。

49　桂林　漓江某河段　日　外（注：林风戴墨镜和刘浪戴帽子眼镜等装束一直保持到场景58）

漓江中间一处河滩上，牛儿或悠闲地吃着草，或懒洋洋地卧在地上。

岸边，林风、刘浪和韦纯纯（注：三人均有背包）一边欣赏风景，一边向前行走。林风戴着一个大大的墨镜。刘浪不但戴了一个太阳镜，还戴了一个很大的棒球帽，帽檐压得很低。韦纯纯一身运动装，显得更苗条利落了。

韦纯纯：这里真安静啊！

刘　浪（高兴状）：是啊，你很适合在这里生活！

林　风（向着刘浪，一丝讥讽）：你也很适合在这里生活！

刘浪冷冷地看了林风一眼，沉默了。

韦纯纯兴致很高，轻快地蹦跳着向河边走去。林风和刘浪也跟着过去了。

韦纯纯（停下，刘浪和林风也停下）：你们饿了吗？我们去找一户人家，吃个农家饭吧？

刘　浪（赶紧制止，语速飞快）：我们还是赶紧赶路吧，争取晚上到阳朔县城，那里晚上很热闹，我们去西街，阳朔西街知道吧？那里有很多外国人的，酒吧咖啡馆什么都有，很罗曼蒂克的，我们还可以去吃漓江烤鱼。

林　风：那么急干什么？你家不是农村吗？你不是说你家就在附近了吗？就去你家吧。

刘　浪：我们还是去县城吧。那里的住宿条件各方面都跟广州差不多，你们去我家估计会很难受，适应不了的。我忘记告诉你们了，我爸妈他们不在家，都出去打工了。

林　风（争辩）：我们没那么金贵，就去你家了。

刘　浪（争辩）：不去，去县城。

林　风（争辩）：不去，去你家。

这时，韦纯纯已经离开他们两人一段距离。她转身看着林风和刘浪在对嘴争吵（特写），脸色有了些烦躁，大声向他们两人说话。

韦纯纯：你们别吵了！

说着，韦纯纯快步走向前边。

林风和刘浪这边停止了争吵，两人怒目相视了一会儿后，也向前走去。两人发现前方韦纯纯出现了意外。韦纯纯陷在江边，挣扎着。一个老汉（注：刘浪父亲刘勇，58岁）急忙跑过去拉拽韦纯纯。

林风急忙走向前去。

刘浪发现父亲，恐慌，止步不前。

50　桂林　漓江某河段　暮　外

岸边树丛处，韦纯纯一会儿拧一下头发，一会儿拧一下衣角，一会儿又拧一下裤脚。

在韦纯纯右边不远处，刘勇坐在板凳上抽着烟，他面前有两个箩筐，里面有鱼有水果。他看起来似乎有很多心事，脸面有愁容。

在韦纯纯左边，林风盯看着韦纯纯想说什么，却又不知道说什么。刘浪离林风和韦纯纯有些远，有意背对着刘勇，把帽檐压得更低了，身子晃动着看向远方。

林　风（走至刘勇身边）：老伯，你家就在附近吗？

刘　勇（淡淡的语调）：是啊。

林　风：跟您商量一件事。

刘　勇：什么事啊？

林　风：您看我……朋友全身都湿透了，天又快黑了，我们也饿了，能不能这样，去你家吃个饭，住一晚上？我会付你钱的。

刘　勇（看了看林风）：哦，吃饭可以，住宿就不要了吧？家里房间少。

林　风：没事的，打地铺也行，（看了看韦纯纯）只要能让她睡床就行。

刘　勇（看了看韦纯纯，思考了一下）：好吧，现在就去啊？

林　风：等一下吧。

刘　勇：哦……你们是哪里来的？

林　风：广州。

刘　勇（依次看了林风、韦纯纯和刘浪一眼）：你们那里的年轻人都是什么样的啊？

林　风：好的，坏的，诚实的，撒谎的，胖的，瘦的，高的，矮的……什么样的都有，哪里的人都一样！

刘　勇（自言自语状）：你们都会唱歌画画吧？都是有才华的人吧？

林　风（迷惑不解）：啊，也不全是啦，干什么的都有。

刘　勇（自言自语状）：你们都是聪明的孩子，（停顿了一会儿）我儿子跟你们一样，可能比你们还厉害，他会唱歌，会画画，他很聪明。哎，都怪我啊，没钱让他读音乐。他差不多跟你们一样大……

刘勇说着语气有些哽咽，不再往下说了。

林　风（机警的神情）：你儿子是做什么的？他去哪里了？

刘　勇（犹豫的神情）：他……在城里从事音乐事业吧。

林　风（思考状）：哦……那你儿子叫什么名字啊？可以告诉我吗？

刘　勇（定睛看了看林风）：他叫刘飞。

林　风（轻轻地拉长了音调）：哦……

林风不再说话，转身看向刘浪（注：林风已经猜出刘浪身份八九分）。远处，刘浪浑身不自在地在原地挪动着身子，他依旧背对着刘勇和林风他们。

51　桂林　某村　黄昏　外

乡村路上，刘勇挑着两个箩筐在前面走着。韦纯纯紧跟在后面。林风则看着路边的景致。刘浪在后面远远地躲躲闪闪地跟着。

突然，刘浪加快步伐，追上林风，小声训斥林风。

刘　浪：你有完没完？赶紧过去让纯纯跟我们去县城，要么就回桂林。

林　风（停下，刘浪也停下，盯看着刘浪）：谁跟你是我们？你要去自己去，我和纯纯今晚就在老伯家了。

刘　浪（愤怒）：你不要太过分，小心别把命弄丢了。

林　风：你没说梦话吧？这里是有法律的地方，这里民风淳朴。你吹的那个音乐很轻柔，可是心肠却很刚硬。你疯了！

刘　浪（抓住林风衣领，准备打架）：你说谁疯了？

这时，韦纯纯在远处喊叫他们。

韦纯纯：你们俩又怎么了？快走，天黑了。

刘浪放下手，林风转身大摇大摆地向前加快走去。刘浪把帽檐压得低低的，又把太阳镜使劲戴了戴，并且从背包里掏出一个口罩戴上了，然后也慢慢地跟了上去。

52　桂林　某村（刘浪家）　夜　外　内

刘浪家是三间老式瓦房（注：从西到东分别为第一间屋，第二间屋，第三间屋。其中第二间屋是吃饭的地方，第一间屋是刘浪房间，第三间屋是刘勇夫妻房间），外表看起来比较破旧，里面比较整洁干净，摆设简单。

韦纯纯在院子里来回走动看着。刘勇忙着从外面端着炒好的饭菜走进第二间屋，摆放在桌子上。林风在屋里走来走去看着。

刘勇最后一次把一盘炒好的菜端进屋里，摆放在桌子上，并开口说话。

刘　勇：可以吃了。

林　风（转身向着刘勇）：哦，谢谢您啦！

林风走至屋门处，朝着院子里的韦纯纯说话。

林　风：纯纯，吃饭了。

韦纯纯走至屋门，和林风一起来到餐桌旁，坐下，准备吃饭。

韦纯纯（高兴地看着饭菜）：伯父，您做的饭菜真香！

刘　勇：谢谢了，那个，你们不是还有一个朋友啊？他干什么去了啊？不来吃饭啊？

林　风（神秘思考状，一丝讥讽）：他……他不吃了，他现在饱饱的。

韦纯纯（略带指责地看了一眼林风）：他在这里能处理什么事情啊？怎么还不来啊？

林　风：他会来的，我们吃饭吧。

韦纯纯没再说话，她和林风开始吃饭。刘勇夹了一些菜到一个碗里，起身，准备去第三间屋。

刘　勇：你们先吃着吧，我去把饭端给孩子他妈，估计已经醒了，她身体不大好。

刘勇去了第三间屋。不一会儿，从第三间屋传来唱戏声（注：是桂林地方戏彩调的声音，刘勇用 DVD 给刘浪母亲播放的）。

林风和韦纯纯听着声音，表情有些诧异，有些不适应。两人有些闷闷地吃着饭。

突然，从第三间屋传来刘浪母亲（注：谭金桂，59 岁）的附和声。

谭金桂的说唱声音：我心伤痛啊，生了一仔！这仔在世啊，却无音信！

林风和韦纯纯两人听见声音，身子都打了个颤。两人放下筷子，仔细看向第三间屋。两人均有同情神色。

第三间屋只有唱戏声音，不再有谭金桂的附和声。

刘勇从第三间屋出来，来到餐桌旁。他脸上有些难过和愧色，对林风和韦纯纯道歉说话。

刘　勇：孩子他妈眼瞎了，行动不方便，就喜欢听这个，是本地戏，彩调。吓着你们了吧？

林　风：啊，没有。

韦纯纯：没去医院看看吗？现在技术进步了，有些眼病是可以治好的。

刘　勇（叹气）：治不好的，哎，她就是想孩子。

刘勇说到这里不再说什么，只顾着吃饭，筷子在碗里胡乱地滑动，一粒饭也没进嘴。

韦纯纯刚要开口继续追问。这时，林风的手机响起。林风从背包里拿出手机看了看，脸色变得有些紧张和难看。林风起身，边往外走，边说话。

林　风：不好意思，我去接个电话。

林风说完，快步走出房间。

53　桂林　某村（刘浪家）　夜　外

林风走至刘浪家外面的村路，接听电话。

林　风：喂，姥爷……我在桂林……什么……（情绪变得激动）让她去死好了，我没有妈……什么？她在阳朔？别让他来，我最讨厌外国佬了。该死的！

林风说完把手垂下，不再接听电话。电话里开始还有说话声，很快就没了。林风在村路上情绪激动、胡乱地来回踱步和转圈。过了片刻，林风情绪稍微稳定。他朝刘浪家走去。

刘浪从路旁一处隐秘地点闪现。他盯看着林风离去的背影，脸上有了一丝得意神情。很快他定睛看了看自己的家，脸色有了难过的神情。他犹豫了一下，大步离去。

54　桂林　某村（刘浪家）　夜　内

林风走进第二间屋，坐在餐桌旁心不在焉地吃着饭。刘勇已在一旁静静地抽着烟。韦纯纯坐在饭桌旁，不再吃饭。

韦纯纯：你怎么了，出什么事了？

林　风（冷淡的语调）：没，没什么。

林风说完，猛地吃起饭来，看得出他是勉强为之。

55　桂林　公路　夜　外

一辆摩托车载着刘浪在公路上飞驰着。

56　桂林　阳朔县城　夜　外

阳朔西街夜景极美，刘浪从一家酒吧出来，又进了另一家酒吧。而后刘浪又进了一家咖啡馆。很快，刘浪和加拿大人杰克（注：50岁）走出咖啡馆。

57　桂林　公路　夜　外

司机开着面包车载着刘浪和杰克在公路上飞驰着。

58 桂林 某村（刘浪家） 夜 内

第二间屋，林风和韦纯纯各自坐着，沉默着。刘勇从第一间屋出来，走进第二间屋，向着两人说话。

刘 勇：床我已经铺好了，地铺也搞好了。可以去睡觉了。

韦纯纯（起身）：伯父，谢谢你了。

林 风（心不在焉，过了好一会儿才回应）：老伯，谢谢你了。

林风和韦纯纯两人准备去第一间屋。这时，外面传来杰克的问话声。

杰 克：有人在吗？林风先生在吗？

林风听见杰克的声音，脸色突变，赶紧看向屋门。刘勇已经走至屋门处，杰克也到了屋门处。

刘 勇：啊，你找谁啊？

杰 克：我来找林风先生。

刘勇回头看向林风。林风走至屋门处，脸色严厉，质问杰克。

林 风：你是谁？谁带你来的？

杰 克：你就是林风先生吧？是你的朋友刘浪带我来的。你妈妈……

林 风（情绪激动）：他在哪里？刘浪在哪里？

林风说着，快速走出房间。

杰 克：你不要激动……

杰克尾随林风而去。韦纯纯也跟着走出了房间。

从第三间屋传出谭金桂的声音。

谭金桂的声音：是刘飞吗？刘飞回来了啊？！

屋门处的刘勇赶紧去了第三间屋。

59 桂林 某村（刘浪家） 夜 外（注：此场景中，谭金桂以侧面出现，不以正面出现）

刘浪家前面的村路上，林风和刘浪刚刚厮打完，两人的眼镜、帽子和口罩都掉在了地上。两人都坐在地上直喘气，互相仇恨地看着对方。韦纯纯在一旁又哭又气。杰克无奈又焦急。

韦纯纯：你们这到底是怎么了？干嘛动手打架？好没道理！

杰　克：林先生，你妈妈想见你。

林　风：让她去死好了，我不会见她的。

林风说完躺在了地上，不一会儿发出了轻微的哭泣声。

杰　克：你妈妈的cancer已经是末期了，她现在依靠打针活着，是为了见你。

林　风（哽咽，咒骂）：我没有妈妈，我只有姥爷、姥姥。你们干嘛把我生下来？你们快活够了，就来找我，让我替你们收尸，收拾你们留下的烂摊子，你们是一群混蛋！

林风说完大声哭泣起来。

韦纯纯被吓呆，过了好一会儿，她才回过神，冲着林风说话。

韦纯纯：林风，要是你还拿我当朋友，就赶紧去见你妈妈。不去，我们就谁也不认识谁。

韦纯纯说完，走至林风身旁蹲下，抓住林风的右手臂，同时呼喊杰克和刘浪来帮忙。

韦纯纯：你们过来帮一下啊，把他抬进车里去！

杰克过来给韦纯纯帮忙。刘浪在一旁有些尴尬和羞愧，没动。

杰克和韦纯纯架着林风进了面包车。司机启动面包车，准备离去。

这时，传来谭金桂的哭喊声。

谭金桂的哭喊声：刘飞啊，你回来啦，在哪里啊？让我看看！

刘浪像被刺了一下，赶紧起身，跑到面包车门边，也进去了。

面包车飞速离去。

谭金桂趔趄着脚步跑到村路上，朝着远去的面包车艰难地追去。刘勇从后面赶来，也跟着去了。

60　桂林　阳朔县城某路口　夜　外（注：谭金桂以模糊形象出现）

面包车突然急刹车，韦纯纯四人从车里下来。韦纯纯和杰克搀着林风行走。刘浪在后面失魂落魄地慢慢跟着。

路边前方，林风母亲苑女士强打精神（注：54岁，化浓妆，有严重病态）坐在轮椅上等候着，保姆站立在轮椅后面。苑女士看见林风众人，情绪激动，意欲挺起身子，并用劲力气喊叫林风。

苑女士：小风……

林风看见前方母亲苑女士，摆脱搀扶，往后逃跑。

这时，后面传来谭金桂的喊叫声。

谭金桂（马路边疯跑，刘勇在身后紧追）：刘飞……小飞……

刘浪惊恐，向着与林风相反的方向跑离。

突然，马路中间，一辆汽车急速刹闸，谭金桂被撞，并发出凄厉的惨叫声。

苑女士那边，苑女士已经歪倒在轮椅上。

61 桂林　阳朔县城（医院）　日　内

病房外，走廊，刘浪往前走了几步，突然跪倒在地上忏悔。

刘　浪（大声哭泣）：妈妈，妈妈，我错了，我以后再也不离开你了。

刘勇从病房出来，走到刘浪身旁，将他扶起。

刘　勇：孩子，别哭了，你妈妈会好起来的。感谢老天爷吧，一场车祸让我们一家人团聚了。

刘浪哭着和刘勇紧紧抱在了一起。

62 桂林　阳朔县城（杰克住所）　日　内

客厅处，杰克和林风在谈话。杰克拿着一份清单和一个文件袋，将它们递给林风。林风接过，但没看。

杰　克：林风，这是你妈妈十年来的收支清单，除去治疗费，还剩下11万1千元，钱在文件袋里。

林　风（平静地看着杰克）：谢谢你。

杰　克：我谢谢你才对，谢谢你最后叫了她一声妈妈！

林风起身，和杰克握手告别。

林　风：谢谢你，再见！

杰　克：再见！

林风转身离去。

63　桂林　阳朔县城（某宾馆）　日　内

韦纯纯静静坐在床上。韦清明在一旁背着手，挺着胸，来回踱着小步。

韦清明：纯纯，我说的没错吧，他们浑身都是火！

韦纯纯静静听着，忍了一会儿，终于哭出了一声。

韦纯纯：爸爸……

韦纯纯没再说什么，把头垂下去，双手抱住了头。

韦清明走至韦纯纯身边，轻轻拍了拍她的肩头，并安慰她。

韦清明：傻孩子，哭什么？这是你成长必须要过的一关。

64　桂林　市区公路　日　外

林风背着背包在急忙走路。突然，手机响起。林风停下接通电话。

林　风：喂……

刘艺的声音：哥，你好些了吧？

林　风：我没事。

刘艺的声音：那就好，什么时候回广州？

林　风：把事情处理好就回去了。你那边怎么样？

刘艺的声音：艰难啊，经过我九九八十一招终于说服母亲大人啦。钟珍那边也已经把他们说服了，就等着回去签合同了。可是作为代价，哥，你知道我现在正在干什么吗？

林　风：干什么？

刘艺的声音：帮工人在果园收购桃子，今年情况不太好，桃子长得不好，做罐头肯定很差劲啊，地上掉了一片！

林　风（觉悟状）：哦，桃子还没熟，你们就忙着收割和获利了啊。真厉害！

刘艺的声音：好啦，我马上过去。喂……哥，你刚才说什么？好啦，我马上来……哥，先不聊了，母亲大人驾到！

林风收起手机，看了一眼背包里的文件袋，继续赶路。

65 桂林 市区公路 日 外

十字路口。林风和刘浪分开站立着，沉默着。刘浪打破沉默，开口说话。

刘　浪：林风，对不起，我向你们撒谎了。我是个疯子。

林　风（沉默了一下）：我也是病人，我也需要反思和道歉。我也向你道歉，对不起。

说完，林风从背包里把文件袋取出，递给刘浪。

林　风：这是给你的。

刘　浪（没有接，疑惑）：什么东西？

林　风：这笔钱是我妈妈留给我的，我不带走，它属于这里。因为我故意逼你回家，你妈妈才会出车祸。所以你拿这笔钱去修补你的家庭关系吧。

刘浪依旧没有接，林风硬是塞给了他。

林　风：钱是个好东西，你不要拿它当仇人。别贪恋就行！

刘　浪（掂了掂文件袋，脸上露出一丝微笑，感叹）：谢谢你，钱的确是个好东西！

这时，韦纯纯出现在远处，向他们走来。

刘　浪：纯纯来了。

韦纯纯走至二人身边。

林　风：纯纯。

韦纯纯静静看着林风，没有回话。

刘　浪（边说边低头鞠躬）：纯纯，我当着你们的面正式向你们道歉。（停顿了一下）你跟林风在一起吧。

韦纯纯（平静地摇头）：不，我现在暂时不会想这个事情。（停顿了一下）你们都太复杂了，我要过很久才会适应这段经历。

林　风（谅解状）：复杂的经历过去后，我们都会变得很简单。（停顿了一下）我们还是朋友吧？

韦纯纯、刘浪：当然是。

林　风：那我们半年后在广州见面吧，看看我们是不是变简单了？（看向刘飞）刘飞，练好你的音乐。等酒店重新开业的时候，你来做演唱嘉宾吧。（停顿了一下）可我更想听你唱几句彩调。家乡，要爱家乡啊！（看向韦纯纯）纯纯，你好好做护士。等你再到广州的时候，我想听你讲讲又有了哪些救人经历！

刘浪、韦纯纯：半年后见！

三人相向而笑，随后分三个方向离去。

镜头直升，画面定格在三人离去的十字路口。

后 记

这本书终于出版了！这个时候，我内心是高兴、感叹和感激这几种情感交织并存的状态。我能够走到这一步，回头看看为这本书付出的这三年半的时间和精力，我很高兴，很感叹，很感激！

这本书表明了我32岁这年取得的一个成绩，是向自己和家人作出的一个交代。我很想说为了这本书我日夜操心……可是我不能这样做。在我背后一直给我无底线包容和帮助的父母，他们如果要说操心，他们会说得更多，但是他们除了支持我、包容我，什么也没说。我太感激家人了！

在这本书的创作和出版过程中，我也得到了朋友和老师的帮助。我在这里把他们的名字说出来，以表感激。我感谢好友魏成刚先生，感谢华南农业大学魏露苓教授。他们给我提供了很大的帮助。我感谢他们！

在我以往32年的精神历程中，我从无目标走向了有目标，从易怒、不乐观、怀疑走向了坚韧、忍耐、相信和盼望。我要感谢真理和知识，感谢写出伟大作品的先知圣贤。是他们给我的精神注入了自信、宽容、理性、知识这些宝贵的东西。这本书的成绩是借着他们给我提供的强大精神动力和指引取得的。我叩谢先知圣贤！

最后，我要说的是，在做这本书的过程中，我出现了一些不良情绪，对此，我祈求谅解。在此，我引用一句话，作为结语。美国作家梭罗曾经说过，"除了更深地去爱，没有什么方法可以治疗爱！"